PIEKŁO OTWARTE

GARD SVEEN

PIEKŁO OTWARTE

Tłumaczył z norweskiego
Tadeusz Wojciech Lange

Media Rodzina

Tytuł oryginału HELVETE ÅPENT

Copyright © by Gard Sveen, 2015
First published by Vigmostad & Bjørke, Norway
Published by arrangement with Nordin Agency AB, Sweden

Copyright © for the Polish translation by Media Rodzina Sp. z o.o., 2016

This translation has been published with the financial support of NORLA

Projekt logotypu Gorzka Czekolada
Dorota Wątkowska

Projekt okładki
Ewa Beniak-Haremska

Cytat na s. 205 *Only the Lonely* The Motels © Capitol Records, 1982

Książkę wydrukowano na papierze Lux cream 80 g 1.6
dostarczonym przez Zing Sp. z o.o.

ISBN 978-83-8008-225-0

Media Rodzina Sp. z o.o.
ul. Pasieka 24, 61-657 Poznań
tel. 61 827 08 60
mediarodzina@mediarodzina.pl

Skład i łamanie
Scriptor s.c.

Druk
Abedik

Ale o mnie się nie bój, przyjacielu, bo moje oczy widziały już piekło otwarte.

PROLOG

1988

1

„Urodził się nam Zbawiciel" – pomyślał Tommy Bergmann. Spojrzał w okna stojącego przy samej drodze domu. W środkowym było światło, bijące z samotnej betlejemskiej gwiazdy oprawionej w złocony mosiądz. Kilka metrów od domu stała ubrana na ciemno, zgarbiona postać. Wyglądało na to, że osobnik nie widzi radiowozu. Partner Tommy'ego, stary Kåre Gjervan rodem z północnego Trøndelagu zatrzymał samochód i wrzucił na luz. Mężczyzna na skraju drogi powoli obrócił głowę w ich stronę i przez chwilę załoga radiowozu i na ciemno ubrany człowiek mierzyli się wzrokiem. Przednia szyba pokryła się mokrym śniegiem, więc Gjervan przełączył wycieraczkę na szybsze tempo. Mężczyzna stał nieruchomo, patrząc w ich stronę, nawet jego pies wyglądał, jakby przymarzł do ziemi, kiedy tak stał wpatrzony w snopy światła rzucane przez reflektory radiowozu i w padający śnieg. Jakby cały świat był jedną wielką śnieżną kulą, na której nie istniało zło.

Jeszcze wiele lat później Tommy wyobrażał sobie, że właśnie w tym momencie otwiera drzwi radiowozu i biegnie w przeciwną stronę, z powrotem do miasta, biegnie aż do utraty tchu...

Kåre Gjervan zaklął cicho, zupełnie tak samo, jak zaklął na stacji benzynowej na Mortensrud, kiedy odezwała się centrala, a Tommy chwycił w rękę radiotelefon. Została im niecała godzina służby, ale Tommy nudził się i nie chciał czekać, aż odezwie się inny patrol. Nie był taki jak stary Gjervan, miał dwadzieścia trzy lata i chciał coś na służbie przeżyć, a nie odliczać godziny jak jego partner, który nie mógł się doczekać końca dnia, by wreszcie znaleźć się w domu ze swoją żoną i dziećmi.

Gjervan kilka razy uderzył dłonią o dźwignię zmiany biegów i kabinę wypełnił metaliczny dźwięk jego ślubnej obrączki zderzającej się z gałką.

– Ściągnij tego gościa i psa do wozu – rzucił.

Mężczyzna poruszył się dopiero w momencie, gdy Tommy otworzył drzwi samochodu.

Jechali przez kilka minut w milczeniu, aż skończyły się domy i otoczył ich gęsty las. Po jakimś czasie leśna droga rozmyła się gdzieś, zanikła, i ogarnęła ich ciemna nicość. Tylko reflektory, wydobywające z mroku pnie świerków mówiły im, że na zewnątrz istnieje jeszcze jakiś świat. Tommy odwrócił się, a mokry pies, poczciwy labrador, przekrzywił łeb i spojrzał na niego. Wokół pyska wciąż miał ciemne ślady krwi. Mężczyzna z tyłu siedział spokojnie, patrząc przed siebie.

– Co pan robił w lesie? – spytał cicho Tommy.

Mężczyzna nie odpowiedział.

Kåre Gjervan poprawił wewnętrzne lusterko i przyjrzał się człowiekowi, który zadzwonił na policję z jednego z domów przy głównej drodze.

– Mówię wam … – odezwał się w końcu pasażer, ale przerwał i zamknął oczy. – To dzieło diabła.

2

Mimo że kryptonowa latarka rzucała silny snop światła, otaczał ich gęsty mrok. Tommy pomyślał, że tu, w głębi lasu, chyba nie ma żadnych barw, nawet za dnia w pełni lata, bo świerki stoją tak gęsto, że nie przenika przez nie żadne światło. Kåre Gjervan ostrożnie stawiał stopy, ale trzymał równe tempo marszu. Mężczyzna, który zadzwonił na policję, był dość daleko przed nimi, bo pies parł do przodu i ciągnął go za sobą, jakby człowiek był saniami w jego zaprzęgu. Tommy został parę metrów z tyłu, więc mocniej chwycił swoją kryptonową latarkę, aż delikatny wzór na jej uchwycie odgniótł mu się w skórze dłoni. Pod stopami zachlupotało i lodowata woda wdarła mu się do butów, a w nozdrzach poczuł słabą woń gnijącej ściółki. Ruszył szybciej, by dogonić Gjervana. Kiedy znalazł się za jego plecami, z głębi lasu dobiegł ich głos.

– Tutaj! – krzyknął człowiek z psem. Miał duże trudności z utrzymaniem labradora na smyczy.

Tommy spróbował jak najmniej teraz myśleć.

– Pomóż mi... – szepnął do siebie kilka chwil później. – Boże kochany, pomóż...

Mężczyźni przed nim stali obok kępy choinek. Kåre Gjervan zrobił powolny ruch latarką, a potem na moment skierował ją w bok, jakby potrzebował tej chwili, by wziąć się w garść. Tommy zatrzymał się kilka metrów za nimi. Właściciel psa znów zaczął się z nim szarpać. Gjervan pochylił się i odgarnął coś, co wyglądało na pęk gałązek. Nagle wyprostował się i cofnął parę kroków, upuszczając latarkę na ziemię. Tommy mocniej chwycił swoją i pokonał te kilka dzielących go od nich metrów.

Nawet w białym świetle latarki i mimo że leżała tam już od dość dawna, łatwo było rozpoznać dziewczynkę z opisu. Kristiane Thorstensen tkwiła w dwóch sklejonych taśmą workach na śmieci, które przykryto jakimiś gałązkami i mchem. Pies zerwał górną część jednego z worków i widoczna była jej głowa. Twarz dziewczynki wyglądała na nietkniętą, choć w workach było sporo dziur, najwyraźniej wydziobanych przez ptaki. Była pokryta sinymi plamami, ale idąc tu, Tommy obawiał się, że będzie wyglądała gorzej. Gjervan pochylił się i ostrożnie dotknął wisiorka, który miała na łańcuszku na szyi. Tommy zamknął oczy, mówiąc sobie, że na pewno miała szybką śmierć.

Ale kiedy pojawili się technicy i zdjęli z niej worki, nadzieja zniknęła.

Ciało było zmasakrowane i Tommy przestał wierzyć, że na ziemi jest coś poza złem.

Nie mógł oderwać oczu od lewej strony jej piersi.

Usłyszał, jak jeden z techników mruczy: „zbieracz trofeów" i cicho przysięga śmierć człowiekowi, który to zrobił. Zanim zrobiło mu się czarno przed oczyma, poczuł jeszcze na plecach rękę Gjervana.

3

W milczeniu pojechali z powrotem do miasta. Gjervan zajechał do Shella na Mortensrud i zaparkował w ciemności przy krótszym boku budynku stacji – dokładnie tam, gdzie stanęli wcześniej tego dnia. Wziął radiotelefon, wywołał centralę, spokojnym głosem powiedział „adres" i odczekał, by człowiek po drugiej stronie zorientował się, o jaki adres chodzi. Dziennikarze jak zwykle mieli nasłuch na policyjne radia, ale stary Gjervan akurat tego szczegółu postanowił im w prezencie nie dawać. Następnie spytał o nazwisko księdza z parafii Oppsal i poprosił, żeby centrala do niego zadzwoniła. „Po co to zrobiłeś?" – pomyślał Tommy, ale stało się i podczas gdy oni tu siedzieli, pierwsze stado gazetowych hien już wyruszyło w kierunku Godlia.

Zerknął na ręce notującego coś Gjervana. Poruszały się pewnie, jakby jego partner siedział sobie w domu w niedzielny wieczór i wypisywał kartki świąteczne. Tommy poczuł, że coś ściska go w piersi. Miał dwadzieścia trzy lata i nigdy dotąd nie widział martwego człowieka, a co dopiero zabitego… „A teraz trzeba się spotkać z rodzicami, którzy stracili dziecko" – pomyślał.

– Co zjesz? – spytał Gjervan, otwierając drzwi radiowozu. Tommy potrząsnął głową.

— Musisz coś zjeść.

Potrząsnął jeszcze raz głową, a potem siedział w samochodzie z zamkniętymi oczyma, próbując oddychać w kontrolowany sposób.

Okazało się, że w pierwszy dzień adwentu muszą zadowolić się wikarym z Oppsal. Nie miał samochodu, więc podjechali po niego do Abildsø, gdzie wynajmował mieszkanie w suterenie. Był niewiele starszy od Tommy'ego. Po drodze do Skøyenbrynet na Godlia spytał o Kristianę, chciał wiedzieć, czy chodziła do gimnazjum Vetlandsåsen i grała w piłkę ręczną, jakby miało to jakiekolwiek znaczenie.

— Niełatwo wierzyć w Boga — odezwał się ledwo słyszalnym głosem — kiedy dzieje się coś takiego...

Wyglądało na to, że nagle skończyły mu się słowa. Tommy zapragnął, żeby nigdy nie dojechali do celu, ale radiowóz już skręcił w Skøyenbrynet. Kiedy Gjervan zatrzymał samochód przed pomalowanym na czerwono domem Thorstensenów, Tommy ku swemu przerażeniu nagle pojął, że oto nie mają tej rodzinie nic do zaoferowania oprócz właśnie tego — trzech ludzi w radiowozie marki Volvo. Nic prócz jego samego, dopiero po Szkole Policyjnej, prócz bladego jak trup wikarego, który wyglądał, jakby zwątpił w swoją wiarę, i starego Kårego Gjervana. Gdyby nie ten ostatni, zupełnie nie mieliby się na kim oprzeć.

Kiedy szedł wzdłuż pozbawionego liści żywopłotu, Tommy'emu wydało się, że w oknie kuchni zamajaczyła jakaś twarz. Dom wyglądał na pusty, paliła się przed nim tylko jedna lampa. Przez chwilę pomyślał, że znajdują się mniej niż kilometr od bloku, w którym się wychował, ale tu był zupełnie inny świat, świat dostatku, którego on przypuszczalnie nigdy nie doświadczy. Świat, który za kilkanaście sekund od jednego naciśnięcia dzwonka legnie w gruzach.

Kiedy stanęli na schodkach, wbił wzrok w tabliczkę na drzwiach. Był to ceramiczny kafelek, który jedno z dzieci wykonało na pracach ręcznych w szkole. Być może zrobiła go Kristiane. Duże, niebieskie litery układały się w napis: TU MIESZKAJĄ ALEXANDER, KRISTIANE, PER-ERIK I ELISABETH THORSTENSENOWIE. Teraz będą musieli to zdjąć, bo Kristiane nigdy już nie wróci do domu, nie stanie na tych schodkach i nie pomyśli, że tabliczka wygląda niepoważnie. Przez okno zobaczył, że na kuchennym stole stoi adwentowy świecznik. Jedna ze świec była zapalona. Tomy pomyślał, że to absurdalne zapalać po kolei świeczki, kiedy zaginęła córka. Ale cóż on mógł wiedzieć? Może był to jakiś sposób, aby zachowywać pozory normalności, nie utracić nadziei, że ona wciąż żyje? Usłyszeli głuchy dźwięk otwieranych drzwi do wiatrołapu. Tommy przełknął ślinę, jego serce zgubiło takt, zerknął na wikarego. W świetle latarni wyglądał na jeszcze bledszego niż przedtem, o ile było to w ogóle możliwe.

Gdy drzwi się otwarły, wszyscy trzej się cofnęli. Przed nimi stanął mężczyzna. Kåre Gjervan odchrząknął. Mężczyzna w drzwiach patrzył na zgromadzonych na schodkach.

– Per-Erik Thorstensen? – spytał Kåre Gjervan spokojnym głosem.

Mężczyzna nieznacznie kiwnął głową.

Gjervan odchrząknął raz jeszcze.

– Tak? – odezwał się Per-Erik Thorstensen głuchym głosem.

W oczach miał już łzy, jakby widok ich mundurów i zielonej wiatrówki wikarego powiedziały mu wszystko. Mimo wszystko w jego głosie dało się wyczuć jakiś okruch nadziei, że trzej mężczyźni na schodkach są posłańcami dobrej nowiny, że w tę pierwszą niedzielę adwentu stał się cud...

Za Per-Erikiem Thorstensenem dały się słyszeć ostrożne kroki – z piętra schodziła kobieta. Stanęła w drzwiach wiatrołapu i ukryła twarz w dłoniach.

– Przykro mi – powiedział Kåre Gjervan.

Kobieta uderzyła w krzyk, a Tommy'emu przebiegł po plecach dreszcz. Wydawało się, że ona nigdy nie skończy. Z tych histerycznych dźwięków udało mu się wyodrębnić tylko cztery słowa:

– To wszystko przeze mnie!

Powtarzała to raz po raz. „To wszystko przeze mnie".

Jej mąż cofnął się niepewnym krokiem i powiedział:

– Elisabeth. Elisabeth...

A ona zaczęła zawodzić jeszcze głośniej, w końcu zdało się, że ciągnięcie tego dalej jest fizycznie niemożliwe. Per-Erik Thorstensen oparł się o ścianę w korytarzyku, strącając przy okazji z komody kilka fotografii w ramkach. Brzęk tłuczonego szkła utonął w krzyku rozpaczy Elisabeth Thorstensen. Kåre Gjervan podszedł do Thorstensena i chwycił go za ramiona.

Tommy wymienił spojrzenie z wikarym. Patrzyli na siebie przez sekundę czy dwie i w pewnej chwili policjant zdał sobie sprawę, że w domu nagle nastała cisza. Oprócz cichego chlipania Thorstensena, który wtulił twarz w mundur Gjervana, ustały wszystkie dźwięki. Kobieta gdzieś zniknęła. Tommy wszedł do wnętrza domu, a Gjervan pokazał mu głową widoczną z lewej strony kuchnię.

Tommy szybko przemierzył przykrytą perskim dywanem podłogę w korytarzu. Hałas upadających na podłogę kuchennych sprzętów był coraz głośniejszy. Stanął w drzwiach. Na stole migotała adwentowa świeczka, a na jednym z krzeseł leżała gotowa do powieszenia gwiazda betlejemska.

Elisabeth Thorstensen klęczała. Podniosła głowę i popatrzyła apatycznie na Tommy'ego. On przez chwilę nie był w stanie się poruszyć. Przyglądał się rysom jej twarzy i był prawie pewien, że dawno temu gdzieś już ją widział. Pamięć podsunęła mu obraz, który był bardzo wyraźny. Była wtedy młoda, stała w długim korytarzu, wyciągając ku niemu rękę. Otrząsnął się ze wspomnień.

– Niech pani tego nie robi – powiedział, wskazując głową na jej prawą rękę.

A ona przycisnęła wielki kuchenny nóż mocniej do przegubu. Krew już zaczęła płynąć, ale Tommy widział, że żyła jeszcze nie jest przecięta.

Ostrożnie wszedł do pomieszczenia, a sosnowa podłoga zaskrzypiała pod jego ciężkimi buciorami.

– Nie dotykaj mnie – powiedziała cicho. – Nie dotykaj mnie, draniu.

Bezgłośnie, z całej siły przeciągnęła nożem po przegubie. Tommy zdążył jeszcze pomyśleć, że to dobrze, że nie ciachnęła wzdłuż ścięgien. Ścięgna puściły, krew płynęła równo, jeszcze nie zaczęła tryskać. Kucnął przy niej, ale niewystarczająco szybko, bo zdążyła ciachnąć raz jeszcze. Chwycił mocno za przegub jej prawej ręki, która nagle sflaczała, jakby opuściły ją wszystkie siły. Upuściła nóż, a Tommy odrzucił go daleko od niej.

Swoją dużą dłonią mocno ścisnął jej cienki przegub, pokryty białymi nacięciami i czarnymi plamami. Spomiędzy jego palców natychmiast popłynęła ciepła krew.

Głowa opadła na skórę jego policyjnej kurtki. Przytuliła się do jego szyi, a on otoczył jej plecy lewą, wolną ręką i niezbyt głośno spróbował przywołać Gjervana. Ten musiał już ogarnąć wzrokiem sytuację, bo gdzieś za sobą Tommy usłyszał jego głos wydający krótkie komendy – doszły do niego słowa: „karetka" i „Skøyenbrynet".

Tommy ścisnął mocniej przegub kobiety i omiótł wzrokiem kuchenny stół. Kilka metrów od niego leżała ściereczka do naczyń. Spróbował wstać, ale Elisabeth Thorstensen go przytrzymała. Puścił jej przegub, musiał przecież dotrzeć do tej ściereczki i zrobić z niej kompres. Kobieta podniosła prawą dłoń do jego twarzy. Była biała jak papier i Tommy bał się, że za chwilę zemdleje.

— Moje dziecko — powiedziała. — Już nie zobaczę mojego dziecka.

Część I
LISTOPAD 2004

Próbując dosięgnąć komórki, Tommy zrzucił na podłogę budzik. Po chwili jego przewód słuchowy wypełnił głos szefa zmiany sekcji kryminalnej, Leifa Monsena. Tommy nie uważał tego tłuściocha z południa kraju za wzorcowego bliźniego. Monsen był infantylnym, zdeklarowanym rasistą, a politycznie stał daleko na prawo od Dżyngis-chana. Jednak jeśli chodzi o opis miejsca przestępstwa, warto było go uważnie wysłuchać. Nikt w policji nie widział więcej takich miejsc niż on i jeśli mówił, że miejsce zbrodni wygląda strasznie, nie było powodu, aby w to wątpić.

Tommy usłyszał słowa: „taśma naprawcza", „nóż", „młotek" i „krew", ale wydały mu się jakieś nierzeczywiste. Dopiero kolejne słowa sprawiły, że otrząsnął się ze snu.

– Nie wiem, jak to jest możliwe, ale... to musi być ten sam gość – powiedział Monsen. Przez chwilę w jego głosie słychać było desperację.

W momencie, kiedy Tommy zakończył połączenie, usłyszał dźwięk silnika diesla, odgłos ostrego hamowania, a po chwili jego sypialnię rozświetliło niebieskie pulsujące światło.

Światło koguta barwiło ściany tunelu Svartstad. Nagle kierowca wcisnął guzik syreny, bo samochód u jego wylotu jechał środkiem.

– Więc to pan jest Bergmann – powiedział młody mundurowy na siedzeniu pasażera.

Tommy mruknął coś w odpowiedzi, bo nie był to czas na rozpoczynanie konwersacji, a poza tym po raz pierwszy w życiu nie był całkiem pewien, o czym młodziak mówi, to znaczy, jak daleko sięgnęły pogłoski.

Więcej nie zdążył pomyśleć, bo oto radiowóz stanął pod jakąś klatką na Frognerveien. Ulicę blokowały dwa radiowozy i karetka. Niebieskie światła trzech samochodów zataczały kręgi na fasadzie kamienicy. Przy drzwiach stał mundurowy, uszy miał już chyba odmrożone, bo od wczorajszego wieczoru temperatura bardzo spadła.

Kiedy wspinał się po schodach, w uszach zadźwięczały mu słowa Monsena: „To wygląda strasznie, Tommy".

Tommy starał się jak najmniej myśleć o tym, co go czeka tam, na górze. Szedł ze wzrokiem wbitym w czerwony dywan, którym wyścielone były schody.

Zdało mu się, że z otwartych drzwi doleciał do niego metaliczny zapach krwi. Na podeście schodów stał jeszcze jeden mundurowy. Wyglądał, jakby zaraz miał zwymiotować.

Monsen wyszedł mu na spotkanie. Mieszkanie wyglądało jak każde inne tu, w zachodniej części miasta. Trzy saloniki ze ścianami pomalowanymi na biało, za kuchnią pokoik służącej. Zgadł, że w rzeczywistości to lokal wynajmowany przez dziwki wyższej kategorii.

– Ona wciąż żyje – szepnął Monsen. I powtórzył z nadzieją: – Ona żyje.

Monsen był poruszony, a to nieczęsto się zdarzało.

– Kto zawiadomił?

– Nie wiemy. Nierejestrowany telefon na kartę. Jakiś facet zadzwonił i powiedział tylko, że jedna kobieta, a właściwie dziewczynka, nie żyje. Pewnie myślał, że umarła. Kurwa, ten gościu mógł widzieć tego, co to zrobił!

„Cholerna technika" – pomyślał Tommy i po raz pierwszy tego dnia spojrzał na zegarek: wpół do piątej rano. Z klatki schodowej dobiegł ich głośny tupot. Była to kolejna ekipa ratowników medycznych. Wpadli na korytarz, omal nie przewracając Tommy'ego i Monsena. Po nich zjawił się Georg Abrahamsen, ciągnąc za sobą kolegę z laboratorium, a na końcu szef, Fredrik Reuter, który po tej wspinaczce wyglądał, jakby zaraz miał zejść na zawał.

Abrahamsen wcisnął się do sypialni z kamerą. Pozostała czwórka, to jest Tommy, Monsen, Reuter i kolega Abrahamsena, którego nazwiska Tommy nigdy nie mógł zapamiętać, stała w milczeniu w ciemnym korytarzu. Po kilkudziesięciu sekundach Abrahamsena wyrzucono z sypialni i nastąpiła pyskówka, którą próbował uciszyć Reuter.

– Muszę wiedzieć, jak ona leży! – powiedział z uporem Abrahamsen.

Wielkie chłopisko z załogi karetki odepchnęło go od drzwi.

– Próbują jej uratować życie, jeśli coś ci to mówi, Georg.

Wyglądało na to, że Reuter jednak odzyskał oddech. Abrahamsen opuścił kamerę.

Reuter wziął obu do sypialni i najwyraźniej coś udało mu się załatwić polubownie, bo Abrahamsenowi przynajmniej pozwolono w niej zostać.

Przez mniej więcej pięć minut Tommy chodził po mieszkaniu w plastikowych workach na butach i w siatce na włosach. Zaczął od kuchni, która wyglądała na całkiem nową. Skromna zawartość szafek potwierdziła jego pierwsze wrażenie, że lokalu używano do celów innych niż mieszkalne. Było tam kilka talerzy i kieliszków na długich nóżkach, kieliszków do wina, a w lodówce szampan. Nic do jedzenia. Blaty były nieskazitelnie czyste, może sprawca zabrał ze sobą rzeczy, które mogłyby do niego doprowadzić, ale to mało prawdopodobne. Przez kuchenne okno Tommy zerknął z góry na podwórze.

Przy wejściu do kamienicy świeciła się lampa, światło było też w kilku oknach. Zasłony w sypialni były pewnie zaciągnięte, może też szczelna roleta albo coś w tym rodzaju. Na kilka sekund opanowało go uczucie całkowitej beznadziei. Tak, jakby ta zima miała być ostatnia, jakby ludzkość tym razem nie była w stanie dociągnąć do kolejnego lata. Pokręcił głową. Do kuchni wszedł Reuter z dwoma mundurowymi i Halgeir Sørvaag. Reuter miał w ręku plik papierów.

– Ktoś puka – powiedział.

Z korytarza dobiegły ich jakieś odgłosy. Przez próg przeciągnięto nosze na kółkach. Tommy szybkim krokiem wyszedł z kuchni, przeszedł przez przylegający do niej salonik i wszedł do przedpokoju.

Zobaczył szczupłą dziewczynę, nie, dziewczynkę z maską tlenową na twarzy. Na przegubach miała resztki srebrnej taśmy. Koc, którym ją przykryto, w kilku miejscach przesiąkł krwią. Bóg raczy wiedzieć, jak wyglądała pod tym kocem. Niewidzące oczy patrzyły w sufit, jakby dziewczynka była już martwa. Za noszami szedł lekarz i kilku ratowników, jeden z nich niósł woreczek z krwią, inny przytrzymywał umocowany w jej przedramieniu wenflon.

Tommy nagle poczuł, że po plecach przebiegają mu ciarki. Zadrżało całe jego ciało. Pomyślał, że to jego wina, że to on ponosi odpowiedzialność za to, co stało się tym dziewczętom.

Kiedy załogi karetek opuściły lokal i wydawane ratownikom przez dyspozytora polecenia ucichły, ci, którzy pozostali w mieszkaniu, nagle zastygli w niemym bezruchu.

Cisza nie trwała długo.

Na którymś z niższych pięter rozległ się głośny płacz jednej z mieszkanek, która zapewne zobaczyła transportowane po schodach nosze, sprzęt do transfuzji i młodą, białą jak u lalki twarz.

„Jak u Kristiane" – pomyślał Tommy.

– Pokaż no te zdjęcia – powiedział do Abrahamsena.

Popatrzył na ekranik cyfrowego aparatu. Ile ona mogła mieć lat? Pewnie była jedną z najmłodszych młodocianych prostytutek w mieście. Poczuł, jak rośnie w nim furia. Jeżeli... nie, kiedy dopadnie człowieka, który to zrobił, i tych, którzy to dziecko sprowadzili do kraju – bo był raczej pewien, że to cudzoziemka – porozwala im łby własnymi rękoma.

Wyglądało na to, że była przymocowana do łóżka za nadgarstki, a taśma, którą zaklejono jej usta, zwisała z policzka. Przez wiele tygodni miał próbować zapomnieć, jak wyglądało jej ciało.

– Kurwa, kurwa mać! – powiedział w przestrzeń.

Zaczął chodzić w kółko po salonie, łapiąc powietrze. Potem grzmotnął pięścią w ścianę, rozwalił głową dwuskrzydłowe drzwi, wreszcie przewrócił kopnięciami wszystko, co w tym pomalowanym na biało pokoju się znajdowało: krzesła, stół, telewizor, regał na książki.

Do sypialni wszedł ostatni, jakby było to bardziej niebezpieczne dla niego niż dla innych.

Na środku pokoju stało duże, podwójne łóżko.

Rzeczywiście, ze wszystkich czterech słupków z kutego żelaza wciąż zwisały kawałki srebrnoszarej taśmy.

– Poprzecinałem ja i ten pierwszy mundurowy – wyjaśnił Monsen. Miał smutny wzrok.

Halgeir Sørvaag nie był z tych, którzy by kogokolwiek o cokolwiek pytali. Może wszyscy powinni brać z niego przykład. Nie tracąc czasu, opadł na czworaki i zaczął dokładnie przeszukiwać pokój. Tommy rozejrzał się dookoła. Pojął, że sprawca tym razem nie zdążył zabić, bo coś go spłoszyło. Nie wiedział co, ale był pewien, że tak właśnie było.

– Co powiedział ten, który zadzwonił? – spytał, szukając wzroku Monsena.

– Odsłuchaj sobie taśmę, ale zdaje się, że niewiele.

– Myślę, że to bydlę zostało spłoszone – powiedział Tommy. – Przyszedł ktoś, kogo tam miało nie być. Może ten, który dzwonił, widział drania?

– Ona wciąż żyje – oświadczył Reuter – i gwarantuję, że wyjdzie z tego. Wtedy go dostaniemy, bo ona nam go zidentyfikuje.

– Amen – powiedział Monsen. Oczy mu rozbłysły, jakby pomyślał to samo, co Tommy. W tej sprawie, żeby wymierzyć sprawiedliwość, można się było odwołać tylko do Starego Testamentu...

Tommy nie miał siły dłużej przebywać w tym miejscu. Zostawił pomieszczenie Abrahamsenowi i Sørvaagowi. Jeśli było tam coś do znalezienia, to oni to znajdą.

Zabrał Reutera do przylegającego salonu.

– To ten sam bydlak – oświadczył. – Pobudziło go to, co gazety pisały o sprawie Kristiane. Czy nie tak właśnie zabito te dziewczynki? Przecież sam mi to powtarzałeś, w końcu brałeś udział w tym śledztwie.

– Ale ten człowiek to miał być Anders Rask – powiedział Reuter. – A on siedzi w psychiatryku, w Ringvoll.

1

Wyglądało na to, że główne skrzyżowanie Majorstua zakorkowało się na dobre. Na Kirkeveien w obu kierunkach stały dziesiątki samochodów. Autobus linii 20 próbował wcisnąć się do tej kolejki, ale nie udało mu się wyjechać z zatoki przystanku obok McDonalda. Chociaż dopiero zaczął się listopad, miasto już pokrywała cienka warstwa śniegu. Coś mówiło Tommy'emu, że zima tego roku będzie długa.

– Czy nie byłoby fajnie, jakbym ci powiedział, że możesz na kogoś zwalić całą winę? – odezwał się za nim głos.

Tommy nie odpowiedział. Siedział w milczeniu na parapecie okna na drugim piętrze Majorstuhuset, centralnego budynku dzielnicy. W ostatnich miesiącach strasznie dużo gadał i teraz nie miał już ochoty. Ostatnia doba była dla niego wystarczająco ciężka.

– Na przykład na ojca, którego nie znałeś? Który teoretycznie rzecz biorąc, mógł używać przemocy? Na matkę, która nieustannie przyprawiała cię o poczucie winy i karała, by okazać ci uczucie? – Mimo strasznego zeza Viggo Osvold próbował skupić na nim spojrzenie. – Powody tego to jedna rzecz, z nimi nie da się nic zrobić. Kwestią jest, czy możesz z nimi żyć? I jak może inna osoba żyć z tym, że ty z nimi żyjesz?

– Hege nigdy nie widziała, jak płaczę. Już panu mówiłem? Tak na dobre, znaczy się.

– Chcesz jeszcze jednej szansy? O to ci chodzi?

– Tak.

– Dlaczego miałaby ci ją dać? Czy ty dałbyś komuś ponownie szansę? I to po dziesięciu latach?

– Po jedenastu... Nie, nie dałbym.

Viggo Osvold ciężko westchnął, zdjął z nosa okulary i prawie niedostrzegalnie pokręcił głową, jakby chciał powiedzieć, że Tommy nie posunął się w ostatnich miesiącach ani o centymetr. Może w głębi duszy doszedł do wniosku, że pomogłoby tu tylko leczenie farmakologiczne?

Tommy wciąż nie dał mu sensownej odpowiedzi na pytanie: „Co czujesz przy wybuchu agresji? Czujesz, że jesteś mały, przerażony, odrzucony, zraniony, samotny, dumny czy smutny?".

– Wszystko to razem – mówił. – Jak dziecko. Jakbym znów był dzieckiem.

Osvold zawsze wtedy pytał o przemoc, tę odwieczną przemoc. Bicie, gwałt, kazirodztwo czy zabójstwo to w gruncie rzeczy to samo. „We wszelkiej przemocy wobec kobiet chodzi o jedno – o władzę. Czy kiedy ją uderzyłeś, czułeś, że masz ją w swojej mocy? Czy wręcz przeciwnie, czułeś niemoc?"

– Nie wiem.

Tommy nigdy nie miał lepszej odpowiedzi. Osvold wtedy kiwał głową, nieco unosił brwi i robił lekki grymas, coś w rodzaju początku współczującego uśmiechu. Nie bardzo miał ochotę postawić Tommy'emu jakąś tymczasową diagnozę, nawet na podstawie bezpośrednich i powtarzających się pytań. Tommy dobrze o tym wiedział, a Osvold na pewno go przejrzał. Diagnoza powiedziałaby Tommy'emu, że jest chory, byłaby pretekstem do samouspokojenia – jestem chory, więc biję.

– Jakoś funkcjonujesz – mawiał Osvold – więc nie postawię ci diagnozy. Może później, zobaczymy.

Tommy odliczył pięć dwusetek.

Viggo Osvold wziął do ręki złoty kieszonkowy zegarek, leżący na ławie między pudełkiem chusteczek a orchideą, która pamiętała lepsze czasy.

– Muszę już iść – powiedział Tommy, podniósł z biurka „Aftenposten" i pokazał Osvoldowi pierwszą stronę.

Psychiatra zamknął jego teczkę. To było jego życie, jego bagno. Za kwadrans kolej na następnego świra. Tak popapranego, że życia mało, by go z tego wyprowadzić.

Właściwie to Tommy powinien być na komendzie razem z innymi, ale Reuter uważał, że spotkania z terapeutą są ważniejsze. Tak czy owak nie miał teraz wiele do roboty, więc prawdę powiedziawszy, pasowały mu te trzy kwadranse na kozetce u Osvolda. „Akt pierwszy zawsze należy do techników" – mawiał Reuter. Odwrotnie niż w teatrze: najpierw zabójstwo, potem technicy. Dopiero później mógł się rozpocząć akt drugi. A ostatni akt był tylko pozbawionym dramaturgii splotem tragedii.

Jak jego własne życie.

Wczesną jesienią Hege wniosła pozew o użycie przemocy, do czego skłonił ją jej nowy mąż. Zagrożenie karą od lat trzech do sześciu.

O dziwo, przyniosło to Tommy'emu ulgę. Nie chciał co prawda iść do więzienia ani też nie chciał, by inni dowiedzieli się, co zrobił, ale kiedy pozew został wniesiony, było to jak *coming out*. Coś w nim pragnęło, żeby ona okazała siłę. Żeby powiedziała: „Jak zechcę, to cię zmiażdżę".

Osvold uważał to za pozytywny znak. „Bardzo pozytywny" – zaryzykował wręcz stwierdzenie. Problemem były tylko „momenty zapalne". Tommy nie potrafił ich wskazać. Ani ująć swoich czynów w słowa. Do uczuć jeszcze nie doszli, może nie były takie ważne? Zresztą nie wiedział, czy jeszcze je posiada. Kiedy zgodził się na terapię, Hege wycofała pozew. Na komendzie wiedział o nim tylko Reuter i kadrowiec, ale Tommy był pewien, że sprawa wyciekła. Może nie do wszystkich, ale na pewno do decydentów, którzy skutecznie storpedują jego ewentualną dalszą karierę, jeśli tylko się wychyli. Póki co, był na liście oczekujących na przyjęcie do „Alternatywy dla Przemocy", najodpowiedniejszego miejsca dla takich jak on, wspólnoty mężczyzn, którzy tłuką kobiety prawie na śmierć. Może będzie też dalej chodził do Osvolda? W dziwny sposób polubił tego zezowatego doktora.

– Jeden fałszywy krok i wylatujesz na zbity pysk – powiedział mu Reuter. – Nie będziesz mógł być nawet pieprzonym strażnikiem miejskim z giwerą na gaz. A jeżeli Hege cię załatwi, dostaniesz trzy lata. Przecież się przyznałeś. Moglibyśmy sami wnieść pozew. Powinniśmy wręcz sami wnieść pozew. A jak pójdziesz do pierdla, to cię tam załatwią, wiesz chyba? Połamią ci wszystkie kości, nawet te najdrobniejsze. Jak się dobrze zastanowić, to może ja powinienem to zrobić?

2

Do Frognerveien dotarł na piechotę, choć długa kolejka wypluwających spaliny samochodów jakoś się rozładowała. Przed drzwiami kamienicy zapanowała tymczasem normalność. Pamięć na moment podsunęła mu obraz z nocy: pulsujące niebieskie światła, mundury, wiele mówiące spojrzenia tych, którzy widzieli zmasakrowaną dziewczynkę. Teraz to wszystko zniknęło. Karetki, radiowozy, taśma zagradzająca wejście.

W mieszkaniu wciąż pracowało dwóch techników kryminalistycznych.

Zapukał do drzwi.

Dano mu plastikowe ochraniacze na buty.

Łóżko w sypialni stało się czarne. Ile ta dziewczynka straciła krwi?

Ile razy pchnął ją nożem? Ile razy uderzył ją młotkiem, który wciąż leżał na podłodze? Ale ani jednego odcisku, gość musiał używać rękawiczek, pewnie lateksowych. Noża nie było. Uważano, że był średniej wielkości, o ostrzu długim na 11-12 centymetrów. Zabolało go na samą myśl, że mógłby zostać pchnięty czymś takim. Same pchnięcia celowo nie były śmiertelne, więc spodziewano się, że dziewczynka umrze raczej z utraty krwi. Niemniej jednak sprawca naruszył wystarczająco dużo istotnych organów, co w tak niewielkim ciele było nie do uniknięcia.

Popatrzył na wezgłowie łóżka z resztkami szarosrebrnej taśmy.

Kiedy zjawił się Monsen z pierwszym patrolem, była nią przymocowana do łóżka. Miała też zaklejone nią usta.

Pomyślał, że ten *modus operandi* w dużej mierze pokrywa się z innym. Fredrik Reuter, który w latach osiemdziesiątych był zwykłym śledczym, poprzedniego dnia z niejaką niechęcią to potwierdził – że to usiłowanie zabójstwa było mniej lub bardziej identyczne ze sposobem działania przy sześciu morderstwach, za które w latach dziewięćdziesiątych skazano Andersa Raska. Protokół oględzin ze szpitala wskazywał na to, że młodociana prostytutka doznała tych samych, metodycznie dokonanych uszkodzeń nożem i uderzeniami, co pozostałe sześć dziewcząt. To, że ktoś sprawcę spłoszył, spowodowało, że nie zdążył rozpocząć pozyskiwania trofeów, wycinania części ciała niczym samozwańczy aztecki kapłan. Gdyby to zrobił, nie byłoby najmniejszych wątpliwości. Z drugiej strony, dziewczynka by nie żyła.

Pierwszej dziewczynce, w Tønsberg w 1978 roku, brakowało małego palca u lewej ręki, pozostałym dziewczętom ucięto kolejne palce, u szóstej i ostatniej brakowało kciuka prawej ręki. Po tym Rask brał się do pozbawiania ich kobiecości, w sposób, o którym Tommy starał się jak najmniej myśleć.

Jedno, co było pewne, to to, że Anders Rask nie mógł odpowiadać za to usiłowanie zabójstwa. Był zamknięty w szpitalu psychiatrycznym Ringvoll i próbował nawet skłonić sąd do wznowienia postępowania karnego. Było pewne, że osoba, która usiłowała zabić dziewczynkę, niewątpliwie znała metody, których użył Rask w tych sześciu morderstwach, do których się przyznał i za które został skazany. Uzasadnienie wyroku i zarazem szczegóły morderstw nigdy nie zostały publicznie ogłoszone ze względu na pamięć ofiar, ale prawie wszyscy śledczy i sprawozdawcy sądowi w Oslo doskonale wiedzieli, co wtedy zaszło. Tak więc albo miało się do czynienia z tzw. copycatem, admiratorem Raska, rekrutującym się spośród tych, którzy znali szczegóły morderstw, albo Rask został niesłusznie skazany i zbrodnie popełnił ktoś inny, a teraz ten ktoś podjął kolejną próbę... Albo też policja w Oslo miała do czynienia z koszmarem – jakimś związkiem między Raskiem i sprawcą na wolności, który operował dokładnie tak samo jak on.

Tommy nie miał siły dłużej przebywać w tym mieszkaniu.

Tylko jedno dodawało mu otuchy: że to bezradne dziecko musiało widzieć twarz człowieka, który chciał je zabić – o ile jej nie zasłonił.

3

Tommy wrócił do drzwi. Kiedy się wtedy zjawili, były otwarte. Stanął na podeście schodów, próbując zrekonstruować sobie tamtą noc. Sprawca zapewne zadzwonił z dołu. Może poznał dziewczynkę w Porte des Senses albo, co bardziej prawdopodobne, odpowiedział na ogłoszenie w sieci. Gdyby im się udało ustalić, kim było to delikatne dziecko, mogliby zacząć coś na kształt prawdziwego śledztwa. W mieszkaniu jednak nie było ani komputera, ani komórki, żadnego notesu z adresami, nawet kartki papieru. Zszedł powoli po schodach i dotarł aż do wielkiej, pomalowanej na biało dwuskrzydłowej bramy. Przy dzwonku nie było żadnej wizytówki. Mieszkanie znajdowało się w posiadaniu norweskiej spółki, która z kolei była własnością firmy z Estonii. Prezesem norweskiej spółki był norweski biznesmen Jon H. Magnussen. Przez 183 dni w roku przebywał na Cyprze i nie dało się z nim skontaktować inaczej niż przez adwokata, który jakoby nic nie wiedział o mieszkaniu.

Przyjrzał się resztkom sadzy na guzikach dzwonków. Że też w ogóle próbowali...

„Stał tutaj" – pomyślał Tommy. „Z torbą, może teczką, a może miał plecak? Gdzieś przecież musiał schować swoje narzędzia: nóż, młotek i taśmę naprawczą".

Mężczyzna, którego poszukiwano rano, ten, którego zarejestrowano, jak szedł ulicą Corta Adelera od strony Porte des Senses i dalej w kierunku Drammensveien, nie miał ani torby, ani teczki, ani plecaka. Może więc to nie był on? Może był to ktoś, kto mieszka gdzieś w pobliżu? Jednym pchnięciem otworzył bramę i po raz drugi ruszył schodami na górę. O czym myślał ten, który szedł po tych schodach, niosąc nóż, młotek i rolkę grubej taśmy? Tommy przypomniał sobie nieco histeryczny głos dzwoniącego. Pomyślał, że to młody człowiek, może jej osobisty diler albo posłaniec, który miał wziąć od niej pieniądze dla chłopców z miasta. Pojawił się w środku nocy, może czasem z nią sypiał, odbierając część należności w naturze? W seksbranży bydlaków nie brakowało. Niezależnie od tego, kim był, wszedł niezapowiedziany. Albo drzwi nie były zamknięte, albo miał własny klucz.

Ten przypuszczalnie młody człowiek musiał przeżyć niezły szok, kiedy tam wlazł. Tommy nie chciał sobie wyobrażać widoku, który zobaczył.

Ale on mógł widzieć człowieka, który próbował zabić dziewczynkę. Właściwie musiał widzieć.

Tego dnia rano Tommy odsłuchał nagranie z dyspozytorni pogotowia co najmniej dziesięć razy. „Pospieszcie się, musicie się pospieszyć, ona umiera. Umiera!"

Rozmowę nagrano o 3.47. Dzwoniono z telefonu na niezarejestrowaną kartę, a to mogło oznaczać, że osobnik był z tego samego środowiska, co dziewczyna. W jego głosie nie było obcego akcentu, więc nie był to nikt z wschodniej Europy.

Z rozmowy nie dało się wiele wyciągnąć, ale sugerowała, że w mieście były co najmniej dwie osoby, które mogły widzieć sprawcę. Dzwoniącego nie mogli chronić, dopóki się nie zgłosi. Ale on spieprzał stamtąd, jakby go gonił sam diabeł.

W korytarzu widniały ślady krwi, co mogło sugerować, że rzeczywiście był goniony. Przez człowieka z nożem lub młotkiem...

Ale dziewczynka wciąż żyła i była dla nich skarbem.

Zatrzymał się na podeście trzeciego piętra. Młoda para, która tam mieszkała, już została przesłuchana. Niczego w nocy nie słyszeli. Może nic w tym dziwnego, skoro usta dziewczynki zostały zaklejone taśmą? Z uporem też twierdzili, że nic im nie było wiadomo o procederze nad ich głową. Tommy miał jednak dziwne przeczucie, że młoda żona, matka niemowlęcia, ma mu coś do powiedzenia.

Postanowił ich odwiedzić.

Zanim jednak zdążył zadzwonić, odezwała się jego komórka. Sørvaag oświadczył, że jeśli natychmiast nie zjawi się w szpitalu, to on zaraz go opuści. Bo jest za stary, żeby pracować za friko.

Tommy zbiegł po schodach. Para z trzeciego piętra będzie musiała poczekać do jutra.

Jeśli dziewczynka w szpitalu się obudzi, jeden z nich musi tam wtedy być. Była to ta jedyna szansa, którą dostaną.

4

Obudziła się, bo ktoś ją zawołał. Pokoju nie rozpoznała. Miała znów sen o niej. Że idzie po schodach na piętro na Skøyenbrynet, potem przez ciemny korytarz, słysząc zdławione głosy. Oni w jej łóżku. Krzyk. *Gdzie jesteś, mamo? Tu jestem, Kristiane. Daleko, daleko, jak zawsze.* Doznała zawodu, jak zawsze. Z kuchni usłyszała głos Petera.

– Mamo?

– Odpoczywam – szepnęła, bo nie miała siły krzyknąć.

Po chwili pojawił się w drzwiach, a potem przeszedł przez pokój i zapalił lampkę do czytania.

– Dlaczego śpisz w gabinecie?

– Przynieś mi szklankę wody, dobrze? – poprosiła.

Odwrócił się bez słowa. Zamknął za sobą drzwi. Wiedziała, że on to dawno pojął. Że ona nie ma już mu do dania żadnej miłości. Żywił do niej odrazę za coś, na co nie miał odpowiedniego słowa.

Kiedy wstała, głowa jej niemal odpadła. Mogła wziąć tabletkę vivalu albo dwie, ale postanowiła poczekać. Słabe światło lampki wdzierało się w jej czaszkę, stamtąd w szpik kręgosłupa, i wychodziło na wysokości krzyża.

Kiedy brała z biurka „Dagbladet", trzęsły jej się ręce. W taksówce po drodze z hotelu SAS-u wysłuchała wiadomości. Kiedy dotarła do domu, wysłała Rose, by kupiła wszystkie gazety. Z pewnymi oporami spędziła też pół dnia, czytając ich cyfrowe wydania w Internecie.

Było tam napisane, że policja pragnie skontaktować się z owym mężczyzną. Tym z nieostrego zdjęcia z ulicy Corta Adelera, na którym zmierza w kierunku Drammensveien. Twarz miał zasłoniętą daszkiem baseballówki z napisem NY Yankees.

Zdjęcie zrobiono o godzinie 1.59.

Wiedziała, że on chadza do klubów, które są w tamtej okolicy; sama nieraz miała na to ochotę. I ta czapka... Nosił taką w domku letniskowym, ale niekiedy też w mieście.

Kiedy przyszedł do hotelu SAS-u?

Słabo to pamiętała. Do domu wróciła dopiero koło dziewiątej. Rose powiedziała, że Peter o nią nie pytał. Ponoć obudziła go jak zwykle, zrobiła mu śniadanie, przygotowała kanapkę. Kiedy pogoda była szczególnie paskudna, Elisabeth Thorstensen sama wstawała i odwoziła go do szkoły. Inaczej nie czułaby się jak normalna matka. Normalna? Normalne matki nie myślały o swoim dwunastoletnim synu: „Urodziłam cię, by zapomnieć. A teraz cię nienawidzę".

– Stul pysk – powiedziała sama do siebie.

Usłyszała, że Rose i Peter rozmawiają w kuchni. Gosposia śmiała się z czegoś, co on powiedział, w sposób, który sugerował, że jest nim oczarowana. Trzydziestoletnia filipińska pomoc domowa oczarowana przez dwunastolatka.

Bywały dni, kiedy Elisabeth nie była pewna, czy to Asgeir jest jego ojcem. Peter był podobny do Alexa. Jedno nieszczęście zastąpione innym.

„Któregoś dnia cię rzucę" – pomyślała. „Naprawdę".

Chwilę później łzy napłynęły jej do oczu.

– Nie wolno ci zgorzknieć – czyż nie to jej powiedziano? Bo stracisz grunt pod nogami i utoniesz.

Może to jest rozwiązanie?

Po prostu przestać walczyć?

5

Kiedy taksówka w końcu zatrzymała się przed Szpitalem Centralnym, zdążyło już napadać kilka centymetrów śniegu. Tommy'emu trafił się szofer Duńczyk. Nigdy nie widział śniegu w listopadzie, choć pochodził z Hjørring. „Witamy w Norwegii" – powiedział mu Tommy. Duńczyk jechał tak wolno, że młoda prostytutka mogła tymczasem umrzeć. Ale samochód policyjny nie wchodził w grę. Na komendzie nie więcej niż dziesięć osób wiedziało, w którym szpitalu leży dziewczynka, a zdaniem Tommy'ego i tak było ich za dużo. Zatrzasnął za sobą drzwi, odcinając się tym samym od cichych tonów *A Love Supreme* Coltrane'a, i odprowadził wzrokiem tylne światła mercedesa. Po chwili zniknęły za śnieżną zasłoną, której latarnie na Ringveien nadawały żółtawą barwę.

„To cud, że ratownicy i dyżurni lekarze jakoś utrzymali tę dziewczynkę przy życiu" – pomyślał. W oficjalnym oświadczeniu napisano, że została umieszczona w szpitalu „we wschodniej części kraju". Przeleżała na stole operacyjnym dziewięć godzin i Tommy prosił Boga, w którego już dłużej nie wierzył, by mogła teraz przemówić.

Bo przecież to, że uszła z życiem, nie mogło być przypadkiem, musiało czemuś służyć!

Przed wejściem do szpitala pozwolił sobie na dwa papierosy – nie wiedział, ile czasu przyjdzie mu tam spędzić. W holu recepcji nie było nikogo. Nie było też nikogo za kontuarem, ale z umieszczonej za recepcją dyżurki doszedł go stłumiony śmiech. Drzwi zasłonięte były białymi wertykalami, które nie pozwalały tam zajrzeć i które skutecznie zasłaniały też widok ze środka na hol recepcji. Obrócił się i dokładnie obejrzał sufit i ściany. Widoczne były jedynie dwie kamery umieszczone nad drzwiami, z których każda śledziła swój sektor w holu, więc po wejściu do któregoś z długich korytarzy po lewej lub po prawej, znikało się z ich pola widzenia. Może w dyżurce znajdował się monitor rejestrujący ruch w okolicy recepcji, ale to było wszystko.

Słyszało się sporo opowieści o ćpunach, którzy wałęsali się po korytarzach szpitali w poszukiwaniu morfiny i co tam jeszcze dało się znaleźć. Tommy nie posiadał się ze zdumienia, że nikt nie pomyślał o lepszym zabezpieczeniu dziewczynki. Wystarczyła jedna gadatliwa salowa, by prawda o szpitalu, gdzie ją trzymano, znalazła się na pierwszych stronach gazet. A wtedy nie wystarczyłby jeden ochroniarz w recepcji i jeden policjant przed jej izolatką.

– Hej tam! – zawołał w stronę dyżurki.

Śmiechy ucichły.

Zza żaluzji wychyliła się głowa młodej dziewczyny. Przez moment wyglądała na zawstydzoną, ale szybko poradziła sobie z rumieńcem, który wykwitł na jej policzkach. Za nią pokazał się ochroniarz.

Dziewczyna zrobiła poważną minę. Tommy poczuł przez moment, że zarówno recepcjonistka, jak i strażnik, najwyraźniej na dyżurze, uznali go za tego, na którego wszyscy aktualnie polują. Tego, który przyszedł, by zabić młodą prostytutkę.

– To tak pilnujecie? – spytał.

– Dobrze pilnujemy – powiedział ochroniarz. Wyszedł zza kontuaru i zaczął chodzić po holu, niby patrolując.

„Tak czy owak marnujecie czas" – pomyślał Tommy, ale nic nie powiedział.

Jeszcze raz obrzucił spojrzeniem recepcję i niewysokiego, korpulentnego strażnika, kręcącego się przy drzwiach wejściowych.

„Jeśli człowiek, który zabił te dziewczynki, tu się zjawi, ty też będziesz martwy" – pomyślał.

6

Poszedł długim korytarzem na wprost, tak, jak go skierowała pielęgniarka w recepcji, ale zamiast pojechać na drugie piętro windą, poszedł schodami. W połowie drogi opanowało go jakieś nieprzyjemne uczucie. Przechylił się przez balustradę i spojrzał w dół, do piwnicy, gdzie salowi wozili zapewne łóżka z pacjentami z oddziału na oddział, a także martwych do chłodni, w której patolodzy, z błogosławieństwem prokuratury, kroili ofiary morderstw na kawałki, jakby już raz nie sprawiono im cierpienia.

Tommy stał tak dość długo, patrząc na piwnicę przez wąski, prostokątny otwór klatki schodowej. Od ilu minut przebywa w Szpitalu Centralnym? Spotkał dotąd tylko dwie osoby – recepcjonistkę i ochroniarza. Ile taki szpital jak ten miał wejść?

Cały ten plan był śmiertelnie niebezpieczny dla ofiary. Sprawca zdawał sobie przecież sprawę, w jakim stanie jest dziewczynka, i wiedział, że policja nie zaryzykuje przewożenia jej dalej niż to absolutnie konieczne. I o ile znał system szpitalny, od razu pojął, że Centralny jest najpewniejszym szpitalem w przypadku ciężko rannej osoby o nieustalonej tożsamości.

Tommy próbował przekonać Reutera, że Szpital Centralny jest zbyt oczywistym wyborem, że powinni przetransportować ją do Fredrikstad albo do Tønsberg, ale było to rzucanie grochem o ścianę. W kasie były pustki, a Reuter nie miał magicznej różdżki.

Tommy odnosił wrażenie, że z piwnicy dolatuje go chłodny powiew, który niesie ze sobą zapach śmierci. Fetor uderzający w nozdrza policjanta w mieszkaniu, w którym ofiara morderstwa przeleżała o kilka dni za długo – mieszanina zapachu zgniłego mięsa, słodkawego zapachu żelaza i odchodów. Gdzieś obok niego zatrzasnęły się drzwi, ale kiedy się odwrócił, nie było tam nikogo.

Z dalszej części korytarza dobiegł go nowy dźwięk i pojawił się tam pielęgniarz. Podszedł do Tommy'ego, wyciągnął rękę.

– Kristian – powiedział, ale Tommy nie zwrócił na niego uwagi, chyba nawet sam się nie przedstawił.

Nagle w uszach zabrzmiał mu przenikliwy głos kobiety.

Najpierw nie potrafił go umiejscowić, ale po chwili już wiedział.

„To wszystko przeze mnie".

Tyle lat temu…

Drzwi na OIOM otworzyły się automatycznie. Ściany były szare jak popiół, jakby widziały zbyt wiele smutku i śmierci.

– Leży tam, na końcu – odezwał się Krystian.

– Aha – powiedział Tommy. Już od paru chwil widział uzbrojonego mundurowego przed ostatnimi drzwiami korytarza. Przed nim stał Sørvaag i perorował na jakiś temat.

Tommy nie lubił kolegi, ale musiał przyznać, że drań jest dobry w swoim fachu. To on na Frognerveien znalazł pudełko zapałek z Porte des Senses. Gangsterowi Miloviciowi, który był właścicielem klubu, prokurator Finneland obiecał amnestię, o ile będzie współpracował i poda im nazwisko młodocianej prostytutki. Pewnie była jedną z tych dziewczyn, które przeszmuglowano do kraju w kontenerze, i zapewne miała nie więcej niż czternaście lat. Ale akurat to Finneland miał gdzieś. Chciał dopaść winnego morderstw, za które skazano Raska, bo był przekonany, że to ten sam człowiek. Tommy nie był taki pewien.

Przywitał się i pokazał legitymację mundurowemu. Było to wielkie chłopisko w średnim wieku, z komisariatu na Majorstua.

– Powinieneś mieć nabój w komorze – powiedział Sørvaag do mundurowego na odchodnym. I zachichotał.

„Idiota" – pomyślał Tommy. Ale nie mógł odmówić koledze racji. W spotkaniu z kimś, kto musiał być najniebezpieczniejszym człowiekiem w kraju, mogło nie być czasu na przeładowanie broni.

– Ona jest tutaj – odezwał się pielęgniarz, na wypadek, gdyby ktoś jeszcze tego nie pojął.

Tommy osłonił twarz dłońmi, przyłożył do zbrojonego szkła w drzwiach i wytężył wzrok. Pomieszczenie było zaciemnione, z wyjątkiem słabego światełka na jego końcu, gdzie leżała dziewczynka. Ile mogła mieć lat? Czternaście, piętnaście? Kto wie, może nawet trzynaście.

– Chcę tam wejść – powiedział, nie odwracając się.

– Ale przecież...

– Słyszałeś, co powiedziałem. – Tommy obrócił się do Kristiana i pchnął go palcem w pierś.

Mundurowy powoli wstał.

– A ty siadaj – powiedział do niego Tommy. – To nie mnie masz pilnować.

– Przecież...

– Kristian, przyprowadź lekarza dyżurnego. Bo inaczej będę musiał dzwonić po całym mieście. Ale wtedy nie gwarantuję, że będziesz tu dalej pracował.

Już po minucie pielęgniarz przyprowadził z dyżurki lekarkę, mniej więcej w wieku Tommy'ego, może już skończyła czterdziestkę. Wydało mu się, że już ją kiedyś spotkał, przy okazji jakiejś sprawy, ale nie pamiętał której.

– Chciałbym do niej wejść.

Kobieta przeniosła spojrzenie na drzwi, za którymi leżała dziewczynka.

– Jest bardzo osłabiona. Być może wprowadzimy ją nawet w stan śpiączki farmakologicznej, zresztą pan sam to pewnie wie. Decyzje podejmujemy na bieżąco, a ostatnia godzina była nie najgorsza.

W drzwiach dyżurki pojawiły się dwie pielęgniarki.

– To tam nikogo nie ma?

– Monitorujemy najmniejsze poruszenie, wszystko, panie Bergmann. – Lekarka znów przeniosła na niego wzrok.

– A jak coś powie?

Skinęła głową.

– Czy coś powiedziała?

– Owszem, ale niezrozumiale. Policjant, który tu dziś był, nic z tego nie pojął. Poza tym, powtarzam, jest bardzo osłabiona. Nie jest pewne, czy przeżyje. Straciła dużo krwi.

– Ktoś musi z nią być cały czas. – Tommy nie miał czasu wysłuchiwać tej lekarki. Idiota Sørvaag pojechał do domu, bo mu nie płacą za nadgodziny, i nikt nie usłyszy, co powiedziała, przynajmniej nie od razu. W tej sytuacji ważne było każde słowo! Dałby wiele za choćby ułamek informacji.

Wyjął aktywowany mową dyktafon i podał lekarce.

– Więc albo to, albo ja.

Po kilku minutach intensywnego przekonywania lekarka w końcu się poddała. Z powodu groźby zakażenia musiał włożyć worki na buty, siatkę na włosy, maskę na twarz i taki sam zielony fartuch jak lekarka, która powiedziała prosto z mostu, że nie chce stracić pacjentki z powodu niewykąpanego i nie całkiem zdrowego policjanta. W stanie takiego osłabienia mogła ją zabić najmniejsza infekcja.

Tommy przyjrzał się sobie w lustrze w dyżurce. Pokój pachniał sterylną czystością, a ogłoszenie o pracowniczej loterii z nagrodą w postaci butelki wina wydawało się tu całkiem nie na miejscu. Pomyślał, że tak musi wyglądać powszedni dzień Hege, że i ona musi stawać przed takim lustrem. I że on może nigdy nie przestanie o niej myśleć.

Włożył siatkę na włosy i nachylił się bliżej lustra. W ostrym świetle kręgi pod oczami dominowały w całej jego twarzy. Chwycił maskę i pomyślał, że jeśli dziewczynka ją właśnie zobaczy jako pierwszą rzecz po ocknięciu się, dozna szoku i umrze. Przez moment zadał sobie pytanie, czy to nie jest obłęd, żeby siedzieć obok niej przez dwie lub trzy godziny w nadziei, że się obudzi i powie coś istotnego?

Ale jeśli to miałoby przywrócić sprawiedliwość na tym świecie, to było tego warte.

Lekarka w milczeniu poprowadziła go przez korytarz, gdzie zamienił jeszcze parę słów z mundurowym. Był to kawał chłopa, ale Tommy'emu znów przyszło do głowy, że jeżeli sprawca odnajdzie to miejsce, nic go nie powstrzyma.

Wprowadzono go do sali, gdzie leżała dziewczynka. Jej szczupła postać ginęła w wielkim szpitalnym łóżku po lewej stronie pomieszczenia. Nigdy czegoś takiego nie widział – do ilu rurek ją podłączyli? Spróbował policzyć, ale zakręciło mu się w głowie. Na ustach miała maskę tlenową, której karbowany wąż połączony był z gniazdem w ścianie za łóżkiem. Na zielono świecił ekran EKG. Przez chwilę śledził cyferki i wykresy.

Cały ten widok miał w sobie coś nierzeczywistego, jakby wszystko to było oderwane od świata, stanowiło zamknięty wszechświat, w którego środku leżała ta dziewczynka, pływając między życiem a śmiercią. Było to jak wzięte z filmu science fiction, który widział kilka lat temu, ale nie mógł sobie przypomnieć jego tytułu, gdzie na wpół martwe dziewczęta leżały w czymś w rodzaju śpiączki, przewidując morderstwa, których jeszcze nie popełniono.

Sam się tak teraz czuł, jakby był w stanie przewidzieć, co się teraz zdarzy. Wiedział, dlaczego próbowano ją zabić. I wiedział też, że tylko on jest w stanie znaleźć człowieka, który to zrobił. Bo Rask siedział za kratami, a trzy tygodnie wcześniej udzielił wywiadu dla „Dagbladet", w którym powiedział, że może jednak to nie on zabił Kristianę... Pięć pozostałych owszem, ale nie Kristiane. Może nie.

Kiedy lekarka wyszła, opadł na krzesło obok łóżka zupełnie bez sił. Uważnie przyjrzał się rysom twarzy dziewczynki. W słabym świetle wydawało mu się, że widzi w nich coś słowiańskiego. Po chwili nabrał pewności, że jest ze wschodniej Europy. Wyglądała zupełnie jak dziewczynka o twarzy lalki z jego snu. Skórę miała białą, całkiem bezbarwną, niemal przezroczystą.

Jej głowa nagle drgnęła.

Tommy wyprostował się na krześle.

Gałki oczne dziewczynki zaczęły się poruszać pod cienkimi powiekami, a usta się rozchyliły. Szybko zerknął na aparaturę EKG po drugiej stronie łóżka. Tętno wzrosło, podniosło się ciśnienie krwi.

Ale wszystko to skończyło się równie szybko, jak się zaczęło. Nie poruszyła się, tętno spadło, odetchnęła głęboko i na powrót pogrążyła się w czymś, co wyglądało na rozpuszczony w morfinie, pozbawiony marzeń sennych wir.

Otworzyły się drzwi i na podłodze pojawił się długi cień lekarki. Przyjrzała się dziewczynce i Tommy'emu, potem podeszła do aparatury EKG. Przekrzywiła głowę, nacisnęła jakiś guzik, a po chwili z drukarki obok monitora wysunął się wydruk.

— Nic nie powiedziała? — zwróciła się do Tommy'ego.

Potrząsnął głową.

– Miała już dziś takie momenty lekkiego przebudzenia. Jeden trwał nawet około minuty, ale kontaktu z nią nie było.

„To dlatego ja tu teraz siedzę" – pomyślał Tommy, ale nic nie powiedział, kiwnął tylko głową. Lekarka podeszła do dziewczynki, nachyliła się nad nią i ostrożnie dotknęła jej czoła. Patrzył, jak dłonią o długich palcach delikatnie głaszcze dziewczynkę po jasnych włosach. Zauważył szeroką ślubną obrączkę.

– Jest niewiele starsza od mojej średniej córki. – Lekarka uśmiechnęła się do niego smutno, jakby jedyną rzeczą, którą można było zrobić dla na wpół martwej dziewczynki, było pogłaskanie jej po włosach i poproszenie wyższych mocy o to, by przeżyła.

– Wygląda pan tak, jakby pan też potrzebował snu – powiedziała, klepiąc go lekko po ramieniu.

Ciepło jej dotyku czuł jeszcze kwadrans później.

Nagle poczuł nieprzezwyciężoną ochotę, żeby potrzymać dziewczynkę za rękę. Do oczu napływały mu łzy. Zmusił je, żeby się cofnęły, i pomyślał, że jest sentymentalnym gnojkiem. Zamknął oczy i dotknął jej ręki, delikatnie, by nie naruszyć wenflonu.

Po półgodzinie poczuł, że zaczyna oddychać w tym samym rytmie, co dziewczynka.

W końcu, może po jakichś dwóch godzinach, zasnął na krześle. Obudziła go lekarka, która siedziała przed nim w kucki i trzymała go za ramiona.

– Znajdziemy dla pana jakiś pokój – powiedziała.

Nie wiedział dokąd go prowadzi, ale posłusznie położył się na łóżku w pustej dwuosobowej sali. Ostatnim obrazem, który zobaczył, były topniejące na oknie białe płatki śniegu.

7

Muzyka z pierwszego aktu *Jeziora łabędziego* zawsze wprawiała go w jakiś cholerny, sentymentalny nastrój. Tak, jakby Czajkowski dokładnie wiedział, jakie trzeba nacisnąć guziki: najpierw ta melodramatyczna pierwsza scena, potem dwa walce, które przypominały mu czasy, które nigdy nie wrócą, kiedy dziewczęta były małe, chodziły do szkoły baletowej i brały udział w bożonarodzeniowych przedstawieniach... Czasy, zanim został ordynatorem i dyrektorem kliniki. Zanim jego życie wypełnił cudzy obłęd.

Arne Furuberget wziął do ręki pilota i wyłączył muzykę. Nogi trzymał na stole tak długo, że odpłynęła z nich cała krew. Z najwyższym trudem opuścił je na podłogę. Boleśnie mrowiły przez dłuższy czas, dopóki krew do nich nie powróciła. Zastanawiał się, jak to zatem jest, kiedy człowiek budzi się w kaftanie bezpieczeństwa?

Furuberget nabrał zwyczaju chodzenia w kółko po ciemnym gabinecie, gdzie jedynie zielona biblioteczna lampa pokazywała, że o tak późnej porze panuje tu jakieś życie. Odetchnął głęboko i po raz kolejny próbował zrzucić z siebie poczucie winy i wyrobić w sobie zawodowy dystans do swojego własnego życia uczuciowego. Podszedł do odtwarzacza i znów nastawił rosyjską muzykę. Potem nalał sobie czystej wódki i stanął przy oknie wychodzącym na jezioro Mjøsa.

Wychylił wódkę jednym haustem, mówiąc sobie, że przecież w tej okolicy nigdy nie sprawdzają kierowców alkomatem. Przez zasłonę mokrego śniegu widział nieliczne światełka z położonych poniżej kliniki gospodarstw. Poza tym było ciemno, choć oko wykol.

Gdzieś nad nim rozległ się cichy okrzyk. Był prawie niesłyszalny, ale on wyrobił w sobie specjalny zmysł rejestrujący te niemal ponaddźwiękowe erupcje pacjentów. W końcu to byli jego pacjenci. Na ogół był w stanie przewidzieć, który z nich na co i jak w danym momencie zareaguje.

Intuicja kazała mu zadzwonić do dyżurnej pielęgniarki.

– Wciąż w pracy? – spytała.

Zignorował to pytanie.

– Co pani myśli o zwiększeniu dawki?

Lubił pytać ludzi o zdanie. Czuli się przez to ważniejsi, niż rzeczywiście byli. „Nie" – pomyślał. „Oni są ważni". Ważniejsi od niego, czyż nie? To oni byli w ogniu walki dwadzieścia cztery godziny na dobę, on nie. On z reguły szedł o czwartej do domu. Następnego dnia czytał raporty i karty pacjentów, przyjmował niektórych na indywidualną terapię, nadzorował plany leczenia wdrażane przez poszczególne zespoły.

Ta galeria obłąkańców znakomicie dałaby sobie bez niego radę.

Pielęgniarka powiedziała ordynatorowi to, co już wiedział, mianowicie, że to Johansen, księgowy z Kirkenær z piętra nad nim. Miał wzmagającą się psychozę, wieczory były gorsze niż poranki. Twierdził, że chcą go zagryźć wilki. Żył w swoim własnym, równoległym świecie.

Zgodzili się co do tego, że dawka trilafonu, którą dostaje Johansen, jest wystarczająca. Furuberget dobrze wiedział, że zwiększenie dawki mu nie zaszkodzi, ale postanowił poczekać. Johansen kompletnie nie nadawał się do terapii kognitywnej. Może po świętach, jeśli wyższe moce pozwolą.

– Po następnych świętach – mruknął Furuberget, a potem się uśmiechnął.

Co za pesymizm... Ale widział to już tyle razy. Kiedy pacjent tak bardzo się zamotał w swojej głowie jak Johansen, prawie nigdy nie wracał do normalniejszego stanu. Spojrzał na wiszący na ścianie zegar. Zaczęło się robić późno i złapał się na tym, że żałuje decyzji o powrocie do pracy. Zazwyczaj wychodził ze szpitala najpóźniej o wpół do piątej, jechał kawałek do centrum Skreia i jadł obiad z żoną. Dziś jednak, kiedy tylko ona zapadła w poobiednią drzemkę, on wrócił do Ringvoll.

Uczucie, że popełnił niewybaczalny błąd, nie chciało go opuścić. Furuberget doskonale wiedział, że właściwie to on zachęcił Andersa Raska do starania się o powtórne rozpatrzenie sprawy Kristiane. Bo w trakcie sesji terapeutycznej Rask wypowiedział te brzemienne w skutki słowa, równie niespodziewanie jak swego czasu przyznał się do morderstw sprzed lat: „To nie ja zabiłem Kristiane".

A teraz usiłowano zabić kolejną dziewczynkę. W ten sam sposób. *Modus operandi* potwierdził mu kolega i stary oponent, Rune Flatanger z Kripos*. Jedyne, czego brakowało, to odcięcie dziewczynce małego palca u prawej ręki, ale sprawca po prostu nie zdążył tego zrobić. Furuberget i Flatanger przez lata spierali się prawie o wszystko, ale kolega mimo to przekazywał mu informacje, których potrzebował. Środowisko było nieduże i musieli sobie nawzajem pomagać, zwłaszcza jeśli chodziło o Andersa Raska.

Nie mógł pozbyć się myśli, a właściwie dziwnego uczucia, że gdyby wcześniej tego roku odrzucił pośrednią prośbę

---

* Kripos (akronim od KRIminalPOlitiSentralen) – norweski odpowiednik CBŚ. (Przypisy pochodzą od tłumacza).

Raska o pomoc we wznowieniu postępowania, dziewczynka z Frognerveien nie zostałaby ciężko poraniona.

Gorsza była tylko inna myśl, ta, która skłoniła go do powrotu do pracy tego wieczora: czy Rask wystrychnął go na dudka? I jeszcze straszniejsza: czy Rask miał kontakt z kimś na zewnątrz? Kimś, kto pomógł mu dokończyć coś, co on rozpoczął w roku 1978?

Otworzył w komputerze historię jego choroby i zrobił wydruk jego korespondencji z ostatniego roku.

Furuberget osobiście czytał wszystkie listy przesyłane do trzydziestu pensjonariuszy oddziału dla niebezpiecznych pacjentów, zarówno ze względu na stan ich umysłu, jak i na społeczeństwo, do którego być może kiedyś mieli powrócić. Niekiedy zdarzało się, że listu adresatowi nie przekazywał.

Najbardziej odrażający gwałciciele i zabójcy, jeden z większą psychozą i schizofrenią od drugiego, raz w tygodniu dostawali swoją pocztę od ludzi, którzy ich nienawidzili i grozili śmiercią, po kobiety, które gotowe były dla nich zrobić wszystko.

Kobiety podawały tam swoje adresy i numery telefonów. Dla wielu osadzonych po wyjściu ze szpitala kontakt z nimi mógł stanowić zbyt dużą pokusę albo wręcz stać się obsesją. Wielbicielki nieświadomie same podpisywały być może na siebie wyrok śmierci. Z drugiej strony, większość pacjentów z tego oddziału nigdy nie dostawała szans popełnienia na tych kobietach zbrodni, o których marzyli. Po prostu byli wystarczająco chorzy, aby przeżyć resztę życia za kratami.

Jednak Anders Rask zawsze był zagadką. A lata spędzone w szpitalu wcale nie uczyniły go mniej zagadkowym.

Ściśle rzecz biorąc, w jego zachowaniu w szpitalnych murach nie było niczego, co by wskazywało na konieczność trzymania go tam. Jego zbrodnicze fantazje w ostatnich latach bardzo osłabły, odpowiednia kuracja farmakologiczna powstrzymywała jego psychozy, a głosy w jego głowie zamilkły. O ile kiedykolwiek takie psychozy miał...

Przez ostatnie czterdzieści lat Arne Furuberget miał kilka przypadków, których jego radar nie wykrył. Nie przyznałby się do tego oficjalnie, ale taka była brutalna prawda. Psychopatów niemal doskonałych nie udawało się czasem wykryć. Taki ktoś mógł być twoim przyjacielem i jednocześnie lepszym aktorem niż ci, których widuje się na scenie. Ale żaden z nich nie przyznałby się ot tak sobie do sześciu morderstw. A to był dopiero początek zagadki pod tytułem „Anders Rask".

Ale ten jeden list przepuścił.

Nadawca był anonimowy, zapamiętał to. Treść była tajemnicza, ale w zasadzie nieszkodliwa. Rask otrzymał przez te lata nieco anonimów i Furuberget je przepuścił.

„Muszę przeczytać ten list jeszcze raz" – pomyślał. Kiedy czytał go po raz pierwszy, zgadł, że musi pochodzić od jednego z wielu wielbicieli Raska. Nie mógł być chyba od osoby, która rzeczywiście zabiła te dziewczynki? Albo od wspólnika Raska? Rune Flatanger z Kripos powiedział mu jednak, że w tej chwili nie sposób wykluczyć żadnych ewentualności, na przykład tej, że istnieje związek między Raskiem i osobą, która usiłowała zamordować dziewczynkę na Frognerveien.

Znalazł dane dotyczące listu, którego szukał. W elektronicznej rubryce w kolumnie „od" zieje pustka. W polu komentarza figurowały słowa: „List niedatowany, data ze stempla pocztowego". Przyjrzał się dacie: 22 marca. Poniedziałek. Stempel z terminalu pocztowego w Oslo. Niewiele wiedział o zwyczajach poczty, ale założył, że list wrzucono do skrzynki w pobliżu dworca Oslo Centralne, obok tego terminalu.

Znaczyło to, że nadawca mieszka albo pracuje w Oslo, o ile nie przyjechał z innego miejsca w kraju i nie nadał listu w Oslo dla zmyłki.

Najpewniejszą rzeczą była ta data.

List ostemplowano w niecały tydzień po tym, jak adwokat Raska poszedł do „Dagbladet". Rask wycofał owo przyznanie się do winy, twierdząc, że jednak nie zabił Kristiane Thorstensen. Następnego dnia gazety doniosły o wniesieniu sprawy o powtórne zbadanie zarzutów w sprawie Kristiane. List do Raska wysłano w poniedziałek. Ordynator przypuszczał, że autor kilka dni się zastanawiał, zanim go napisał i wysłał.

Mógł to być przypadek. Jednak Arne Furuberget był szczególnie wyczulony na takie rzeczy. Był człowiekiem nauki, ale niekiedy opanowywało go nieokreślone uczucie, że popełnia błąd. Dwa razy zdarzyło mu się wypuścić ze szpitala ludzi, którzy według formalnej psychiatrycznej diagnozy byli zdrowi, ale których w głębi duszy nadal uważał za niebezpiecznych. W obu przypadkach skończyło się to źle: jednym morderstwem i jednym absurdalnym gwałtem. A teraz Anders Rask zrobił pierwszy krok ku uniewinnieniu w sprawie Kristiane. Jeśli wygra, reszta zarzutów też się nie utrzyma. Wszyscy, co do jednego, o tym doskonale wiedzieli – w pozostałych przypadkach dowody były mocno wątpliwe.

„List" – pomyślał Furuberget. „Ten cholerny list".

Do emerytury zostało mu niecałe pół roku, a teraz wmanewrował się w ten dylemat. Wiedział, że powinien przestać o tym myśleć, zamknąć oczy i zostawić te problemy swojemu następcy, ale po prostu nie mógł. Sumienie nie pozwoliłoby mu spokojnie przeżyć tych lat, które mu jeszcze pozostały.

Czy intuicja nie podpowiadała mu przypadkiem, że mężczyzna, który w nocy próbował zabić tę dziewczynkę, był tym samym, który napisał do Raska? Była to zwariowana myśl, tak zwariowana, że właściwie mogłaby przyjść do głowy tylko pacjentom oddziału dla niebezpiecznych... A jednak Furuberget nie mógł się jej pozbyć.

Wiedział, że Rask ma gdzieś teczkę z całą swoją korespondencją.

Mógł zrobić tylko jedno.

Następnego dnia Rask miał być w warsztacie, więc on musi iść do jego pokoju i znaleźć ten list.

Albo Rask popełnił te wszystkie morderstwa sam, albo był pożytecznym idiotą dla kogoś, kto był mu bliski.

Istniała też trzecia możliwość: morderstwa były sprawką dwóch osób. I ta druga wciąż była po drugiej stronie tych murów.

Nagle przyszła mu do głowy myśl, która powinna przyjść mu do głowy dużo wcześniej.

Może Rask porozumiewał się z tym drugim listownie, a tamten odpowiadał anonimowo?

Dlaczego dotąd o tym nie pomyślał?

Bo od czasu aresztowania Raska nikt nie zabił w taki właśnie sposób.

Odszukał go w polu nadawców w archiwum korespondencji. A potem wydrukował listę adresatów jego listów od roku 1994.

8

Ciszę przerwał hałas śnieżnego pługa i przez firankę przedarło się migające pomarańczowe światło. A potem wszystko ucichło.

Już tyle śniegu... Ta myśl była nie do wytrzymania.

Elisabeth Thorstensen usiadła na łóżku i przyjrzała się cyfrom na elektronicznym budziku.

Sięgnęła po fiolkę vivalu, który zapisał jej lekarz rodzinny, kiedy zemdlała w sklepie. Przed statywem z gazetami.

„Ile muszę wziąć?"

Było ich za mało, żeby z tym wszystkim raz na zawsze skończyć.

Wziąć jedną, żeby zasnąć? Ale kogo interesuje zasypianie? Namówiła dawnego kochanka, anestezjologa z kliniki Oslo, żeby przynosił jej seconal. Ale było tego o wiele za mało – tylko jedna kapsułka na raz, więcej nie dostawała. Spała wtedy dobę bez przerwy, raz w tygodniu. To jej wystarczało.

„Głos" – pomyślała. To było najgorsze. Że nie mogła przypomnieć sobie głosu.

– Kris-tia-ne... – wyszeptała w ciemność. Po sylabie, jak króciutką piosenkę.

Powiedziała sobie, że jeśli będzie leżeć w zupełnym bezruchu, przypomni sobie jej głos. *Jestem!* Brzmiące z przedpokoju. Odgłos rzucanej na podłogę torby. Butów nigdy nie zdejmo-

wała. Potem głośne śmiechy z jej pokoju pełnego przyjació
łek. I jej, matki, palce w gęstych lokach Kristiane, słonych po
całym dniu spędzonym na plaży. Zdarzało się, że w ciągu dnia zapadała w drzemkę i słyszała jej kroki na schodach. Rozczarowanie było za każdym
razem coraz większe, kiedy okazywało się, że to tylko Peter.
Wstała i szlafrok opadł na podłogę. Przez moment zdało
jej się, że ktoś go z niej zdjął.

– Nie – szepnęła – jestem tu sama.

Stanęła naga przed lustrem. Opuchlizna wokół nadgarstków i kostek zmalała, zostało jeszcze kilka siniaków. Tamten
lubił przemoc. Zawsze dawała mu, czego chciał, urodziła się
uległa. Niekiedy przekraczał granicę, ale to było dawno temu.
Wczoraj w nocy był stary i zmęczony.

Takich właśnie mężczyzn pociągała. A dokładniej, takich
sama pragnęła. Właśnie to ich swego czasu do siebie przyciągnęło. Plus do minusa. Chciała być minusem, tym cholernym
minusem.

Asgeir już jej nie tykał, więc to nie stanowiło problemu.
A właściwie to ona już go nie dotykała.

Chwyciła się za piersi i potrzymała je w dłoniach. Były
wciąż niezłe, ale trochę to kosztowało. Tak jak i pozostałe
dyskretne zabiegi kosmetyczne. Obiecała sobie, że z zewnątrz
nigdy się nie zmieni. Gdyby któregoś dnia Kristiane stanęła
w drzwiach, ona będzie dokładnie taka jak kiedyś.

„Kristiane wróciła" – pomyślała. „Jeśli wyjdę z tego pokoju, ona tam będzie".

Ostrożnie przeszła obok pokoju Asgeira. Dobiegające
z niego ciche chrapanie wzbudziło w niej wstręt. Sposób,
w jaki on ją wciąż kochał, budził w niej pogardę. Jakby była
z porcelany... Nie chciał z nią sypiać, a właściwie nie był
w stanie. Zupełnie jakby nie chciał już być istotą seksualną.

Ale z maniakalnym uporem dalej chciał odgrywać rolę troskliwego męża, choć wiedział, że ona sypia z innymi. Nie spytał nawet, gdzie była tej nocy. Nie słyszał, jak wieczorem dzwoni jej telefon. Ani jak wyjeżdża z garażu. Tak łatwo było go oszukać, że przestało ją to podniecać. Głęboko w szafie wymacała pudełko po podpaskach.

„Jak alkoholik, który chowa butelki" – pomyślała i uśmiechnęła się do siebie w lustrze.

Otworzyła opakowanie i wytrząsnęła na rękę dwie żyletki, które tam ukrywała.

Ostrożnie przeciągnęła ostrzem jednej z żyletek po bliznach na przegubie. Skóra była tam cieńsza niż na reszcie przedramienia i już taka zostanie. Wzdrygnęła się od piekącego fantomowego bólu, jakby na nowo otworzyła sobie żyły. Wstała niezgrabnie, niemal zemdlała nad umywalką. Widok bladej twarzy w lustrze przeraził ją – powoli stawała się ona twarzą Kristiane. Zasłoniła dłonią usta, żeby nie krzyknąć. I stało się to, co stało się już tyle razy przedtem, więc powinna to przewidzieć.

Za jej plecami stała Kristiane, powielona w kilkunastu egzemplarzach niczym rosyjska matrioszka. Naga, jak na zdjęciach z obdukcji. Uparła się, żeby je zobaczyć. Nakrzyczała na nich, więc jej pokazali. I był to największy błąd w jej życiu.

Nie, nie największy.

Z ust Kristiane wypełzły węże, z oczu leciała krew, krzyczała coś do Elisabeth, ale nie było słychać ani jednego dźwięku, tylko to ciche chrapanie. Blada twarz w końcu zamieniła się w jedno wielkie kłębowisko węży, które pluły krwią w lustro, rosły, rosły, i groziło, że za chwilę ukąszą ją w szyję, poliżą po plecach swoimi syczącymi, rozszczepionymi językami.

Elisabeth zaczęła drapać się po twarzy, mocno, mocno, na pewno będzie to widoczne następnego dnia.

– Precz, precz, precz – szepnęła.

Miała te majaki tysiące razy, tysiące! Dlaczego nie potrafiła nauczyć się z nimi żyć? Przecież Kristiane nie była groźna! Nigdy nie była niebezpieczna.

„Muszę się zebrać na odwagę. Odwrócić".

Powoli odwróciła się.

Nikogo za nią nie było.

Kilkanaście widm Kristiane, które za nią stały, gdzieś zniknęło. Na podłodze były gołe kafle, bez żadnych krwawych odcisków, jakie widziała kilka chwil wcześniej. I żadnych czarnych węży pnących się po jej łydkach.

– To tylko zdjęcia – powiedziała w przestrzeń.

Dlaczego te pieprzone gazety musiały drukować jej zdjęcia? Dlaczego musiały o niej pisać? Było tak, jakby ją zabijały na nowo, na oczach wszystkich, całego kraju, tę małą, nagą dziewczynkę, okaleczoną, przerażoną i osamotnioną.

Oderwała z metr papieru toaletowego i owinęła nim żyletki. Potem wyszła z łazienki i ruszyła na górę. Na schodach nagle się zatrzymała. Za sobą nie słyszała żadnych kroków, Kristiane za nią nie szła.

– Nie chodź za mną w nocy – powiedziała do siebie. – Proszę, dziś nie.

Z gabinetu przyniosła „Dagbladet", potem poszła do kuchni. W kominku wciąż się żarzyło. Poczuła zapach tytoniu. Może to Rose paliła, wdmuchując dym pod okap? Albo Kristiane...

„Przestań, jesteś chora, przestań!"

Przejrzała gazetę, z której Asgeir wyciął zdjęcia Kristiane. Przesunęła palcami po brzegach prostokątnych otworów. Rozplątała zwój papieru toaletowego i wydobyła z niego żyletkę, po czym ciachnęła nią twarz Franka Krokhola na winietce nad artykułem. Dlaczego ten dziennikarz zawsze musiał pisać o Kristiane? Podcięła mu też żyletką gardło.

Jak we śnie weszła znów na piętro. Przed drzwiami pokoju Petera zatrzymała się i stała w ciemności przez dłuższą chwilę. Gdzieś z dala słyszała hałas śnieżnego pługu. Był jak pomruk grzmotu. Przez moment była pewna, że już nie usłyszy prawdziwego grzmotu, bo to jej ostatnia zima.

Otworzyła drzwi. Pokój był za duży jak na potrzeby tego wiecznie śpiącego, rozpieszczonego chłopaczyska. Ostrożnie weszła do środka. Zasłony nie były zaciągnięte i w miękkim świetle ulicznych latarni rysy jego twarzy były wyraźnie widoczne. Przez kilkanaście minut siedziała na brzegu jego łóżka, wsłuchując się w ten ciężki oddech, z ostrzem żyletki w palcach każdej ręki.

W końcu zwyciężył rozsądek.

Pocałowała go w policzek, szepcząc: „Przepraszam". Mimo że miał dwanaście lat i ciało piętnastolatka, Peter wciąż sypiał niewinnym snem dziecka, jakby nigdy nie dotknęły go żadne zmartwienia. Opatuliła syna kołdrą i delikatnie pogłaskała po włosach.

W gabinecie na dole włączyła komputer. Błękitna poświata z ekranu odbiła się w szybie okna. Szybko zaciągnęła zasłony.

W internetowym wydaniu „Dagbladet" usiłowanie zabójstwa na Frognerveien wciąż znajdowało się na głównej stronie. Dźgnęła palcami w oczy Franka Krokhola na winietce, na której było jego stare zdjęcie. Była pewna, że teraz wygląda znacznie starzej.

USIŁOWANIE ZABÓJSTWA NA PROSTYTUTCE. Jej stan był ciężki, obrażenia zagrażały życiu. Policja nie udzielała żadnych innych informacji. Chętnie natomiast nawiązałaby kontakt z mężczyzną, który szedł ulicą Corta Adelera około godziny drugiej w nocy ze środy na czwartek.

Elisabeth powiększyła obrazek na ekranie, ale spowodowało to tylko rozmycie i tak niewyraźnego zdjęcia mężczyzny w ciemnym płaszczu i baseballówce.

Nie miało to jednak znaczenia, i tak wiedziała, że to on. Nie mógł to być nikt inny.

Była wtedy w hotelu SAS-u, jak za dawnych czasów. Ale tamten zjawił się dopiero o trzeciej. A może o czwartej? Wciąż nie mogła sobie przypomnieć.

„Nie" – pomyślała. „Nie tylko o niego chodzi". Musi to być coś gorszego. O wiele gorszego. Wtedy tak na nią patrzył... Wiedziała wszystko o takich spojrzeniach. Gapił się tak na Kristiane, odkąd skończyła dwanaście czy trzynaście lat. Z tym samym pożądaniem, jak kiedyś na Elisabeth. Czy patrzyła na to przez palce? Tak jak jej własna matka? Czy byli w spisku?

„Albo jeszcze gorzej" – pomyślała.

Nie, nie był wtedy taki stary.

Czy ona nosiła w sobie coś tak strasznego?

Gdyby nie sprzedali domu, mogłaby iść na górę do pokoju i sprawdzić. To były jej włosy. Przecież nie mogła się pomylić co do włosów Kristiane! To były one.

„Tamta sobota" – pomyślała. „W listopadzie tysiąc dziewięćset osiemdziesiątego ósmego".

Kiedy wyjechał? Kiedy wrócił?

Zamknęła internetowe wydanie „Dagbladet" i na żółtych stronach znalazła numer policji.

Lekkim krokiem przeszła przez przedpokój do aparatu telefonicznego.

Trzymała karteczkę z bezpośrednim, pięciocyfrowym numerem ostrożnie, jakby to było niemowlę, jakby była to sama Kristiane w roku 1973.

Wykręciła pierwsze cztery cyfry. I odłożyła słuchawkę.

„Dlaczego mam im coś powiedzieć?"

To nie przywróci jej życia.

Nawet nie da jej spokoju, nie stłumi wyrzutów sumienia, że wtedy nic nikomu nie powiedziała.

Bo co miała powiedzieć? Zrobi to, to ją poślą tam z powrotem. Diabelska ironia.

Rask? To nie był Rask, nigdy.

Rask... Co za idiotyczny pomysł!

Wyszła z gabinetu, macając w ciemnościach, jakby była w nieznanym domu. Drzwi toalety dla gości otwarły się, potknęła się o próg, niemal się przewróciła.

Wybuchnęła śmiechem, patrząc na swoją twarz w lustrze. Była coraz brzydsza.

– Zawsze byłam piękniejsza od ciebie – powiedziała do swojego odbicia.

Następną rzeczą, którą pamiętała, było to, że stoi w płaszczu w przedpokoju. Czarne oczy. Głowę wypełnił jej głos Kristiane. Przynajmniej tak myślała. Cienki dziewczęcy głos, jak dziecka z przedszkola. Powoli weszła na górę, weszła do jej pokoju. Krzyk. Czy to ona krzyknęła?

Kristiane nie miała tu pokoju, bo to nie był przecież jej dom! Nie mieszkali już na Skøyenbrynet, musiała się tego wreszcie nauczyć... Od dawna miała nowego męża i nowe życie.

Chciało jej się siusiu, ale bała się wejść do pomieszczenia z lustrem, bo wiedziała, że za nią pojawi się Kristiane.

Zanim osunęła się na podłogę, raz głośno krzyknęła.

Kiedy zjawiła się Rose, wciąż leżała na podłodze.

Malutka Filipinka uklękła przy niej.

– Elisabeth – powiedziała cicho. – Będzie dobrze, Elisabeth.

– Ani słowa – odparła apatycznie Elisabeth. – Obiecaj, że nie piśniesz ani słowa Asgeirowi. Obiecaj, no już. Bo on mnie tam wyśle. Wyjdę z tego, prawda?

Rose pogłaskała ją po głowie. Obiecała, jak za każdym razem.

– Nie przestawaj. Nie wolno ci przestać.

W toalecie Rose musiała ją trzymać za rękę.

*

W sypialni gosposia pomogła jej się rozebrać. Kiedy Elisabeth stała przed nią naga, Rose podniosła w górę jej rękę i przyjrzała się wybroczynom.

— Kto to pani zrobił? — Przesunęła dłonią po wewnętrznej stronie jej przedramienia.

Elisabeth potrząsnęła głową.

— Nie pytaj. Nigdy mnie o to nie pytaj.

— Niech pani się położy. — I Rose zostawiła drzwi sypialni lekko uchylone, tak jak Elisabeth sobie życzyła.

Nie spała, dopóki nie usłyszała, jak o wpół do siódmej dzwoni budzik Asgeira. Myśląc o tamtym, zaczęła się pieścić. Od soboty nawet się nie wykąpała. A siniaków nikt nie zobaczy.

„Robię dla niego wszystko, prawda?"

9

Powoli obudził go dźwięk głosu. Tommy Bergmann zdławił własny krzyk. Czuł, że ma gęsią skórkę, z trudem chwytał oddech. Przypomniał sobie sen. Nie ten, co zawsze, tam, w lesie, z dziewczynką o twarzy lalki, do której nie potrafił dotrzeć. Coś gorszego, znacznie gorszego. Czarno-biały sen, w którym leżał w trumnie. W ostatniej chwili podniósł ręce i przytrzymał wieko, żeby na niego nie opadło.

Rozejrzał się po pokoju. Oddychało mu się ciężko, z najwyższym trudem napełniał sobie płuca powietrzem. Pomieszczenie było zbyt duże, żeby czuć się w nim bezpiecznie. Znikąd nie dobiegał żaden dźwięk. Za czarnym oknem widział wirujące płatki śniegu.

Włączył lampę na nocnym stoliku. Zegar na ścianie pokazywał kilka minut po drugiej.

Czy jest na OIOM-ie? Nie, pewnie gdzieś daleko od niego. Nie pamiętał, choć przecież przyprowadzono go tu nie dalej, jak godzinę czy dwie temu. Nie pamiętał nawet, jaki to dzień tygodnia, i z trudem przypomniał sobie, co tu robi. Przez chwilę leżał, przewracając się z boku na bok. Powinien wyłączyć tę lampę, ale dawała mu poczucie bezpieczeństwa. Dotąd nie zdarzyło się, żeby śnił mu się sen, w którym pogrzebano go za życia.

Z korytarza dobiegł go jakiś hałas, pierwszy, odkąd się obudził. Gdzieś otworzyły się drzwi, syknęły pneumatyczne samozamykacze. Czyjeś ostrożne kroki. Odniósł wrażenie, że zatrzymują się przed jego drzwiami. Przez moment był pewien, że uchylają się o centymetr czy dwa, bo na podłodze ukazał się pasek światła.

Próbując wstrzymać oddech, usiadł na łóżku, gotów w każdej chwili rzucić się na podłogę.

„Szklanka" – pomyślał. „Stłukę ją i wbiję mu w gardło".

Siedział tak może przez minutę, ostrożnie wydychając powietrze przez nos. Jego oddech dziwnie upodobnił się do oddechu dziewczynki na OIOM-ie, zupełnie jakby i on wahał się między życiem a śmiercią.

W końcu pasek światła na podłodze zniknął.

Starając się nie robić hałasu, podszedł do drzwi ze szklanką w pogotowiu i otworzył.

Spojrzał w lewo, potem szybko w prawo.

Nic.

Widział tylko pozornie niekończący się korytarz o podłodze w kolorze butelkowej zieleni, oświetlony długim rzędem neonówek, z których zapalona była co druga. Teraz musiał się skoncentrować na oddechu. Jak we śnie wszedł z powrotem do pokoju i delikatnie zamknął za sobą drzwi. Nie był już wcale pewien, czy to wszystko rzeczywiście się stało, czy też tylko to sobie wyobraził.

Przez chwilę stał przy oknie wychodzącym na obwodnicę miasta. Padał coraz gęstszy śnieg, wkrótce nie będzie już widać budynków campusu na Blindern. Odprowadził wzrokiem kilka samochodów jadących w kierunku zachodnim i pomyślał o Hege, która, jak sądził, mieszkała gdzieś w pobliżu. Nie, nie był wcale lepszy od tego typa, który polował na dziewczynkę z OIOM-u. Wcale nie był lepszy.

Potem pomyślał o Hadji. Od odejścia Hege była jedyną kobietą, która poruszyła w nim jakąś strunę. Zeszłego lata mieli krótki romans, który on zakończył, nie podając jej żadnego sensownego powodu. W głębi duszy rozgrzeszył się za to. Bo było tyle rzeczy, o których ona nie wiedziała i o których i tak nigdy nie mógłby jej powiedzieć.

— Musi cię uratować ktoś inny — oświadczył jej. — Bo ja nie potrafię.

Znów zapadł w sen i poczuł, że ktoś szarpie go za ramię. Zobaczył nad sobą ciemnoskórą pielęgniarkę.

Czy to był dalszy ciąg tamtego snu?

Po raz kolejny popatrzył tam w swoją własną twarz, tym razem to on próbował zabić dziewczynkę o twarzy lalki. Obraz pielęgniarki nałożył mu się na widok odpełzającego od niego zakrwawionego ciałka. Przez kilka sekund nie wiedział, co tu jest rzeczywistością.

Z ust pochylonej nad nim młodej kobiety wydobyły się jakieś słowa. Wyraźnie słyszalny dialekt z południowego wybrzeża kraju skojarzył mu się ze słońcem i latem.

Już miał ją spytać, gdzie jest, kiedy nagle dotarło do niego to, co powiedziała:

— Obudziła się!

Dreptał, próbując dotrzymać jej kroku, i jednocześnie upychał koszulę w spodniach. Na końcu korytarza pielęgniarka przyłożyła kartę do czytnika przy drzwiach, a on odniósł wrażenie, że zamek zareagował dopiero po kilku minutach. Kiedy cicho kliknął, Tommy otworzył drzwi jednym szarpnięciem. Zbiegli schodami na piętro niżej. Kiedy dobiegali do drzwi na intensywnej terapii, pielęgniarka była już o kilka metrów przed nim. Tommy z trudem łapał oddech. Przed dyżurką kłębili się jacyś ludzie, rozpoznał wśród nich lekarkę, którą poznał wcześniej. Ich spojrzenia się spotkały. Oczy miała silnie podkrążone, wydawało się, że przez te parę godzin postarzała się i spoważniała. Dyskutowała o czymś z kolegą lekarzem. Tommy próbował podsłuchać, o czym mówią, ale rozmawiali zbyt szybko.

– Przepraszam, że państwu przerywam, ale...

– Będzie pan mógł wejść – powiedział lekarz, starszy od niego, mierząc go od stóp do głów.

– Mówi coś?

– Bez ładu, bez składu, nic z tego nie rozumiemy, to obcy język. Jakiś słowiański, ale chyba nie polski.

– Szybko – powiedział Tommy, odsuwając na bok jedną z pielęgniarek i wchodząc do dyżurki. Nagle zaklął: pistolet i list, który znalazł w skrzynce, zostawił w pokoju piętro wyżej. Jeśli ktoś je znalazł, wyleci z roboty.

Włożył fartuch i siatkę na włosy najszybciej, jak mógł. Lekarze wprowadzili go do sali. Oślepiło go tam światło, które teraz było mocniejsze niż wcześniej. Dziewczynka powoli przewracała się z boku na bok. Pielęgniarka, której wcześniej nie widział, stała nad nią, głaszcząc ją po czole.

– Już – powiedziała. – No już.

Na twarzy znajomej lekarki Tommy po raz pierwszy zobaczył wyraz bezradności. Dziewczynka zaczęła szeptać jakieś słowa, ale co chwila przerywała sobie okrzykami bólu, niezbyt głośnymi, jakby starała się za wszelką cenę jakoś opanować. Być może zresztą była tak mocno znieczulona, że nie miała siły krzyknąć głośniej?

Odniósł wrażenie, że na bandażach, które miała na górnej części ciała, dostrzega krew. To chyba niemożliwe? A jednak zaczęła krwawić. Tommy zacisnął pięści, potem je rozluźnił. W głębi duszy wiedział – żaden chirurg nie był w stanie zatrzymać krwawienia w tylu miejscach.

Dziewczynka zaczęła mówić głośniej, ale nikt w pomieszczeniu nie rozumiał jej słów. Tommy podszedł do łóżka i stanął obok pielęgniarki. Oczy dziewczynki były wciąż zamknięte. Teraz mówiła bardzo cicho, tak cicho, że prawie nic nie było słychać. Tommy odsunął pielęgniarkę i nachylił się nad łóżkiem. Wymamrotała coś jeszcze ciszej.

Na policzku poczuł jej oddech. Już zalatywało od niej śmiercią i zgnilizną.

Miał się wyprostować, kiedy zjeżyły mu się włoski na całym ciele – dziewczynka otworzyła oczy i spojrzała prosto na niego. Oczy miała szare, na wpół martwe, jakby to, co widziała, miało być ostatnim widokiem w jej życiu.

– Maria... – powiedziała cicho.

Tommy potrząsnął głową.

– Maria?

Wyciągnęła ku niemu rękę, omal nie wyrywając sobie wenflonu, ale nie zwróciła na to uwagi.

Wziął ją za rękę i lekko uścisnął. Jej dłoń była tak mała, że całkiem zginęła w jego dłoni.

Równie cicho wyszeptała jeszcze jedno słowo, zanim powtórzyła: „Maria". I znów to drugie słowo, którego nie zrozumiał. „Edel"?

Nie.

I nagle, bez ostrzeżenia, krzyknęła:

– Maria!

Zszokowany Tommy cofnął się, puszczając jej rękę.

A ona usiadła na łóżku i krzyknęła głośniej, niż ludzie normalnie potrafią krzyczeć. Pokój zapełnił się zielonymi fartuchami, a Tommy cofał się dalej, aż jego plecy napotkały ścianę.

Nagle krzyki ucichły, a drobne ciało zaczęło się szarpać w konwulsjach. Trwało to jakieś pół minuty i dziewczynka znieruchomiała.

– Defibrylator! – poleciła lekarka.

Głos miała niby spokojny, ale Tommy widział, że nie panuje nad sytuacją. Przez moment sprawiała wrażenie zagubionej, ale szybko wzięła się w garść. Wyglądało to tak, jakby wszyscy w pokoju zostali przeniesieni w inną rzeczywistość. Krzyki dziewczynki wciąż wibrowały w jego ścianach. Dwójka lekarzy wymieniła kilka krótkich poleceń. Tommy zerknął na aparaturę. Wszystkie wykresy były płaskie. Z dziewczynki zerwano szpitalną koszulę, a jej białe, obandażowane ciałko aż podskoczyło na łóżku.

Mógł tylko patrzeć. I widzieć, jak ją tracą.

Były to zresztą ostatnie słowa lekarki, zanim zamknęły się za nią drzwi sali operacyjnej:

– Tracimy ją...

Tommy wyszedł na korytarz przed dyżurkę. Jak zagubiony uczeń stanął, zaciskając w dłoni karteczkę, na której musiał coś napisać, choć w ogóle tego nie pamiętał. Oparł się o framugę drzwi, ściągnął z twarzy maskę i rozwarł dłoń: na pomiętej karteczce widniało tylko słowo „Maria".

– Tracimy ją – powtórzył za lekarką.

Wyszedł z OIOM-u, wciąż mając na sobie biały fartuch, siatkę na włosach i worki na butach. Jakoś dotarł na piętro i błąkał się tam przez pewien czas jak zombie, nie mogąc odnaleźć pokoju. Dopiero po dłuższej chwili oprzytomniał i zorientował się, że stoi przed jakąś pielęgniarką. Próbował wyjaśnić jej sytuację, mówiąc, że jego legitymacja służbowa jest w pokoju, którego nie jest w stanie odnaleźć. Popatrzyła na karteczkę, którą Tommy mocno ściskał w dłoni, jakby bał się, że jeśli ją zgubi, zapomni jej zawartość.

Kiedy weszli do pokoju, zrozumiał, że musi to być pokój gościnny, miejsce, w którym nocowali bliscy pacjentów. I tak właśnie się czuł: bo dziewczynka, która, był tego pewien, umrze – o ile jeszcze nie umarła – miała na tym świecie tylko jego. A on nie wiedział, kim ona jest, a właściwie była...

Jego puchowa kurtka wciąż tam była, wisiała nietknięta na krześle.

Kiedy pielęgniarka sobie poszła, przyjrzał się uważnie drzwiom. Samozamykacz był masywny, ale blokował drzwi dopiero mniej więcej w połowie otwierania, więc lekkie uchylenie ich nie mogło wymagać wiele wysiłku. Wyszedł na korytarz, zamknął drzwi za sobą, a potem uchylił je tak, jak uchylono je w nocy. Musiał je dość mocno popchnąć, więc nie zrobiły tego ani podmuch wiatru, ani podciśnienie. Poza tym tu nie było przeciągów. Otworzył drzwi na oścież.

Kto tu w nocy był?

A może mu się śniło?

Na dole w recepcji chciał spytać recepcjonistkę, czy ktoś w nocy wszedł do szpitala i czy istniała lista odwiedzających. Zarówno ona, jak i ochroniarz byli ci sami, co wtedy. Nocny dyżur otępiał, ale coś przecież z tej nocy pamiętali?

Recepcjonistka rozmawiała przez telefon, przy kontuarze stała pielęgniarka i salowy.

Poczekał minutę, ale recepcjonistka nawet na niego nie spojrzała. Właściwie to wiedział, że żadnej listy odwiedzających nie ma. Zresztą nawet, gdyby była, człowiek, na którego polował, i tak podałby fałszywe dane. Ale zarejestrowałyby go kamery przy recepcji.

Zamknął oczy i spróbował na chwilę przestać myśleć. Świeże powietrze naprowadzi go na właściwy trop, a także zatrze obraz dziewczynki tam, na górze. W uszach wciąż słyszał słowa: „Maria! Maria!".

Postanowił wyjść i iść, dopóki nie natknie się na taksówkę i jeśli to konieczne, dojść nawet do Adamstuen albo Bislett.

W momencie, kiedy otworzyły się drzwi i już miał wyjść prosto w śnieżną zawieję, coś nakazało mu się odwrócić.

Recepcjonistka dalej rozmawiała przez telefon, ale teraz ich oczy się spotkały, zupełnie, jakby czekała, aż on się odwróci. Po sekundzie jednak spuściła wzrok i kontynuowała rozmowę.

10

Nad Mjøsą wisiała cienka zasłona padającego śniegu i krajobraz zatracił wyraźnie kontury, jakby był impresjonistycznym obrazem, w którym wszelkie szczegóły wtapiają się w siebie nawzajem. Arne Furuberget zjadł resztę croissanta, którego podgrzał w piecyku w szpitalnej kuchni. Zapach croissantów z Remy 1000 był tu jedyną rzeczą, która budziła w nim wielkomiejskie skojarzenia. Zabawne, mógł pracować gdziekolwiek w świecie, ale wylądował w Toten... Cóż, mogło być gorzej. Dokładnie za pięć dziesiąta przerwał zebranie kierownictwa i odesłał pozostałą czwórkę do zajęć. Raska wyprowadzą z pokoju i zabiorą do warsztatu punkt dziesiąta. Będzie tam pracował przez dwie godziny aż do lunchu, co da mu trzy godziny na przeszukanie jego pokoju. Poszłoby szybciej, gdyby ktoś mu pomógł, ale to nie wchodziło w grę. Szukanie listu, który raz już oficjalnie przepuścił, było, ściśle mówiąc, bezprawne.

Raźnym krokiem wszedł na drugie piętro, ale tam zwolnił. Tętno miał podwyższone, ale z oddechu był zadowolony. Po zeszłorocznej kontuzji kolana nie mógł już biegać tyle, ile przedtem, ale i tak wystarczyło, żeby utrzymać kondycję. Lepszą niż u tych wszystkich, którzy za rok mieli skończyć siedemdziesiąt lat...

Przed podwójnymi drzwiami prowadzącymi na oddział wszedł do dyżurki pielęgniarzy i upewnił się, że Raska zaprowadzono do warsztatu. Następnie kazał szefowi zmiany wyłączyć kamerę w jego pokoju.

– I żadnych pytań – powiedział.

Ole-Martin Gustavsen przepracował w Ringvoll dwadzieścia lat i wiedział, kiedy należy trzymać gębę na kłódkę. Młody pielęgniarz na zastępstwie doprowadził go do pierwszych drzwi. Furuberget wolałby iść tam sam, ale byłoby to tak oczywiste złamanie regulaminu, że nie wchodziło w grę. Chłopak był wysoki i napakowany, co psychiatrze dawało pewne poczucie bezpieczeństwa. Mówił sobie, że ta potrzeba przychodzi z wiekiem. W jego wieloletniej karierze w psychiatryku zdarzyło się kilka sytuacji, w których mógł stracić życie. Wtedy specjalnie się nimi nie przejął, a były to czasy, gdy personelu było znacznie więcej niż pacjentów. Teraz cięcia w budżecie zmusiły ich do funkcjonowania najmniejszym kosztem. Mieli środki tylko na to, żeby jednemu pacjentowi oddziału dla niebezpiecznych jednorazowo mogło towarzyszyć jedynie dwóch zatrudnionych. Psychiatra wiedział, że to działanie na granicy ryzyka, ale co miał zrobić? Ochroniarzy na terenie szpitala nie chciał, tak jak i politycy. Na zapewnienie wystarczających środków, żeby personel mógł mieć pewność, że przeżyje kolejny dzień pracy, również nie wyrażano w Oslo ochoty. Jak tak dalej pójdzie, nie będzie nawet pieniędzy na przeszkolenie dopiero co zatrudnionych w samoobronie!

Furuberget przyłożył kartę do optycznego czytnika przy drzwiach i wstukał czterocyfrowy kod. Na otwarcie dwóch zamków w stalowych drzwiach mieli teraz trzydzieści sekund. Pozwolił pielęgniarzowi otworzyć, choć oczywiście miał własne klucze.

Młody na zastępstwie zamknął oba zamki. Dwa metry dalej były drugie stalowe drzwi, których nie dało się otworzyć, jeśli otwarte były te poprzednie. Ta sama zasada obowiązywała przy wychodzeniu z oddziału. Zamki w obu drzwiach jednocześnie można było zdalnie odblokować tylko poprzez naciśnięcie specjalnego przycisku w dyżurce.

„Tylko" – pomyślał Furuberget. Od czasu do czasu przychodziło mu do głowy, że ta niewyobrażalna rzecz mogłaby się kiedyś zdarzyć. Że ktoś tam mógłby nacisnąć akurat ten przycisk...

Pracowników oddziału sprawdzano na wszelkie możliwe sposoby, dogłębniej niż pacjentów. To nie miałoby prawa się zdarzyć.

Korytarz za ostatnimi drzwiami był pusty. Pokój Raska znajdował się na samym jego końcu, po lewej stronie. Położony był po stronie, z której nie było widoku na Mjøsę. W ostatnich latach, mniej więcej raz na kwartał, Rask składał podanie o zamianę pokoju na taki z widokiem na jezioro. Za każdym razem Furuberget odrzucał podanie. Na szczęście mógł podeprzeć się psychiatrią: gdyby któryś z czterech pacjentów, których pokoje wychodziły na Mjøsę musiał zostać wykwaterowany, stanowiłoby to dla niego zbyt wielki wstrząs. Rask wiedział, że to kłamstwo.

Rask był właśnie taki. Nigdy nie podjął tematu z dyrektorem bezpośrednio, a wyłącznie w formie listów. Pokój nic dla niego nie znaczył, robił to, by go dręczyć. Problem polegał na tym, że w ostatnich latach Rask w ogóle nie spełniał kryteriów, by przebywać na oddziale zamkniętym. Został skazany na pobyt na tym oddziale, ponieważ w opinii rzeczoznawców, gdy popełniał morderstwa, był psychotycznie zaburzony. Teoretycznie, ze względu na swoje nienaganne zachowanie, mógł zostać przeniesiony na oddział otwarty. Tylko wewnętrzny głos powodował, że Furuberget na to nie zezwalał. Były dni, kiedy podejrzewał Raska o bycie najbardziej wyrachowanym psychopatą, z jakim miał do czynienia. Ta jego starannie kontrolowana fasada któregoś dnia pęknie, tego ordynator był raczej pewien. I gdyby to się stało po przeniesieniu Raska na otwarty oddział, konsekwencje byłyby nie do naprawienia. W najgorszym wypadku planem Raska było uwolnienie od zarzutu morderstwa na Kristiane, co znacznie utrudniłoby trzymanie go na oddziale zamkniętym. A gdyby się raz znalazł na otwartym, trudno byłoby mu odmówić przepustki. A wtedy, jak sądził, Rask już nigdy by do Ringvoll nie powrócił.

Korytarz został akurat wyszorowany i pachniał środkiem do mycia, od którego psychiatrze zrobiło się niedobrze. Odsunął zasuwkę judasza. Wysoko w lewym rogu umieszczono lustro z tworzywa sztucznego, w którym widać było toaletę i łóżko. Furuberget spojrzał na zegarek – trzy godziny to było więcej, niż potrzebował.

– Zadzwonię, jak skończę – poinformował młodego.

Drzwi zamknęły się za nim i elektronicznie sterowany bolec wskoczył na swoje miejsce. Kawałek metalu, który chronił świat przed Raskiem. A może odwrotnie?

Podszedł do zamontowanego na stałe regału o zaokrąglonych kantach. Na najwyższych półkach stały książki. Było to paradoksalne: całe pomieszczenie urządzono tak, by nie znajdowało się w nim nic, co można było rozbić lub co miało ostre elementy. Ale papier w starej encyklopedii Cappelena był ostry jak brzytwa i Rask swobodnie mógł się nim pociąć. Mimo to Furuberget pozwolił mu zatrzymać wszystkie te książki, bo pacjent był tak narcystyczny, że nigdy by się nie zabił czy okaleczył.

„A teraz znajdę ten twój cholerny list" – pomyślał psychiatra.

Zaczął od spodu luźnego stosu papierów. Tam listu nie było.

Dokładnie przejrzał więc teczkę, w której Rask trzymał swoją korespondencję, starannie ułożoną według dat.

"Poza tymi murami jest równie wiele obłędu jak tu, w środku" – pomyślał Furuberget: Raska skazano za bestialskie morderstwa na dziewczynkach, które nie mogły się przed nim obronić, a kobiety stały w kolejce, by za niego wyjść... Wziął wypis z historii choroby i porównał listy z datami.

– Nie... – szepnął. Tego listu razem z innymi nie było.

Mógł być jeden jedyny powód, dla którego list, który przyszedł przed dwoma tygodniami, tu się nie znajdował. „Rask to przewidział" – pomyślał Furuberget. „Wiedział, że zdarzy się kolejne morderstwo".

Może nawet sam uruchomił ten mechanizm poprzez zgłoszenie swojemu nowemu adwokatowi prośby o powtórny proces? I był pewien, że któregoś dnia dyrektor kliniki znajdzie się w jego celi ze wszystkimi jego listami na kolanach...

– Diabeł, nie człowiek – szepnął do siebie ordynator.

Wyjął notesik, który nosił w kieszeni, i starannie narysował półkę z ustawieniem książek i segregatorów, co kosztowało go pół godziny pracy. Dopiero wtedy zaczął zdejmować z niej książki.

Było już za późno, żeby się cofnąć. Przekartkował wszystkie czterdzieści książek, każdą dwa razy.

Nic.

Wziął pierwszy tom *Kaplan and Sadock's Comprehensive Textbook of Psychiatry* i zaczął na nowo. Rask miał niewielką biblioteczkę literatury psychiatrycznej, w całości zakupioną z pieniędzy podatników. Furuberget pomyślał, że jemu przewagę dają jedynie legalne środki fizycznego przymusu i lekarstwa, którymi karmił pacjentów takich jak Rask. Bo ów wkrótce będzie miał lepsze przygotowanie do rozmowy o psychiatrii niż on sam.

Obrzucił spojrzeniem pokój. Nie było tu wiele miejsc, w których pacjent mógł schować list. Upewnił się, że kontrolka na kamerze pod sufitem nie świeci na czerwono, po czym zdjął z łóżka pościel, zesztywniałą od spermy Raska. Przeszedł go dreszcz obrzydzenia, ale kontynuował poszukiwanie. Listu nigdzie nie było, ani w poszewce, ani pod prześcieradłem.

Obliczył, ile mu zostało czasu do lunchu, i stwierdził, że zdąży jeszcze rozbebeszyć materac.

Zaczął ściągać z niego pokrycie i przez chwilę wahał się, czy nie dać sobie z tym spokoju – było prawie do niego przyklejone.

A kiedy zdjął jasnoniebieskie pokrycie do końca i przetrawił rozczarowanie spowodowane faktem, że listu pod nim nie było, nagle zorientował się, że nie ma szans założyć go z powrotem.

„Czas" – pomyślał, patrząc na piętrzącą się na podłodze pościel. „Rask nie może mnie tak zobaczyć".

Ile czasu zajmie mu przywrócenie łóżka do poprzedniego stanu?

Zostawił pokrycie materaca na podłodze i postanowił przewrócić łóżko na bok. Było metalowe, ale nóżki miało puste w środku.

Wyjęcie gumowej końcówki z jednej z tych nóżek zajęło mu kilka minut pracy.

Podszedł do umieszczonego przy drzwiach przycisku przywołującego pomoc. Chciał wezwać pielęgniarza, ale powstrzymał się.

Zamiast tego podszedł do komody i wyjął stos odzieży świeżo dostarczonej z pralni. Kraciaste koszule, wszystkie do siebie podobne, majtki, skarpetki.

– Nic! – powiedział. – Nic!

Wziął do ręki przerażającą księgę wycinków Raska, pełną artykułów dotyczących sześciu zbrodni, za które go skazano.

Zamówił w Bibliotece Narodowej wszystkie, jakie były, niektóre wyrzucił, inne starannie wkleił do grubego zeszytu, takiego jak te, które w dzieciństwie miały córki dyrektora.

Po dłuższej chwili wzdrygnął się, czując, że staje mu serce – ktoś załomotał do drzwi.

Siedział jak skamieniały, trzymając w rękach gruby czerwony tom *The Book of the Law*. Księgę, o której Rask w ostatnich kilku latach mawiał „moja Biblia", napisał niejaki Aleister Crowley, Anglik, przypuszczalnie jeszcze bardziej pomylony niż Rask. Pierwsze zdanie książki brzmiało *This book explains the universe*, co Rask stale cytował. Furuberget ze swojej strony odmówił jej przeczytania, ponieważ nie był ani okultystą, ani libertynem.

Dopiero teraz zauważył, że spocił się pod garniturem i że na czole perli mu się pot. Na czerwoną okładkę spadła kropla, robiąc ciemną plamkę.

„Meduza".

Czy w liście przypadkiem nie było o niej mowy?

Łzy Meduzy?

Z półki zdjął encyklopedię i spróbował ją przekartkować, ale palce go nie posłuchały.

– Wszystko w porządku? – Głos pielęgniarza w głośniku brzmiał chłodno i nierealnie.

– Tak – odparł psychiatra.

– Chciałem tylko przypomnieć, że za dziesięć minut zaczyna się lunch.

– Musisz mi pomóc – powiedział cicho Furuberget i pochylił głowę, jakby stał przed katem, a ten tylko czekał na odsłonięcie karku.

W drzwiach rozległ się brzęczyk.

Pielęgniarz rozejrzał się osłupiały.

„Za dziesięć dwunasta" – pomyślał ordynator.

Może to był jeden z tych dni, kiedy Rask ani nie był głodny, ani nie miał ochoty wygłaszać kazania dla tej trójki, z którą wolno mu było jadać?

– Żadnych pytań. Nigdy tego nie widziałeś, dobra?

– Dobra...

– Jeszcze raz, jak się nazywasz?

– Fredriksen.

„Cholernie oryginalnie" – pomyślał Furuberget i od razu postanowił nie przedłużać mu umowy.

– Musimy działać szybko. Szukam pewnego listu, ale za cholerę nie mogę go znaleźć. – Zmusił się do uśmiechu, ale sam słyszał w swoim głosie desperację. Oto zrobił kolejny krok do stania się bezradnym, starym durniem. Jeszcze raz omiótł wzrokiem pokój. Wyglądało na to, że wszystko jest na swoim miejscu.

Gdzieś w zakamarku pamięci kojarzył ten zasrany list, ale w tej chwili nie był w stanie przypomnieć sobie, czego dotyczył.

– Ani słowa, Fredriksen – powiedział, kiedy wychodzili.

Młody pielęgniarz przytrzymał jego spojrzenie.

– O co chodziło z tym listem?

– O nic.

Fredriksen zaśmiał się cicho, co upewniło psychiatrę w postanowieniu, że nie przedłuży mu umowy.

Wieczorem w domu był zupełnie nieobecny duchem.

– Na święta chcę gdzieś wyjechać – powiedziała żona, dłubiąc widelcem w jedzeniu.

Furuberget jadł mechanicznymi ruchami, jakby wmuszając w siebie pożywienie.

– Słyszałeś, co powiedziałam, Arne?

On wciąż próbował sobie przypomnieć treść listu, ale w końcu zrozumiał, że nic z tego nie będzie. W pewnym momencie trzeba odpuścić – czyż nie to powtarzał swoim pacjentom? Naturalnie nie tym najbardziej chorym, tylko tym, co do których istniała choć odrobina nadziei, że kiedyś wrócą do normalnego życia.

– Święta – powiedział. – Chcesz wyjechać.

– Zrób mi niespodziankę. – Uśmiechnęła się w sposób, który na moment przypomniał mu, dlaczego kiedyś stracił dla niej głowę.

Żona położyła się wcześnie, już koło dziewiątej. Furuberget został w salonie i nastawił sobie Czajkowskiego. Po dwóch szklaneczkach whisky rozkleił się i zaczął płakać. Myślał o córkach: były już dorosłe, miały własne dzieci, ale dla niego pozostały dziewczynkami. I pomyślał o dziewczynce z Frognerveien i o Kristianie Thorstensen. I o piątce pozostałych.

– Nie mogę popełnić błędu. – Ścisnął szklaneczkę w dłoni tak mocno, że omal nie pękła.

Udało mu się zasnąć dopiero nad ranem. Po tym, jak zabukował dwutygodniowe wczasy na Langkawi w Malezji. Kosztowały fortunę, ale będą dla niej niespodzianką, i to wielką.

Nie, Rask z nim nie wygra.

Odpuści, choćby to miało kogoś kosztować życie. Może los Poncjusza Piłata mógł być lepszy, ale przynajmniej wyszedł z wszystkiego cało...

Kiedy wsiadł rano do samochodu, by pojechać do Ringvoll, znów padał śnieg.

– To tylko moja wyobraźnia – powiedział sobie.

Niewiele jest ćwiczeń równie żałosnych jak samooszukiwanie się.

Anders Rask był pedantem. Nie ukryłby tego listu, a tym bardziej nie podarłby go na strzępy i wrzucił nocą do ustępu, gdyby nie miał ku temu powodu.

Bardzo dobrego powodu.

11

Tommy Bergmann odwrócił wzrok od ekranu. Sam nie wiedział, ile już razy obejrzał film z monitoringu. Mogli tak siedzieć do samej Wigilii i nic by to nie dało. Nie mieli nic więcej, tylko ten fragment z mężczyzną, który wychodzi z Porte des Senses i idzie w górę ulicy Corta Adelera w kierunku Drammensveien o godzinie 1.59 w nocy, w której usiłowano zamordować dziewczynkę.

„Zamordowano dziewczynkę" – pomyślał Tommy.

Umarła. Umarła na jego oczach. A oni mieli tylko dwadzieścia sekund nagrania mężczyzny, który nie pokazał twarzy, bo zasłaniała ją całkowicie czapka z daszkiem. Mógł też być po prostu człowiekiem wracającym w nocy do domu, może i nie do końca niewiniątkiem, ale przecież nie zabójcą.

Nie było już wątpliwości, że właścicielem Porte des Senses jest Milović. Ale z zabitą dziewczynką nie chciał mieć nic wspólnego i żadna ustna umowa z prokuratorem Finnelandem nic by tu nie pomogła. Twierdził, że i tak zrobił więcej, niż do niego należało.

Nie dostali też żadnej sensownej informacji od czytelników gazet. Dzwonili jedynie prorocy Sądu Ostatecznego ze swoimi zwykłymi bredniami.

To wystarczyło, by uzmysłowić Tommy'emu, że jedyni, którzy mogliby tego kogoś rozpoznać, to goście z Porte des Senses. A ci nigdy w życiu nie przyznaliby się, że byli w nielegalnym klubie i robili coś, czego nie powinni robić.

Naśladując melodyjny zaśpiew pastora podczas nabożeństwa i tym samym dając wszystkim do zrozumienia, że to tylko formalność, Reuter po raz kolejny podsumował, co ustalono. Uwzględnił przy tym czasy, rezultaty oględzin miejsca i przesłuchania sąsiadów. Było oczywiste, że dopóki nie wyjaśnią kwestii tożsamości dziewczynki, nie ruszą z miejsca.

Tommy nagle napotkał spojrzenie siedzącej po drugiej stronie stołu Susanne Bech, która dotychczas patrzyła w kierunku Sveina Finnelanda. Miała przy tym dziwny wyraz twarzy, odnosiło się wrażenie, że pod maską obojętności skrywała gwałtowne uczucia. Spuściła wzrok i zanotowała coś w notesie, a potem wyjęła komórkę i przez dłuższy się w nią wpatrywała, jakby dostała wiadomość, do której nie potrafiła się ustosunkować. Pomyślał, że pokłóciła się ze swoim byłym mężem i że on trafił ją w jakiś czuły punkt.

— Tommy, co ta dziewczynka powiedziała?
— Co? — obudził się Tommy.

Fredrik Reuter pokazał na coś na ekranie.

— Maria?
— Tak, Maria.
— I nic więcej?
— Owszem, ale nie dało się tego zrozumieć. To był obcy język, może litewski, nie wiem.
— Maria — powiedział do siebie Reuter. — Język ustalimy później.

Tommy nacisnął guzik odsłuchu na stojącym przed nim dyktafonie.

Przez kilka sekund dzielących ich od początku nagrania w sali zapadła całkowita cisza. Najpierw słychać było jakieś głosy w tle, potem dziewczynka wymamrotała coś niezrozumiałego, a wreszcie cicho powiedziała: „Maria".

Potem znów powiedziała coś niewyraźnie i powtórzyła: „Maria".

I na koniec ten straszny krzyk.

Tommy zamknął oczy, wydało mu się, że znów uderzy plecami o ścianę.

– Maria!

Głos dziewczynki przeraził całe zgromadzenie, bo wrzasnęła, jakby zobaczyła samego diabła.

Patrząc w stół, Reuter oparł brodę na splecionych dłoniach i lekko potrząsnął głową.

Szefowa policji poprawiła swoje fioletowe okulary do czytania. Tommy zauważył, że jej wargi naśladują wykrzyczane słowo. Halgeir Sørvaag wyglądał, jakby się właśnie obudził. Najwyższy czas, bo to w końcu on prowadził dochodzenie w sprawie morderstwa dziewczynki na Frognerveien. Szepnął coś na ucho szefowej policji, a ona zmarszczyła brwi.

– Co tam szepczecie? – spytał Finneland.

Był w jeszcze gorszym humorze niż rano, o ile to w ogóle możliwe. Układając się z Milovićem, wiele ryzykował, a to nic nie dało. Sprawa Andersa Raska wróciła do sądu, a oni mieli do czynienia z nowym zabójstwem. Gorzej już być nie mogło, przynajmniej dla Finnelanda, który miał ambicje zdobywcy świata.

– Daj to jeszcze raz – powiedział Sørvaag. Miał skupioną twarz.

– Po co? – spytał Reuter.

Tommy podniósł dyktafon i wyłączył go, przerywając krótkie polecenia lekarzy.

– Cofnij do momentu, zanim mówi: „Maria" – poprosił Sørvaag.

Tommy przewinął taśmę.

Dziewczyna wymamrotała słowo, które było nie do zrozumienia, przynajmniej dla Tommy'ego.

– Co ona tam mówi? – chciał wiedzieć Finneland.

– Ciii – odparł Sørvaag, podnosząc dłoń. Chwycił dyktafon i sam cofnął taśmę.

W pokoju panowała śmiertelna cisza.

Nagranie zostało odtworzone raz jeszcze. Dwa słowa, może te, które zostały powtórzone. A potem: „Maria" i na koniec krzyk: „Maria!".

Sørvaag zatrzymał taśmę.

– Edle – powiedział. – Chyba to właśnie mówi. Chyba że tylko ja to słyszę?

– Może i masz rację – odezwał się Reuter. – Ja tam tego nie słyszę. Nawet Kripos nic z tego nagrania nie wydusi, chociaż kto to wie?

– Ja już gdzieś to słyszałem, to „Edle Maria", skądś to znam – upierał się Sørvaag.

– Przecież przed „Maria" ona nic nie mówi – oświadczył Finneland i ostentacyjnie wydmuchał nos. – W każdym razie ja nic sensownego tam nie słyszę.

– Mnie się też wydaje, że ona mówi tylko „Maria" – zgodził się Reuter. – Może chodzi o tę Żydóweczkę, z której wziął się Jezus, a może matkę czy siostrę.

Finneland otworzył usta, by coś powiedzieć, ale się rozmyślił.

– No tak – powiedział Sørvaag – ale to cholernie dziwne... – Siedział jak na szpilkach i wyglądał niczym nadgorliwy uczeń, który już miał opowiedzieć nauczycielowi świetną historię, ale nagle poczuł pustkę w głowie.

– Diabelnie tajemnicza sprawa – odezwał się Finneland.

Tommy wyraźnie widział plamy potu na jego koszuli. Za każdym razem, kiedy wykonywał ruch rękoma, plamy pod pachami powiększały się. Prokurator był z tych, którzy sześć razy w tygodniu chodzą na siłownię: szczupły i żylasty, o chłopięcym wyglądzie i z zegarkiem wyposażonym w pulsometr. Teraz było takich na pęczki. Kiedy Tommy zaczynał w tej branży, taki typ w ogóle nie występował.

– Mój pierwszy przełożony… ty, Hanne, go pewnie pamiętasz – zaczął Sørvaag, zwracając się do komendantki Hanne Rodahl – stary Lorentzen, wtedy szefował sekcji przemocy… Jestem pewien, że on kiedyś o jakiejś Edle mówił, i to chyba nie raz. A może to była Edel? Ellen? To było w latach siedemdziesiątych. I o ile pamiętam, na drugie imię miała właśnie Maria.

– Ach tak? – Finneland wyglądał, jakby zaczynała mu się kończyć cierpliwość.

Rune Flatanger podwinął rękawy koszuli i zapisał coś w swoim notesie.

Tommy wrócił na swoje miejsce i zrobił to samo. O Sørvaagu mógł powiedzieć wiele złego, ale znał go zbyt dobrze, żeby jego słowa zignorować.

– No dobra, Sørvaag – powiedział niechętnie Finneland.

– To brzmi jak coś zupełnie od czapy, ale sprawdź teczkę osobową tego Lorentzena, to go znajdziemy, o ile jeszcze żyje. Żyje?

– Umarł dziesięć lat temu – powiedziała komendantka.

Skinęła głową w stronę Sørvaaga, by kontynuował.

– Lorentzen, albo Lorentz, jak go nazywaliśmy, opowiadał w niewielkim gronie o dziewczynie zabitej w dość paskudny sposób gdzieś na północy. I pewien jestem, że nazywała się Edle Maria coś tam. Nigdy nie znaleźli zabójcy, a on powiedział nam, że nie może o tej sprawie zapomnieć.

– To bardzo, ale to bardzo *long shot*, Sørvaag. Ale przyjrzymy się temu. Chyba da się jakoś sprawdzić, czy na północ od kręgu polarnego zamordowano jakąś Marię. Kiedy to było? Jak jej było: Edle Maria czy Ellen?

– Chyba nie Ellen… Coś bardziej nietypowego. To musiało być w latach sześćdziesiątych, w północnej Norwegii, tak mi się wydaje.

– Ktoś coś takiego pamięta? Sprawa musiała narobić sporo hałasu.

– Norwegia to były wtedy dwa różne kraje – odezwał się Flatanger. – Nikt tu, na południu, nie interesował się tym, co się dzieje na północ od Trondheim.

– To prawda – przyznał Sørvaag. – Nawet nas, w Sunnmøre, mieli gdzieś.

– To co, nikt tej sprawy nie pamięta?

– Ja nie – odezwała się Hanne Rodahl.

– A inni? – spytał Finneland. – Nikomu nic nie dzwoni?

Flatanger rozłożył ręce.

– Beats me – powiedział.

Prokurator ciężko westchnął.

– Nie możemy kierować się jakimiś przeczuciami, Sørvaag – powiedział z wyrazem rezygnacji na twarzy. – Ale znajdź teczkę osobową Lorentzena i wracaj.

– Powodzenia, Halgeir – powiedziała Rodahl. – Coś musi być na rzeczy, nie?

– Teraz mi się wydaje, że na drugie imię miała Marie – powiedział Sørvaag – a nie Maria.

Finneland aż jęknął. Spojrzał na swój pulsometr.

– Nie mamy czasu na takie bzdury – oświadczył. – Jakim sposobem czternastoletnia dziewczynka ze wschodniej Europy miałaby wykrzykiwać coś na temat starej sprawy zabójstwa na tutejszym zadupiu?

– Może to po prostu katoliczka… – bąknął Sørvaag i zachichotał, a na jego czole pojawiły się kropelki potu. Tommy przyglądał się, jak jedna z nich oderwała się i wylądowała na jego brwi. Sørvaag zdążył jeszcze wyjąć z kieszeni swojego starego rozpinanego swetra chusteczkę, kiedy Finnelandowi puściły nerwy.

Podczas gdy prokurator używał sobie na biednym Sørvaagu, Tommy napisał dużymi literami w notatniku: MARIA. EDLE MARIA?

12

Arne Furuberget pomyślał, że po pobycie w gabinecie terapeutycznym jego pacjenci mogą potrzebować terapii. I że ściany w kolorze morelowym w ostrym świetle wyglądają jak wymiociny. Kilka lat temu wydał sporo pieniędzy na urządzenie gabinetu, a teraz sam nie mógł go znieść. Jedyną okolicznością łagodzącą był tu widok na Mjøsę, aktualnie skąpaną w świetle słonecznym, otoczoną lekko nachylonymi ku wodzie, pokrytymi śniegiem polami. Zimowe światło było ostre, tak jak tylko potrafi być na północy, i takie dni uświadamiały Arnemu, że na ziemi nie ma piękniejszego kraju. Po co więc wydawać sześćdziesiąt tysięcy koron na urlop w Malezji?

Skierował myśli ku mężczyźnie, który przed nim siedział. Anders Rask miał wzrok wbity w swoje crocsy. Tego dnia nie chciał mówić o niczym innym, tylko o wznowieniu postępowania w sprawie Kristiane. Tylko to zaprzątało teraz jego umysł. Furuberget odłożył pióro oraz papier na stojący między nimi stół i wymienił spojrzenia z pielęgniarzami. Jednym z nich był będący na zastępstwie Fredriksen. Dyrektor czuł się przy nim nieswojo, bo młody był świadkiem, jak w związku z tym cholernym listem stracił na moment kontrolę.

Stanął przy oknie i pomyślał, że Rask mógłby wziąć ze stołu jego pióro, wbić je w gardła pielęgniarzy, a nim samym rzucić o kratę na oknie.

– Dlaczego nie chce mnie pan przenieść na oddział otwarty? – spytał Rask za jego plecami.

Furuberget nie odpowiedział. Był to pierwszy raz, kiedy Rask podjął ten temat. Pomyślał, że coś to oznacza. Że od ostatniego razu coś się z pacjentem stało, że nabrał otuchy.

– Myślę, że pan tego pożałuje – powiedział Rask.

– Dlaczego?

– Chcę, żeby traktowano mnie jak człowieka.

– Pan jest traktowany jak człowiek – powiedział psychiatra. – Maria – dodał nagle i obrócił się do Raska. – O czym pan myśli, kiedy wypowiadam to imię?

– O Jezusie.

– O niczym innym? – Furuberget uśmiechnął się ostrożnie.

Rask patrzył obojętnie przed siebie.

– Dlaczego przeszukiwał pan mój pokój? – spytał nagle.

Psychiatra zmusił się do równego oddechu. Skąd on to wiedział?

– Nie zrobiłem tego.

– Crowley stał po niewłaściwej stronie encyklopedii. Zrobił pan błąd.

Furuberget postanowił nie odpowiadać.

– Odrysował pan układ książek na półce? – Rask uśmiechnął się, ale jego oczy były matowe i pozbawione życia.

Ordynator miał nadzieję, że nie widać, jak przechodzi go dreszcz.

– Powinien pan zrobić zdjęcie komórką. – Uśmiech miał teraz szeroki, jak u dziecka. – Najpierw stawia pan *The Book of the Law* nie tak, jak trzeba, a teraz pyta mnie pan o Marię. Chodzi panu o Magdalenę czy o dziewicę?

„Ma go nadal" – pomyślał psychiatra. „List. Ale nic więcej nie zrobi. Może zresztą wszystko zniszczył".

– A Edle Maria?

Wyraz twarzy Raska nie zmienił się. Nagle stracił zainteresowanie całą rozmową.

– Jeśli powiem, że nie wierzę, jakoby pan kogokolwiek w życiu zabił... To co pan powie?

– Że zostanie pan zaszlachtowany. – Rask zaniósł się cichym, jakby dziewczęcym śmiechem.

Furuberget zamknął oczy. Musiał się mocno skoncentrować, żeby głośno nie westchnąć. Z jednej strony Rask w końcu się przyznał, że wciąż miewa agresywne fantazje, więc mu ulżyło. Z drugiej strony po raz pierwszy zwróciły się one przeciw niemu.

– Od dawna pan taki nie był, Anders. Nie mogę zalecić przeniesienia pana, skoro pan mówi takie rzeczy. Nawet jeśli wszystkie sprawy będą rozpatrzone na nowo i zostanie pan uniewinniony. Nie rozumie pan tego? Dlaczego pan mówi takie rzeczy?

– Bo pan chce mnie tu trzymać, aż sam nie umrę. Dlatego musi pan umrzeć pierwszy.

– To co, Anders, na tym skończymy?

– Nie chciałem tego powiedzieć.

– Kończymy.

Rask nic już nie powiedział. Siedział ze smutnym uśmiechem, jakby był zadowolony z tego, że pogroził psychiatrze, ale jednocześnie niezadowolony, bo wiedział, że przez to trudniej mu będzie w przewidywalnej przyszłości przejść na oddział otwarty.

Furuberget zostawił Raska pielęgniarzom.

Stanął w śluzie bezpieczeństwa i stał tam tak długo, że drzwi musiano otwierać dwa razy. Myślał o rozmowie, którą miał z Rune Flatangerem z Kripos.

Od dwóch tygodni prawie nie spał w nocy.

Flatanger przesłał mu plik dźwiękowy, na którym zabita dziewczynka krzyczała: „Maria". Przedtem powiedziała jakieś słowo, a jeden z policjantów twierdził, że to słowo to „Edel" albo „Edle". A może „Ellen". Ponoć pamiętał te imiona z jakiejś wcześniejszej sprawy, ale potem się z tego wycofał, uznał, że źle zapamiętał.

Ale Arne Furuberget wiedział, że już te imiona gdzieś słyszał, tylko nie pamiętał gdzie. I to nie była „Edel" ani „Ellen". To było „Edle". Edle Maria. Kombinacja imion tak niezwykła, że nigdy jej nie zapomniał. Flatanger poprosił go, by pytał o te imiona podczas seansów terapeutycznych. Furuberget nie wspomniał mu, że i jemu one coś przypominają.

Dopiero co udało mu się zapomnieć o sprawie listu od anonimowego nadawcy, a tu ta sprawa... Zerknął na zegar ścienny. Za godzinę w Oslo miała zostać pogrzebana zabita dziewczynka.

W gabinecie wyjął kalendarz i odhaczył ten dzień, zanim jeszcze się skończył.

„Pięć miesięcy do emerytury" – pomyślał.

Miał nadzieję, że w tym czasie zdoła sobie przypomnieć, skąd zna imiona Edle Maria. Stanowiły klucz, ale on nie był pewien, czy pragnie go odnaleźć.

13

Na zewnątrz ledwie dało się zapalić papierosa. Tommy Bergmann podniósł kołnierz kurtki, jakby to miało pomóc coś na wiatr, który groził urwaniem głowy. Cmentarz Alfaset może nie był najlepszym miejscem na papierosa. Wsiadł z powrotem do samochodu i ze wzrokiem utkwionym w białą kaplicę opuścił szybę. Po paru sztachnięciach wyrzucił papierosa. Widok cmentarza, który wydawał się nie mieć końca, przyprawiał go o mdłości.

„To jest stacja końcowa" – pomyślał. „Któregoś dnia sam tu będę leżał".

Ale jeszcze nie teraz.

Na wielkim parkingu stało kilka samochodów, ale nie poświęcił im zbytniej uwagi. Kiedy wszedł do kaplicy, był tam tylko Frank Krokhol i fotograf z „Dagbladet", który usiadł w pierwszym rzędzie. Poza tym nie było nikogo, jeśli nie liczyć pastora i pracownika biura pogrzebowego.

Widok był bardziej przygnębiający niż ten, na który był przygotowany. Wiedział już, że dziewczynka w trumnie była czternastolatką, która uciekła z sierocińca gdzieś pod Wilnem, i że miała na imię Daina. Jedynym krewnym, którego udało się Kripos znaleźć, była zapijaczona ciotka. Doszła ona do wniosku, że najtańszym rozwiązaniem będzie pozwolić państwu norweskiemu złożyć siostrzenicę w zamarzniętej ziemi w Oslo.

Jedynym jasnym punktem były tu kolory na freskach zdobiących ściany. Pamiętał, jak matka mówiła, że Weidemann malował bohomazy. Ostatni raz był tutaj, kiedy ją chowano. Powiedział sobie, że to dlatego jest teraz taki przybity, choć wiedział, że to kłamstwo.

Pastor ukłonił się im obu. Tommy zdjął kurtkę i położył ją między sobą a Krokholem, tak jakby chciał zaznaczyć dystans między nim a starym dziennikarzem. Krokhol nie był tam z dobroci serca, a więc z powodu, który Tommy przypisywał sobie. Dochodzenie utknęło w martwym punkcie do tego stopnia, że Tommy pogodził się z przegraną. Nikt nie zadzwonił w sprawie mężczyzny na ulicy Corta Adelera, Milović milczał, jego adwokaci blokowali każdą próbę powiązania go z dziewczynką, a prokurator Finneland sam zapędził się w kozi róg, gdy po umowie o amnestię Milović dostarczył film z klubu. A teczka osobowa starego śledczego Lorentzena gdzieś przepadła. Beznadziejny ślad Marii autorstwa Sørvaaga był dosłownie beznadziejny, bo nie dawał im już żadnej nadziei.

Kiedy pastor zaczął wygłaszać kazanie, Tommy doszedł do wniosku, że właściwie mógłby dać sobie spokój.

„Niech już zakopią to nieszczęsne dziecko" – pomyślał.

Kiedy zadzwoniły dzwony, poczuł ulgę.

Krokhol wstał i usiłował przywołać na twarz wyraz współczucia.

Tommy podniósł się i ruszył do wyjścia.

W ostatniej ławce siedziała kobieta odziana na czarno. Twarz zasłaniał jej kapelusz, powodując, że wyglądała, jakby była przeniesiona z innej epoki albo z filmu, który Tommy kiedyś oglądał.

Wstała powoli i otworzyła drzwi.

Tommy włożył kurtkę i wyszedł za nią, upewniając się, że Krokhol za nim nie idzie. Dziennikarz stał tam nadal ze złożonymi dłońmi, pewnie po to, by wyglądać bardziej godnie. Miał nadzieję na dobrą wypowiedź ze strony pastora.

Kobieta była już kilka metrów przed nim, w drodze na parking.

– Elisabeth Thorstensen – powiedział Tommy do siebie.

Zatrzymał się i pozwolił jej odejść.

Nie mógł być to nikt inny. Przez moment złowił jej spojrzenie, mimo że była już daleko.

Po kilku sekundach miał już pewność:

„Już kiedyś cię widziałem.

Jeszcze przed Skøyenbrynet".

Zadzwonił do centrali operacyjnej i dostał numer jej komórki.

Po czterech sygnałach połączenie zostało przerwane. Kiedy znów zadzwonił, odpowiedziała mu automatyczna sekretarka.

Nagrał wiadomość podając, kim jest i prosząc o rozmowę.

„To wszystko przeze mnie".

Dlaczego to powiedziała?

Część II
GRUDZIEŃ 2004

1

Od dwóch tygodni, to znaczy od kiedy pochowano Dainę, dziewczynkę z Litwy, Tommy Bergmann chodził krokiem lunatyka. Rzadko się zdarzało, żeby poruszał się tak bardzo po omacku. Poza tym ostatnie miesiące roku były najgorszym czasem, by paść ofiarą morderstwa, ponieważ budżet na nadgodziny został już wyczerpany, a zwolnienia lekarskie były na porządku dziennym. Nie dało się też ukryć, że w nowobogackiej, narcystycznej Norwegii anonimowa, młodociana prostytutka z Litwy została szybko zapomniana. Nikt się nią nadmiernie nie przejmował i panowała milcząca zgoda co do tego, że Daina nie była „jedną z nas".

Nikt poza komendą jeszcze nie wiedział, że znalazła się ona na sporej liście dziewcząt zabitych w podobny sposób. Próbki pobrane z pochwy Dainy w Szpitalu Centralnym i mikroskopijne kawałki skóry za jej paznokciami wykazywały profil DNA, który zdawał się pasować do profilu śladów znalezionych u Kristiane Thorstensen w 1988 i u następnej ofiary, tej z lutego 1989 roku. Problem w tym, że dawne profile były na tyle nieprecyzyjne, że zgadzały się u dziesięciu procent mężczyzn. Zważywszy jednak na uszkodzenia ciała Dainy, istniało duże prawdopodobieństwo, że był to ten sam sprawca. A w tej sytuacji stawało się także bardziej prawdopodobne, że Anders Rask jest niewinny.

Te ustalenia nie zostały jednak podane do wiadomości publicznej. Fredrik Reuter nie chciał dawać mordercy niczego za darmo, a komendantka Hanne Rodahl nie chciała przed samymi świętami wystraszyć mieszkańców miasta. Nie zamierzała też potwierdzić, że śledztwo utknęło w martwym punkcie. Rodahl miała ambicje, żeby w nadchodzącym roku zostać komendantem głównym policji, a w zaistniałej sytuacji wolała nie przyznawać, że ma do czynienia z czymś, co wśród swoich określała jako „nad wyraz nieprzyjemną zagadkę". W komunikatach dla prasy podawano, że „ze względu na dobro śledztwa policja nie może udzielić dalszych informacji". To okrągłe sformułowanie w rzeczywistości znaczyło tyle, co „błądzimy po omacku". Jedyną nadzieją na jakąś sprawiedliwość w sprawie Dainy było właśnie to, że przypuszczalnie pozbawił ją życia ten sam osobnik, który zabił sześć innych dziewcząt, poczynając od roku 1978. Na ironię zakrawał fakt, że był to jedyny powód, dla którego wciąż figurowała w notesach Tommy'ego, Halgeira Sørvaaga i reszty komendy.

Przypuszczalnie zamordował ją człowiek, który miał być Andersem Raskiem, ale który nim być nie mógł. Człowiek, który zabił Kristiane Thorstensen. Tommy miał więc świadomość, że jeśli ustali, kto zamordował Dainę, ustali jednocześnie, kto pozbawił życia Kristiane i pozostałe dziewczynki. Ale Rask siedział pod kluczem w psychiatryku w Ringvoll. Parę tygodni temu ktoś zabił niemal w taki sam sposób, więc to nie mogło mieć nic wspólnego z Raskiem!

A może mogło?

Schodząc po schodach do stacji kolejki podziemnej na Grønland, Tommy pomyślał, że może Rask właśnie urabia cały kraj, by uwierzył w pozory jego niewinności...

Na jego widok kilku Somalijczyków rzuciło się do ucieczki, ale Tommy'ego guzik obchodziło te kilka gram *khatu*, o które się targowali, więc poszedł spokojnie dalej przejściem podziemnym. Uliczny chłód stopniowo przeszedł w odurzające ciepło bijące od leżących przy wejściu na perony sklepów. Ciepło go osłabiło, poczuł się senny, uświadomił sobie nagle, jak mało w ostatnich tygodniach sypiał. Nie otrzeźwił go nawet lodowaty podmuch z tunelu kolejki, obrzeża jego pola widzenia stawały się coraz bardziej zamazane, przed oczyma przesuwały się cienie, każdy dźwięk był wzmocniony, niemal metaliczny, i kołatał mu się w czaszce. Każdy trzask w głośnikach, każdy komunikat o dalszym opóźnieniu powodował, że się wzdrygał i łapał na chęci sięgnięcia do schowanej pod puchową kurtką kabury pistoletu.

Peron wypełniony był ludźmi z całej kuli ziemskiej, z powodu spadającej temperatury ubranych najcieplej, jak tylko się dało. Na twarzach mieli wypisaną rezygnację, jakby zwątpili w swoją zdolność do przetrzymania jeszcze jednej takiej zimy. Tommy nigdy nie myślał o Oslo jako o mieście głaszczącym mieszkańców po policzkach i szepczącym im w ucho uwodzicielskie słowa, ale w ostatnich tygodniach zima stała się naprawdę nie do wytrzymania. Miasto wyglądało jak zbombardowane, a ludność zachowywała się, jakby zmuszono ją do biegania między ruinami i chronienia się przed kolejnymi nalotami w podziemnych stacjach kolejki, takich jak ta.

Właśnie był na swojej pierwszej sesji w lokalu Alternatywy dla Przemocy na Lilletorget i czuł się pusty w środku, niczym porzucona gdzieś na blokowisku betonowa rura. Nie wiedział jeszcze, czy podoba mu się terapeuta, ale mimo to otworzył się przy nim bardziej niż przy Viggo Osvoldzie. Osvold był na swój sposób subtelny, ostrożnie krążył wokół tematu, owijał wszystko w bawełnę, zupełnie inaczej niż to było tu. Mimo to postanowił utrzymać kontakt z Osvoldem. Alternatywa dla Przemocy z pewnością mogła nauczyć go, by zachowywał się jak względnie normalny mężczyzna, ale jego zdaniem to

Osvold był w stanie sięgać głębiej, do samego dna... o ile takowe w ogóle istniało.

Jakaś część Tommy'ego wciąż tkwiła w dzieciństwie, które było jedną wielką czarną dziurą. Jak przez mgłę pamiętał długie leżenie i krzyk, trwający może nawet kilka godzin. Było to jego pierwsze wspomnienie, musiał być wtedy bardzo mały. Wspomnienie stale powracało. Na koniec przestawał w nim krzyczeć i słyszał czyjeś głosy i płacz. Matki? Nie wiedział, bo i skąd? Czarna dziura... Bez czyjejś pomocy za cholerę nie potrafił sięgnąć głębiej, tyle przynajmniej do niego dotarło.

W końcu nadjechała „4", do Bergkrystallen, wyglądała jak smok wynurzający się ze swojej ciemnej jamy. Tommy właśnie przyglądał się kobiecie na plakacie reklamowym umieszczonym w gablocie między torami. Miała długie, mokre włosy, ubrana była w bikini, za nią widać było turkusowe morze, palmę, gorący piasek plaży. Obejmował ją opalony mężczyzna. Bardziej już od tego późnego, grudniowego popołudnia na sześćdziesięciu stopniach szerokości geograficznej północnej oddalić się nie dało. Twarz kobiety migała w oknach wjeżdżającej kolejki, aż zamieniła się w twarzyczkę Kristiane Thorstensen. Drzwi rozsunęły się i Tommy wcisnął się do wagonu, znalazł sobie miejsce przy drzwiach po przeciwnej stronie i rzucił ostatnie spojrzenie na uśmiechniętą modelkę w gablocie. Pod obrazkiem widniały słowa „Dni, które zapamiętasz". Kristiane więcej dni nie dano. Ani szansy, by w środku zimy pojechała kiedyś na południe z mężczyzną swojego życia. Ile by miała dziś lat? Policzył w pamięci. Trzydzieści dwa? Nie, trzydzieści jeden. Czy tak by wyglądała? „Tak" – powiedział sobie. „Tak, na tym plakacie to mogłaby być ona". Kristiane Thorstensen nie żyła od szesnastu lat, a teraz była wszędzie. Tommy, gdziekolwiek by spojrzał, patrzył jej prosto w twarz.

Jego wzrok przyciągnął odwrócony do niego plecami mężczyzna siedzący za przegrodą z pleksiglasu. Przeglądał „Aftenposten", a Tommy wiedział, co się zaraz stanie, bo już tego dnia czytał tę gazetę. Jeszcze przed weekendem Komisja ds. Wznowień Postępowań podjęła decyzję – prośba Andersa Raska o powtórny proces w sprawie Kristiane została rozpatrzona pozytywnie. Gazety nie pisały o niczym innym, wiadomości telewizyjne pełne były spekulacji, w radio mówiono tylko o tym. KTO ZABIŁ KRISTIANE? – pytało „Aftenposten". Pół strony zajmowało jej obowiązkowe, zrobione wczesną jesienią 1988 roku zdjęcie z ostatniej klasy gimnazjum. Tommy'ego ogarnęła nieokreślona tęsknota, za którą natychmiast się zbeształ. Za każdym razem, gdy widział jej twarz, było tak, jakby stawał się znów chłopcem, którym kiedyś był, nieszczęśliwym i beznadziejnie zakochanym w dziewczętach takich jak ona. Miała okrągłą twarz, na granicy pucołowatości, włosy kręcone akurat na tyle, na ile wówczas było trzeba... Sądził, że chłopaki mówiły o niej „najsłodsza w szkole", nie „najładniejsza", i że miała w sobie to coś, co chłopaków zupełnie zwalało z nóg i przysparzało jej więcej przyjaciółek, niż potrzebowała.

„Tak" – pomyślał Tommy, dokładnie taki obraz Kristiane Thorstensen sobie stworzył. Wystarczyło mu popatrzeć na jej uśmiech, na jej oczy, które skrzyły się do fotografa, naturalne loczki i dołeczek w brodzie, by wiedzieć, że była jedną z tych dziewcząt, które pamięta się do końca życia. Jeśli człowiek chodził z nią do szkoły, znał ją, grał z nią w szczypiorniaka, przewracał w śnieg (choć był na to za stary), już jej nie zapomniał. Zwłaszcza jeśli był jednym z tych licznych chłopaków, którzy od niej słyszeli: „Ja też cię lubię, ale jak przyjaciela. Obiecaj, że ci nie będzie przykro, dobrze?".

Nie miał jeszcze wtedy żadnej styczności ze śledztwem w sprawie morderstwa, bo był świeżo po Szkole Policyjnej, ale jeden Bóg raczy wiedzieć, ile godzin strawił, myśląc o niej w latach, które nastąpiły potem. Powinien właściwie mieć wyrzuty sumienia, ponieważ chciał dopaść mordercę właśnie Kristiane, a nie tego biednego litewskiego dziecka. Zdarzało się, że zupełnie o niej zapominał, o dziewczynce pochowanej w kraju, na podróż do którego jej ciotka nie mogła sobie pozwolić, dziewczynce, której zresztą ta ciotka w jej własnym kraju i tak nie miałaby za co pochować...

Nie, nie myślał o tej biednej anonimowej istocie. Pamiętał tylko o Kristiane, tej dobrze sytuowanej, uprzywilejowanej panience, która mieszkała o kilka rzutów kamieniem od miejsca, w którym wychował się on sam.

– Kristiane... – powiedział głośno, jakby był starym dziwakiem, który rozmawia sam ze sobą.

Przez te ostatnie szesnaście lat próbował ją zapomnieć, wyrzucić z pamięci. Tam, w lesie, złożył przysięgę. Poprzysiągł dziewczynce, która na zawsze miała mieć piętnaście lat, że będzie dobrym człowiekiem.

Przeniósł wzrok na gazetę, którą czytał mężczyzna obok. Jej wielkie oczy popatrzyły na niego i przeszyły go na wylot. Jakby chciała mu powiedzieć: „Jak mogłeś?".

2

Podłoga w salonie zasłana była gazetami. Co do jednej po-
otwierane były na artykułach dotyczących Andersa Raska.
„VG" miało reprodukcję dawnej strony tytułowej. Nad zdjęciem Raska sprzed dziesięciu lat widniało napisane ogromną czcionką słowo POTWÓR. Człowiek, skazany za zabicie
Kristiane Thorstensen, uzyskał wznowienie postępowania
karnego i teraz była pewnie kolej na wyrok za pozostałe pięć
dziewczynek. W „VG", pod nagłówkiem „Brak przekonu-
jących dowodów", zamieszczony był trzystronicowy wywiad
z obrońcą Raska, młodym adwokatem z Gjøvik. Dziennikarze
rzucili się na temat, ale Tommy nie mógł ich za to obwiniać –
dostali wszak wspaniały prezent. Przeczytał uzasadnienie decyzji o wznowieniu procesu, które było miażdżące dla policji,
a szczególnie dla Kripos. Wyglądało na to, że nad trójkątem
władzy, składającej się z prasy, prokuratury i sądu, zbierają się
gęste czarne chmury. Czyżby wszyscy się pomylili? Czy Anders Rask nie był tą bestią, co do której wszyscy byli zgodni,
że powinna umrzeć powolną i bolesną śmiercią? Owszem, był
może pedofilem, ale czy rzeczywiście był zabójcą?

Do starego odtwarzacza pod telewizorem Tommy włożył
kasetę VHS z napisem „Rask wrzesień 1994 NRK*". Od kil-

---

* NRK, Norsk Rikskringkasting – państwowe radio i telewizja nor-
weska.

ku już lat nie odtwarzał dokumentalnego filmu o Rasku, bo nie miał ochoty patrzeć na jego gębę. Teraz nie mógł tego dłużej odwlekać.

Z ławy usunął resztki obiadu – rzeźnik Rask i jedzenie nie dały się nijak pogodzić. Na ekranie właśnie pokazywano fragment filmu z obchodów Dnia Konstytucji z początku lat sześćdziesiątych. Tommy zapalił papierosa i dotknął nim szkła tak, że rozżarzony koniec oparł się o twarz Raska tuż pod jego prawym okiem. Jakość obrazu i fakt, że rodzinę Raska stać było wtedy na kamerę filmową, świadczył o jej wysokim statusie materialnym. Jednakże według autorów filmu Rask, jako dziecko rozwiedzionych rodziców, wychował się w trudnych warunkach w Slemdal, gdzie jego matka wynajmowała mieszkanko w suterenie. W szkole był jakoby bardzo prześladowany, ale jakoś sobie z tym poradził. Miał dobre wyniki w nauce i w 1979 roku ukończył studium nauczycielskie Eik w Tønsberg. Właśnie w Tønsberg znalazł swoją pierwszą ofiarę – gdy odbywał staż w szkole Presterød, zabił Anne-Lee Fransen, drobną dziewczynkę adoptowaną z Korei Południowej. Miała trzynaście lat.

Tommy przewinął wywiady z psychiatrami i psychologami. Doskonale wiedział, na czym polegały ich wyjaśnienia – Anders Rask był klasycznym przypadkiem wyobcowanego i wrażliwego dziecka z edypalnym, a więc patologicznym stosunkiem do matki, charakteryzującym się jednocześnie miłością i nienawiścią. Ta z kolei borykała się z poważnymi problemami psychicznymi i w związku z tym kilka razy trafiła nawet do szpitala. Wyszło na jaw, że jego ojciec molestował dwie córki, które miał ze swoją nową żoną, i spekulowano, że być może molestował także Raska, który na ten temat udzielał dwuznacznych odpowiedzi. Utrzymywał, że wyparł większość swojego dzieciństwa i młodości, ale że kiedy był w szkole nauczycielskiej, pewne koszmarne zdarzenia z przeszłości wracały i przyprawiały go o rozstrój nerwowy. Nie wyparł jednak aktów seksualnej przemocy wobec dzieci, które uczył, i wcześniejszych, w młodości, wobec mniejszych dzieci. Policja w Oslo po raz pierwszy aresztowała Raska za molestowanie dziewczynki w szkole w Bryn zimą roku 1992. To właśnie wtedy podczas przesłuchania podejrzany nieoczekiwanie przyznał się do zabójstwa Kristiane Thorstensen, która była jego uczennicą w gimnazjum Vetlandsåsen od 1986 roku. Następnie kolejno przyznawał się do zamordowania pięciu innych dziewcząt, pierwszej w Tønsberg w roku 1978. W trakcie przesłuchań kilkanaście razy zmieniał zeznania, na koniec stwierdził, że słyszał w głowie głosy, które namawiały go do mordowania dziewczynek. Tej wersji trzymał się też podczas procesu.

Tommy przewinął kasetę do sceny rekonstrukcji pierwszej zbrodni, tej w Tønsberg. Film nie zawierał żadnej sekwencji z rekonstrukcji morderstwa Kristiane, z czego był zadowolony. Nie miał najmniejszego zamiaru znów oglądać lasów na południe od miasta, choćby tylko na filmie.

Zatrzymał obraz Andersa Raska nachylonego nad krzakami przy leśnej drodze gdzieś w głębi Vestfold. To tam zgwałcił i zabił Ann-Lee Fransen w ostatni weekend sierpnia 1978, po tym, jak przyszła do jego mieszkania w suterenie, które wynajmował od na wpół zdemenciałej staruszki na Tolvsrød w Tønsberg. Metody zabójstwa w późniejszych sprawach powielały *modus operandi* w tej. Wokół ust i nosa, na przegubach rąk i kostkach wszystkich ofiar stwierdzono ślady kleju, pochodzące przypuszczalnie z tego samego typu taśmy naprawczej, którą znaleziono u Raska w roku 1992. Najwyraźniej trzymał się tego samego typu taśmy przez wszystkie te lata od roku 1978. W jego domu znaleziono książki i długopis, które były własnością Kristiane, a także jej szkolne fotografie portretowe. Istniały więc poszlaki wskazujące na to, że jest sprawcą. Kiedy na dodatek w jego mieszkaniu na Haugerud w Oslo odkryto osobiste rzeczy i włosy Anne-Lee Fransen ze szkoły Prestererød w Tønsberg, sprawa była w zasadzie jasna. Do faktu, że nie znaleziono u niego nic, co by należało do którejś z pozostałych ofiar, nie przywiązano zbyt wiele wagi.

Dwa miesiące po przyznaniu się Raska do winy prokuratura przedstawiła prasie to, co ta później nazwała, nie dbając o wewnętrzną sprzeczność takiego określenia, „niezbitymi poszlakami", i wszyscy zgodzili się co do tego, że Anders Rask to bestia w ludzkiej skórze, najgorsza, jaką w tych czasach ten kraj wydał na świat, a może kiedykolwiek w swojej historii. Obdukcja dziewcząt nie była w stanie dać odpowiedzi na pytanie, czy jeszcze żyły, kiedy zbrodniarz brał się za nóż i młotek, bo ciała znaleziono zbyt późno. Najprawdopodobniej cztery z ofiar zmarły od utraty krwi w trakcie maltretowania.

Tak zwane niezbite poszlaki prokuratury opierały się na wynikach badania próbek laboratoryjnych, otrzymanych z Wielkiej Brytanii. Nowo opracowana przez Imperial Chemicals technologia analizy DNA już w styczniu 1989 roku jednoznacznie wykazała, że właściciel nasienia znalezionego na Kristiane Thorstensen miał grupę krwi A i profil enzymatyczny wykluczający dziewięćdziesiąt procent wszystkich mężczyzn. Ten sam rezultat uzyskano z próbek pobranych u prostytutki zamordowanej w Nowy Rok w 1989, już po Kristiane. Kiedy pobrano próbkę u Raska, stało się jasne, że znajduje się on w grupie dziesięciu procent o wspólnym profilu enzymatycznym. Na dodatek miał grupę krwi A. Wystarczyło to, by sąd okręgowy odrzucił możliwość syndromu przyznawania się u Raska, mimo że plątał się w zeznaniach dotyczących obrażeń, jakie spowodował u dziewcząt, i zamiast tego z brutalną szczerością opowiadał o nieodpartym pragnieniu zadawania bólu i zabijania dziewczynek oraz młodych kobiet.

Tommy puścił teraz film w zwolnionym tempie. Na koniec twarz Andersa Raska wykrzywiła się w niezrozumiałym uśmiechu, tak jakby na miejscu zbrodni zobaczył coś szczególnie przyjemnego. Na zbliżeniu kamera pokazała jego nieco kobiece rysy. Nie można było zaprzeczyć, że Rask miał piękną powierzchowność, która mogła zmylić absolutnie każdego. Głos z offu streścił zeznania Raska w sądzie. Umówił się z Anne-Lee Fransen w swoim mieszkaniu w suterenie. Ogłuszył ją w łazience, wepchnął jej małe ciało do worka na śmieci i po zmroku wyniósł do samochodu. Maltretowanie i zabójstwo miały miejsce w lesie.

Tommy nagle zdecydował się wyłączyć telewizor. Nie mógł przestać wyobrażać sobie, co by zrobił Raskowi, gdyby mu tylko dano szansę. Przez chwilę pomyślał, że po prostu skopałby go na śmierć, że tak długo miażdżyłby mu twarz buciorem z metalowym noskiem, aż by jej nie było. Nie... jeszcze lepiej byłoby wypuścić go na spacerniak w więzieniu Ila, żeby współwięźniowie rozdarli go na części niczym hieny. Albo połamać mu wszystkie kości kijem bejsbolowym lub wielkim kluczem francuskim. Najpierw nogi, potem ręce, zmiażdżyć mu tułów, krocze, twarz. A czaszkę na sam koniec.

Zamknął oczy. Jeśli zacznie tak myśleć, będzie skończony. Raskowi udało się oto doprowadzić do wznowienia procesu. Tommy wiedział, że uznanie go za niewinnego było teraz wielce prawdopodobne, bo próg do pozytywnego rozpatrzenia podania był niebotycznie wysoki i takie orzeczenie komisji odwoławczej w praktyce oznaczało, że skazano go na podstawie błędnej oceny materiału dowodowego. Tommy podejrzewał, że jeśli Rask zostanie uwolniony od zarzutu zabójstwa Kristiane, to później uniewinnią go także w sprawie Anne-Lee Fransen i pozostałych dziewcząt. Jako policjant nie mógł sobie pozwolić na oddawanie się marzeniom o zemście.

Poza tym w chwili, gdy policja wyjawi prawdę o zabójstwie Litwinki Dainy, Rask będzie miał w ręku nową kartę atutową – przecież zamordowano ją dokładnie w taki sam sposób jak inne dziewczęta! Nikt nie zada pytania, czy Rask nie kontaktował się z nikim z zewnątrz, czy nie próbuje ich wszystkich oszukać. Może w morderstwach brały udział dwie osoby? A może po prostu był niewinny...

Tommy powiedział sobie, że oglądanie filmu raz jeszcze byłoby marnowaniem czasu. Czuł, że kręci się w kółko. Film nie opierał się na materiale z pierwszej ręki, bo Rask nie udzielał wywiadów, z wyjątkiem jednego – rozmawiał mianowicie z kontaktem Tommy'ego w „Dagbladet", reporterem Frankiem Krokholem.

Chwycił komórkę i wyszukał jego numer. Przez jakiś czas patrzył na cyferki, ale zrezygnował – było już późno, poza tym wolał poczekać na zebranie następnego dnia.

W sypialni zostawił zapaloną lampkę. Obrócił się w stronę połowy łóżka, która niegdyś należała do Hege, modląc się, by tej nocy nie przyśnił mu się ten sen. Sen, który miał wiele razy, odkąd Rask złożył podanie o wznowienie procesu. Szedł w nim przez czarny, mokry od deszczu las, jakby pchany przez niewidzialną rękę, i daleko przed sobą widział ciemną postać, pochyloną nad czymś bezkształtnym na ziemi. Postać raz za razem uderzała w to coś, co, jak rozumiał, było Kristiane Thorstensen, jeszcze żywą... Tommy przebiegał ostatnie metry, wyciągał rękę, ta osoba obracała się ku niemu, machając nożem, Tommy przewracał się i odkrywał, że zbrodniarzem jest on sam, starszy niż był, gdy zabito Kristiane, ale bez wątpienia to był on, we własnej osobie.

Po trwających godzinę próbach zaśnięcia wstał.

Stanął przy oknie i spojrzał na bloki po drugiej stronie placu. Pod szczytem najbliższego majaczyły litery: SPÓŁDZIELNIA MIESZKANIOWA BLÅFJELLET. Owinął się ciaśniej szlafrokiem i zapalił papierosa. Pod latarniami wzdłuż ulicy padający śnieg przybierał żółtą barwę. Ten widok napełnił go tęsknotą za latem, tęsknotą za Hadją. Kiedy widział ją po raz ostatni? Zbyt dawno temu, żeby mógł sobie przypomnieć. Zamknął na chwilę oczy i spróbował ją sobie wyobrazić, przypomnieć sobie jej zapach. Bez skutku. Jedyne, co podsuwała mu pamięć, to te ostatnie kroki w kierunku zwłok, Kårego Gjervana pochylającego się nad nimi i biorącego w palce wisiorek na szyi Kristiane Thorstensen, i białą, lalkowatą twarz dziewczynki. W łazience przyjrzał się sobie w jaskrawym świetle neonówki nad lustrem. Worki pod oczami zdały mu się większe i ciemniejsze, niż były kiedykolwiek przedtem, włosy miał za długie, bo stale odkładał wizytę u fryzjera. Może próbował w ten sposób wyprzeć fakt siwienia na skroniach? Wokół oczu widział rozchodzące się we wszystkich kierunkach zmarszczki. Oczy miał bardziej szare niż niebieskie, jakby po drugiej stronie nigdy nie było życia... Co to powiedział ten gość, który znalazł Kirstiane tyle lat temu?

Oparł się o umywalkę i zobaczył sam siebie, jak stoi nad leżącą na tej tu podłodze Hege, a ona szepcze cichutko, by nie usłyszeli sąsiedzi: „Proszę cię, Tommy, nie zabijaj mnie"... Obiecał martwej dziewczynce, że będzie dobrym człowiekiem, i oto była odpowiedź, szesnaście lat później. Spojrzał na podłogę, tam, gdzie wtedy leżała Hege. Co on jej właściwie zrobił? Nie pamiętał tego za dobrze, był jedynie w stanie zrekonstruować małe kawałki... czego właściwie? „Maltretowanie" – pomyślał. Nie było na to innego słowa.

Dla czegoś takiego nie było przebaczenia. Może wytłumaczenie, od biedy, ale nic więcej. Jeśli istniało jakieś kolejne życie, skończy w nim jak człowiek, który zabił Kristiane.

Jakby chcąc się ukarać, usiadł na kanapie, chwycił pilota i znów włączył dokumentalny film o Rasku. Telewizyjne obrazy migotały w ciemności, napełniając pokój sztucznym, niebieskawym światłem. Cofnął do rekonstrukcji pierwszej zbrodni w Tønsberg, gdzie Rask przez chwilę stoi z tym głupawym uśmieszkiem na ustach. Zatrzymał obraz i powiększył jego kobiecą twarz. Zamknął oczy i zobaczył sam siebie.

— Ty i ja, Anders — szepnął do ekranu. — Jesteśmy zwierzętami, niczym innym.

3

Położył się tuż przed trzecią w pokoju gościnnym, bo lekkie pochrapywanie żony nie dawało mu spać. Teraz Arne Furuberget leżał i czekał, aż zadzwoni budzik. Najbliższy sąsiad już próbował zapalić silnik swojego auta. Przez całą noc padał gęsty śnieg i ten idiota wydawał się jedynym człowiekiem chcącym zakłócić tę boską ciszę, którą może ludzkości podarować dziesięć czy piętnaście centymetrów białego puchu. Gość zawsze wyruszał do pracy piętnaście po szóstej i budził psychiatrę w każdy powszedni dzień przez niemal dwadzieścia lat. Nadsłuchując jego daremnych prób zapalenia silnika, Furuberget głaskał się po brodzie z uśmiechem satysfakcji.

Postanowił poleżeć jeszcze kilka minut. W końcu zdrzemnął się i nagle zanurzył w ciemnej studni snu.

Kiedy budzik w telefonie zadzwonił, ocknął się z piekielnym bólem głowy. „Pięć minut" – pomyślał. „Spałem co najmniej pięć minut".

Kiedy opuścił stopy na podłogę, coś mu w głowie zaświtało – nagle przypomniał sobie, skąd zna to imię.

– Maria – powiedział głośno do siebie. – Edle Maria...

Czuł, że pod spraną piżamą jego skóra pokrywa się gęsią skórką. Poczuł się starszy, niż był, jakby już jedną nogą znalazł się w grobie.

"Edle Maria". Podwinął rękaw piżamy – włoski na przedramieniu stały jak świńska szczecina. „Zupełnie wyraźnie" – skonstatował. „Słyszę ten głos zupełnie wyraźnie".

Podszedł do okna i spojrzał na garaż sąsiada. Ten okropny facet podłączył do akumulatora kable. Przez chwilę spoglądał na zwalistego chłopa dziesięć metrów od niego, ale potem zogniskował wzrok na swoim własnym odbiciu w ciemnym oknie. Niemożliwe, żeby tak było. Ale jednak. Był absolutnie pewien, że dobrze zapamiętał.

Ubrał się, jakby sam diabeł go ponaglał, śniadanie, a nawet kawę odpuścił. Obudził żonę całusem w czoło, czego nie robił od lat. Na szczęście była zbyt rozespana, żeby wciągnąć go do łóżka, chociaż zdaje się wykonała taką próbę. „Niedługo będziemy na to za starzy" – pomyślał Furuberget, ciesząc się, że silnik jego samochodu zaskoczył od razu i mruczał teraz jak kot, mimo że zapomniał włączyć elektryczne ogrzewanie.

Kiedy zaparkował samochód w Ringvoll, znów ogarnął go ponury nastrój. Zastanawiał się, skąd wcześniej wzięło się te kilka minut nagłej wesołości.

„Sprawa jest poważna" – dumał, schodząc do archiwum w piwnicy.

Kręcił się po pozbawionym okien pomieszczeniu wystarczająco długo, żeby organizm poczuł brak tlenu. Niczego z tych nowych, przesuwnych regałów nie pojmował. Ależ czuł się stary! Sprawa z Raskiem go przerastała. Do licha, był przecież psychiatrą, więc znał swoje słabe strony i czuł, że przestaje nadążać. Za dużo tego wszystkiego, tych brązowych pudeł w archiwum, cyfr, kodów… Nie pamiętał nawet, o który rocznik mu chodzi.

Kiedy minęła ósma, usłyszał, że ktoś wstukuje kod po drugiej stronie drzwi.

Szefowa administracji stanęła w drzwiach i spojrzała na niego, jakby był włamywaczem.

– A pan co tu robi? – zdziwiła się.

– Szukam pewnej sprawy... Karty pacjenta.

– Którego pacjenta?

– To... dawne czasy, nie będzie pani wiedziała. Tego pacjenta już tu nie ma.

Weszła do środka, a stukot jej butów odbił się echem w jego czaszce.

Teraz miał już pewność. „Ale jak?" – zastanawiał się. „Jakim sposobem?"

– Jak dawne?

– Kilka... może kilkanaście lat.

– Jeżeli to więcej niż dziesięć lat, dokumentacja będzie w Brumunddal.

Furuberget unikał jej wzroku. Musiał tę sprawę załatwić do końca. Pozbyć się jej raz na zawsze, jeszcze przed świętami. Tego błędu nie mógł zabrać ze sobą do grobu, a tym bardziej przyznać się komuś do niego, zanim nie będzie całkowicie pewien.

Udało mu się wyruszyć dopiero o drugiej po południu. Z powodu pogarszającej się pogody objechanie Mjøsy zajęło mu niemal dwie godziny, a więc prawie dwa razy więcej niż zwykle. Kolejka do mostu na Moelv bardziej przypominała mu paryski Boulevard périphérique niż norweską prowincję. Widział tylko tylne światła samochodu przed sobą, a pióra jego wycieraczek uginały się pod ciężarem śniegu, który spadł na nich wszystkich w ostatnich godzinach.

Budynek administracji dla szpitali okręgu Hedmark i Oppland zwykle przypominał socjalistyczny biurowiec, ale w tej pogodzie, w tym białym piekle, bardziej przypominał dekorację jakiejś bożonarodzeniowej opowieści.

W większości okien wciąż paliły się światła.

Arne Furuberget pomyślał, że pracujący tam powinni jak najszybciej uciec z tej fabryki papieru i wrócić do swoich żon, mężów i dzieci, zanim ich życie dobiegnie końca. Bo jest znacznie krótsze, niż im się wydaje. Uznał, że jedyni ludzie, którzy powinni tu siedzieć po godzinie czwartej na dwa tygodnie przed świętami, to ci, na których w domu czeka jedynie samotność.

Kiedy wysiadł z samochodu, było mu piekielnie gorąco, więc przewiesił sobie tylko płaszcz przez ramię i odpiął mankiety koszuli pod marynarką. Albo coś go brało, albo uczucie wynikało ze świadomości, że oto zamierza popełnić nieodwracalny błąd.

Nieraz grożono mu śmiercią, ale słowa Raska nie dawały mu spokoju. I ten jego nieprzenikniony uśmieszek...

– Będziesz martwy – powiedział do siebie, prawie wypluł te słowa, niczym któryś z jego pacjentów pogrążających się w psychozie. Nie, „zaszlachtowany"! Czyż nie tak wyraził się Rask?

Idąc w górę po schodach, mocno tupał, aby strząsnąć z siebie śnieg.

Kinkiety w oddziale archiwów kilka razy zamrugały, jakby chciały powiedzieć psychiatrze, że to niedobry pomysł. Że powinien dać sobie z tym spokój, że pamięć płata mu figle.

Dziewczyna, która go tam zaprowadziła, szybko objaśniła mu system. Nie powiedział jej, czego szuka, podał tylko zakres czasowy dla sprawy, która go „zainteresowała".

– Proszę zgasić światło, jak pan będzie wychodził – powiedziała. – Aha, kopiarka długo się nagrzewa. – Uśmiechnęła się, naciągnęła na uszy czapkę i podniosła kołnierz staroświeckiego płaszcza, który zapewne znów stał się modny. – Powodzenia – rzuciła na odchodne.

Znalezienie właściwego pudła zajęło mu tylko pół godziny. Kiedy wyciągał z niego papiery, spociły mu się dłonie. Wzdrygnął się, kiedy nagle trzasnęła gumka, która je ściągała. To, czego szukał, znalazł pod trzecim tygodniem leczenia. „Nie miałem wyboru...". Przeczytał opinię terapeuty. Zaburzenie zdiagnozowane zostało jako psychoza reaktywna. Powoli przeglądał papiery. Leczenie psychotropami. Pomyślał, że dawki były za mocne. Jak narkoza. No i za wcześnie wypisali. Odgarnął z czoła włosy. Psychoza... No tak, to było zbyt dawno temu. Ale dane osobowe tam były. Imiona. Któregoś wtorkowego przedpołudnia zostały podane.

„Spytałem o imię. Pacjentka powiedziała »Edle Maria«. Kiedy spytałem powtórnie, brak potwierdzenia, dopiero po paru minutach. Często mówią na nią tylko »Maria«, ale ma na imię »Edle Maria«. Tak sobie życzył jej ojciec".

To nie mógł być przypadek.

Zrobił kopie stron, które były mu potrzebne, i włożył pudło z powrotem na miejsce, dokładnie tam, gdzie było. Rask złapał go na błędzie, więcej już go nie popełni.

Na schodach przed biurowcem stanął i stał długo. Śnieg wdzierał mu się w nogawki spodni, wkrótce przemarzł na kość.

Od parszywej pogody przemokła mu teczka z kopiami kartoteki pacjentki. Wsadził ją pod płaszcz i z ociąganiem poszedł do samochodu, który teraz przypominał igloo. Powolnymi ruchami, jakby był za stary na ten biały obłęd, oczyścił go ze śniegu starą zmiotką.

Włączył światło w kabinie. Po raz ostatni chciał się upewnić, czy wszystko się zgadza.

– Edle Maria – przeczytał.

Pacjentka mówi: „Edle Maria żyje".

Wyjął komórkę i wystukał numer informacji. Kiedy ktoś odebrał, zrezygnował z rozmowy.

Czy właśnie to było w liście Raska?

„Tak" – pomyślał. Pamiętał niewielki fragment. Coś o Meduzie. „Łzy Meduzy"...

Edle Maria.

Czy to ona była Meduzą?

4

Powiada się, że sny to czysta natura, w której niczego się nie ukrywa, że to podsuwana śniącemu nieuszminkowana prawda. Tommy usłyszał dzwoniący z sypialni budzik i miał nadzieję, że to złudzenie. Co mu się śniło? Próbował to zignorować. Czy to właśnie była prawda o nim samym? Koc, którym się przykrył przed zaśnięciem, spadł na podłogę. W pokoju jednak było na tyle ciepło, że spokojnie mógł tak leżeć godzinami. Przez okna salonu widział, że dalej pada śnieg i że jest gęstszy niż w nocy. Mogło to znaczyć, że mróz w mieście nieco zelżał.

Obrócił się na bok i na ekranie zobaczył obrazy z lasów w Vestfold, a potem twarz Andersa Raska z tym jego na wpół obelżywym, na wpół dziecinnym uśmieszkiem.

Tommy wzdrygnął się – nie na widok twarzy Raska, ale dlatego, że telewizor był włączony, a odtwarzacz chodził. Czyż nie wyłączył ich przed zaśnięciem?

A może i nie. Przez chwilę nie mógł sobie przypomnieć, co się działo. Jeśli zasnął przy włączonym sprzęcie, być może kaseta przewinęła się do początku i po raz kolejny odtwarzała film.

Wstał, znalazł pilota i zaczął przewijać wideo do przodu, ale po chwili znieruchomiał. Co tu się dzieje? Czy ktoś wszedł do mieszkania, podczas gdy on spał? Na samą myśl prychnął, ale i tak poszedł na korytarz, by sprawdzić drzwi. Przez moment wydawało mu się, że nie są zatrzaśnięte, ale nie. Kiedy je zamykał, głośno zatrzeszczały. Były stare, z czasów, kiedy blok był nowy, to znaczy z lat pięćdziesiątych. Zamek był prosty, nie miał nawet na zewnątrz okucia. Każdy, kto miał jakieś pojęcie o zamkach, otworzyłby je bez wysiłku. Hege zawsze chciała coś z tym zrobić, ale on uważał, że to nie ma sensu. Bo i kogo miałby się bać? „Może dlatego chciała te drzwi wymienić, bo były cienkie i sąsiedzi słyszeli nasze awantury?" – pomyślał, opadając na kuchenne krzesło i wyławiając z paczki ostatniego papierosa.

Przypomniał sobie, jak tego ostatniego dnia Hege stoi przy tych drzwiach, a on siedzi tak jak teraz, po piekle, które jej w nocy zrobił. Chyba już tamtego ranka dotarło do niego, że ona nigdy nie wróci. Może widział to w jej spojrzeniu, w którym więcej było litości niż nienawiści. A on siedział jak przykuty do krzesła. A kiedy pojechała do pracy, wybuchnął płaczem. Płaczem dziecka, teraz to rozumiał.

– Kurwa mać – powiedział w przestrzeń.

Zegar na kuchence pokazał, że za długo się guzdrał. Musiał jechać na Grønland taksówką, nie mógł się spóźnić, nie tego dnia, nie przy tej sprawie.

Zanim wszedł pod prysznic, przeszedł się po mieszkaniu. Sypialnia była nietknięta, salon i pokój gościnny też. Otworzył kilka szuflad w komodzie, którą Hege kiedyś kupiła na pchlim targu. Kilka tysiąckoronowych banknotów, które z niewiadomego powodu w niej umieścił, wciąż tam leżało. Odwrócił się powoli, spojrzał raz jeszcze na salon, szukając jakiejś zmiany. Popatrzył na półki z książkami, kilka stojących na nich fotografii, ławę, krzesła przy stole. W końcu przyjrzał się wyłączonemu telewizorowi. Przyszła mu do głowy myśl, że Rask wyszedł na przepustkę. Myśl była szaleńcza, ale szaleństwo w tym kraju nie było czymś nadzwyczajnym. Odrzucił tę myśl – Rask będzie miał powtórny proces w jednej ze spraw, ale wciąż siedział za wszystkie sześć.

„A jednak telewizor i wideo nie mogły włączyć się same!" – pomyślał.

Czy przed zaśnięciem na kanapie na pewno je zgasił?

5

Elisabeth Thorstensen nie sądziła, że potrafi siedzieć tak godzinami, nieruchomo, z przekrzywioną głową, patrząc na ptaki za oknem. Na karmnik, który powiesił Asgeir. Karmnik zrobiony na pracach ręcznych przez Kristiane.

„Nie, przez Petera" – poprawiła się w myśli i wyprostowała głowę, prostując jednocześnie plecy. Zapaliła papierosa, próbując sobie przypomnieć, jak te ptaki się nazywają, ale zaraz dała sobie spokój.

„Przecież nie znosisz ptaków, co, zapomniałaś?" Tam, na górze, nadepnęła na ptaka, wielkiego, czarnego czorta, którego znalazła na tarasie. Pod butem prawie nic wtedy nie poczuła. Wciąż pamiętała przyjemne uczucie, kiedy wydłubywała mu oczy. Miała ochotę przyszyć je sobie do płaszcza, bo po bokach podłużnej główki wyglądały jak guziczki. To by było coś – czarne ptasie oczka na tym brzydkim beżowym płaszczu, który jej kupili.

– Wszystko w porządku, proszę pani?

Powoli przeniosła na nią wzrok, zauważając, że traci przy tym ostrość widzenia. Tak działał na nią vival. Wzięła pół tabletki, tylko po to, żeby pospać, ale i tak obudziła się po dwóch godzinach. Te środki już na nią nie działały, choć to ponoć niemożliwe.

– Nie mów do mnie „proszę pani". Wiesz, że tego nie cierpię!

– *Sorry*, proszę pani…

Elisabeth Thorstensen zmrużyła oczy.

Rose zasłoniła ręką usta i podeszła do zmywarki. Elisabeth wydawało się, że w jej oczach widzi strach. Była dla niej nieprzyjemna? Zgasiła papierosa i poszła do holu. Odczekała chwilę, zanim odważyła się spojrzeć w lustro. Widok sprawił jej tyle przyjemności, że aż zamknęła oczy. „Piękna" – pomyślała. Czyż nie to Asgeir powiedział jej rano? Zeszła na dół ze swojego pokoju, żeby go pożegnać. Przez moment poczuła się szczęśliwa. Ostatni raz miała to uczucie, gdy leżała w dawnym Szpitalu Centralnym z Kristiane przy piersi.

– Obiecaj mi jedną rzecz, Rose – powiedziała, stając w drzwiach. Rose wyjmowała naczynia ze zmywarki. – Nigdy się mnie nie bój. Nigdy.

Rose odstawiła na stół szklankę i uśmiechnęła się. Jej uśmiech był dość szczery.

– Oczywiście, że nie.

– Jak stracę ciebie, stracę wszystko.

Rose odgarnęła z czoła kosmyk włosów, a Elisabeth podeszła do niej i wzięła ją za ręce.

– Nigdy!

Nachyliła się do Rose i objęła ją.

– Niech pani nie będzie przykro – powiedziała gosposia.

„Powinnaś tu być wtedy" – pomyślała Elisabeth. „Zaopiekować się mną… Ile miałaś wtedy lat? Nie było cię na świecie. Nawet twoi rodzice byli dziećmi".

Puściła młodą Filipinkę i zrobiła krok do tyłu.

– Nie wiem, co bym bez ciebie zrobiła.

Teraz i Rose się rozpłakała.

Elisabeth pomyślała, że powinna odesłać ją na Filipiny. Rose miała tam pięcioletnie dziecko, chłopczyka, który mieszkał z dziadkami. Ale nie, nie mogła jej stąd wypuścić, nigdy. Pozwoliła jej pracować dalej i przeszła do gabinetu. Ten straszny list wciąż leżał na biurku. Poprosiła Asgeira, żeby jej go przeczytał, chociaż doskonale wiedziała, co w nim jest.

Niniejszym zawiadamiamy, że Komisja ds. Wznowień decyzją z dnia 10 grudnia 2004 pozytywnie rozpatrzyła odwołanie Andersa Raska w sprawie powtórnego rozpatrzenia wyroku z Sądu Okręgowego Eidsivating z 22 lutego 1994 roku...

Głośno powtórzyła zwrot „adwokat z urzędu". Po raz pierwszy odkąd otrzymała list, udało jej się przeczytać go na chłodno. W końcu to tylko litery na papierze, nie było w nich nic, co by jej dotyczyło.

Spojrzała na fiord, głaszcząc papier palcami, jakby to miało przywrócić Kristiane życie. Wyglądało na to, że świat istnieje wyłącznie w dwóch barwach: czerni i szarości. Nawet mroźna para nad ciemnym lustrem wody była szara, a nie biała.

Od jak dawna już nie widziała słońca?

Zamknęła drzwi prowadzące na korytarz i zdjęła z widełek słuchawkę stacjonarnego telefonu. Przez chwilę słuchała, by się upewnić, że Rose nie podniosła słuchawki na dole w holu, a potem wystukała numer jego komórki. Odebrał po trzech czy czterech sygnałach. Zmieniony ton jego głosu uzmysłowił Elisabeth, że siedzi na zebraniu. Mógł zignorować jej telefon, ale jednak go odebrał.

— Muszę się z tobą zobaczyć...

Rozłączył się bez słowa.

Zaczęła płakać. Położyła głowę na blacie biurka i zamknęła oczy. Za jej powiekami pojawiła się twarz Kristiane. „Niech ci nie będzie przykro, mamusiu. Nic nie mogłaś na to poradzić". Głos należał do dziecka, małego dziecka, ale Elisabeth Thorstensen nie bała się go. Był dzień, nie było się czego bać. Wzdrygnęła się, bo rozległ się ostry dźwięk. Obraz i głos Kristiane zniknęły. Chwilę trwało, zanim zorientowała się, że to stacjonarny telefon obok niej. Wzięła aparat do ręki i wlepiła wzrok w osiem cyferek na wyświetlaczu. To nie był on, to nie był numer komórkowy.

Miała wrażenie, że gdzieś daleko w holu słyszy kroki Rose. Poczuła zimny dreszcz i ostrożnie odłożyła aparat. Wstała, otworzyła drzwi i szybko podeszła do schodów.

I rzeczywiście, mimo że przecież z tej odległości nie mogła słyszeć jej kroków gdzieś tam, w dole, i to zza drzwi, zobaczyła Rose pochyloną nad telefonem w holu.

Stanęła na najwyższym stopniu schodów.

– Nie odbieraj – powiedziała cicho.

Rose nie usłyszała, jej ręka zbliżyła się do słuchawki.

– Nie odbieraj!

Rose cofnęła się przestraszona, omal się nie przewracając. Patrzyły na siebie, dopóki dzwoniący nie zrezygnował.

Widząc wyraz twarzy Rose, Elisabeth Thorstensen nie mogła powstrzymać łez.

„Obiecałaś mi – pomyślała – że nie będziesz się mnie bać...".

6

Tommy Bergmann wbił wzrok w stojącą na stole doniczkę z gwiazdą betlejemską. Zamknął oczy, ale natychmiast tego pożałował, bo powrócił obraz z nocy, w którym raz za razem wbijał nóż, najgłębiej i najmocniej jak tylko mógł.

Tymczasem pokój wypełnił miękki głos komendantki, która zaczęła czytać artykuł z najnowszego „Dagbladet", o ile zdołał się zorientować, dotyczący niekompetencji policji i jej „tunelowego widzenia" sprawy. Nadal był wyczerpany i spocony po tej nocy, a może zaczął się na nowo pocić w taksówce w drodze na komendę? Nie pamiętał, pamiętał za to krzyżyk wiszący na lusterku wstecznym – a może to było zupełnie gdzie indziej... w Toskanii... tamtego lata, kiedy Hege wydawało się, że jest w ciąży, a on był taki szczęśliwy, przynajmniej przez kilka dni, kilka dobrych dni, w czasie których udało mu się zapomnieć, jaki jest chory, ale kiedy wrócili do domu, znów złamał obietnicę...

Dlaczego?

Tommy nie wiedział, bo nic o sobie nie wiedział. Miał trzydzieści dziewięć lat i nic a nic o sobie nie wiedział. Nie potrafił nawet rozdzielić swoich uczuć, nie umiał nawet oddzielić uczucia, którego doznał, stojąc w ciemnym lesie w roku 1988 i patrząc na piętnastoletnią dziewczynę, która już nigdy nie będzie starsza i której odebrano całą ludzką godność, od uczucia, którego doznawał, siedząc szesnaście lat później tutaj, w gabinecie komendantki, i czując coś w rodzaju nudności na myśl, że ze wszystkich ludzi na świecie właśnie on ma szansę to wszystko naprawić. Gorączkowym, wręcz kompulsywnym ruchem potarł mocno twarz i raz jeszcze omiótł wzrokiem zgromadzenie przy stole. Zebrani byli poważni, sztuczni, żałośni, po prostu zakochani w swoich własnych karierach. Niekiedy przychodziło mu do głowy, że oni mają w dupie tych wszystkich, których zabito, zgwałcono, maltretowano, że depczą po nich, wspinając się po szczeblach kariery. W górę, w górę, był to jedyny znany im kierunek, zupełnie nie myśleli o tych, którzy podążali w kierunku przeciwnym...

Siedzący obok Fredrik Reuter miał na policzkach lekki rumieniec. Tommy przez chwilę przyglądał się szefowi, czując lekką pogardę dla udawanego zainteresowania wystąpieniem komendantki. Przeniósł teraz wzrok na nią, śledząc gest, z jakim przytrzymała na czubku nosa fioletowe okulary, i słuchając, jak „z uczuciem" odczytuje artykuł. Jej wygląd i głos sprawiły, że przeniósł się wspomnieniem do klasy w szkole podstawowej, a jeśli usunęłoby się zza jej pleców portrety pary królewskiej, jej gabinet z jasnymi meblami z brzozy oraz z czerwonymi, wełnianymi poduszkami na krzesłach i nijakimi obrazami na podniszczonych gipsowych ścianach z lat siedemdziesiątych mógł uchodzić za przeciętny pokój nauczycielski.

Może jednak był niesprawiedliwy. Komendantka Hanne Rodahl wydawała się szczerze oburzona insynuacjami „Dagbladet", być może dlatego, że szczerze pragnęła znaleźć zabójcę Kristiane Thorstensen.

Było jasne, że z powodu ostrej nagonki prasowej szefową wzięli do galopu ludzie stojący na szczeblach drabiny powyżej niej. No i na komendzie się zagotowało. Taka była normalna kolej rzeczy: kiedy prasa robiła policji jazdę, komendą miotało jak ciągniętymi przez stado polarnych psów saniami pozbawionymi maszera.

„Dagbladet" przerwało milczenie, z góry przewidziało pełną rehabilitację Raska, a w dzisiejszym artykule wstępnym dało ognia z całej burty.

– „Nie tylko udało im się uzyskać skazanie Andersa Raska na całkowicie fałszywej podstawie, ale nawet nie zadają sobie teraz pytania: jeśli to nie Rask zabił Kristiane ani żadną z pozostałych dziewcząt, to czy nie grasuje obecnie po Norwegii obłąkany morderca dzieci? Bo ponad dziesięć lat od jego skazania policja staje przed kolejnym zabójstwem młodej dziewczyny. W odpowiedzi na pytania »Dagbladet« zespół prasowy komendy udziela mętnych informacji. Trudno zatem nie zadać tego pytania raz jeszcze: czy po kraju grasuje obłąkany morderca dzieci?" – Komendantka odczytała wstępniak, bo poprosił ją o to prokurator Svein Finneland. Odetchnęła teraz głośno, ostrożnie zdjęła z nosa okulary i je złożyła.

Nastąpiła cisza. Siedzieli tak, siedmiu mężczyzn i jedna kobieta, patrząc na lekko przywiędłą gwiazdę betlejemską, a zegar na ścianie tykał, jakby wraz z nimi nieubłaganie zmierzał do jeszcze jednej klęski.

– Jak zwykle mają wzgląd na rodziny ofiar – powiedziała z ironią Rodahl, ważąc okulary w dłoni.

Tommy patrzył tępo przed siebie. Jakoś nie potrafił odwzajemnić tego jej na wpół zrezygnowanego uśmiechu. Poza tym ze wszystkich tu zgromadzonych był najniższy rangą. I chociaż normalnie czymś takim by się nie przejął, tym razem, kiedy pomyślał o przyczynie, dla której tu się znalazł, poczuł się jak klasowy pieszczoszek pani. Poprzedniego dnia Reuter przyszedł do jego pokoju i powiedział to wprost. Prokurator generalny uznał mianowicie, że trzeba być przygotowanym na powtórne zajęcie się sprawą Raska, choć naturalnie należało poczekać na oficjalną decyzję, ale najpierw musi być jasne, że policja ma coś więcej aniżeli jedenaście czy dwanaście lat temu. Rask pękł wtedy podczas przesłuchania przez policję z Oslo, sprawę przejęło Kripos i doprowadziło do jego skazania. Reuter powiedział Tommy'emu, że tym razem prokurator generalny chce, żeby nowe śledztwo, o ile nastąpi, koordynowała policja z Oslo, ale najpierw chce najdyskretniej jak można rozeznać się w sytuacji.

Wybór padł na Oslo, bo pięć z dziewcząt zabito w jurysdykcji stolicy. W każdym razie przynajmniej z Oslo zniknęły, a dwie znaleziono martwe blisko, bo na Nesodden, jedną na Oppegård i dwie na samych obrzeżach miasta. Tommy uznał, że ta decyzja jest powodowana wyłącznie względami biurokratycznymi, ale Reuter nagle oświadczył: „Matka przełożona wskazała na ciebie, Tommy. Chce, żebyś to był właśnie ty". Reuter często kpił sobie z komendantki, używając jej nazwy kodowej zamiast nazwiska. Tak czy owak było to lepsze niż Madame Saddam, ksywa używana przez załogi radiowozów.

– Ten Rask… – zaczęła komendantka, pewnie wyłącznie po to, żeby przerwać niezręczną ciszę, a Tommy pomyślał, że najchętniej w ogóle by się z tej sprawy wyłączyła, i dobrze ją rozumiał. – Ten Rask przyprawia mnie o dreszcze. Czy mamy pewność, że to nie on?

– W sprawie Kristiane Thorstensen go uniewinnią – odezwał się prokurator Finneland, siedzący na drugim końcu stołu. – Skoro uzyskał wznowienie postępowania, to już jest pozamiatane, i niech nikt nie ma co do tego wątpliwości. Chciałbym się mylić, ale przy następnym wznowieniu będzie to samo. Oznacza to, że Rask za parę lat wyjdzie jako niewinny w kwestii zbrodni, które rzeczywiście popełnił, ale czego nie potrafimy mu udowodnić, albo też prawdziwy morderca lub mordercy żyją sobie spokojnie wśród nas. Ja chcę tylko wiedzieć, czy Rask – bez względu na dowody – zrobił to, za co został skazany, czy też w rzeczywistości szukamy kogoś innego. Tego, który zabił Dainę na Frogner. Musimy się podzielić, Hanne. Rzucą się na nas z dwóch stron i musimy się bronić z obu. Znajdziemy odpowiedź w jednej z tych spraw, rozwiążemy obie.

Sørvaag ciągnie dalej sprawę Dainy, obecnie w martwym punkcie czy też nie, a Bergmann poszuka nam złota w starej sprawie Kristiane.

– Ale dlaczego Kristiane? – spytała Hanne Rodahl, kierując pytanie w przestrzeń.

– Otóż to – powiedział Finneland – dlaczego Kristiane?

– Pan uważa, że to tam jest klucz do wszystkiego – powiedział Tommy, wbijając wzrok w prokuratora.

Oczy Finnelanda zwęziły się, ale nagle rozbłysły.

– Szybko pan myśli, Bergmann. Lubię ludzi, którzy szybko myślą. Owszem, zadałem sobie pytanie, dlaczego Rask wybrał właśnie Kristiane. Dlaczego jest przekonany, że akurat jej nie zabił? Czy on próbuje coś światu przekazać?

– Uważa pan, że on coś wie, coś ukrywa?

Finneland uśmiechnął się, ale Tommy nie był pewien, czy mu się ten uśmiech podoba.

– To właśnie pan ma wywęszyć, Bergmann. Cieszy się pan?

Prokurator przedstawił to niewykonalne zadanie, jakby to była najoczywistsza rzecz na świecie. Mimo że formalnie był odpowiedzialny za prokuraturę okręgu Oslo, był też wysłannikiem Prokuratora Generalnego i – jeśli wierzyć plotkom – to on podejmował tam najważniejsze decyzje.

To, że w tym czy owym radiowozie miał przezwisko Świnkoland, nikogo nie mogło zaskoczyć – poza tym, że był arogantem, znany był też z tego, że miał na koncie niejedną policyjną prawniczkę. Był przystojny i wysportowany, czego nie dało się ukryć, poza tym miał władzę, o wiele za dużo władzy. Tommy pomyślał, że takie połączenie jest dla kobiet nieodparte.

– Rozumiesz chyba, co mam na myśli, Svein? – spytała Rodahl. – To drań, nienawidzący kobiet drań, pedofil, a poza tym kompletny świr. Nie mogę się oprzeć wrażeniu, że nabrał...

– Kripos? – dokończył za nią Finneland.

– Nas wszystkich – powiedziała komendantka. – Myślę, że to on zabił te wszystkie dziewczęta, Svein.

– Tej Dainy nie – zaoponował Finneland.

– Ale sprawca nie odciął jej palca, poza tym dziewczynka nie była tak zmasakrowana jak...

– Hanne, na Boga, po prostu nie zdążył! Przeszkodził mu człowiek, którego nie umiemy znaleźć. I nigdy nie znajdziemy, choćbyśmy obiecali milion koron nagrody. Kiedy to wreszcie pojmiesz?

Prokurator Finneland westchnął z rezygnacją i złączył czubki długich palców. Szeroka ślubna obrączka wyglądała jak wrośnięta w serdeczny palec jego prawej ręki. Przez moment Tommy był znów w radiowozie nieopodal Lille Stensrud, widział samotną świąteczną gwiazdę w oknie i ciemną postać przy drodze, słyszał dźwięk obrączki Kårego Gjervana uderzającej o dźwignię biegów.

„Powinienem wtedy otworzyć drzwi i uciekać, biec, biec i nigdy nie wrócić" – pomyślał.

Z zamyślenia wyrwał go dźwięk, który dobiegł z lewej strony. Było to stukanie palcami o blat stołu. Stukał Reuter, który od początku bawił się też długopisem i wyglądał, jakby żałował, że to zebranie w ogóle się odbywa.

– Możesz sobie wierzyć, w co chcesz, Hanne – westchnął Finneland – ale spotkamy się znów za tydzień.

Rzucił teczkę na stół, spojrzał na pulsometr na przegubie, jakby już zaczął odmierzać czas. Tommy wiedział, że jeśli prokuratorowi uda się znaleźć rzeczywistego zabójcę Kristiane – albo przez odnalezienie nowych dowodów przeciwko Raskowi, albo też znalezienie innego winnego – droga do urzędu Prokuratora Generalnego będzie stała przed nim otworem. Finneland miał gdzieś Kristiane i wszystkich innych, dla niego w życiu liczyła się wyłącznie kariera.

– Zakładam, że w tydzień pan coś mi znajdzie, Bergmann – oświadczył i wstał. – Bo więcej niż tydzień pan na to nie dostanie.

Tommy usłyszał, jak ołówek Reutera pęka. Siedzący naprzeciw nich szef sekcji kryminalnej chrząknął, jakby był uczulony na gwiazdę betlejemską na stole. Nikt na tym krótkim zebraniu nawet się nie zająknął o tym, jak owo dyskretne, tak zwane przygotowawcze dochodzenie miałoby wyglądać, ale dla wszystkich było jasne, że komendantka już wcześniej dała Finnelandowi namiary na człowieka, który miał na tej pustyni znaleźć wodę.

– Za tydzień chcę od pana odpowiedzi, czy warto ciągnąć to dalej, czy nie, rozumiemy się? Normalnie kazałbym pazurami bronić tego starego wyroku dla Raska, ale teraz to byłoby sikanie w spodnie, żeby utrzymać ciepło. Więc jeden tydzień, *that's it*. I na Boga Ojca, ani pary z gęby o całej sprawie, tak długo, jak się da! – Svein Finneland mówił w sposób, który przypominał Tommy'emu zasadniczą służbę wojskową, życie składające się z krótkich rozkazów i zera wątpliwości.

– Osobiście wolałbym, żeby Rask siedział za to przez resztę życia. Chyba pan sobie jednak wyobraża, jaką klęską jest nieudane dochodzenie? A prędzej czy później będą wiedzieli wszystko o Dainie i w końcu zmuszą nas do otwarcia tej zasranej sprawy Raska na nowo. Ja tylko chcę, żebyśmy trochę pomogli Departamentowi Policji w ministerstwie. Jesteśmy pod ścianą.

Cisza. Nikt nie palił się do powiedzenia czegokolwiek. Wydawało się, że pozostałej siódemce w pokoju ulżyło. Bo teraz cała kwestia, czy stara sprawa Raska powinna być poddana rewizji czy nie, była kwestią między prokuratorem Sveinem Finnelandem i podkomisarzem Tommym Bergmannem.

– No, Tommy tam był, jak znaleziono Kristiane... – odezwał się szef sekcji.

„Idiota" – pomyślał Tommy.

Finneland zmarszczył brwi i przechylił swoją kształtną głowę na bok.

„Rozciął jej brzuch" – pomyślał Tommy. „Okaleczył ją".

Dźwięk obrączki uderzającej o dźwignię zmiany biegów, szelest rozchylanych plastikowych worków, zapach Kristiane Thorstensen, ślady dziobania przez ptaki na ciele, ale nie na twarzy... Jak to się mogło stać? Czy po śmierci ktoś osłaniał jej głowę ręką?

Podniósł dłoń.

– Środki? – spytał.

– Weź Susanne – odezwał się Reuter i odchrząknął. – Wy dwoje nie puścicie pary, a ona jest ciut lepiej zorganizowana niż ty.

Rozległ się ostrożny śmiech. Nad stołem wymieniono parę spojrzeń, które Tommy nie bardzo zrozumiał. Hanne Rodahl bezmyślnie uśmiechnęła się do Finnelanda.

– Środki zapewni komenda – powiedział Finneland. – Ale nie róbcie za dużo hałasu. Bergmann, liczę na pana, bo pana chwalą. Ma pan pytania, dzwoni pan do mnie *anytime*, w dzień czy w nocy, albo zobaczymy się za tydzień. Coś już powinniśmy mieć, coś, co Kripos wtedy przeoczyło. – Położył rękę na ramieniu Tommy'ego i lekko ścisnął. – Niech pan mi da coś, co pozwoli tego sukinsyna dopaść.

7

Od chwili zdarzenia z telefonem Elisabeth Thorstensen nie zamieniła z Rose słowa. Tkwiła na tarasie w futrze z wilka i patrzyła na fiord i wyspy Ulvøya, Malmøya, na półwysep Nesodden. Siedząc z niezapalonym papierosem w ręku, usłyszała przejeżdżający niżej pociąg. Za pozbawionym liści żywopłotem wyraźnie zobaczyła Kristiane, która przycisnęła twarz do okna w pociągu i uderzała w nie piąstkami. Elisabeth zerwała się i trzymając wciąż papierosa, zbiegła w dół przez ogród. Próbując rozgarnąć grube gałęzie lipowego żywopłotu, podrapała sobie dłonie do krwi. Przytuliła twarz do gałązek i nadsłuchiwała cichnącego w dali pociągu, samochodów na drodze do Moss, dźwięków życia, dźwięków wydawanych przez ludzi, którzy mieli do czego co dzień wracać, jakiegoś życia, jakiegoś człowieka, jakiegoś dziecka...

Zaczęła ssać zadrapania. Widok krwi i jej słodkawy smak, leciutki posmak żelaza przyprawiły ją o zawroty głowy. Zrobiło jej się ciemno przed oczami, poczuła, że nie ustoi na nogach, i osunęła się w żywopłot.

Następne co zapamiętała, był śnieg. Leżała na nim na plecach. Czyjaś ciepła dłoń trzymała ją za rękę. Otworzyła oczy. Wydawało się jej, że płatki śniegu spadają jej na oczy i kroją je na cienkie paseczki.

— Och, Elisabeth — powiedziała Rose, klęcząca obok niej.

Elisabeth uznała, że ten widok jest absurdalny: nieduża, piękna kobieta z mnóstwem słońca w ciemnych oczach, ubrana tylko w kapcie i fartuszek założony na bluzkę i spódnicę, z czarnymi włosami przyprószonymi śniegiem... Tak daleko na północy.

„Wracaj do ojczyzny" – pomyślała i znów zamknęła oczy.

Było jej wciąż ciepło, dzięki futru mogła tak leżeć godzinami, gdyby nie zimna, pokryta śniegiem ziemia, która znieczulała jej całą głowę.

– Nie było żadnych telefonów? – spytała cicho.

– Nie.

– Pomożesz mi wstać?

Rose rozebrała ją w łazience na piętrze.

– Przytrzymaj mnie – poprosiła Elisabeth, kiedy była już zupełnie naga. Patrzyła na wodę w wannie, jak burzy się pod kranem, jak tryska z niego niczym krew z brzucha czy podbrzusza. Nogi ugięły się pod nią, omal nie runęła na malutką Rose. – Nie odchodź, musisz tu zostać, jak będę się kąpać.

Rose pogłaskała ją po czole, a Elisabeth zanurzyła się w wodzie. Gdyby nie było tam Rose, zanurzyłaby się z otwartymi ustami.

Jak we śnie usłyszała telefon z parteru. Było to niczym *déjà vu* z poranka. Elisabeth wstała i popatrzyła na siebie w lustrze.

– Wciąż jestem ładną kobietą, nie sądzisz, Rose? – Uśmiechnęła się ostrożnie do gosposi.

Telefon przestał dzwonić.

To mógł być on.

Godzinę później wyprowadziła z garażu mercedesa, którego kupił jej Asgeir, i po kwadransie wjechała w Skøyenbrynet, powoli, jakby była zwierzęciem, które skrada się do brodu.

Zaparkowała kilkanaście metrów od dawnego domu, który nadal był pomalowany na czerwono. Z komina unosiła się cienka wstążka dymu. Powoli ogarnęło ją rozczarowanie. Chciała tylko obejść dom i spojrzeć w górę na okno Kristiane. I Alexa. Zamknęła oczy i wyobraziła sobie, jak chodzi po tym domu, wchodzi po schodach na górę i idzie po sosnowej podłodze, między pomalowanymi na biało ścianami obwieszonymi obrazami, na które zdaniem Per-Erika wydawała za dużo pieniędzy. Ich pokoje były na końcu korytarza, naprzeciw siebie.

Tam były pasemka jej włosów. Nie mogła aż tak się pomylić.

Otworzyła drzwi samochodu i ostrożnie wyszła na śnieg. Padał teraz gęsty, widoczność sięgała tylko do sąsiedniego domu.

Niedobrze, że ktoś był w domu.

Elisabeth otworzyła furtkę z kutego żelaza i weszła na teren posesji.

Po kilku krokach zobaczyła jakiś ruch w kuchennym oknie. Przez chwilę wydawało jej się, że to ona tam się krząta.

To były piękne dni, czyż nie?

Jakiś głos w niej mówił, że bezpiecznie może wejść do ogrodu, gdzie nikt jej nie zobaczy. Stała jednak jak sparaliżowana. W końcu zwyciężył rozsądek. Nikt jej nie widział. Szybko wróciła do furtki i zamknęła ją za sobą.

Odjechała od domu, dwadzieścia-trzydzieści metrów, ale znów stanęła, przed domem dawnych sąsiadów, którzy pewnie rozumieli, co się u nich dzieje, co Per-Erik z nią wyprawia.

Podniosła głowę i spojrzała w kierunku bloków, gdzie teraz mieszkał. Nie było ich stąd widać, ale samo to, że on mieszkał w pobliżu dawnego domu, było pogwałceniem wspomnienia o Kristiane i o czasach, gdy była z nią w ciąży.

Na siedzeniu pasażera leżał jej portfel. Wyjęła z niego legitymacyjne zdjęcie Kristiane, jedyne jej zdjęcie, jakie miała.

Latem przysłał je jej Alex, zupełnie bez ostrzeżenia. „Zachowałem je sobie" – napisał.

Czy to ona mu je dała? Dopiero teraz uderzyło ją to, teraz, kiedy siedziała w samochodzie w Skøyenbrynet. Nie mógł go sobie zachować. Dlaczego niby je zachował, dlaczego on zachował sobie coś po Kristiane, a ona nie? Wyjęła komórkę i znalazła numer Alexa. Szybko, żeby nie zdążyć za wiele pomyśleć, nacisnęła na klawisz wywołania. Głos miał odległy, jakby był inną osobą. „Cześć" zabrzmiało bardziej jak pytanie niż powitanie.

– Widziałeś to? – spytała tak cicho, że ledwie sama usłyszała swój głos. Poczuła, że z tyłu, z domu za nią, ktoś jej się przygląda. Przy oknie na końcu korytarza stała Kristiane. Wszystko widziała, słyszała też tę rozmowę.

Alex nie odpowiedział. Oczyma wyobraźni widziała go tam, na wyspie w Tromsø, w zwykłej o tej porze roku ciemności, z jego delikatnymi rysami, z ciemnymi włosami. Kiedy studiował tam medycynę, odwiedziła go tylko raz. Wynajmował straszną suterenę na stałym lądzie, wszystko tam było ciemne i zimne, koszmar.

– Jak mogłeś to zrobić? – spytała.

W słuchawce tylko szumiało.

– Elisabeth – odezwał się wreszcie zrezygnowanym głosem, jakby był jej ojcem. Ta myśl ją rozzłościła, bo co on wiedział o takich rzeczach, co sam zrobił?

Coś w niej się załamało, zaczęła płakać, najpierw cicho, potem niepohamowanie.

– Dlaczego nie możesz powiedzieć do mnie: „mamusiu"?

– Możesz mi coś obiecać? – spytał.

Opanowała płacz.

– Tak…

– Nigdy już do mnie nie dzwoń.

8

Po zebraniu Tommy długo siedział bezczynnie w swoim gabinecie. Za oknem widział białą ścianę śniegu. Było tak, jakby na świecie nie istniało nic poza komendą. Coś, co Kripos wtedy przeoczyło. W tydzień. Czterdzieści procent mężczyzn ma grupę krwi A, Tommy też ją miał. Tylko dziesięć procent miało natomiast ten sam profil enzymatyczny co sprawca – i Anders Rask. Ale tylko on miał w domu coś, co pochodziło od dwóch z dziewcząt: włosy, szkolne brudnopisy. Z drugiej strony, pod paznokciami żadnej z ofiar nie znaleziono resztek skóry, dopiero u Dainy z Frognerveien. Może dawały się szybciej związać? Albo najpierw je ogłuszał, bił, aż straciły przytomność? Poza Kristiane. Tommy pomyślał, że musiałby mieć do dyspozycji dwa zespoły, jeśliby miał cokolwiek przez ten tydzień znaleźć. Dali mu jednak tylko Susanne. Dziewczyna była bystra, ale przez tydzień dużo zrobić się nie da. Jeśli jeszcze w tym tygodniu będzie miała pod opieką Matheę, od razu mogą dać sobie spokój, bo wypadnie im cała doba albo więcej.

Gdyby tylko wiedział, gdzie mają zacząć szukać! Znaleziony u Dainy profil DNA nie dał się przypasować do żadnego w rejestrze, a cały materiał dowodowy z lat 1978-1991 został zniszczony. Stary profil ze sprawy Kristiane był na tyle mało precyzyjny, że próbki mogły pochodzić od tego samego mężczyzny we wszystkich tych sprawach. Problem tkwił w tym, że we wspaniałej, zadufanej w sobie norweskiej demokracji materiał dowodowy rutynowo niszczono w momencie, gdy wyrok stawał się prawomocny. W niektórych przypadkach, jeśli w grę wchodziły przedmioty osobiste ofiar, zwracano go rodzinie. Ale które rodziny przechowywały odzież z materiałem dowodowym? Na dokładkę w przypadku Kristiane biologiczne ślady odkryto tylko w jej ciele i na nim, odzież nie została znaleziona nigdy.

Słowa: „To wszystko przeze mnie" dźwięczały mu w uszach, jakby dopiero co je usłyszał. Były to słowa wykrzyczane przez matkę Kristiane.

Poruszył myszką komputera i ekran się obudził, pokazując internetowe wydanie „Dagbladet". Zajaśniała na nim twarz Kristiane Thorstensen z fotografii portretowej. Na moment spuścił oczy, jakby bał się spojrzeć prosto w jej niebieskie tęczówki.

Zamknął stronę i wszedł do rejestru osób dostępnego pracownikom wymiaru sprawiedliwości.

Ojciec Kristiane, Per-Erik Thorstensen, zameldowany był na Tveita, rzut kamieniem od miejsca, w którym dorastał on sam. Nikt inny pod jego adresem nie mieszkał. Szybkie sprawdzenie w przeglądarce powiedziało mu, że pracuje na pół etatu jako informatyk w szkole Furuset.

Na żółtych stronach znalazł jego numer telefonu. A potem w polu szukania rejestru ludności wstukał matkę Kristiane. Pod obecnym lub wcześniejszym nazwiskiem.

Elisabeth Thorstensen.

Miał już raz w komórce jej numer, ale po tygodniu go skasował. Nie pojmował wtedy, po co przyszła na ten pogrzeb. Z czystego współczucia? Jak mogła ponownie wystawić się na taki ból? Wkrótce przestał się nad tym zastanawiać, uznał, że musiała mieć jakieś swoje powody.

Teraz jednak nie mógł uniknąć kontaktu z nią. Choćby to miało zaboleć.

Delikatnie nacisnął klawisz ENTER i popatrzył przez okno na białą ścianę śniegu. Myśl, że ludzie w tym budynku są jedynymi ludźmi na świecie, przypomniała mu film science fiction, który widział jako dziecko, a może młody człowiek. Była w nim katastrofa atomowa, którą przeżyło tylko kilkuset ludzi. Nastąpiła wieczna zima, taka jak obecna.

Spojrzał z powrotem w ekran.

Dalej nazywała się Elisabeth Thorstensen i mieszkała na Bekkelaget.

W internetowej książce telefonicznej już jej jednak nie było – po epizodzie na cmentarzu Alfaset musiała zastrzec numer.

Rejestr ludności dostarczył więcej danych. Powiedział mu, że jest żoną Asgeira Nordli, urodzonego w 1945 roku, i że ma dwóch synów: Alexandra, brata Kristiane, i Petera, dwunastolatka, z Nordlim, urodzonego w 1992 roku.

Na żółtych stronach znalazł numery Nordlego: dwa komórkowe i jeden stacjonarny.

„Asgeir Nordli…" – pomyślał. „Co o nim wiadomo?"

Sprawdził go w Google: Nordli prowadził firmę związaną z nieruchomościami, ale nic to Tommy'emu nie mówiło. Wszedł na jej stronę i dowiedział się, że zajmuje się deweloperką i zarządzaniem nieruchomościami. Brzmiało niezbyt ekscytująco, ale ze sprawozdań w rejestrze centralnym dowiedział się, że firma się rozwija, a dane ze skarbówki potwierdziły, że Elisabeth Thorstensen w jej nowym małżeństwie pieniędzy nie brakuje.

Szybko, żeby się nie rozmyślić, wystukał numer do domu na Bekkelaget.

Nikt nie odbierał. Spodziewał się, że lada chwila włączy się automatyczna sekretarka, ale telefon wciąż dzwonił i dzwonił. Spojrzał na zegarek: była dziesiąta, zapewne byli w pracy. Chociaż Elisabeth Thorstensen pewnie już nie pracowała. W momencie, kiedy postanowił się rozłączyć, ktoś nagle podniósł słuchawkę.

Ale się nie odezwał.

– Mówi Tommy Bergmann z policji w Oslo – powiedział głośniej, niż chciał.

Usłyszał, że osoba z drugiej strony nabrała powietrza, jakby miała coś powiedzieć, ale powstrzymała się.

– Chciałbym rozmawiać z Elisabeth Thorstensen.

I wtedy ten ktoś się rozłączył.

Tommy zadzwonił na jeden z numerów komórkowych, podanych dla Asgeira Nordli. Odpowiedział od razu, niechętnie, jakby dzwoniący był czymś przywleczonym do domu przez kota.

Tommy przedstawił się i wręcz usłyszał, jak Nordli od razu zmienia nastawienie.

– Chciałbym rozmawiać z Elisabeth Thorstensen – powiedział.

– Jest na zwolnieniu lekarskim.

Dopiero po kilku minutach Tommy'emu udało się go przekonać, żeby dał mu numer komórki żony.

Odebrała dopiero za trzecim razem.

– Elisabeth Thorstensen?

– Tak, to ja – powiedział głos po drugiej stronie, ale tak cicho, że z trudem rozróżniał słowa.

Tommy przygotował się na najgorsze. Wiedział, że ma tylko jedno podejście.

– Chodzi o... – zaciął się, stwierdził, że nie potrafi wymówić jej imienia – Andersa Raska i wznowienie procesu. – Przez moment pomyślał, że powinien jednak wspomnieć Kristiane, ale było już za późno. Usłyszał tylko zdławione: „Do widzenia".

I sygnał zajętej linii.

Tommy zamknął oczy. Wciąż miał przed oczyma obraz tej kobiety, jak siedzi na podłodze na Skøyenbrynet z głębokimi nacięciami na przegubie, z piękną twarzą wykrzywioną rozpaczą, ze wzrokiem mówiącym, że dla ludzkości nie ma już ratunku.

Wybrał jej numer raz jeszcze, ale rozmyślił się i rozłączył. Wyszedł na korytarz i do toalety. Przez kilka minut opłukiwał twarz zimną wodą, aż worki pod oczami stwierdziły, że mają dość, i zniknęły.

Po powrocie do gabinetu zadzwonił do Per-Erika Thorstensena.

„Osoba, z którą próbujesz się połączyć..." – powiedział głos automatycznej sekretarki.

Spróbował telefonu stacjonarnego, ale tym razem usłyszał, że nie ma takiego numeru.

Zagryzł wargę i przyjrzał się swoim rękom. Zacisnął palce w pięści, a potem je rozprostował. I jeszcze raz, i jeszcze, aż zdał sobie sprawę, że te ruchy są bez sensu. Wyjął więc komórkę i odnalazł numer Franka Krokhola z „Dagbladet".

Umówili się tam, gdzie zwykle. Tommy na razie nie powiedział mu, o co chodzi.

Spojrzał na zegarek i przyjrzał mu się bardzo dokładnie, jakby nie miał nic lepszego do roboty. Osiem godzin do obiadu z Krokholem.

Do czego ma użyć Susanne? „Ona jest ciut lepiej zorganizowana niż ty" – powiedział Reuter i pewnie miał rację.

Siedziała w biurze, rozmawiając przez telefon. Biurko miała puste, z wyjątkiem komputera i uporządkowanych szufladek na papiery „załatwione" i „do załatwienia". Kosz na śmieci opróżniała co najmniej raz dziennie. Na blacie stały też obok siebie, w minimalistycznych ramkach, dwa zdjęcia jej córki, Mathei. Wyglądało, jakby w każdej chwili spodziewała się wizyty z magazynu wnętrzarskiego. Tommy nie pojmował, jak można tak żyć. A ona z pewnością nie pojmowała, jak jemu udawało się ogarnąć cokolwiek.

Oparł się ostrożnie o futrynę drzwi i przyglądał jej się przez chwilę. Musiała zrobić sobie pasemka, bo włosy miała teraz jaśniejsze, niż zapamiętał z poprzedniego dnia. Jej widok przypomniał mu Hege, i nie było to przyjemne. Pocieszył się tym, że Susanne właściwie była szatynką, prawie brunetką, i że miała ciemne oczy, nie niebieskie. Poza tym nie był pewien, czy mu się jakoś szczególnie podoba. Przez dziesięć lat pracowała w prewencji i to mu się podobało. Wiedział też, że do skończenia studiów prawniczych brakowało jej tylko napisania pracy. Sam miał to zrobić, ale nigdy nie starczało mu na to czasu. Akurat...

Miała małe dziecko. W sumie nie była chyba najgorsza.

Zastukał mocno w drzwi. Wzdrygnęła się i obróciła razem z krzesłem.

– Oddzwonię – powiedziała do osoby na drugim końcu.

– Znasz sprawę Kristiane?

Pomacała się po włosach w poszukiwaniu okularów, które omal jej nie spadły. Nic nie powiedziała, zmarszczyła tylko delikatne brwi.

– Ty i ja mamy ją rozwiązać.

Zaśmiała się niepewnie. Nie tym swoim zwykłym śmiechem, który mówił Tommy'emu, że Susanne Bech nie jest w jego typie, że jest zbyt dominująca i egocentryczna, ale ostrożnym, jakby niezdecydowanym.

– Mamy na to tydzień.

– Mówisz serio? – spytała, poważniejąc, jakby dopiero teraz do niej dotarło, co powiedział. Odsłoniła szyję, ściągając w dół golf grubego, ale obcisłego swetra, jakby jej się nagle zrobiło gorąco. – Kto to zarządził?

– To rozkaz Finnelanda. Matka Przełożona akceptuje, oczywiście. Reuter powiedział, że mogę cię wykorzystać. Będzie mnie w tym tygodniu zastępował. Więc zobaczymy, co da się zrobić.

Susanne zmarszczyła brwi jeszcze bardziej, a policzki w bladej twarzy lekko jej poróżowiały.

– A kto, znaczy, czy to ty... – tu przerwała.

– Co ja?

Potrząsnęła głową.

– Nic takiego.

– Musimy się rozdzielić. Niestety, muszę ci dać czarną robotę. Zadzwonię do Kripos, a ty do nich pojedziesz i przywieziesz nam to, czego będziemy potrzebować. Wszystko inne odłóż.

Zrobiła nieco dziwną minę, zdjęła gumkę, którą miała na przegubie, i zrobiła sobie ciasny koński ogon. A potem wsadziła na nos okulary w brązowej oprawce.

– Dobra. Dzwoń do Kripos.

– Jak długo możesz pracować?

– Chcesz wiedzieć, czy mam Matheę?

Nigdy tego nie pamiętał. Tak często się ze swoim eks zamieniali, że się pogubił. Mimo że jego własne życie było jednym wielkim chaosem, jedno było w nim pewne: jak właśnie nie miał treningu albo meczu piłki ręcznej, mógł pracować. Miał bowiem mnóstwo czasu, z którym nie miał co zrobić.

– Tak.

– Czy to jakiś problem? Mam eksa, przyjaciółki, sąsiadów, przyjaciół i rodziców. Wszystko jest do załatwienia, przecież wiesz.

Podniósł ręce do góry obronnym gestem.

– Dobra, dobra. To możesz tam już jechać – powiedział. – Zaraz będę dzwonił.

Przez cały ranek siedział przy telefonie.

Najpierw zadzwonił do Toten, do psychiatryka Ringvoll, gdzie siedział pod kluczem Anders Rask. Ordynator, niejaki

Furuberget, gadał przez godzinę bez przerwy, najwyraźniej był z tych, którzy uważali siebie za dar od Boga dla ludzkości. Kiedy się wreszcie rozłączył, Tommy odniósł wrażenie, że tylko bił pianę. Jakby nie chciał przejść do tej rzeczy, na którą Tommy próbował go nakierować.

Następne półtorej godziny spędził, sondując dawnego śledczego z Kripos, który doprowadził dochodzenie do ujęcia Raska. Inspektor Johan Holte przeszedł na emeryturę jako jeden z największych bohaterów w historii policji norweskiej i był powszechnie znany jako ten, który wpakował go do pierdla. Rozmawiając z nim, Tommy w pewnym momencie pojął jednak, że stamtąd też nie może spodziewać się za wiele pomocy. Holte był już dobrze po siedemdziesiątce i Tommy miał dużo zrozumienia dla jego niechęci, by nowy adwokat Raska demolował mu reputację. A o ile prokurator Svein Finneland miał rację, właśnie na to się zanosiło.

– Czyli jest pan pewien, że to Rask? – spytał na zakończenie Tommy.

– Pewien? – spytał dramatycznie Holte, prawie wypluwając to słowo. Należał do tych, którzy wciąż wierzyli w skuteczność zdobywania przewagi nad interlokutorem w taki właśnie sposób. – Rask to cwane bydlę, Bergmann. Jestem pewien, że tam, w Ringvoll, wszystkich równo wykołował, wspomni pan moje słowa. A może pan myśli, że żywi do mnie ciepłe uczucia? – parsknął. – Niech no tylko tu się pojawi, osobiście sukinsyna zatłukę i przebiję mu serce osikowym kołkiem, żeby mieć pewność, że nie powstanie z martwych!

9

Zegar na ścianie parł niebezpiecznie szybko do przodu. Żeby się upewnić, Susanne Bech sprawdziła czas na swoim zegarku, a potem spojrzała na kierownika archiwum, który ładował na wózek ostatnie kartony kilka metrów od niej. Szybko jednak odwróciła od niego wzrok, bo rowek między pośladkami nad jego spodniami stał się bardzo widoczny.

To już dwie godziny. Tkwi tu już dwie godziny. Wyobraziła sobie klepsydrę i doznała uczucia, jakby między jej rękami przesypał się już cały piasek. Musiała sobie z tym poradzić, bo od tego niemal zależało jej życie. „Skasuj to »niemal«" – pomyślała. Tommy *Bloody* Bergmann miał wisieć cały dzień na telefonie, wyobrażając sobie może, że tak właśnie tę sprawę w tydzień załatwi, podczas gdy ona miała zająć się tym, co tak subtelnie nazwał „czarną robotą"... Na myśl o tym tytanie pracy musiała się uśmiechnąć. Czyż nie to powtarzała jej matka? *If you want something said, ask a man, if you want something done, ask a woman.* Nie należała do tych, co się skarżą, ale żeby ją tak zredukować do roli dziewczynki na posyłki? Nie po to przecież przeszła do dochodzeniówki! Mógł tę robotę zlecić którejś z tutejszych sekretarek, a ona tymczasem rozkręciłaby mocno śledztwo jeszcze przed upływem dnia. Jedyny plus tej męskiej walki o władzę był taki, że tak cholernie łatwo dało się ją przejrzeć.

Na rozkaz Finnelanda? „Na rozkaz *my ass*" – pomyślała. Nie wiedziała, jak ma to wszystko rozumieć. Nie była na porannym zebraniu, bo nie uznał za stosowne ją zaprosić. Ale żeby pomóc Tommy'emu w sprawie, a informacje dostawać dopiero z drugiej ręki, do tego się, owszem, nadawała. Doszła do wniosku, że to jednak nic innego, tylko zaproszenie od Sveina. Żeby jeszcze raz mógł ściągnąć z niej majtki, jakby to było najnaturalniejszą rzeczą pod słońcem, tak jak to zrobił tamtej nocy po letniej imprezie u Fredrika Reutera. I pięć razy później. A ona przecież sobie obiecała: nigdy więcej takich picusiów-glancusiów o rozlatanym spojrzeniu.

Co za cwany sukinsyn…

Zostały jej tylko dwa miesiące zastępstwa u Tommy'ego i musi się wykazać. Bo jak nie, zanim się obejrzy, ześlą ją z powrotem do prewencji. Po rozwodzie nie mogła już pracować na zmiany, było to fizycznie niemożliwe. Stałego etatu w obyczajówce, o który jesienią czyniła starania, nie dostała i wiedziała dlaczego. A teraz pewnie on doszedł do wniosku, że da jej jeszcze jedną szansę. Już ostatnią. W końcu zbliżały się święta, pewnie o tej porze robił się miękki. Jakaś część w niej mówiła: „dziady to gady", ale inna pragnęła obudzić się u jego boku… Chociaż on nigdy nie mógł zostać do rana, w końcu był żonaty z kobietą w jej wieku.

Wcale też jej nie pomagało, że robi świństwo innej kobiecie. Tamtej nocy w czerwcu zwaliła to na swoją nietrzeźwość. Boże, dlaczego niby miała się obwiniać? Odkąd pół roku wcześniej powiedziała Nico, że dostał już o jedną szansę za dużo, i wyrzuciła go za drzwi, żyła jak mniszka i była swoją własną płaczką.

Ale Boże mój, jaka była wtedy urżnięta!

Za każdym następnym razem ze Sveinem Finnelandem była trzeźwa jak świnia. Po to, żeby się dokładnie przekonać, czy jej uczucie jest prawdziwe.

Facet, który mógł być jej ojcem, miał nad nią więcej władzy, niżby chciała. I nie była na to gotowa. Udało jej się z nim skończyć, zanim lato zmieniło się w jesień. Nie znaczy to jednak, że przestała o nim myśleć. Mimo że prokurator Svein Finneland miał już drugą żonę, o dwadzieścia lat młodszą, najwyraźniej notorycznie ją zdradzał. Susanne wciąż dostawała od niego SMS-y. Po tym, jak wczesną jesienią poinformowała go, że już nie chce się z nim spotykać, dostała od niego kilkanaście wiadomości, jedną bardziej nadskakującą od drugiej. W jego świecie było zapewne rzeczą niepojętą, że ktoś może go w taki sposób potraktować. Była dopiero co rozwiedzioną, samotną matką pięciolatki, a on miał dość władzy, żeby załatwić jej dobrą posadę w resorcie.

Kiedy skończyła się separacja z Nicolayem, łatwo mogła znów wyjść za mąż, ale wszyscy faceci, których spotykała, byli tacy jak on. Przerośnięci chłopcy, niezdolni do opieki nad dzieckiem ani do życia takiego, jakiego pragnęła. Nico zawsze mówił, że uwielbia się bawić z dziećmi, ale że są pewne granice. Tyle że on ich nigdy nie wyznaczał, a to był dopiero początek. Nigdy nie było tak, jakby chciała.

„Tak, jakbym ja chciała?" – pomyślała i niechcący dotknęła ręki szefa archiwum.

Uśmiechnęła się przepraszająco i zabrała do kwitowania dokumentów albo też „przeprowadzki", jak on to nazwał. Palcami poszukała okularów we włosach, ale on pokazał na kontuar między nimi, a potem delikatnie przesunął okulary w jej stronę. Uśmiechnęła się ponownie, tym razem jak trzeba, pozwoliła sobie nawet na niewielki chichot. On najwyraźniej poczuł się nieswojo i odwrócił wzrok. Był starym kawalerem, czuć to było od niego na kilometr. Ubranie miał niemodne, okulary byłyby na miejscu w starym odcinku *Derricka*, w oczywisty też sposób nie miał w domu nikogo, kto by mu powiedział, że łupież sypie się z niego wielkimi płatami. Co w zasadzie pasowało do pory roku.

„*Let it snow, let it snow, let it snow*" – zaśpiewała w myślach, przyglądając się przez chwilę swojemu podpisowi. *Susanne Bech*. Podpis ten był za każdym razem inny. To, co się nie zmieniało, to jej pismo, dziecięce i niepewne, jak całe jej życie. Pełne zawijasów, nie trzymające kierunku, jakby nie potrafiło stanąć mocno na nogi i stać w jednym miejscu. O nie, za diabła nie wpuści znów Sveina Finnelanda do swojego życia.

Kierownik archiwum pomógł jej zwieźć na rampę na tyłach budynku trzy wielkie wózki z kartonami, w których ledwo mieściły się segregatory i pękające od papierów teczki. Widok tej masy dokumentów nieco ją przygnębił, przez chwilę poczuła przypływ depresji, jaką miewała jako nastolatka, ale z której na szczęście wyrosła. Może zresztą chodziło o nadmiar pracy. Albo Matheę.

A może po prostu bała się, co w tych kartonach znajdzie. Anne-Lee Fransen z Tønsberg była dla niej mglistym wspomnieniem, ale sprawę Kristiane pamiętała dużo lepiej, niżby chciała. Gdzieś tam głęboko na pamięć znała wszystkie szczegóły, o których pisały gazety, ale w codziennym życiu wypierała je wszystkie ze świadomości, jak większość kobiet w jej wieku, przynajmniej tak sądziła. Była o rok starsza od Kristiane i zdjęcia dziewczynki, która mogła być nią, zamieszczane w gazetach codziennie przez całą tamtą zimę wystraszyły ją tak dogłębnie, że aż do wiosny i powrotu jako takiej normalności nie chciała być ani przez sekundę sama... Matka zawsze jej mówiła, że od maleńkości jest nadwrażliwa. Użyła zresztą dokładnie tych samych słów, kiedy Susanne poskarżyła się jej, że sprawa Kristiane zepsuła jej cały pierwszy rok w liceum. Sprawa młodocianej prostytutki, zabitej w lutym 1989 roku nie zrobiła na niej takiego wrażenia, bo tylko Kristiane mogła być nią samą, przez jakiś czas prawie była nią samą. Pomogła załadować kartony do furgonetki. Ostatnie dwa położyła na siedzeniu pasażera.

– Miło było poznać – powiedział kierownik archiwum, ściskając jej rękę, jakby miała to być pierwsza z wielu jej wizyt u niego. Zakola miał mokre od potu i śniegu, który litościwie przykrywał ślady łupieżu na jego znoszonym, prążkowanym swetrze.

– Jak pani wróci do biura? – spytał kierowca furgonetki, młody, dwudziestokilkuletni chłopak.

Z jednym kartonem na kolanach, a drugim pod nogami dojechała na komendę. Kierowca, który miał na imię Leo i był czymś w rodzaju wyblakłego Latynosa, jak sądziła – Chilijczyka, dowcipkował przez całą drogę z Helsfyr. Uwielbiała takich facetów jak on, wyluzowanych, swobodnych, pozbawionych zmartwień. Śmiała się, gdy tylko coś powiedział, jakby chciała zapomnieć o powadze zadania, które ją czekało.

– Może byśmy poszli kiedyś na kawę? – spytał Leo, kiedy podjechali pod tylne wejście do komendy.

– Jestem dla ciebie za stara, chłopcze. Pomożesz? – powiedziała, kładąc mu na kolanach jeden z kartonów.

Dał jej jednak swoją wizytówkę, na wypadek, gdyby się namyśliła.

– Nie licz na to – dodała.

Kiedy wszystkie kartony były wniesione, usiadła u siebie w gabinecie, by odsapnąć. Tommy chciał, żeby zrobiła kopie tego, co najważniejsze. Najważniejsze? Nie wiedziała nawet, czy najważniejsze zabrała ze sobą! Samo to, że nie mogła zabrać ze sobą materiałów dotyczących trzech prostytutek, sprawiło, że miała wyrzuty sumienia. Trzy czwarte roku pracy jako śledczy i nieustanne wyrzuty sumienia z powodu tego, czego się nie zdążyło zrobić… Na prewencji problem przekazywało się następnej zmianie i szlus! Teraz problem musiała rozwiązać sama. Dochodzeniówka była końcową stacją dla wszelkich okropności tego świata. Resztę popołudnia spędziła na porządkowaniu i kopiowaniu.

W połowie pracy omal się nie poddała. Stojąc w pokoju z kopiarkami, zaczęła czytać końcowy raport Kripos, nie zwracając uwagi na wchodzących i wychodzących.

Kiedy przeczytała dwie pierwsze strony, uderzyło ją wspomnienie, niczym błyskawica z któregoś lata spędzanego w dzieciństwie na Valer: nagła, bez ostrzeżenia, w duszne popołudnie pod koniec lipca.

„Dwóch świadków" – pomyślała.

Dopiero co zaczęła pracować w prewencji, a w radiowozach mówiono tylko o procesie. Tak jak zimą 1988 roku, czytała wtedy wszystko, co o sprawie pisano.

Ci dwaj świadkowie nie zeznawali, bo skoro Rask się przyznał, nie było to konieczne. Ale obaj widzieli Kristiane w tamtą sobotę.

„No właśnie" – pomyślała. „Dobrze zapamiętałam". Jeden z nich udzielił wywiadu gazecie: „VG" albo „Dagbladet". Tytuł wywiadu brzmiał: WIDZIAŁEM KRISTIANE NA SKØYEN.

W tamten sobotni wieczór zauważyło ją dwóch mężczyzn. Jeden na Dworcu Centralnym, drugi na Skøyen. Pod wiaduktem kolejowym, o ile jej pamięć nie myliła.

Rask zeznał, że umówił się z nią na mieście, ale zamiast tego przyszła do niego do domu na Haugerud, gdzie wynajmował segment w szeregowcu. O Skøyen nic nigdy nie wspominał. Kiedy się przyznał, wszystko, co powiedział, natychmiast uznano za prawdziwe. Nikt nie złapał go na żadnej sprzeczności w wyjaśnieniach, tak więc zeznania świadków przestały mieć znaczenie.

Szybko cofnęła się do tego fragmentu w raporcie. Na stronie 12 było napisane: „Kristiane zaobserwowana na Centralnym o 18.30 przez świadka G. Gundersena". I ani słowa więcej. Czy pamięć płatała jej figle? Prawie pobiegła do swojego gabinetu, potrącając w korytarzu jakiegoś gościa, i nawet nie spojrzała, kto to.

– A gdzie „przepraszam"? – usłyszała za sobą.

– To te segregatory… – wymruczała, upuszczając dokumenty na podłogę.

Jeśli znajdzie coś istotnego dla Tommy'ego, to chyba szepnie o niej dobre słowo komu trzeba? Tak, rozwiąże dla niego tę zagadkę, wyłoży mu wszystkie dowody na stół. Znajdzie to, co przeoczyło Kripos, masz to jak w banku, Tommy!

Przekartkowała drugi z pięciu segregatorów z zeznaniami świadków w sprawie Kristiane. Jeszcze nie otworzyła kartonów z informacjami od społeczeństwa, które policja dostała w listopadzie i grudniu 1988, a jeśli sądzić po ilości, także w 1989 roku. Z tymi dzwoniącymi było bardzo różnie, trafiało się tam wielu pomyleńców. Sama kilka razy przyjmowała telefony i nie mogła się nadziwić, co ludziom się zdawało, że widzieli. Tej soboty Kristiane widziano zapewne w całym kraju, od płaskowyżu Finnmark po Lindesnes na południu. W najbardziej nagłośnionych sprawach zawsze roiło się od dzwoniących, którzy podawali się za media albo jasnowidzów.

Po kilku minutach odnalazła zeznania G. Gundersena, który okazał się Georgiem Gundersenem z Moss, osiemdziesięcioletnim emerytem, byłym rewidentem.

Przesłuchiwano go dwa razy. Raz na komisariacie w Moss 30 listopada 1988 roku, w którym Gundersen był „prawie pewien", że to właśnie Kristiane widział, i raz na komendzie na Grønland w Oslo. Przesłuchiwał go wtedy śledczy z Kripos, Holte, i funkcjonariusz, którego nazwisko było jej obce.

W tym przesłuchaniu nie użyto słów „prawie pewien". Tym razem Gundersen był „jednoznacznie pewien". Podpisał się w taki sam sposób, jak w Moss. Do protokołu przypięta była notatka Holtego, z której wynikało, że Gundersen to wiarygodny świadek.

Sprawdzenie w rejestrze ludności nieco ją podłamało – Gundersen zmarł w 1998 roku. Gdyby dalej żył, byłoby to zbyt piękne, aby było prawdziwe.

Co z drugim świadkiem? Tym ćpunem?

Dokument, którego szukała, znajdował się na samym końcu segregatora.

Bjørn-Åge Flaten, urodzony 4 marca 1964 roku, miał, według wywiadowcy z komisariatu w Oslo, powiedzieć podczas aresztowania za handel narkotykami w sobotę 19 listopada, że widział Kristiane Thorstensen na Skøyen dokładnie tydzień wcześniej. Nie był to protokół z przesłuchania świadka w sprawie Kristiane, ale kopia pierwszego przesłuchania, w związku z aresztowaniem za sprzedaż 50 gramów haszyszu i 10 gramów amfetaminy w pewnym mieszkaniu przy ulicy Jensa Bjelke na Tøyen.

Bjørn-Åge Flaten pod koniec 1988 roku miał stałe zameldowanie w Rykkinn, ale zamieszkiwał jako lokator w dawnej kamienicy dla robotników w Amalienborg na Skøyen. Podczas przesłuchania zażądał zmniejszenia kary, jako że dostarczył informacji, na podstawie których policja znalazła Kristiane. „Alternatywnie", jak się wyraził, zażądał pieniędzy, ponieważ spodziewał się wyznaczenia przez rodzinę Kristiane nagrody.

Wyglądało na to, że jedyną sensowną informacją było tutaj to, że w dniu, w którym zaginęła, ćpun widział Kristiane pod wiaduktem na Skøyen. Na pytanie, dlaczego nie poinformował nikogo o tym wcześniej, odparł, że „nie posiada nawyku czytania gazet", a telewizja nadaje, jak to określił, „tylko szajs".

Susanne przez chwilę gryzła zausznik okularów.

„Może popełniono prosty błąd" – pomyślała. Śledczy byli pewni, że Kristiane podjechała pociągiem na Centralny, stamtąd przypuszczalnie kolejką do Haugerud, gdzie czekał Rask, tak jak się ponoć umówili. Nie zgadzało się tylko to, że w sobotni wieczór nikt jej w kolejce nie widział, a była to najbardziej uczęszczana trasa stołecznej komunikacji.

Wyjrzała przez okno na padający śnieg. Przez kilka sekund wyobraziła sobie Matheę w przedszkolu, brnącą w głębokim śniegu, w różowym kombinezonie, który wcisnęła jej matka, choć Susanne kupiła Mathei prawie identyczny jesienią.

„Mathea? – spytała matka, kiedy była po raz pierwszy w szpitalu". „Mathea? Chyba coś ci się pomyliło… Czy to imię pasuje do naszej rodziny?"

– Mathea… – szepnęła Susanne i poczuła, że w oczach zbierają się łzy. Czasami jej się to zdarzało, gdy za dużo myślała o córeczce.

Przez moment wyobraziła sobie, jak otwiera furtkę jako ostatni rodzic, który przyszedł tego dnia po dziecko, co było zresztą u niej nagminne, a kombinezonu nie ma… Drzwi suszarni są otwarte, tam też go nie ma… Jej szafka jest pusta. Przedszkole jest puste. Nie, odgoniła ten obraz od siebie. Coś takiego nigdy się nie zdarzy!

– Bjørn-Åge Flaten – powiedziała głośno, otrząsając się z tych chorych myśli. Odsunęła kartki od oczu na wyciągnięcie ręki, jakby chcąc sobie udowodnić, że nie dolega jej dalekowzroczność, ale doskonale czyta bez okularów.

Włożyła z powrotem okulary i przeczytała protokół jeszcze raz.

„Nie przydałeś się na wiele, Bjørn-Åge" – pomyślała. „A może »Bønna«, jak zapewne wcześnie zaczęto cię nazywać, chłopaczka z Bærum, który zszedł na złą drogę…".

Nie był to żaden punkt zwrotny. A może jednak był?

„Może nigdy nie potraktowaliśmy cię poważnie?" – myślała dalej.

W protokole nie było żadnej oceny jego wiarygodności. Pewnie nie było to potrzebne. Bjørn-Åge Flaten jak co drugi przestępca próbował coś dla siebie uzyskać, wykorzystując nieszczęście innych. Myślał tylko o sobie i paplał, co mu ślina na język przyniosła.

BJØRN-ÅGE FLATEN – zapisała na żółtej, samoprzylepnej karteczce.

Była już poza biurem, kiedy nagle się rozmyśliła i szybkim krokiem poszła do pokoju Tommy'ego Bergmanna. Drzwi były uchylone. Już miała wejść, kiedy usłyszała, że rozmawia przez telefon. Wionęło na nią papierosowym dymem.

Że też nikt z tym nic nie robił! Musi o tym porozmawiać z Reuterem. I z BHP-owcami. Ale dopiero, jak dostanie etat.

These are my principles, and if you don't like them, I have others.

„Znów mama" – pomyślała. „Przeklęta mama".

Gadał i gadał, a ona nie miała zamiaru mu przerywać. Jak zawsze, kiedy mężczyźni rozmawiali przez telefon, brzmiało to, jakby akurat ta rozmowa była najpoważniejsza i najważniejsza w świecie.

Wróciwszy do siebie, sprawdziła Bjørn-Åge Flatena w rejestrze skazanych, rejestrze wywiadowców i rejestrze informatorów. Gość spędził większość lat dziewięćdziesiątych w kiciu – za kradzieże, napady, drobne sprawy narkotykowe. Wyglądało na to, że już nie jest aktywny jako informator. Susanne miała podejrzenie, dlaczego.

Ostatni znany adres: ulica Pastora Munthe-Kaasa w Gjettum. Wiedziała dobrze, gdzie to jest. Były to bloki-szeregowce. Jedyna zameldowana osoba – Bjørg Flaten, jego matka.

Zadzwoniła do niej, ale nikt nie odebrał. Za drugim razem jednak zdjęto słuchawkę z widełek. Susanne od razu się domyśliła, że Bjørg Flaten zerwała kontakt z synem.

– Pojęcia nie mam, gdzie on jest – powiedziała obojętnym tonem, jakby syn był przypadkowym lokatorem, który mieszkał u niej dawno, dawno temu. – W każdym razie nie tu.

– Wie pani, gdzie go znaleźć?

Bjørg Flaten ciężko westchnęła. Nie odpowiedziała, a Susanne domyśliła się, że kobieta płacze.

– To... ta cholerna heroina. Tak długo, jak był... Jesteśmy porządni ludzie... Sprzedaliśmy nawet dom w Rykkinn, żeby go z tego wyciągnąć...

Nie miała nic więcej do powiedzenia.

– Rozumiem, że to dla pani trudne – odezwała się Susanne.

– Ty? Ty nic nie rozumiesz!

Susanne nic nie powiedziała.

– Co zrobiłam nie tak? Próbowałam już wszystkiego. Jego ojciec... nie wiem. – Bjørg Flaten znów zaczęła płakać. Po chwili wysmarkała nos.

Susanne zamknęła oczy. „Wszystko rozumiem" – pomyślała. „Absolutnie wszystko". Ale nic nie powiedziała.

– Jeśli się z panią skontaktuje, musi pani zaraz do mnie zadzwonić – odezwała się po chwili.

– Co znów zrobił?

– Nic. Niech mu pani powie, że nie jest o nic podejrzany.

– Jest takie miejsce na Brobekk... – powiedziała Bjørg Flaten. – Parę razy stamtąd dzwonili...

– Brobekkveien? Hospicjum?

– Tam go przyjmują, nawet jak jest... zamroczony.

Susanne upewniła się, że nieszczęsna matka prawidłowo zapisała wszystkie numery telefonów: do dyżurnego, do jej biura i komórki.

Znalazła listę numerów do hospicjów.

W słuchawce pod numerem hospicjum Brobekk odezwał się zmęczony męski głos.

— Nie – przerwał jej mężczyzna. – Tu go nie ma.

Spojrzała na zegar. Z nowej torebki, którą kupiła, a na którą prawdę powiedziawszy, nie było jej stać, wyjęła lusterko i poprawiła rzęsy. Z wieszaka ściągnęła swoją kanadyjską parkę.

Ktoś tam musiał coś o nim wiedzieć. Tommy'emu postanowiła nic nie mówić. Jakoś nie miała ochoty.

10

Kiedy jeden z pielęgniarzy otworzył drzwi do gabinetu terapeutycznego, Arne Furuberget przypomniał sobie słowa, które przeczytał tego ranka. Siedział długo w nocy, czytając dokumentację w porządku chronologicznym. I mimo że kiedy budzik zadzwonił przed szóstą rano, jego ciało zagroziło strajkiem, pojechał do gabinetu i czytał dalej.

Co w tym gabinecie mu to przypomniało? Czy sam gabinet? A może te kilka promieni słonecznych, które z trudem przedarły się przez masywny sufit chmur? A może postać Andersa Raska, który stał odwrócony plecami, patrząc na jezioro Mjøsa? Jego małe dłonie wyglądały, jakby należały do dziecka, może do jednej z dziewczynek, które zabił.

„Dziewczynek, za których zabicie go skazano" – poprawił się w myślach Furuberget.

– Zostawcie nas samych – powiedział.

Jeden z pielęgniarzy, wielkie chłopisko z Raufoss, spojrzał na niego z niedowierzaniem. Instrukcje były jasne: nikt z pracowników oddziału dla niebezpiecznych nie miał prawa zostać sam na sam z pacjentem, chyba że pozwolił na to ordynator.

Jako ordynator Furuberget sam decydował, czy chce rozmawiać z pacjentami w cztery oczy. Jak dotąd nic złego mu się nie przytrafiło. Kilka razy był co prawda bliski utraty życia, ale przechodził nad tym do porządku dziennego. Kiedy zamknęły się za nim drzwi, już nie był taki pewien, czy to właściwy dzień na sesję terapeutyczną. Podczas wszystkich lat spędzonych na tych 1500 m² oddziału zamkniętego w Ringvoll Rask nie skrzywdził nawet muchy, ale w ostatnim czasie na myśl o nim ordynator zaczął odczuwać rosnący niepokój. Podejrzewał, że za tą pozornie budzącą zaufanie fasadą skumulowała się złość. Taki sam rodzaj złości, jaką rozładowywał na dziewczynkach.

No ale kto zabił prostytutkę na Frognerveien?

Przed oczyma mignęły mu słowa z karty pacjenta: „Edle Maria żyje".

Było wtedy tak, jakby rozmowa nagle ruszyła z miejsca.

„Edle Maria?"

„Tak, Edle Maria. Ona żyje".

Anders Rask wciąż się nie poruszył. Stał nieruchomo przy oknie, jakby był autykiem, który nie może zaznać spokoju, dopóki nie zarejestruje wszystkich poruszeń za oknem, czarnych ptaków podrywających się z pokrytych śniegiem pól, sarny na lodzie, przemieszczenia każdej z chmur na niebie.

Furuberget ostrożnie usadowił się na krześle, na którym zwykł siadać. Popatrzył na kozetkę, na której miał spocząć Rask. Jeśli chciał. Upewnił się jeszcze, czy ma na pasku alarm, przesuwając palcem po guziku, który miał nacisnąć, gdyby Rask postanowił spełnić wypowiedzianą ostatnio groźbę.

Po pięciu minutach Rask nadal się nie poruszył.

— Co spowodowało, że pan mi ostatnio groził? — Furuberget narysował w notatniku twarz, ale zaraz ją zamazał.

— Nigdy panu nie groziłem.

— Nie pamięta pan tego?

Stojąc przy oknie, Rask potrząsnął głową. Powoli przesunął się w prawą stronę. Furuberget nagle stwierdził, że wygląda bardziej groteskowo niż kiedykolwiek. Swego czasu leki spowodowały u niego nadwagę, ale teraz znów był chudy, z tą swoją twarzą dziecka w ciele mężczyzny w średnim wieku.

– Ostatnio powiedział pan, że będę musiał umrzeć, jeśli pana nie przeniosę na oddział otwarty.

Rask miał nieobecne spojrzenie.

– Wszyscy musimy umrzeć.

– Ale nie wszyscy będziemy zabici, Anders. To poważna sprawa, sądzę, że pan to rozumie.

Rask nie odpowiedział.

– Wszystko pan zepsuł.

Nadal brak reakcji.

– Dużo pan myśli o śmierci, Anders?

Rask usiadł na kozetce naprzeciw ordynatora i rozejrzał się po pomieszczeniu. Sądząc z wyrazu jego twarzy, nie uważał gabinetu za tak odrażający, jakim go widział Furuberget.

Bez ostrzeżenia Rask wstał i zrobił krok ku ordynatorowi. Ten postanowił siedzieć dalej, ale instynktownie przycisnął plecy mocniej do oparcia krzesła, aż przez zieloną tapicerkę poczuł jego ramę.

Odetchnął z ulgą, kiedy Rask skręcił w lewo i wrócił do okna.

Furuberget dotknął ręką alarmu na pasku. Przez krótką chwilę rozważał naciśnięcie czerwonego guzika.

– Maria – powiedział nagle Rask od okna.

Ordynator poczuł, że jego ciało lekko zadrżało, a skóra na czaszce pokryła się gęsią skórką. Wargi nagle wyschły, a kiedy sięgnął po tekturowy kubek z wodą, z trudem udało mu się je rozdzielić.

– Maria?

– Dlaczego spytał mnie pan o Marię? I Edle Marię? – Rask się odwrócił. Wzrok miał poważny, ale na jego wargach błąkał się uśmieszek, jakby złapał ordynatora na jakimś kłamstwie. Temu nie udało się ukryć zaskoczenia i doskonale wiedział, że to zostało zauważone. Postanowił zaryzykować.

– Czy Edle Maria żyje, Anders?

Czuł dreszcze w całym ciele, jakby miał dostać wysokiej gorączki.

– Edle Maria... – powiedział Rask jakby do siebie, cicho i z rozmarzeniem, jakby oddalało się od niego jakieś wspomnienie. Znów odwrócił się do okna.

– Może moglibyśmy zawrzeć umowę.

– Umowę? Jaką umowę?

– Dostał pan list. Pamięta go pan?

Rask roześmiał się chłopięcym śmiechem, jakby był wcieloną niewinnością, spokojnym chłopcem na koloniach pod koniec lat czterdziestych. Jak sam Furuberget.

– Dostaję wiele listów, o wiele więcej niż pan.

– Naturalnie, Anders, naturalnie. Jeśli odda mi pan list, zrobię, co będę mógł, żeby pana przenieść. Ale nie może mi pan grozić. Jeśli zrobi pan to jeszcze raz, minie dużo czasu, zanim znów to rozważę.

– Który list? – spytał cicho Rask.

– Pan wie, o który mi chodzi.

Zanim ordynator się obejrzał, Rask już przy nim był. Jego plastikowe chodaki całkowicie tłumiły kroki. Jedną rękę trzymał za plecami, jakby coś tam chował. Furuberget wiedział, że trzy tygodnie wcześniej z kuchni zniknęły dwie drewniane łyżki, a z warsztatu nóż do tapet. Cały zakład przewrócono do góry nogami, ale nic to nie dało.

Rozebrano do naga wszystkich pacjentów na oddziale dla niebezpiecznych, bez rezultatu.

Rask pochylił się nad nim, wciąż z tym nieprzeniknionym uśmieszkiem na ustach.

– Pan umrze, wie pan o tym? – Podniósł rękę do gardła ordynatora. – Bo pan chce, żebym tu zgnił. Chce pan mnie tu trzymać pod kluczem, nawet gdyby mnie uniewinniono.

Furuberget trzymał prawą rękę na alarmie.

– Opuść ramię i pokaż, co masz w drugiej ręce.

– Czego się boisz, Furuberget? Że umrzesz?

Rask pachniał tanim mydłem, od czego ordynatorowi zrobiło się niedobrze. Poczuł, że pacjent chwyta go za przegub i mocno ściska, jakby chciał coś mu tam zmiażdżyć.

Nacisnął na guzik.

Rask cofnął się o krok.

– Twój problem polega na tym, że jesteś taki... żałosny.

Kiedy do gabinetu wpadli pielęgniarze, Rask siedział z powrotem na kozetce.

Furuberget patrzył przed siebie pustym wzrokiem.

– Niechcący... zahaczyłem o przycisk. – Nie mógł się powstrzymać i głęboko odetchnął. – Skończyliśmy. Zabierzcie go do pokoju.

U siebie w biurze zdjął marynarkę, odpiął mankiet na lewym rękawie koszuli i rozmasował krwiak, który powstał wskutek ucisku ręki Raska.

Czuł, że ma gorączkę.

Metalowa szuflada otworzyła się z trzaskiem. Rzucił starą teczkę z dokumentacją pacjenta na biurko i aż się wzdrygnął, kiedy głośno upadła na blat. Wszystko go teraz przerażało: obrazki na ścianach, podejrzenie, że w tym kraju już nigdy nie będzie jaśniej, myśl, że Rask znajdzie sposób, aby go pozbawić życia. I że odnajdzie tamtą osobę.

– Edle Maria żyje – powiedział głośno do siebie. – Musisz zrozumieć, że ona żyje.

Pac. zbadana EEG na dolegliwości somatyczne. Nie można wykluczyć schizofrenii paranoidalnej, ale bardziej prawdopodobna jest przejściowa psychoza paranoidalna nieschizofreniczna.

Przeczytał notatki ze sporządzonego przez siebie wypisu. Pacjentce się wtedy polepszyło i chciał, żeby wróciła do domu, jeśli miało jej to pomóc. Uważał, że wielka trauma, której doświadczyła, w najgorszym wypadku wyzwoliła u niej ukryte zaburzenia psychiczne, te same, których objawy wykazywała wcześniej, ale którymi mogła się zająć miejscowa placówka psychiatryczna. Wrócił do kopii jej najwcześniejszej dokumentacji, z Frensby i z Sandberg, z lat siedemdziesiątych. Furuberget sam pracował w Sandberg, ale nigdy jej tam nie leczył. Wczytał się w protokół.

1975. Czerwiec. Pac. stale nawraca do osoby Edle Marii, która wywiera traumatyczny wpływ na pac. Możliwa mania prześladowcza. Schizofrenia mniej prawdopodobna. Pac. niechętnie mówi o objawach lub o własnej chorobie, powodach przyjęcia na oddział: próbach samobójczych, samookaleczeniach, braku chęci do opieki nad dziećmi, lękach, depresji.

Wrzesień 1975. Pac. nadal nie kontaktuje się z rodziną. W trakcie leczenia osoba Edle Marii pomijana, pac. także o niej nie wspomina. W ciągu lata pac. otworzyła się przed jedną z pomocy pielęgniarskich i sprawia wrażenie lepiej funkcjonującej niż przy przyjęciu. Pac. na nowo zainteresowała się literaturą i filmem, była kilkakrotnie prowadzona do kina.

Furuberget przypomniał sobie jak przez mgłę, że czternaście czy piętnaście lat temu tę kartę czytał. Brał pod uwagę schizofrenię, a zwłaszcza to, co niegdyś nazywano mieszanymi zaburzeniami osobowości, ale odrzucił je. Być może dlatego, że stało się to zbyt złożone, a najważniejsze wtedy było leczenie pod kątem ogromnej traumy, której doznała. Musiał jednak przyznać, że wykazywała symptomy dysocjacyjnego zaburzenia tożsamości. Uderzały luki w pamięci, a sposób, w jaki dystansowała się od traumy, jakby trwała w czymś w rodzaju hipnozy, utrudniał funkcjonowanie. Ale żeby miała różne tożsamości, które walczyły o jej osobowość? Czy przeoczyłby coś równie zasadniczego? „Może" – pomyślał. Może nigdy nie dopuścił do siebie tak skrajnej możliwości? Dobrze wiedział, co pokazały nowsze badania, mianowicie, że dominująca osobowość może ustąpić innej, i to nawet świadomie, i że obie osobowości mogą być świadome swojego istnienia.

Schizofrenia była gabinetem luster zarówno dla pacjenta, jak i dla terapeuty. Furuberget czuł, że właśnie teraz znajduje się w takim gabinecie luster, bo gdziekolwiek się odwrócił, wszystko wyglądało tak samo.

Ostrożnie trzymał w ręku starą kartę pacjenta z zakładu Sandberg, jakby była nowo narodzonym dzieckiem.

„Pac. stale nawraca do jednej osoby, Edle Marii".

Co to oznaczało czternaście lat później?

„Edle Maria żyje".

Jakim sposobem?

I dlaczego ta biedna dziewczynka z Frogner wypowiedziała te imiona?

Musiał ją odnaleźć. Choćby to miała być ostatnia rzecz, którą zrobi na tej ziemi.

11

Tommy Bergmann czuł, że sprawa wymyka mu się z rąk. Myślą, że kim jest? Jezusem? Cuda w tydzień? Dajcie spokój. Susanne jeszcze nie skończyła robić kopii, o które prosił. Matka Kristiane, Elisabeth Thorstensen, nie chciała z nim rozmawiać, a ojca, Per-Erika, nie dawało się znaleźć. Najlepsze, co mógł zrobić, to czekać. Pewnie mógł użyć Susanne do czegoś innego, ale na nic innego akurat nie wpadł. Potrzebował porządku. Otworzył okno i zapalił papierosa. Było wczesne popołudnie, ale wyglądało na to, że już się ściemnia. Nawet nie zauważył, kiedy zaczął padać śnieg. Znowu. Temperatura rosła i spadała, śnieg zastępował mróz, jakby ktoś rzucił na to miasto klątwę. Przez otwarte okno wpadały płatki śniegu i „Dagbladet", które leżało na stole, powoli przemakało. Twarz Kristiane, która wypełniała całą szpaltę na pierwszej stronie, wyglądała teraz jak zmoczona łzami. Chwycił gazetę i odnalazł reportaż. Dwie strony. Przeczytał powoli, jakby samo to miało doprowadzić do przełomu w sprawie, dać mu odpowiedź na pytanie, czy Rask jest winny, czy nie.

Na dole z prawej strony dwustronicowego artykułu zamieszczone było faksymile czarno-białego zdjęcia z reportażu z „Dagbladet" z poniedziałku 28 listopada 1988 roku. Pokazywało przysadzistego mężczyznę, obejmującego dwie dziewczyny w wieku Kristiane. Tommy pamiętał to zdjęcie. Był to pierwszy raz, kiedy zwrócił uwagę na młodzież zbierającą się w szkole koleżanki czy kolegi, których zabito. Szkoła Vetlandsåsen była otwarta wieczorem i w nocy w tę niedzielę, kiedy znaleziono Kristianę. Wszystko mu się teraz przypomniało, pamiętał nawet mężczyznę ze zdjęcia. Czy to nie był przypadkiem ich trener piłki ręcznej? Chyba tak. Jak on się nazywał?

Tommy spróbował odczytać tekst pod zdjęciem, ale druk był tak mały, że nie potrafił odcyfrować liter. Z mokrą gazetą w ręku szybko poszedł korytarzem do pokoju Halgeira Sørvaaga. Gazetę trzymał ostrożnie, żeby nie rozpadła mu się w dłoniach. Kolega rozmawiał przez telefon i nie wyglądał na specjalnie zadowolonego, kiedy Tommy bez stukania wpadł do jego gabinetu.

– Twoja lupa!

Małe i duże szkła powiększające były częścią stałego wyposażenia Sørvaaga, co w dawnych czasach w sposób oczywisty dało mu ksywę Sherlock. Teraz mało który ze świeżych absolwentów Szkoły Policyjnej orientował się, kim był Sherlock, więc przydomek prawie wyszedł z użycia.

Tommy ruszył do drugiego końca biurka kolegi, gdzie była zamontowana duża lupa z wmontowanym oświetleniem. Sørvaag sam za nią zapłacił, co było na granicy autyzmu, jakby właściciel nie przyjmował do wiadomości, że policja dysponuje własną jednostką techniki kryminalnej. Teraz jednak właśnie coś takiego było Tommy'emu potrzebne.

– Tylko ostrożnie – rzucił Sørvaag i z powrotem przyłożył telefon do ucha. – A może Frontrunner w trzeciej? – spytał kogoś na drugim końcu.

„Cholerni hazardziści" – pomyślał Tommy. „Spędzają cały wolny czas na wyścigach". Ściśle mówiąc, policjantom nie wolno już było przegrywać swoich poborów, ale Sørvaag i jego kumple mieli to gdzieś. Z drugiej jednak strony, hazard nie był najgorszym z możliwych dodatkowych zajęć, zwłaszcza że niekiedy wygrywali.

Położył gazetę na blacie i opuścił na nią sprężynowe ramię trzymające lupę. Umieszczona pod szkłem neonówka w kształcie pierścienia parę razy zamigotała i twarze na faksymile zdjęcia z „Dagbladet" z poniedziałku 28 listopada 1988 roku powiększyły się dwukrotnie.

– Kurwa – powiedział Tommy.

Druk był wciąż za mały, by mógł odczytać umieszczone pod zdjęciem nazwiska mężczyzny i dwóch płaczących dziewcząt.

– Tutaj – usłyszał za sobą.

Sørvaag fuknął jak mors, odłożył słuchawkę na biurko i podjechał do niego na swoim obrotowym krześle. W ręku trzymał niewielką lupę z zamontowaną pęsetą i małą lampką. To jej używał w terenie.

– Pięciokrotna – odezwał się i pojechał z powrotem do swojego telefonu. – Frontrunner – powiedział do słuchawki. – Złotko. To słychać w imieniu.

„Wreszcie" – pomyślał Tommy. Przejechał grubą soczewką po trzech twarzach, teraz złożonych z czarnych, szarych i białych pikseli, i niżej, na podpis.

Nauczyciel z Vetlandsåsen, Jon-Olav Farberg, otworzył szkołę w niedzielę. Tutaj pociesza przyjaciółki Kristiane, Marianne i Evę.

– Jon-Olav Farberg – powiedział cicho Tommy.

Nauczyciel miał twarz widoczną z profilu, więc trudno było zgadnąć, jak właściwie wygląda, ale Tommy go sobie przypomniał z meczów piłki ręcznej. Nie trenował nigdy drużyny Tommy'ego, ale może drużynę Kristiane. Musiał znać

Raska. Był to jakiś punkt zaczepienia, od czegoś trzeba było zacząć.

Farberg dał się łatwo znaleźć w Internecie. Najwyraźniej nie był już nauczycielem, ale współwłaścicielem firmy rekrutacyjno-konsultingowej. Fotografia portretowa na jej stronie pokazywała mężczyznę, który nie wyglądał na swoje niemalże sześćdziesiąt lat.

Od razu odebrał telefon. Słuchając jego wysokiego, prawie chłopięcego głosu, Tommy jednocześnie przyglądał się rysom jego twarzy.

– Przez te wszystkie artykuły o Kristiane wielu z nas teraz cierpi – powiedział Farberg. – Jakbyśmy przeżywali to wszystko na nowo.

– Rozumiem to.

– Nie wiem, do czego może się przydać rozmowa ze mną, ale oczywiście... Zrobię wszystko, żeby pomóc.

Nastąpiła chwila ciszy. Tommy pomyślał, że dzwonienie do niego być może było nadgorliwością z jego strony. Ale kto wie, może jednak warto było przejechać się do jego biura na Lilleaker?

– Pan oczywiście znał Andersa Raska?

Farberg nie odpowiedział od razu.

– Czy... chodzi o Andersa?

– Wytłumaczę, jak się spotkamy. Ale owszem, Rask doprowadził do wznowienia postępowania i...

Farberg westchnął ciężko.

– Przepraszam, nie chcę, żeby to źle zabrzmiało, ale... Łączenie mnie, łączenie nas wszystkich z Andersem jeszcze raz... to dla nas cholernie nieprzyjemna rzecz.

12

Nie był w stanie opuścić swojego gabinetu. Czy tę dziwną niemoc spowodowały groźby Andersa Raska? Arne Furuberget zamknął oczy i odchylił głowę na oparcie fotela. A może za długo już w tym zawodzie pracuje? Czy popełnił klasyczny błąd przeoczenia momentu, w którym człowiek jest już za stary, żeby sobie poradzić z prawdziwymi wyzwaniami? Jutro z Raskiem ma rozmawiać ten policjant z Oslo. Nie mógł sobie przypomnieć jego nazwiska, bo pamięć podsuwała mu wyłącznie spojrzenie Raska, kiedy przechodził przez gabinet i chwytał go za przegub. Po raz pierwszy stwierdził wtedy naocznie, jak niebezpiecznym człowiekiem jest skazany. Spędził w Ringvoll prawie jedenaście lat i ordynator nigdy, przenigdy nie widział go w takim stanie. To, że Rask był na oddziale dla niebezpiecznych, wynikało wyłącznie z natury przestępstw, które popełnił, bo w jego zachowaniu i sposobie bycia nie było nic, co by uzasadniało jego pobyt tam. Do dzisiaj. Wczoraj groźba pozbawienia życia, dziś fizyczny kontakt. Furuberget nie chciał myśleć, co będzie dalej. Wmawiał sobie jednak, że miał pacjentów znacznie gorszych niż Rask.

„Można przeżyć całe życie w samozakłamaniu" – pomyślał, bo w głębi duszy już wiedział, że to nieprawda, że nie miał pacjentów gorszych niż on. Nie potrafił go przejrzeć, nigdy mu się to nie udało.

Gwałtownie, jakby przebywanie w gabinecie sekundę dłużej było czymś niebezpiecznym, zerwał się z biurowego fotela. Na parterze bez pozdrowienia przemknął obok strażnika. Kiedy otworzył ciężkie, stalowe drzwi, przywitała go zadymka. Z ociąganiem szedł długimi krokami ku bramie i po raz pierwszy pomyślał, że tu, na oddziale otwartym płoty są za niskie. W tylnej części, tam, gdzie oddział otwarty stykał się z zamkniętym, płot był może wystarczająco wysoki, ale tutaj? Wyglądał jak płot w byle jakim ogrodzie.

Przyłożył kartę do czytnika i poczuł, że palce już mu zaczęły drętwieć z zimna. Doszedłszy do samochodu, położył dawną dokumentację pacjenta na siedzeniu pasażera. Zapalił silnik i odgarniając śnieg z przedniej szyby, spojrzał na okna oddziału zamkniętego. W pokoju Raska światło było zapalone. W momencie, gdy skończył odgarniać śnieg, w oknie tym pojawiła się sylwetka.

Furuberget pomyślał, że to jeszcze jeden przypadek tego czegoś nadprzyrodzonego u Raska, że leżał na łóżku i czekał na ten właśnie moment, kiedy te dwie ciemne postacie mogły na siebie z odległości spojrzeć.

– Z kim ty się porozumiewasz? – spytał Furuberget sam siebie. Bo przejrzał dokładnie listę jego korespondentów, ale nie znalazł tam nic nadzwyczajnego.

„Jak mogłem być tak głupi i proponować mu umowę? Teraz Rask zniszczy ten list" – pomyślał.

Będzie musiał zacząć na nowo. Wiedział, że w czasie sesji terapeutycznych będzie musiał być z nim sam na sam, bo Rask nigdy nie powie niczego przy ludziach.

Ten drań powinien dziękować swojemu Stwórcy, że się stąd nie wydostanie, choćby nawet uniewinniono go z zarzutu zabójstwa Kristiane. Pięć pozostałych zabójstw... to zajmie sporo czasu. Gdyby tylko ci idioci z policji przechowali materiał biologiczny, zamrozili nasienie tego bydlaka...

„Co za kretyni" – pomyślał.

Stał ze wzrokiem przyklejonym do sylwetki Raska w oknie, słuchając jednostajnego mruczenia diesla. Wtedy tamten podniósł rękę i powoli pomachał do niego.

Furuberget poczuł, że coraz gorzej widzi, więc wsiadł do samochodu. Ruchy miał sztucznie opanowane.

Kiedy stanął w domu przed garażem, nie mógł sobie przypomnieć żadnego szczegółu z dziesięciominutowej jazdy do domu. Nie pamiętał, czy jadąc przez centrum Skrei, widział jakikolwiek samochód lub jakiegokolwiek człowieka. Kiedy wyjeżdżał z Ringvoll, światło dnia właśnie gasło. Teraz wszystko było ciemne i ciemność była jedynym wspomnieniem tej krótkiej podróży.

Wyłączył zapłon i silnik ucichł.

„Całkiem ciemno" – pomyślał. Obrócił głowę w prawo: u sąsiada paliło się tylko światło na zewnątrz. Wyjechali tego dnia na urlop i mieli wrócić po świętach. „No i dobrze" – pomyślał. Tu, na końcu drogi, było teraz tak, jakby miał świat tylko dla siebie. Tylko lasy i pola. To otoczenie dawało mu wewnętrzny spokój. Zupełnie nie miał ochoty jechać w te święta do Malezji, ale co z tego?

Otworzył drzwi i wysiadł na śnieg. Rzucił okiem na dom – był pogrążony w ciemnościach. Nie paliło się światło na schodach i nie było jasno w żadnym z okien, nawet w wąskim okienku toalety dla gości.

Po tym, jak jego żona przeszła na emeryturę, zawsze o godzinie trzeciej zapalała światła. Mówiła, że fotokomórka nie wchodzi w grę.

Spojrzał na zegarek – była już czwarta. Mogła być poza domem.

Nie, kiedy wracał, zawsze na niego czekała. Obiad o godzinie wpół do piątej. Zawsze tak samo, odkąd wyprowadziły się dzieci.

Zostawił drzwi do samochodu otwarte i ruszył w stronę domu ze starą dokumentacją pacjenta pod pachą. Przez chwilę rozważał obejście domu dookoła, ale się rozmyślił. Zamiast tego, najciszej jak potrafił wszedł po żelaznych schodach.

Długo szukał kluczy w kieszeni, potem obrócił się i przyjrzał koleinom po oponach. Za pół godziny nie będzie po nich śladu. Rano odgarnął śnieg, ale teraz nie było tego widać.

Zszedł z powrotem po żelaznych schodach, minął samochód i przyklęknął, szukając śladów innego samochodu, który być może wjechał do garażu, a potem z niego wyjechał.

Nic to nie dało, wszystko pokryte było grubą warstwą śniegu, który padał gęsto już od dwunastej.

Wrócił do domu i ostrożnie przekręcił klucz w zamku.

W domu nie pachniało obiadem. Czy wyczuł jakiś obcy zapach?

Być może.

„Ktoś tu był" – pomyślał.

Ścisnął w ręku teczkę z dokumentami, jakby było to coś, czym mógł się obronić.

Stojąc w przedsionku, podniósł rękę do kontaktu, ale się rozmyślił.

– Gunn – powiedział cicho, chociaż i tak go już słyszeli. – Gunn!

Nie zapalając światła, ruszył przy ścianie korytarza. Minął kuchnię, chodnik w korytarzu tłumił jego kroki.

Znalazł żonę w salonie.

Widząc ją, upuścił teczkę z dokumentami na podłogę.

W ciągu kilku sekund przed oczyma zobaczył całe ich wspólne życie, znów miał dwadzieścia trzy lata, było lato, ona w trzecim miesiącu, nigdy nie uśmiechała się tak pięknie jak wtedy, na schodach kościoła.

Leżała na nowej kanapie twarzą do góry.

Nogi jakby mu wrosły w ziemię. Miał wrażenie, że ktoś zachodzi go od tyłu. Zupełnie bez ostrzeżenia nagle usiadła, a Furuberget cofnął się gwałtownie, uderzając głową o ścianę. – Już wróciłeś? – spytała głuchym głosem, westchnęła i znów się położyła. – Chyba będę chora. Długo spałam? Potrząsnął głową. Nie był w stanie wydusić z siebie ani słowa.

Jutro musi o wszystkim opowiedzieć temu policjantowi. Przyniósł jej z łazienki dwie aspiryny, mając nadzieję, że żona nie widzi, jaki jest podenerwowany. Twarz w lustrze nie była jego własną twarzą.

– Zrobię sobie coś do jedzenia – oświadczył. – Chcesz też?

Pokręciła głową i zasnęła z powrotem. Posiedział przy niej przez chwilę, trzymając ją za rękę, a potem pozbierał z podłogi kartki dokumentacji i poszedł do kuchni.

Kiedy wreszcie znalazł się w swoim gabinecie, kręciło mu się w głowie, a w uszach szumiało, jakby chodził z guzem mózgu, którego istnienie zbyt długo wypierał.

Przesunął palcem po tych kilku linijkach. Nic nie rozumiał. Jedynie to, że Edle Maria miała coś wspólnego z zabójstwem na Frogner. I że Andersa Raska to nie zaskoczyło. Przeczytał dokumentację z zakładu w Sandberg, ale tam była tylko mała wzmianka.

Włączył komputer i sprawdził, czy zgadza się numer.

Jego palec wciąż dotykał tych trzech słów.

„Edle Maria żyje".

Rozważał telefon do Runego Flatangera z Kripos, bo sprawa była, ściśle mówiąc, czymś dla policji. Nie, bo wtedy szybko wyjdzie na jaw, że spaprał swoją robotę z pacjentką. Ale ona była jego pacjentką w ciężkich czasach…

Nie chciał plamy na swojej reputacji, mimo że jego kariera dobiegała końca.

Poza tym, jeśli wciągnie w to policję, pacjentka się zamknie i ją utracą. A Anders Rask... Furuberget mógłby się założyć, że coś o tym wie. Raska trzeba wywabić z kryjówki, a nie go tam zapędzać.

Wyjął komórkę i wybrał numer.

13

W niektóre popołudnia schody do mieszkania na strychu wydawały się nie do pokonania. Mathea położyła się dwa razy, najpierw zaraz za drzwiami wejściowymi, potem na podeście drugiego piętra. Susanne Bech pomyślała, że w tym okresie życia ma wybitnie pod górkę. Autobus z Vålerengi był nabity do nieprzytomności. Nie potrafiłaby zliczyć, ile razy przeklinała się za to, że nie wystąpiła o miejsce w przedszkolu dla dzieci pracowników. Ale przenosić Matheę teraz? W przedszkolu było jej tak dobrze, że nie miała serca. W swoim czasie może co prawda związać się z muzułmaninem, co nie byłoby takie nieprawdopodobne, skoro dorastała na imigranckim Grønland. Doprowadziłaby tym babcię do pewnej śmierci, ale Susanne nie miałaby nic przeciwko temu, żeby jej matka wkrótce wyzionęła ducha.

Kiedy weszła już na samą górę i czekała, aż małe stopy w liliowych kaloszach pokonają ostatnie dziesięć stopni, pomyślała, że z drugiej strony nie musi już sprzątać po Nico, znosić jego milczenia, jego spojrzenia, które jest gdzie indziej niż tu i teraz. Obwiniania jej za to, że on nie ma już ochoty na tyle seksu, twierdzenia, że ona stawia mu zbyt duże wymagania. Nie musiała znosić jego powrotów dopiero koło południa po tym, jak dzień wcześniej wychodził wieczorem na imprezę. Uniknęła w ten sposób losu swojej matki, dożywotnio uwięzionej w małżeństwie, którego data ważności upłynęła dwadzieścia lat wcześniej. Jak kartonu skwaśniałego mleka, które człowiek boi się wylać do zlewu ze względu na konsekwencje. Kiedy otworzyła drzwi, znów była pewna, że postąpiła słusznie. Czuła się zredukowana do roli jakiejś cholernej oślicy, ale ta oślica zrobiła to, co słuszne.

W lewej ręce trzymała torbę zawierającą tyle dokumentów, ile udało jej się tam zmieścić. Przez ramię drugiej ręki miała przewieszony worek na śmieci zawierający mokre ubranie Mathei, a w ręku reklamówkę z ich obiadem. Rzuciła to wszystko na ługowaną sosnową podłogę. Z torby wypadło parę dokumentów, zauważyła tam zdjęcia z miejsca zbrodni. Szybko pochyliła się i je pozbierała – Bóg raczy wiedzieć, co to dziecko mogłoby zobaczyć i zapamiętać.

Zamiast kopiować resztę materiału, który chciał Tommy, pojechała do hospicjum na Brobekk. To był impuls. Mogła zadzwonić, ale wolała załatwić to osobiście. Coś jej mówiło, że gdyby Bjørn-Åge Flaten dowiedział się, że go szukają, natychmiast by stamtąd zniknął. Może nawet nie powinna dzwonić do jego matki? Ale musiała mieć jakiś konkret, który mogłaby rzucić w twarz Tommy'emu. Musiała dostać etat śledczego, inaczej będzie zmuszona znaleźć sobie jakieś zupełnie inne zajęcie.

– Jestem zmęczona – powiedziała Mathea, niemal przewracając się na progu. Czerwona czapeczka tkwiła na czubku jej głowy, więc wyglądała, jakby dopiero co wyszła z warsztatu Świętego Mikołaja.

– Dzieci się nie męczą – odpowiedziała Susanne. – To tylko dorośli tak narzekają.

– No to jestem tylko dorosła – odparła Mathea, klękając na podłodze i najwyraźniej nie mając zamiaru się stamtąd ruszyć – bo jestem zmęczona.

Susanne pozwoliła jej tak tkwić przy drzwiach, a sama postawiła na stole dwa styropianowe pudełka z jagnięciną z Punjab Tandoori. Ze stojącego tam kartonu nalała sobie kieliszek czerwonego wina i wypiła połowę, kiedy z salonu dobiegły ją jakieś dźwięki.

Melodyjka rozpoczynająca serial *My Little Pony* była coraz głośniejsza.

„Zasrane kucyki" – pomyślała Susanne. „Czy to nie z nich robią takie czarne salami?"

Przez chwilę bawiła się myślą, żeby zejść do Menu na rynku Grønland, kupić plasterki salami z maksymalnie dużą zawartością końskiego mięsa i następnego dnia włożyć do kanapek w drugim śniadaniu dla Mathei.

– Mamusiu! – zawołała mała z salonu.

Jedna z tych, co nigdy nie milkną. Susanne złapała się na tym, że liczy lata do jej wyprowadzki z domu. Czternaście, piętnaście… Dziewiętnaście lat, najpóźniej w tym wieku się wyprowadzi. Chyba że namówi ją na jakiś program wymiany młodzieży.

„Nigdy" – pomyślała. „Po moim trupie".

– Kąpiel – powiedziała Mathea, nie odrywając oczu od ekranu. – Kiedy człowiek jest zmęczony, musi się wykąpać.

Susanne minęła ją, wyszła na taras i popatrzyła na rozciągający się przed nią widok. Ze strychowego mieszkania na ulicy Mandalla wciąż jeszcze widać było fiord, ale wkrótce widok zamknie jej gęstwina futurystycznych bloków mieszkalnych i budynków biurowych. Nie raz pomyślała sobie, że pożar w Dzielnicy Holenderskiej nastąpił w dziwnie korzystnym momencie dla ludzi takich, jak jej ojciec: deweloperów, spekulantów, bezwzględnych kapitalistów. W każdym razie to ten pożar przygotował grunt dla budowlanego przedstawienia, które co dzień rozgrywało się przed jej oczyma. Przedsięwzięcie to miało na dobre wprowadzić Oslo w dwudziesty pierwszy wiek, zrobić z miasta coś, co bardziej by przypominało Dubaj lub Abu Dhabi niż spokojną stolicę północnej

Europy. Nie był to zły pomysł, Susanne nie była z tych, którzy za wszelką cenę trzymają się przeszłości. Większość rzeczy wcale nie była wtedy lepsza. Jak się zastanowić, to nic nie było lepsze. Ale ten widok już nie wróci... Jedyną pociechą było to, że dźwigi udekorowano światełkami i choinkami na czubku. Gdzieś nad nią świeciły światełka choinki na dachu poczty, co przypominało jej Paryż. Dawno już tam nie była, a teraz nie miała mężczyzny, z którym mogłaby tam pojechać, a do Paryża nie jechało się przecież bez mężczyzny.

„Svein" – pomyślała i uśmiechnęła się. W każdym razie nie chłopaczek, u którego była w tamten weekend.

Nie chciała o tym myśleć. To było tak dawno temu... Poddała się wtedy, pękła. Kiedy to było? Kilka miesięcy temu, pół roku? Tuż przed spotkaniem Sveina.

To właśnie ją tak przeraziło, bo myślała, że z tym skończyła na dobre. Ale siebie nie dało się tak łatwo oszukać. Jakaś część niej chciała z powrotem tam, do ciemnej piwnicy, albo do nieba, zależy...

Zamknęła drzwi na taras.

– Co robiłaś w weekend u taty?

Odpowiedzi nie było. Kręcąc w palcach gęste, czarne włosy, które odziedziczyła po Nico, Mathea gapiła się w telewizor, jakby tam siedział jakiś poltergeist.

Właściwie po co ją o to spytała? Przecież znała odpowiedź. A ona sama, co robiła?

„Nie myśl o tym".

Pozytywne było to, że chociaż raz nie wzięła dyżuru na kryminalnym, tak jak to zaczęła robić po rozstaniu z Nico. Miała serdecznie dość gadaniny Monsena. Może po świętach. „Kobiety najlepiej sprawdzają się w recepcji" – mówił i mrugał do niej, jakby to był znakomity żart. Od dawna już nie miała ochoty się z nim kłócić. I postanowiła już nie irytować się tym, że nieustannie rozbiera ją wzrokiem.

Odkręciła kran w łazience i popatrzyła na siebie w lustrze. Była przyzwyczajona do tego, że jest jedną z tych ładnych, jakoś nie potrafiła myśleć o sobie inaczej, ale szybko podupadła. Ostatni rok mocno odbił się na jej twarzy. Miała trzydzieści dwa lata i akurat teraz przez jej rysy zaczęły przezierać rysy matki, wyraźnie widziała kontury zmarszczek tej wydelikaconej zołzy. „Botoks" – pomyślała. Jeden zastrzyk w czoło w Nowym Roku uratuje ją od dalszego upodobniania się do matki. Zrobi wszystko, co trzeba, żeby nie stać się taką jak ona, zarówno wewnętrznie, jak i zewnętrznie.

Od kiedy Nico się wyniósł, matka zerwała z nią wszelkie kontakty. Nie rozmawiały ze sobą od lutego, aż trudno jej było w to uwierzyć! Ale Susanne Bech nie była z tych, co się poddają, nigdy się nie poddawała, i teraz też się nie podda. „Rozwodzić się z takim mężczyzną jak Nicolay?" – prychnęła jej do słuchawki jak jakiś gad... Susanne przyznała, że użyła wtedy słów nie nadających się do druku, ale żeby zerwać kontakty z własną córką? Teraz to jej ojciec, a niekiedy Nicolay przychodzili po Matheę, kiedy mała zapragnęła nocować u dziadków. Jedynym punktem stycznym, jaki obecnie miała z przeszłością, początkiem życia, dorastaniem, był jej ojciec. Zawsze nieobecny deweloper, miękki, ale mimo to wystarczająco silny, żeby postawić się jej matce. Nie był z tych, którzy by zrywali z ludźmi kontakty, przynajmniej nie z własną córką!

„Telefon" – pomyślała Susanne. Była naprawdę małą egoistką, wciąż opętaną pragnieniem bycia atrakcyjną dla mężczyzn. Jak długo już tu stoi i się sobie przygląda? Szum lecącej wody tłumił wszystkie dźwięki, nawet ten idiotyczny dzwonek jej własnego telefonu.

– Komórka, Matheo, nie widziałaś komórki mamy? – Susanne kręciła się po przedpokoju, nie potrafiąc zlokalizować dźwięku. Może po prostu była taka głupia, jak uważała jej matka?

– Chwileczkę – powiedziała Mathea, stając obok niej.
Z miną małej starej stała teraz w koszulce i zielonych rajsto-
pach, trzymając nokię w wyciągniętej ręce.
– Dobrze mieć taką małą pomocnicę – powiedział męż-
czyzna po drugiej stronie.
– Kto mówi? – spytała Susanne tonem ostrzejszym, niż
pragnęła. Nie rozpoznała numeru na ekranie.
– Nie pamięta mnie pani? Dopiero co…
Hospicjum Brobekk. Ten gość z recepcji. Nieco podstarza-
ły hippis, wieczny student albo ekolog, jak to się teraz nazy-
wało.
– Przyszedł? Flaten?
– Bingo.
– Przyjeżdżam – powiedziała, zanim pomyślała o logisty-
ce. Przecież nie mogła zabrać tam ze sobą Mathei.
– Nie, niech pani tego nie robi.
Susanne zamilkła.
– On nie jest w formie.
– Nie jest w formie?
– Jeśli pani tu teraz przyjedzie, on się w ogóle nie ode-
zwie, będzie milczał jak grób. Jest chory, właściwie nie powi-
nien tu być.
– To niech mu pan załatwi szpital.
– To ja tu oceniam sytuację. Niech pani tu przyjedzie jutro o ósmej. Lepszej szansy pani nie dostanie. – I wyłączył się,
jakby ona była zupełnie nieistotna. Susanne odetchnęła głęboko kilka razy i pomyślała, że ten facet, ten w połowie hippis
na Brobekk jednak wie, co robi. Pytania, które jej wcześniej
tego dnia zadał, były jakąś wskazówką. Czy jest podejrzany?
Poszukiwany? A ona nie mogła nawet powiedzieć, że ma sta-
tus świadka. W sprawie Kristiane, sprawie sprzed szesnastu
lat, nie toczyło się śledztwo. Jeszcze.

Zjadły w milczeniu. Mathea kartkowała magazyn, który Susanne kilka dni wcześniej włożyła w sklepie do torby. Był to „Architectural Digest". Sama nie wiedziała, dlaczego go kupiła. Może po prostu w środku zimy chciała popatrzeć na te wielkie bungalowy w Kalifornii? Mimo że kojarzyło jej się to z matką. Większość rzeczy kojarzyła jej się z matką. Zima, święta, odbicie w lustrze, piersi, głos…

W łazience nie mogła się już dłużej powstrzymać. Mogła wyjść, żeby przeczytać protokoły, ale wyobraziła sobie, że jeśli za długo jej nie będzie, stanie się coś strasznego. Że Mathea poślizgnie się w wannie, nie zdąży krzyknąć, uderzy się w głowę i utonie, nie wydając dźwięku. I wtedy jej matka będzie miała rację, że ona rzeczywiście jest złą matką, że nie chce dla córki tego, co najlepsze.

Przyniosła sobie z przedpokoju torbę, usiadła na ogrzewanej podłodze i zaczęła czytać. Mathea i tak nic tu nie zobaczy. Kiedy się kąpała, najbardziej zajęta była swoim odbiciem w lustrze. Kąpielowe kaczuszki, które zachowała z czasów, gdy była młodsza, pływały samopas.

„Będzie tak samo pusta jak ja".

Susanne zaczęła od protokołu z przesłuchania Bjørn-Åge Flatena. Czytała go mnóstwo razy, ale cały czas miała nadzieję, że znajdzie w nim coś nowego. Zanotowała sobie, że jutro musi znaleźć stary reportaż o nim w „Dagbladet".

– Mamusiu, popatrz – powiedziała Mathea.

Susanne spojrzała na córeczkę. Nadal czasem widziała w niej tę kruszynę, którą niegdyś była. Jej brzuszek, malutkie rączki i ramionka wciąż były pulchne. Spojrzała na jej klatkę piersiową, do której Mathea dorobiła sobie z piany cycuszki. Mała zanurzyła się znów w wannie, tym razem z głową. Lubiła tak leżeć pod wodą, dopóki Susanne jej nie wyciągnęła, siną na twarzy. Była to gra, którą matka zawsze przegrywała.

Susanne wyjęła z torby kolejną teczkę.

„Och, nie" – pomyślała. „Dlaczego to zabrałam?"

Była to plastikowa teczka ze zdjęciami Kristiane Thorstensen w formacie 10×15.

Piętnastolatka leżała na stole sekcyjnym z rozłożonymi rękoma, jakby była Zbawicielem. Gęste, kręcone włosy rozkładały się niczym wachlarz pod jej posiniaczoną twarzyczką.

Susanne przysłoniła usta ręką i szepnęła: „Kochana dziewczynko, niewiele z ciebie zostało... Mam nadzieję, że twoja matka nie zobaczyła cię w tym stanie".

Na pozostałych zdjęciach widziała już tylko plamy w różnych odcieniach szarości, bo jej oczy napełniły się łzami.

Z teczką w ręku podpełzła do drzwi łazienki i rzuciła się pędem do sypialni, gdzie upadła na niezasłane łóżko.

Z twarzą ukrytą w dłoniach siedziała potem na jego brzegu. Usłyszała jakiś dźwięk. Coś upadło na podłogę.

– Niech ci nie będzie przykro – powiedziała Mathea.

Susanne siedziała nieruchomo z twarzą w dłoniach, przeklinając siebie za to, że wydała kogoś na ten świat. Jak ktokolwiek mógł wierzyć, że w tym życiu jest jakiś sens? I jeszcze ten sukinsyn Nico... Dlaczego to tak wyszło? Ona przecież tylko chciała, żeby im się udało. Żeby oni we dwoje jakoś sobie z tym życiem poradzili.

– Mamusiu? – Mathea zaczęła płakać. – Boję się.

Susanne klęknęła i otworzyła ramiona.

Malutkie serce biło dwa razy szybciej niż zwykle. Mała była jednocześnie zimna i gorąca.

– Mama zawsze będzie na ciebie uważać. Zawsze...

Powtarzając w pamięci „Bjørn-Åge Flaten", wyparła z niej jakoś zdjęcie Kristiane Thorstensen na stalowym stole w podziemiach Szpitala Centralnego.

Przytuliła małą do siebie i trzymała mocno, aż sweter przemókł jej od mokrych włosów córeczki.

14

Błąkał się przez jakiś czas po całym Lilleaker, klnąc na czym świat stoi, że wpadł na pomysł przyjechania w to miejsce. Tommy nie lubił tej części miasta, bo była bezosobowa, zimna, pełna samochodów, hałasu i nieciekawych biurowców. Radiowóz, który go tu podwiózł, już dawno odjechał. Spojrzał w kierunku, w którym po raz ostatni zobaczył jego światła pozycyjne, i poczuł się jak intruz w tym chaotycznym krajobrazie starych i nowych budynków nad samym brzegiem rzeczki Lysaker. Kiedy tu jechali, nagle spadł na miasto grudniowy mrok i uniemożliwił odczytywanie tabliczek, które miały pokazywać drogę do różnych budynków na terenie dawnej fabryki. Ale przynajmniej przestał padać śnieg, i to nagle, jakby kogoś tam na górze bawiło włączanie i wyłączanie guzika od opadów śniegu.

Orientował się według podświetlonych logotypów firm na szczytach budynków – każdy kolejny z nich był bardziej szumny i pozbawiony treści niż poprzedni. Kiedyś ta dzielnica składała się z porządnych fabryk i warsztatów, w których ludzie rzeczywiście coś produkowali, w czasach, kiedy było w tym kraju na coś zapotrzebowanie. Teraz natomiast świeżo wyremontowane budynki i nowo wybudowane szklane klatki obok nich zawierały niewiele więcej niż biurowe przestrzenie, w których pracownicy tkwili przykuci do ekranów komputerów jak niewolnicy, o ile nie siedzieli na niekończących się zebraniach. Licytowali się tam w użyciu jak największej liczby obcych słów stanowiących opakowanie dla sprzedawanych przez nich, nieskończenie banalnych przekazów. „Czy właśnie z tego w tym kraju żyjemy?" – zastanawiał się Tommy. „Z gadaniny i pustych słów? Co będzie, jeśli nastąpi kryzys, prawdziwy kryzys, jak tamtej atomowej zimy? Kto nas wtedy uratuje?"

W końcu znalazł budynek, w którym mieściła się firma Farberga – MindWork.

Recepcja wyglądała jak po powodzi, śnieżne błoto zalegało na podłodze aż do windy.

Pomieszczenia na pierwszym piętrze sprawiały wrażenie opuszczonych, z piętnastu pracowników na miejscu było chyba mniej niż połowa. Sekretarka w recepcji wydawała się bardziej zajęta wieszaniem na plastikowej choince czerwonej bombki niż wizytą Tommy'ego, a Farbergowi zejście po niego zajęło ponad pięć minut.

Dopiero kiedy zanurzył się w fotelu dla gości, Tommy pojął, że mężczyzna po drugiej stronie biurka tuż przed jego przyjściem płakał. Oczy miał czerwone, spojrzenie dziwnie rozbiegane. Wyglądał, jakby proste zadanie rozlania kawy do filiżanek wymagało od niego maksymalnej koncentracji.

Był o głowę niższy od Tommy'ego, ale emanował naturalnym autorytetem, więc Tommy poczuł się przy nim jak uczniak.

Farberg przyglądał się swoim dłoniom, jego kawa stała nietknięta.

– Widzi pan, że płakałem? – spytał, nie patrząc na Tommy'ego.

Tommy nie odpowiedział.

– To wszystko dla mnie trochę za mocne – ciągnął cicho Farberg. – Najpierw moje zdjęcie w „Dagbladet", a teraz pan w tym biurze...

- Rozumiem.

- Wszystko stanęło mi przed oczami jak żywe, kiedy zobaczyłem zdjęcie Marianny, Evy i swoje – powiedział. – Rozumie pan? Przez moment wydaje ci się, że to nieprawda, a potem nagle wszystko do ciebie wraca... Jak ją znaleźli, nie mogłem w to uwierzyć.

Spojrzał mu prosto w oczy i uśmiechnął się ze smutkiem. Tommy podniósł filiżankę do ust. Pomyślał, że czas był dla Farberga łaskawy. Jego gęste włosy były sztucznie rozjaśnione, z czym było mu do twarzy. Miał lekką opaleniznę, może pozostałość tygodniowego urlopu jesienią gdzieś na południu, i pod popielatym garniturem wyglądał na wysportowanego. Tylko niebieskie oczy zdradzały, że zbliża się do sześćdziesiątki.

- Zrezygnował pan z pracy w szkole?

- Latem, po tym, jak znaleziono Kristiane. Po prostu już nie mogłem. No i miałem dość szkolnictwa. Dostałem pracę w kadrach, w Televerket. To mi odpowiadało i od tego czasu siedzę w tym temacie. Firmę mam już od dziesięciu lat. Nie mogę powiedzieć, żebym żałował. Dla was też coś miałem, parę dni temu tam nawet byłem, coaching kierownictwa, wie pan, o co chodzi... – Farberg przerwał. Przyglądał się twarzy Tommy'ego, jakby szukał w niej czegoś znajomego, a on wiedział, co za chwilę powie. – My się chyba znamy? Gdzieś już pana widziałem, jestem pewien.

- Szczypiorniak. Oppsal, wiele lat temu. Pan trenował młodzików, ja wtedy grałem w juniorach.

Farberg potrząsnął głową.

- No właśnie! Wiedziałem, że gdzieś już pana widziałem. Ale nazwiska nie pamiętam... Muszę przyznać, że nieźle pan się trzyma.

„Umiesz kłamać" – pomyślał Tommy.

- I nawzajem.

Farberg roześmiał się cicho.

– Chodził pan do Vestlandsåsen?

Tommy pokręcił głową.

– Jestem z Tveity. Z bloków.

– Właśnie – powiedział Farberg. – Chuliganeria. *The original gangsters*. Wszyscy się was bali – roześmiał się, ale przyjaźnie, nie pogardliwie.

„Tak właśnie było" – pomyślał Tommy. Nie potrafił zliczyć, ilu z jego kumpli się wykoleiło, ilu przedawkowało. Niektórych zabito. Dużo nie brakowało, żeby i on się stoczył, dołączył do bandy z Tveity, zamiast grać w ręczną. Przypadek czy przeznaczenie? Nie chciał wiedzieć, nawet gdyby mógł poznać odpowiedź na to pytanie.

– Był pan nauczycielem Kristiane?

– Tylko języka ojczystego. No i na paru zastępstwach. Anders często brał zwolnienia.

– Pan ją trenował?

– Objąłem drużynę na koniec sezonu letniego w osiemdziesiątym ósmym. To ja ją namówiłem, żeby nie odpuszczała. Mogła być naprawdę dobra... Mogła daleko zajść.

Nastąpiła cisza. Farberg znów potrząsnął głową.

– Już pana pamiętam. Był pan niezły, prawda?

– Taki sobie – odparł Tommy. – Dobry, ale nie tak dobry, jakbym chciał.

– Ale pan przyszedł porozmawiać o Andersie, nie o szczypiorniaku? – Ton głosu Farberga zmienił się, był teraz niższy, nie tak młodzieńczy, jak wcześniej. Sprawa Raska nie dawała mu spokoju, nawet dziecko by to zauważyło.

– Jak dobrze pan go znał?

– Dość dobrze. Ale on nie był z tych, którzy dawali się dobrze poznać. Czasami się otwierał... Ale w pokoju nauczycielskim uchodził za dziwaka, nie wyczuwał pewnych niuansów. Był dobrym nauczycielem, czasem nawet znakomitym, dzieciaki bardzo go lubiły. – Spuścił wzrok, jakby dotarło do niego, że „bardzo lubiły" nie zabrzmiało dobrze.

– Podejrzewał pan coś?

Na jego biurku dyskretnie zadzwonił telefon, więc i Farberg przeprosił. Słuchał z zamkniętymi oczyma osoby z drugiej strony, była to kobieta. „Żona albo partnerka" – pomyślał Tommy. Omiótł wzrokiem pomieszczenie. Uznał, że jak na prywatnego przedsiębiorcę jego gospodarz miał gabinet w wyjątkowym nieładzie. Mimo że Farberg sam był zadbany, wręcz przylizany, jego biuro wyglądało jak pracownia kogoś ze sfer artystycznych, a co najmniej gabinet bardzo wziętego adwokata. Albo nauczyciela, z tych, którzy doskonale dogadują się z uczniami i lubią występować na przedstawieniach na koniec roku, są diablo elokwentni, rozśmieszają matki i może nawet budzą w nich żal, że to nie oni są ich mężami, tylko ci nudziarze... Na jego biurku piętrzyły się papiery, obrazy na ścianach kupił zapewne sam, bo stylistycznie były zbyt różne, żeby miały stanowić część firmowego programu zakupu stonowanych ozdób.

– Porozmawiamy później – powiedział Farberg do kobiety na drugim końcu linii. I rozłączył się bez pożegnania.

– Był pan kiedyś żonaty? – spytał Tommy'ego z wyrazem niesmaku na twarzy.

– Miałem partnerkę.

Farberg kiwnął głową.

– Więc pan będzie wiedział, o czym mówię. A może zresztą nie. Rozstaliśmy się lata temu, dostała nawet moje mieszkanie, tu niedaleko, dziś warte fortunę. I połowę pieniędzy. I mimo wszystko... Zawsze jest coś nie tak. Zawsze do czegoś można się przyczepić.

– Ma pan nowe życie?

Farberg skinął głową.

– Dlaczego to pan był tym... pocieszycielem?

– Ma pan na myśli szkołę?

– Tak. Nie chcę pana obrazić – dodał szybko Tommy. – Ale pewnie pan rozumie, dlaczego pytam. Najbardziej gorliwy w gaszeniu jest piroman.

Przyglądał się wyrazowi twarzy Farberga. Na pozór był spokojny, w oczach wciąż miał ten sam smutek. Albo dobrze grał, albo nie był z tych, którzy dają się nabrać na świadome prowokacje.

Faiberg pokiwał głową.

– Zbrodniarz zawsze wraca na miejsce zbrodni, facet, który zgłasza zaginięcie żony i tak strasznie rozpacza, prawie zawsze jest winny.

U Farberga dalej brak reakcji. Jeszcze raz lekko skinął głową, wzrok wbijał w blat biurka.

– Pan ma swoją pracę, i ja to rozumiem – powiedział w końcu. – Pan wyciąga swoje własne wnioski i żyje w swoim własnym świecie. W moim świecie chętnie udziela się pomocy, kiedy ludzie, właściwie jeszcze dzieci... cierpią.

– A więc pan otworzył szkołę i pocieszał uczniów wyłącznie z dobroci serca?

Farberg walnął dłonią w stół. Ten nagły dźwięk spowodował, że Tommy się wzdrygnął, jakby na kolana wskoczył mu znienacka kot.

– Do kurwy nędzy, Bergmann! – Jon-Olav Farberg przyglądał się swojej dłoni, jakby to uderzenie w stół okazało się o wiele bardziej bolesne, niż sobie wyobrażał. – To tak teraz działacie? Wpadacie do ludzi i zachowujecie się jak ostatnie gnojki? Ja sobie tego nie życzę! – Ton głosu miał teraz spokojniejszy, ale widać było, że wciąż się w nim gotuje.

Tommy usiadł wygodniej. Ludzi, którzy zachowywali się jak sam Zbawiciel, był skłonny podejrzewać o najgorsze. Dużo bardziej wolał ludzi, którzy okazywali uczucia.

– Więc niech mi pan powie, dlaczego otworzył pan szkołę dla uczennicy, która nie była pana uczennicą? Skąd ta inicjatywa?

– Po prostu dlatego, że nie zrobił tego nikt inny. W tę niedzielę, kiedy ją znaleziono, zadzwoniłem do dyrektorki szkoły, bo musiałem z kimś porozmawiać. Prywatnie była moją dobrą znajomą, ale w pracy nigdy nie było na takie rzeczy czasu. Była kompletnie załamana, nie bardzo dało się z nią gadać. Zadzwoniłem do kuratora, ale akurat spędzał weekend w Kopenhadze… Wziąłem więc to wszystko na siebie.

– A jej wychowawca?

– To był oryginał. Straszny tchórz, a już zwłaszcza wtedy. Próbowałem go namówić, żeby przejął inicjatywę, ale nie chciał, twierdził, że to nie jest sprawa szkoły. W ogóle się wtedy nie pokazał, ani wieczorem, ani w nocy. Byłem tam ja i kilku innych nauczycieli, z tych młodszych. Młodych zawsze jest łatwiej zwerbować.

Tommy zanotował „wychowawca?".

– Jak się nazywał?

– Gunnar Austbø. Stary kawaler z Telemarku. Konserwatywny, pobożny, podejrzewałem go o nazistowskie ciągotki. Zawsze w garniturze. Oryginał, ale dobry nauczyciel, matematyczny geniusz i dobry pedagog, ale zero empatii. I jak ognia wystrzegający się konfliktów.

– Wie pan, gdzie on teraz jest? Na emeryturze?

Farberg przez chwilę się zastanawiał.

– Zdaje mi się, że jak odszedł na emeryturę, przeprowadził się do Hiszpanii. Ale nie jestem pewien. Jak pan chce, mogę popytać dawnych kolegów.

– Poproszę. Ale wróćmy do Raska. Gdzie to byliśmy?

– Podejrzenia – powiedział Farberg. – Pytał pan, czy miałem jakieś podejrzenia. Odpowiedź brzmi: nie. Kto ludzi podejrzewa o takie rzeczy? Był dziwakiem, ale nie sądziłem, że byłby zdolny do takich rzeczy.

– A co pan myśli o tym wznowieniu? Sądzi pan, że go uniewinnią?

– Nie wiem, co mam powiedzieć... Właściwie to nic nie sądzę.

„Nie" – pomyślał Tommy. „I nikt cię nie może o to obwiniać". Spojrzał na zegarek – zabił trochę czasu i zanotował jedno nazwisko: Gunnar Austbø. Cholernie dziwne zachowanie, kiedy mordują twoją uczennicę.

– Żałuję, że nie mogłem więcej pomóc, ale co mam powiedzieć? – Farberg włożył wizytówkę Tommy'ego do kieszeni marynarki i wstał, żeby odprowadzić go do drzwi.

Poszli razem do windy. Uścisk ręki Farberga był równie pewny i mocny jak przedtem.

Tommy spróbował przestać myśleć i skoncentrował się na widoku z przeszklonej windy. W światłach z okien morskiej firmy transportowej widać było fiord Lysaker.

Znów ciemno... Rzadko się zdarzało, żeby zima była dla niego tak przygnębiająca. Może to wiek, ale bardziej prawdopodobne, że to sprawa Kristiane.

Na parkingu zapalił papierosa i wyjął komórkę. Spróbował się zorientować, gdzie jest – sto metrów niżej hałasowała E18, po lewej stronie szła w górę Lilleakerveien.

Jak do kurwy nędzy dojść do stacji Lysaker i nie zostać przejechanym w tym nieustannie zaciemnionym mieście?

Zdążył zrobić zaledwie kilka kroków w stronę Lilleakerveien, kiedy usłyszał za sobą wołanie.

– Panie Bergmann! Tommy!

Stanął, ale się nie odwrócił. Tego młodzieńczego głosu nie dało się pomylić z żadnym innym.

Farberg stanął obok niego. Jego czoło wyglądało tak, jakby za chwilę miało się pokryć potem. Może zbiegł po schodach? Miał zmieniony wyraz twarzy: sprawiał wrażenie, jakby w biały dzień zobaczył ducha.

– Coś się stało? – spytał Tommy.

Farberg otarł czoło i skinął głową.

– Tak… albo i nie.

– Tak?

– Coś mi przyszło do głowy. Nagle, zaraz po tym, jak pan wyszedł. Rozpoczynacie na nowo śledztwo w sprawie Kristiane, prawda? Gdyby miało się okazać, że Anders jest niewinny?

Tommy nie odpowiedział.

– Bo inaczej pan by tu nie przyszedł.

Tommy zaciągnął się papierosem. Nie miał Farbergowi nic do powiedzenia.

– Tak czy owak… Nie wiem, czy to ważne, ale…

– Ale co?

– Anders wspomniał mi kiedyś o znajomym, z którym często rozmawiał.

Tommy zmarszczył brwi.

– I?

– Może nic w tym nie ma…

– Jak się nazywał ten znajomy?

– Yngvar.

– Skąd Rask go znał, tego Yngvara? Jak się nazywał?

– No właśnie… może to zupełnie nieważne. Nie wiem nic ponad to, że miał na imię Yngvar.

– Na pewno wie pan coś więcej – powiedział Tommy. – Inaczej by pan mnie tak nie gonił.

– Anders powiedział kiedyś, wiele lat temu, że z tym Yngvarem coś jest nie tak… Powiedział, że on potrafi wpaść we wściekłość i boi się, co mógłby wtedy zrobić…

Tommy musiał się zastanowić. Kiedy przyślą mu tę tonę papierów z Kripos, będzie jeszcze jedna rzecz do sprawdzenia. Pewnie nic z tego nie wyniknie. Z drugiej strony, w tak dużym śledztwie łatwo było przeoczyć jakiś ważny szczegół.

– Wydaje mi się, że Anders i ten Yngvar kiedyś razem pracowali.

– W szkole?

– Tak sądzę. Nigdy mi o tym nie opowiadał. Ale to pewnie nic ważnego. Tak mnie... coś tknęło, kiedy pan wyszedł.

– Mówił pan o tym kiedyś policji?

– Nie. Nikt w szkole o nic Andersa nie podejrzewał. Nawiasem mówiąc, nikt mnie nie przesłuchiwał. Ale jak teraz siebie słyszę... Pewnie nie miało to znaczenia.

– Może tak, może nie.

Co Tommy mógł mu powiedzieć?

Wyglądało na to, że Farberg zaczyna marznąć. Miał na sobie tylko garnitur i kiedy zapinał marynarkę, ręce mu się lekko trzęsły.

– Robi się zimno – powiedział.

„Zimno jest już od kilku tygodni" – pomyślał Tommy, odprowadzając go wzrokiem aż do samego budynku.

Dziesięć minut później na stację Lysaker wjechał pociąg ze Ski i uratował Tommy'ego od pewnej śmierci z wychłodzenia.

Znalazł wolne miejsce przy oknie, powycierane i poplamione. Plecy siedzenia pocięte były nożem, a czarnym pisakiem ktoś napisał: „Moja cipka czeka, złotko. Mia". I numer komórkowy.

Popatrzył na siebie w odbiciu w szybie.

„Gunnar Austbø" – pomyślał. „Wychowawca Kristiane".

15

– Jaki to Bóg stworzył taki świat? – pytała siebie Elisabeth Thorstensen. Był tak zły, tak podły i tak niezrozumiały, że samo jego istnienie było dowodem na to, że Boga nie ma. Dowiedziała się o tym w wieku dziewięciu lat, a uświadamianie sobie tego za każdym razem coraz więcej ją kosztowało. Po obiedzie zamknęła się w gabinecie i odmówiła wyjścia, mimo że Asgeir wielokrotnie ją o to prosił.

Starannym ruchem zmiotła na podłogę wszystkie gazety, które zgromadziła na biurku. Twarze Kristiane przemieszały się z twarzami Andersa Raska. Na jednym ze zdjęć stał w lesie w Vestfold z rękami opuszczonymi wzdłuż boków, jak niedorozwinięty chłopiec.

Jej ciałem wstrząsnął dreszcz i gdzieś w niej rozwarła się otchłań, jakby obudziła się ze strasznego snu. Kilka sekund później pojęła, że to nie sen, a rzeczywistość. Głosy za ścianą były hałaśliwe jak wrzask mew w letni dzień, te mewy wyraźnie wpychały dzioby między podłogę a dolny skraj drzwi, po chwili były w środku, na podłodze, tłukły w regały z książkami, we wszystkie te książki, które sobie kupiła, jakby mogły ją ocalić… To była ucieczka, one kiedyś były ucieczką, czyżby zapomniała?

Dzioby już ją dosięgły, chwyciła się więc za głowę, by ją ochronić. Tam miało być tak pięknie, nie tak, jak tutaj. Nigdy już nie miał jej dotknąć. Nigdy nie miał się kłaść obok niej. Co noc się w nią wpychał. Kiedy przestała używać tego słowa? „Tatuś" brzmiało jak coś bardzo odległego, coś z innej krainy. Wszystko miało być dobrze, byle tylko dziewczynki nie stały się kimś takim, jak była ona.

Wzdrygnęła się, bo ktoś zastukał do drzwi.

– Zrobiłem ci herbatę. – Głos Asgeira był łagodny, jak zawsze. Zawsze był taki dobry, aż za dobry. Na tyle rzeczy patrzył przez palce. Gdyby nie on, już by nie żyła.

– Postaw w kuchni, zaraz przyjdę.

Wyobrażała go sobie tam, za drzwiami. Najpierw zaproponował obiad, a ona odparła, że nie jest głodna. Potem kawę i deser. Jeszcze raz odmówiła. „Filiżankę herbaty" – powiedziała potem mechanicznie, cudzym głosem, jakby była sztywną starszą panią z brytyjskiego serialu z wyższych sfer.

Stał tam, pewnie zastanawiając się, czy powiedzieć: „wystygnie ci".

Wybrał milczenie.

Jego kroki oddaliły się w kierunku kuchni.

Elisabeth usiadła na podłodze między gazetami i zaczęła w nich grzebać, jakby gdzieś tam była Kristiane, a ona miała trafić swoją ręką na jej ciepłą dłoń.

Poczuła, że już nic nie oddziela jej od ostatecznego rozwiązania. Zrobi to tej nocy, musi to zrobić.

Wzięła list z prokuratury i podarła na drobne kawałki, potem rozsunęła firanki i spojrzała w ciemną szybę.

– Rozumiesz? – spytała.

– Rozumiesz?! – krzyknęła po chwili.

Dopiero teraz usłyszała dzwoniący w holu telefon.

Ciche kroki, stłumiony głos, w końcu stukanie.

Stała z twarzą przyciśniętą do szyby, za żywopłotem przeleciały światełka przejeżdżającego pociągu. Co ją powstrzymywało od uderzenia głową w tę szybę i wykrwawienia się na śmierć?

— To policjant — powiedział Asgeir. — Bergmann.

Elisabeth uśmiechnęła się lekko do swojego odbicia w szybie, podniosła rękę i pogłaskała się po policzku.

— Bergmann — powtórzyła cicho. — Powiedziałeś, że mnie uratujesz.

— Mówiłaś coś? — spytał Asgeir zza drzwi.

— Odejdź.

Czekał.

— Powiedziałeś, że mnie uratujesz. Pamiętasz to?

— Ale...

— Odejdź! — wrzasnęła tak głośno, że na pewno usłyszeli ją w wagonach przejeżdżającego pociągu.

16

Ostatnio rzadko się zdarzało, żeby Tommy Bergmann jechał dokądś tramwajem, więc poczuł się trochę jak turysta we własnym mieście. Przyglądał się młodej cudzoziemce siedzącej po lewej stronie naprzeciw niego. Miała biały hidżab ze srebrnym haftem i była umalowana jak zachodnie kobiety. Tak, jak widziana wcześniej tego dnia dziwka, pasażerka nasuwała mu wspomnienie Hadji, które próbował wyprzeć. Czasem przed treningami ręcznej wzbierała w nim dziecięca nadzieja. Nie widział jej od roku, ostatnim razem była na kilku meczach przed świętami.

„Nie możesz tak dalej żyć" – pomyślał przed przystankiem na Rosenhoff i nacisnął guzik. Jutro na treningu spyta jej córkę, Sarę, jak im się wiedzie. Teraz wydało mu się to takie proste.

Z Rosenhoff poszedł do ulubionej hinduskiej restauracji Franka Krokhola. Szedł ostrożnie, bo bardzo chciało mu się siku. Po tym, jak dojechał z Lysaker na Centralny, wypił dwa piwa w Expressen na ulicy Fred. Olsena. Nie po to, żeby odtrąbić capstrzyk dla policyjnych agentów, którzy niby przypadkiem zaglądali tam co półtorej godziny, ale żeby poobserwować pijaczków, dziwki, chłopaczków na posyłki pracujących dla alfonsów, starych ćpunów i cały wachlarz drobnych gangsterów z samego dołu kryminalnego łańcucha pokarmowego. Zazwyczaj tkwili tam, dopóki im się nie urwał film. Przyczepiła się do niego bułgarska dziwka, jak sądził – pod trzydziestkę, która z jakiegoś powodu nie wyczuła, że ma do czynienia z psem, a może było jej wszystko jedno. Do teraz czuł dotyk jej uda na swoim udzie i zapach jej ciężkich perfum. Spytała, czy jest samotny, a on przecież był. Jej ciemne oczy i kruczoczarne włosy przypomniały mu Hadję. Przez chwilę rozważał nawet poproszenie jej, by pojechała z nim taksówką na Lamberseter i została tam do rana. Były pewnie gorsze sposoby na utratę pracy niż taki właśnie.

Kiedy poszła do toalety, wyszedł z lokalu. Wcześniej jednak włożył do serwetki trzy dwustukoronowe banknoty, napisał na niej *You're too good for this* i oddał barmanowi, którego znał z dawnych czasów.

– Upewnij się, że dostanie je ona, a nie ktoś inny – powiedział mu.

Jak tylko wszedł do House of Punjab, dał stosowny sygnał kelnerowi. Duże piwo było takie samo na całej kuli ziemskiej, także w hinduskiej knajpie na Sinsen. Grupa Hindusów albo – co bardziej prawdopodobne – Pakistańczyków obróciła się ku otwartym drzwiom, ale szybko skierowała twarze z powrotem ku znajdującemu się na ścianie za barem wielkiemu telewizorowi z płaskim ekranem. Najwyraźniej policjant zainteresował ich równie mocno, jak jego mecz krykieta, który oglądali oni.

Krok, jakim ruszył do kibelka, rozśmieszył Krohola, który zachichotał.

– Szczerze ci powiem… Jestem naprawdę zaciekawiony – zaczął dziennikarz, kiedy Tommy do niego dołączył. Mówiąc to, stary marksista i pies na baby oderwał z paczki porcję tytoniu „Borkum Riff" i starannie nabił nim fajkę. Odruchowo zapalając papierosa, Tommy przyglądał się powolnym ruchom mężczyzny naprzeciw siebie. Zaletą hinduskiej restauracji było to, że jej właściciel podporządkowywał się wprowadzonemu latem zakazowi palenia wtedy, kiedy uznawał to za stosowne. Teraz, w samym środku ważnego turnieju krykietowego, nie uznawał. Zgromadzenie mężczyzn z klejnotu w brytyjskiej koronie unisono wyraziło swoją radość z czegoś, co zobaczyli w telewizji, i nic a nic nie obchodziło ich dwóch nachylonych do siebie nad stolikiem Norwegów. Krokhol był za cwany, żeby umawiać się z policjantami tam, gdzie ktoś mógłby go rozpoznać.

– A jak myślisz, o co mi chodzi? – spytał Tommy.

– O Kristiane Thorstensen – powiedział dziennikarz, spoglądając na skromne menu, które na pewno i tak znał już na pamięć. Pociągnął parę razy z fajki i utkwił wzrok w Tommym.

Tommy pokręcił głową i uśmiechnął się do siebie samego. Powędrował wzrokiem po sali i zatrzymał go na ekranie telewizora z ubranymi na biało postaciami na zielonej murawie.

– Opowiedz mi o Andersie Rasku – powiedział, nie patrząc na Krokhola. – Jesteś jedyną osobą, której kiedykolwiek udzielił wywiadu.

Dziennikarz sprawiał teraz wrażenie, że interesuje go wyłącznie jego własna fajka. Zapach koniaku i tytoniu przywiódł Tommy'emu na myśl ojca Erlenda Dybdahla, najlepszego przyjaciela z dzieciństwa.

– No, no... – powiedział Krokhol.

– Żadnych przecieków – zastrzegł się Tommy.

Reguła była prosta – podczas otwartego dochodzenia nie był to wielki problem, natomiast w obecnej sytuacji Tommy był *sitting duck*.

– Cisza radiowa? – upewnił się Krokhol.

– Dam ci, co będę mógł, ale nie teraz. I tak ostatnio dajesz nam nieźle w dupę.

Krokhol uśmiechnął się sam do siebie.

– Czyli co, na ciebie padło grzebanie w sprawie Kristiane?

Tommy skinął głową i pociągnął spory łyk piwa, doskonale nalanego z pianką, która nie pozwalała ulotnić się dwutlenkowi węgla.

– Jutro mam spotkanie na Toten.

– Czyli mam się streszczać. No więc Anders Rask... to prosty pedofil – zaczął Krokhol. – Maminsynek z upodobaniem do małych dziewczynek i takich, którym zaczynają rosnąć piersi... Poza tym szajbus z patologiczną potrzebą bycia ważnym. Jak wasi ludzie podczas przesłuchań zaczęli go brać poważnie, nabrał wiatru w żagle i zaczął wierzyć, że jest samym Szatanem... Dla prokuratora Schrødera ofiara idealna. Był wtedy niezły cyrk, a on był idealnym zabójcą. Trochę za bardzo do wszystkiego pasował, chociaż teoretycznie te dziewczęta mogły zostać zamordowane przez dziesięć tysięcy innych facetów. Prosta sprawa. Teraz siedzi w Ringvoll i dostaje stosy listów od stukniętych bab z całego kraju.

– No a rzeczy, które znaleźli u niego w domu?

– Tommy, on miał te dwie dziewczynki u siebie w szkole. Zabrał ze sobą to i owo, przecież miał hyzia na ich punkcie. A nie miał nic, co było tych prostytutek ani Fridy, po prostu dlatego, że ich nigdy nie spotkał. Nawiasem mówiąc, uważam, że te dziwki były dla niego za stare. To były prawie dwudziestolatki. No, jedna miała szesnaście, a to znaczy, że była prawie dorosła. Przynajmniej tak by było w dawnych czasach. A taśma naprawcza... Kto nie ma takiej w domu, no kto?

– Czemu tak się nim przejąłeś? – spytał Tommy.

– Po pierwsze dlatego, że moim zdaniem jest niewinny, bez względu na to, jakim jest bydlakiem i damskim bokserem. Po drugie dlatego, że prawdziwy morderca jest na wolności, o ile wciąż żyje.

Tommy milczał.

– A najgorsze – ciągnął Krokhol – najgorsze jest to, że ten, co zabił Kristiane, przypuszczalnie zabił też te inne. No i chyba Dainę, Tommy? Bo inaczej dlaczego tak nabraliście wody w usta? Kurwa, przecież widziałem dokumentację z tamtych oględzin setki razy, ale nie wolno mi było o tym pisać, sam wiesz... Dam sobie rękę uciąć, że z Dainą było to samo. Palec też jej odciął? Który? Pewnie tym razem wskazujący prawej ręki?

Milczenie Tommy'ego wiele mu powiedziało.

– Opowiedz mi o Dainie – szepnął Krokhol, szukając wzroku Tommy'ego.

Tommy potrząsnął przecząco głową.

– Jesteście w czarnej dupie, stary. I nie gadaj mi, że tak nie jest.

– Napiszesz o tym, z nami koniec – ostrzegł go Tommy.

– Myślisz, że jestem głupi? Przecież ja od lat to powtarzam! Rask ledwo, ledwo połączył jedno z drugim, żeby się trzymało kupy. Widziałeś to wideo z Vestfold, prawda? Stoi i pokazuje coś bez sensu, jak wioskowy głupek. A z palcami to po prostu się domyślił. Dobrze zgadł, i tyle.

– Tak ci się wydaje? – spytał Tommy w roztargnieniu. Ogarnęła go pewność, że jednak wyłączył w nocy telewizor. Aż potrząsnął głową.

– Wydaje mi się? Człowieku, ja daję za to głowę! Cały czas szukacie jednego człowieka i tym człowiekiem nie jest Rask. Za dużo jest podobieństw, żeby chodziło o więcej niż jednego zabójcę, poza tym to mały kraj, aż tylu takich świrów to tu nie ma. Jeśli żyje, to gdzieś tu krąży, Tommy. I jeśli go szybko nie znajdziesz, załatwi kolejną dziewczynkę. Teraz siedzi i czyta wszystko, co się pisze o Kristiane i Dainie, i w końcu będzie pod taką presją, że nie wytrzyma... i znów zabije.

„Paradoks polega na tym – dumał Tommy, patrząc na Krokhola, który z trudem wstał i ruszył w stronę ubikacji – że gdybyś ty tyle nie nabazgrał o Dainie i Kristiane, gdybyś nie wywalił ich zdjęć na całą gazetę, to może by znów nie zabił".

„A ja bym nie miał okazji się zrehabilitować".

– Myślisz, że Rask kontaktuje się z kimś z zewnątrz? – spytał, kiedy Krokhol powrócił z toalety.

Dziennikarz odchylił się na krześle, chwycił fajkę prawą ręką i zapałką zaczął wydłubywać z niej resztkę tytoniu.

– Co masz na myśli?

– Zapomnij o tym.

– Myślisz, że może było ich dwóch?

– Powiedziałem: zapomnij o tym!

Tommy pojechał do komendy. Na jego biurku leżał stos dokumentów, posegregowanych za pomocą samoprzylepnych żółtych karteczek.

Przez pół godziny przeglądał zawartość dokumentów. Domyślił się, że to jeszcze nie wszystko, ale nie przejął się tym. Może dobrze by było zabrać ją jutro ze sobą do Andersa Raska?

17

— Mamusiu! — usłyszała obok siebie. Zamrugała oczami. Mathea rzucała się obok niej, ale ten krzyk Susanne sobie wyobraziła. Koszmar senny, tak wcześnie? Mathea budziła się teraz co noc.

Przez chwilę nie wiedziała, w jakim czasie i miejscu się znajduje. Spojrzała na zegarek. Świecące wskazówki Tag Heuera, którego dostała od Nico rankiem po nocy poślubnej, pokazywały wpół do dziewiątej. Okno w dachu nad nimi pokryte było śniegiem. Czyżby znów zaczęło padać? A może przespały całą noc?

Włączyła lampkę, nie przejmując się, że może obudzić Matheę. Datownik w zegarku wciąż pokazywał tę samą datę. „Wkrótce święta" — pomyślała.

Zgasiła światło i leżała, myśląc o Nico. O jego twarzy, kiedy zobaczyła go po raz pierwszy. Myślenie o nim nie było niebezpieczne, bo tylko ona o nim wiedziała. Jak chciała, mogła sobie żałować.

I rzadko zdarzało jej się żałować tak bardzo, jak teraz.

Kiedy obróciła się do Mathei, by być najbliżej niej, jak tylko się da, pamięć znów podsunęła jej obraz Kristiane Thorstensen. Spojrzała na gęste, czarne rzęsy Mathei. Kiedy dorośnie, nie będzie jej specjalnie potrzebny tusz. Tym gorzej dla niej, bo mężczyźni będą na nią patrzeć, będą jej pożądać, będą ją maltretować. A na koniec będzie musiała zidentyfikować swoje dziecko w kostnicy, w sukience z białej krepy i z rękoma złożonymi na piersi.

Zasłoniła rękoma twarz.

Uratował ją dźwięk nokii.

Po raz pierwszy w życiu głos Tommy'ego Bergmanna podziałał na nią kojąco. Definitywnie było z nim coś nie tak, ale nie miała wątpliwości, że gdyby przyszło co do czego, będzie człowieka bronił. I gdyby kiedyś czegoś się bała, mogła do niego zadzwonić.

– Dobrze by było, gdybyśmy wymienili się informacjami – powiedział. – Nawiasem mówiąc, jutro jadę do psychiatryka w Toten.

Do psychiatryka, on? Miała ochotę się roześmiać. Szybko jednak spoważniała.

– Anders Rask? – spytała.

– Mam z nim jutro rozmawiać.

No tak, baba musi zostać w domu i zmywać naczynia, podczas gdy chłop wyrusza na miasto. Miała chęć spytać, dlaczego nie może pojechać z nim, ale zrezygnowała. Nie miała wyboru, musiała mu się podlizywać.

Przejrzała się w lustrze, poszła do salonu i położyła się na kanapie. Kosztowała tyle pieniędzy, że powinna ją sprzedać.

– Nie zdążyłam zrobić dziś wszystkiego – powiedziała.

– Widziałem.

– Skończę jutro.

Tommy milczał.

„Stara technika zdobywania przewagi" – pomyślała Susanne. „Ale diablo skuteczna".

– Bo robiłam dziś po południu coś innego.

Opowiedziała mu o tym, jak pojechała na Brobekk w poszukiwaniu dawnego świadka.

– Tak?

W jego głosie było zaskoczenie, a Susanne poczuła, że rośnie wysokość, z której ona runie.

– To pewnie nic takiego...

– Coś znalazłaś?

– Nie, tylko... Pamiętasz, było takich dwóch, którzy twierdzili, że widzieli Kristiane w dniu, kiedy zniknęła?

Znów nastała cisza.

„Co za kutas" – pomyślała.

– Tak – powiedział w końcu. – Pamiętam, jednym z nich był Bønna, znaczy Bjørn-Åge Flaten. Wiozłem go na dołek setki razy.

Owinęła sobie włosy wokół palca i puściła.

– To co z nim? – spytał.

Już wiedziała. To było w notatce, między wierszami – niewiarygodny świadek, chodziło mu tylko o pieniądze. Dlatego nie wzięli tych zeznań pod uwagę.

Nic nie powiedziała, bo nie miała nic do powiedzenia.

– Susanne, to naciągacz. Pamiętam go z tamtych czasów.

„Kiedy ty i Bent jeździliście radiowozem" – pomyślała. Rzygać jej się chciało od tych opowieści. Die alte Kameraden. Banda nazistów i tyle. Spuszczali łomot drobnym dilerom bez papierów i imigrantom, którzy coś przeskrobali, a w raporcie pisali, że „stawiali opór przy aresztowaniu". Zawsze kryli jeden drugiemu dupę.

– Chciałam z nim tylko pogadać. Twierdził, że widział Kristiane na Skøyen. Dlaczego miałby to robić?

– Ćpuny takie jak on to patologiczni łgarze. Chciał coś dla siebie ugrać, rozumiesz? Jak mu nie uwierzyliśmy, poszedł do „Dagbladet" i zażądał kasy. Dostał pewnie z tysiąc, więcej nie. A tydzień później wszystko wycofał i w gazecie nieźle się wtedy zakotłowało. To było, zanim nastałaś, Susanne.

– Mamo! – usłyszała z otwartych dni sypialni.

– Więc ja jadę jutro do Raska. I z radości nie skaczę.

„Chłopy" – pomyślała Susanne. „Cholerne chłopy".

– A dlaczego ten Flaten miałby kłamać, że widział Kristiane?

– Mamo, posikałam się... – W drzwiach salonu stanęła Mathea.

Zapomniała wysłać ją do ubikacji, chociaż mała do kolacji wypiła kilka szklanek mleka. Chyba nie zaczęła znów się moczyć? Nie zaczęła, nie.

– Zaraz – szepnęła do Mathei. – Teraz nie mogę.

Przekonanie, które matka próbowała jej zaszczepić, znów dało o sobie znać. Jest złą matką i tyle. Gównianą matką. Nie taką dobrą, kochającą matką, którą na pewno zostałaby jej siostra Line, gdyby tylko zapięła pas i nie dała się zabić swojemu chłopakowi w wypadku dwadzieścia lat temu.

– Linia numer dziewięć – powiedział Tommy. – Mówi ci to coś?

– Jestem z Asker – odpowiedziała Susanne.

– Dziewiątka jechała z Ljabru do Jar i stawała na Sæter, na Skøyen też. Tuż przy Amalienborg, gdzie mieszkał wtedy kumpel Bønny. Gdybyś jechała z Nordstrandhallen i chciała dojechać do Skøyen, nie pojechałabyś dziewiątką? Nie sądzę, żeby któryś z tych cwaniaczków ją widział, Susanne.

– Widziano ją na stacji Nordstrand, pojechała pociągiem.

– No dobrze, to może pojechała pociągiem – powiedział Tommy. – Ale to nas nigdzie nie zaprowadzi. Dziadek, który widział ją na Centralnym, nie żyje. Nie rozumiem, dlaczego nie miałaby pojechać do miasta tramwajem, i sądzę, że pojechała. Mogła siedzieć z kapturem na głowie albo zasłonić twarz czapką.

– Nikt wtedy nie nosił czapki. Rówieśnicy by ją wyśmiali.

– Susanne – zaczął Tommy – ty...

– Nie rozumiesz, że to cholernie istotne? Nie rozumiesz?

– Było tak, jakby słuchała własnego głosu z zewnątrz. Przeszedł w falset, jak zawsze wtedy, kiedy tego samego dnia kłóciła się z Nicolayem po raz trzeci.

Po drugiej stronie milczenie.

– Przepraszam... Trochę za dużo mi się zebrało. – Dlaczego się tłumaczyła? Jakie to dla niej typowe! Wychowano ją, by za wszystko przepraszała, zwłaszcza mężczyzn. Jakby chciała powiedzieć: „Jestem właściwie tylko głupią, małą dziewczynką, przepraszam, że jestem taka głupia i nie potrafię się opanować". – Tommy, może ona nie chciała, żeby ją widziano, i dlatego zeszła aż do pociągu, bo na pewno było tam mniej ludzi. Może Kristiane planowała coś, co chciała zachować w tajemnicy przed innymi dziewczynami, przyszło ci to do głowy? Wyszła z szatni pierwsza, odmówiła, jak ją chciano podwieźć w stronę Godlia. Może nie chciała też wystawać na Sæter i czekać na ten tramwaj. Nie, poszła ciemną Nordstrandveien i zeszła w dół aż do pociągu. Bo wiedziała, że pociąg stamtąd jedzie na Skøyen.

Tommy milczał przez chwilę.

– Dobra, dam ci szansę – powiedział.

– Dzięki.

„Może to ja powinnam być twoim szefem" – pomyślała Susanne. „Niech no tylko napiszę tę pracę magisterską".

Tommy rozłączył się, a Susanne stała jeszcze przez chwilę z komórką przy uchu.

– Zimno mi – usłyszała za plecami głos Mathei. – Mamusiu?

Dziecko... Znów zapomniała o dziecku?

„Mnie też jest zimno" – pomyślała Susanne. Dłoń, w której trzymała komórkę, lekko drżała.

Może dlatego, że trochę bała się Tommy'ego? A może dlatego, że pomyślała o Line, czego bardzo, bardzo się wystrzegała?

„A może dlatego, że jestem okropną matką? Moja matka ma rację".

Mathea trzęsła się i cuchnęła siuśkami.

„Miałam wszystko. I zmarnowałam to". Wykąpała Matheę, obróciła materac, zmieniła pościel i położyła córkę spać. Potem nastawiła piosenkę The Motels, tę, której nie śmiała słuchać, bo nastawiała ją głośno Line, kiedy przeżywała miłosne kłopoty. Puściła ją głośno, mimo że mogła obudzić Matheę. Bo nic w życiu nigdy do ciebie nie wraca.

It's like I told you
Only the lonely can play

Złożyła dłonie i pomodliła się, żeby Bjørn-Åge Flaten ją uratował.

18

To było stukanie, nie miał co do tego wątpliwości. Próbował je ignorować, ale już dłużej się nie dało. Słyszał stłumione nucenie żony z łazienki na parterze, gdzie sam siedział. Szum prysznica, chlupot w wannie. Nucenie.

I to stukanie.

Gdzieś z dołu. Stuk, stuk, stuk.

I cisza.

Albo to były rury w ogrzewaniu, albo ktoś był w piwnicy. Ktoś, kto rytmicznie uderzał w rurę, by go tam zwabić.

Arne Furuberget opuścił gazetę i skierował wzrok na szparę w drzwiach prowadzących na korytarz. W salonie było ciemno, oświetlała go tylko lampa do czytania stojąca przy starym fotelu projektu Børge Mogensena, w którym siedział.

Kiedy stukanie z piwnicy rozległo się ponownie, mocno chwycił poręcz fotela.

Liczył: raz, dwa, trzy. Za każdym razem dokładnie ten sam rytm.

Już miał zawołać: „Gunn, sprawdziłaś, czy drzwi do piwnicy są zamknięte?", ale wiedział, że to by ją przestraszyło. Jego też by przestraszyło, gdyby nagle zaczął krzyczeć. Poza tym żona leżała w wannie.

Był jak sparaliżowany, niezdolny do żadnego ruchu, jakby uwięziony między wielkim, ciemnym oknem salonu wychodzącym na ogród i tym czymś nieznanym, co znajdowało się w piwnicy.

Przez jakiś czas siedział nieruchomo z gazetą na kolanach, patrząc na swoją twarz odbijającą się w szybie. Na zewnątrz panowała całkowita ciemność, ale niczego innego nie mógł się spodziewać. Za ogrodem ciągnęło się pole, a za polem był las, nic tylko las.

Zamknął oczy, bo stukanie rozległo się znów. Wstał w końcu z fotela i zaciągnął pikowane zasłony. Ostrożnym krokiem wyszedł na korytarz. Tam stanął, spojrzał w lewo, w stronę łazienki. Żona dalej nuciła tę melodię, była w niej melancholia, słyszał ją wiele razy, ale nie mógł sobie przypomnieć, jaki jest jej tytuł. Melodia go uspokoiła, ale tylko do momentu, w którym znów rozległo się stukanie.

Najszybciej jak mógł poszedł do przedsionka i sprawdził drzwi wejściowe.

Były zamknięte.

Odetchnął z ulgą.

Kogo próbował oszukać?

Przecież bał się o drzwi do piwnicy w szczytowej ścianie domu, te, które wychodziły na ogród.

Z ociąganiem obrócił się i wszedł z powrotem na korytarz.

Stanął przed drzwiami do piwnicy. Tam, na dole, było zupełnie ciemno. Przez moment Furuberget poczuł dziecięcy strach, taki sam jak wtedy, gdy brat zamknął go w spichlerzu i dookoła była tylko ciemność.

Prychnął i najbardziej zdecydowanym krokiem, jak tylko potrafił, ruszył w dół po betonowych stopniach.

W połowie drogi musiał się mocno przytrzymać poręczy.

Rury systemu ogrzewania były przymocowane do sufitu.

Odgłos stukania miał swoje źródło gdzieś tu blisko.

Teraz już nic nie widział. Sześć stopni niżej była ciemna czeluść piwnicy. Naprzeciw – dawna łazienka, której używały dzieci, kiedy mieszkały w domu. Zazwyczaj świeciło się tam światło, ale teraz było zgaszone.

Pokonał ostatnie stopnie, na dole omal nie upadając na podłogę. Oddech miał ciężki, jakby spędził kilka godzin, piłując coś w warsztaciku, który miał teraz po prawej stronie.

Nie chciał się do tego przed sobą przyznać, ale ta piwnica budziła w nim strach od dnia, kiedy oprowadzano go po tym domu po raz pierwszy prawie trzydzieści lat wcześniej. Była ciasna i przypominała labirynt. Na samym końcu, zaraz za rzadko używanym pokojem telewizyjnym, znajdowała się kotłownia z kotłem olejowym, na którym się zupełnie nie znał. Wyjść z niej można było tylko przez pokój telewizyjny, przez labirynt korytarza, obok pralni z drzwiami na ogród i w górę po schodach na parter.

Na ścianie wymacał kontakt. Neonówka zapaliła się, mrugając.

Wydało mu się, że w pralni coś mu mignęło. Twarz?

Nie.

– Wcale się ciebie nie boję – powiedział głośno i ruszył w stronę pralni.

Była pusta i szara. Nietynkowane ściany i wilgotne powietrze przypominały więzienną celę. Albo izolatkę. Byłby bezpieczniejszy, gdyby znów wsadził Raska do izolatki, ale to się nie uda. Nie chciał stracić tej pracy, mimo że emerytura tak czy owak była blisko.

Na końcu pralni były stare drzwi bez patentowego zamka. Bo komu był na wsi potrzebny?

Położył rękę na klamce.

Już miał ją nacisnąć, kiedy znów rozległo się to stukanie, tym razem nieco cichsze. Gdzieś za nim, w korytarzu.

Stuk, stuk, stuk.

Wiedział już, skąd dobiega – z tej cholernej ciemnej kotłowni.

Jego ramiona pokryły się gęsią skórką jak u świeżo oskubanego kurczaka.

Tam w środku ktoś był.

– Kurwa mać! – powiedział i szarpnął za klamkę. Drzwi na ogród były zamknięte.

Ale czy na pewno? Wiedział, że te drzwi ciężko chodzą. Chwycił mocniej za klamkę i szarpnął z całych sił. Drzwi nadal były zamknięte. Ale osoba, która stukała w rury, jakoś tu weszła! Drzwi do ogrodu pewnie wcześniej były otwarte, wtedy, gdy był w pracy. I ten ktoś zamknął je od środka.

Wyjął z kieszeni komórkę i wybrał numer Ringvoll.

– Tak? – odezwała się dyżurna pielęgniarka.

– Wybrałem zły numer – powiedział.

Odniósł wrażenie, że mu nie uwierzyła, a myślał, że ma opanowany głos.

„No" – pomyślał, kiedy stukanie rozległo się na nowo, „Teraz cię dopadnę". Szybkim krokiem przeszedł przez pralnię, nie zamykając za sobą drzwi. Kiedy zapalił światło w pokoju telewizyjnym, przez moment był ślepy. Złapał za wiszący obok kominka pogrzebacz i podbiegł do stalowych drzwi na końcu pomieszczenia.

Z tyłu kroki. Odwrócił się powoli.

– Co tu robisz? – spytała żona. Była w kapciach i niedbale zawiązanym starym szlafroku.

W rurach znów zastukało.

Furuberget pokazał ruchem głowy stalowe drzwi.

– To tylko ten kocioł, Arne. Jutro zadzwonię po fachowców – powiedziała.

Skinął głową.

Zrobiła kilka kroków w jego stronę, a on instynktownie się cofnął, jakby nie był pewien, czy ona jest tą osobą, za którą się podaje.

– Co się stało?

Już miał powiedzieć coś uspokajającego, kiedy na górze rozległ się dzwonek telefonu. Z wrażenia upuścił pogrzebacz na podłogę.

Nagle zdało mu się, że wie, kto to jest.

– Edle Maria żyje – powiedział. – Ona żyje.

Żona potrząsnęła głową.

Telefon przestał dzwonić.

Skrzywił się. Chciał jej powiedzieć: „Aż do samych świąt nikomu, ale to nikomu nie otwieraj drzwi", ale z jego ust nie wydobyły się żadne słowa.

19

Tommy Bergmann pogodził się z tym, że nigdy do końca nie zrozumie Susanne Bech. Nie był też pewien, czy chciałby ją zostawić w sekcji, czy nie – oczywiście, gdyby to tylko od niego zależało.

– A to drań – powiedział głośno, kiedy serwer rejestru ludności wyrzucił wynik szukania pod Gunnar Austbø. W roku 1998 zarejestrowano go jako przeprowadzającego się do Hiszpanii. „I na tym koniec" – pomyślał Tommy. Bo Austbø naturalnie nie miał żadnej rodziny. Dziwaczny stary kawaler, który nie chciał się zająć przyjaciółmi Kristiane tamtego niedzielnego wieczoru w adwencie roku 1988...

Zastanawiał się, czy nie zadzwonić do Jon-Olava Farberga i poprosić o kontakt z jego dawnymi kolegami, którzy może by wiedzieli, gdzie w Hiszpanii go szukać, ale dał sobie z tym spokój. Zamiast tego zrobił szybko notatkę ze swojej rozmowy z Farbergiem i wysłał do Susanne z poleceniem, żeby dołączyła ją do akt sprawy, o ile, oczywiście, będzie z tego jakaś sprawa.

– Przegląd sytuacji – powiedział sobie. – Potrzebny mi jest ogólny przegląd sytuacji.

Gdzieś musiał zacząć, a takie podsumowanie leżało na wierzchu w ostatniej teczce z całego stosu, który dostarczyła mu Susanne.

Wczytywał się w papiery godzinę czy dwie, a potem zrobił sobie kopię ekspertyzy biegłych psychiatrów sądowych z procesu Raska. Włożył ją do koperty, którą dołączył do wychodzącej poczty z notatką, że ma być natychmiast dostarczona do Rune Flatangera z grupy profilerów Kripos. W kopercie była też prośba do Flatangera o jak najszybsze zapoznanie się z zawartością i o spotkanie następnego dnia. Tommy miał ambiwalentny stosunek do psychologa, bo czuł, że ten czyta w nim jak w otwartej księdze. Szczerze mówiąc, nigdy go specjalnie nie lubił. Właściwie nie lubił żadnego psychologa, ale Flatanger był najlepszy z tych, z którymi współpracował, a Tommy teraz potrzebował każdej pary rąk.

Udał się piechotą aż na stację Tøyen, tylko po to, by uniknąć widoku kobiety na plakacie Star Tour na Grønland.

Kiedy wrócił do domu, zatrzymał się nagle w połowie schodów.

„Hałas" – skonstatował. „Z dołu". Niekiedy słyszał wszystko aż za dobrze. „Skrobanie?" Zszedł z powrotem do skrzynek pocztowych, a potem wolno do piwnicy. Przez dłuższą chwilę stał przed drzwiami na korytarz z boksami. Tuż nad nim nagle otworzyły się drzwi wejściowe i usłyszał ostrożne kroki. Schował się szybko pod schodami. Początkowo nie wiedział, czy ten ktoś ruszał na górę, czy w dół do piwnicy, ale uznał, że na górę.

Kiedy kroki przybysza ucichły, wyjął klucze i otworzył drzwi do piwnicy. Przez chwilę stał na progu, a potem ostrożnie wszedł do wielkiego, ciemnego korytarza, w którym panował zaduch dawno nie wietrzonego pomieszczenia i wilgoci. Drzwi za nim zamknęły się z trzaskiem. Przesunął dłonią po ścianie i znalazł kontakt. Czekał.

Ktoś czy coś oddychało w ciemności. W słabym świetle latarni, wpadającym z ulicy przez wąskie piwniczne okienka, gdzieś przy samej podłodze zobaczył parę oczu.

Nacisnął włącznik i wzdrygnął się, kiedy czarno-biały kot zamiauczał i wcisnął się w kąt przy najdalszym boksie. Poczuł ulgę, bo podświadomie spodziewał się czegoś innego. Po chwili pomyślał: „Czy nie zaczyna mi odbijać?". Ruszył w stronę kota, ale ten rzucił się w przeciwnym kierunku.

– Chodź tu – powiedział głosem, który, jak sobie wyobrażał, brzmiał zachęcająco, po czym kucnął i wyciągnął do kota rękę. – No chodź. Nie możesz tu siedzieć całą noc!

Przez moment musiał stracić czujność, bo nagle, bez ostrzeżenia, ktoś szarpnięciem otworzył za nim drzwi.

Zrywając się na nogi, stracił równowagę i uderzył kolanem o betonową podłogę. Wyprostował się szybko.

Ten ktoś, kto otworzył drzwi, jeszcze nie wszedł do piwnicy.

Oddech Tommy'ego żył teraz własnym życiem, to szybkie sapanie przez nos najwyraźniej należało do kogoś innego. Przez głowę przemknęła mu jedna myśl: „Wczoraj przed zaśnięciem na pewno wyłączyłem telewizor".

Rozejrzał się dookoła: pod oknem stała szufla do śniegu i leżała saperka. Kilka kroków i może ją chwycić.

W drzwiach ukazała się ręka.

– Ach, to pan?

Uspokojenie się zabrało Tommy'emu kilka sekund. Odetchnął głęboko.

„Boże" – pomyślał. „Tak nie może dalej być".

Do piwnicy zeszła starsza pani z trzeciego piętra, jak jej było? Ingebrigtsen?

– Zaczynam trochę gonić w piętkę... – powiedziała, kręcąc głową.

Kot podbiegł do niej i zaczął ocierać się o jej nogi. Kobieta była przygnębiona: zdrowe nogi i słabnąca głowa – miała zapewne świadomość, że będzie tylko gorzej.

– Sprawiła pani sobie kota? Ładny.

– O tak – odparła. – Po śmierci Trygvego nie bardzo mam z kim rozmawiać...

Tommy pamiętał noc, kiedy do niego przyjechali. Obudził go trzask zamykanych drzwi samochodów, więc wyszedł na korytarz. Załoga karetki pozdrowiła go, bo znali się z dawnych czasów. Ich spokojny krok powiedział mu, że w jego klatce ktoś zmarł, i najbardziej prawdopodobne było, że chodzi o którąś ze staruszków na trzecim.

Pani Ingebrigtsen westchnęła.

– Że też mogłam o nim zapomnieć... – powiedziała raczej do siebie niż do Tommy'ego.

Już miał ją uspokoić, że każdemu mogłoby się to zdarzyć, ale ugryzł się w język.

– Usłyszałem go, więc...

– Bezpiecznie mieć w bloku policjanta – powiedziała i uśmiechnęła się blado. – Przynajmniej ja tak uważam.

– To miło, że pani tak myśli.

– Ale szkoda, że w tym przypadku nie pomogło.

Spojrzał na nią uważnie.

– O czym pani mówi?

Skinęła w stronę czegoś, co miał za plecami.

Obrócił się, a ona go wyminęła, niosąc kota w objęciach.

– To pana boks, prawda?

Poszedł za nią z ociąganiem.

Kłódka była odcięta. Zamknął oczy.

– Jak mieliśmy tu tylko koks, było łatwiej – powiedziała cicho. – No i ludzie rozumieli różnicę między moje i twoje...

Kiedy dotarł do swojego mieszkania, powiedział sobie, że to tylko zbieg okoliczności. Ktoś tam grzebał w jego rzeczach, choć nie bardzo było w czym: stały tam głównie kartony po bananach ze starymi ubraniami, podręcznikami szkolnymi, które z niejasnych powodów sobie zostawił, i z notatkami ze Szkoły Policyjnej.

Zbieg okoliczności, nic innego. Jeden z synów samotnej matki z drugiego był ćpunem, to pewnie on albo któryś z jego kumpli dostał klucz i się włamał. Byli na tyle nierozgarnięci, że użyli łomu we własnym bloku, ba, na tyle durni, że włamali się do boksu kogoś, kto – jak musieli wiedzieć – jest policjantem, bo jego boks był jedynym nigdy dotąd nie splądrowanym.

Jak następnym razem spotka chłopaka, weźmie go na krótką rozmowę.

Mimo to, choć przekonał siebie samego, że to zbieg okoliczności, przed położeniem się spać przeszedł się po mieszkaniu i zajrzał do wszystkich szaf i szuflad, sprawdził regał z książkami, przejrzał zdjęcia, na koniec zerknął do lodówki. Drzwi do niej otworzył ostrożnie, jakby spodziewał się znaleźć tam coś obrzydliwego. „Chyba zwariowałem" – pomyślał na widok przeterminowanej wędliny i kartonów z mlekiem, które powinien już dawno wyrzucić.

Ale dziwne uczucie go nie opuszczało – coś było nie tak.

Coś w mieszkaniu się zmieniło, ale co?

Po godzinie leżenia z otwartymi oczami wstał i zaczął gmerać w szafce w łazience. W końcu znalazł fiolkę vivalu, o której musiała zapomnieć Hege. Nie sprawdzając daty ważności, wziął tabletkę i popił wodą z kranu. Miał nadzieję, że alkohol już zniknął z organizmu, bo w połączeniu z benzodiazepinami dawał mało pociągającą mieszankę.

Może obudzi się wystarczająco wcześnie, żeby zdążyć jutro do Toten. A może nie.

Nie był pewien, czy w tym stanie potrzebował spotkania z Andersem Raskiem.

20

Ringvoll leżało kawałek za Skreią. Zaorane, czarne pola, teraz przysypane śniegiem, łagodnie schodziły do jeziora, w którym odbijało się niebo. Miejsce wyglądałoby dość idyllicznie, gdyby nie otaczające je druty rodem z obozu koncentracyjnego. Brama do zakładu też była jak w Treblince. Tommy zadzwonił i podniósł kołnierz kurtki. Czuł, że tabletka vivalu z poprzedniego wieczoru pomału znika z jego krwiobiegu. Przytępione, zniekształcone postrzeganie rzeczywistości, charakterystyczne dla benzodiazepin zawsze przyprawiało go o depresję, ale wiedział, że to jeszcze tylko kilka godzin. Świadomość tego poprawiła mu chwilowo nastrój, mimo że niedługo miał stanąć twarzą w twarz z Andersem Raskiem.

Na chwilę zatrzymał się na żwirowanej ścieżce wiodącej do głównego budynku zakładu. Obok siebie miał maszt na flagę z luźno tłukącą się o niego linką. „Super miejsce na wywieszanie flagi" – pomyślał.

Obok długiego, żółtego budynku głównego znajdowały się dwa niższe, nowszej konstrukcji, połączone z głównym budynkiem przeszklonymi tunelami.

„Ucieczka stąd nie byłaby całkiem niemożliwa" – pomyślał, stając na szerokich, granitowych stopniach i naciskając na kolejny dzwonek.

W oczekiwaniu na ódzew odwrócił się i rozejrzał dookoła. Płot był z mocnej siatki, ale nie wyglądał odstraszająco. Gdyby człowiek miał nożyce do cięcia drutu i czekający na zewnątrz samochód, było to do zrobienia. Może jednak był powód, dla którego ci, których tu zamknięto, nie wymagali większych środków ostrożności? No tak, opracowanie planu ucieczki wymagałoby trzeźwego myślenia, a z tym akurat było u nich krucho. Poza tym, kto miałby im dać nożyce do cięcia drutu? Na portierni pokazał legitymację. Człowiek z agencji ochroniarskiej Securitas siedział bezpiecznie schowany za grubą szybą z pleksiglasu. Tommy otrzymał od niego nalepkę z literą B. Czekając, aż ktoś po niego przyjdzie, powtórzył sobie w pamięci niektóre z pytań, które chciał zadać Raskowi, ale wciąż nie bardzo wiedział, jak do niego podejść. Może nie bardzo wiedział, po co tu w ogóle jest? Ale coś zrobić musiał, bo za sześć dni prokurator Finneland spodziewał się konkretów.

Zjawił się pielęgniarz – krępy młody człowiek o łagodnym, ale stanowczym spojrzeniu i ze zdecydowanym uściskiem dłoni. „Solidny" – pomyślał Tommy. Ale pytanie, które zadał pielęgniarz, zepsuło to wrażenie:

– To pan przyjechał, żeby rozmawiać z Andersem?

„Z Andersem" – pomyślał Tommy. Brzmiało to bardzo kumplowsko, jakby Anders Rask był taki sam, jak wszyscy. Tommy bardzo się starał nie myśleć o tym, że to on zabił te sześć dziewcząt. Próbował popatrzeć na to z innej strony, jak Frank Krokhol – że może to skurwysyn, ale nie zabójca.

Zaprowadzono go do gabinetu obok dyżurki, z pięknym widokiem na największe jezioro w kraju. Tommy zdążył jeszcze przeczytać tabliczkę: „Ordynator Arne Furuberget".

Mężczyzna, który go przywitał, wykonał ruch ręką do pielęgniarza, nakazujący mu natychmiast się oddalić. Tommy zdziwił się, kiedy zrozumiał, że człowiek przed nim to sam Furuberget. Rozmawiając z nim przez telefon poprzedniego dnia, wyobraził sobie, że ordynator jest dużo młodszy, może w jego wieku, ale okazał się dziadkiem. Wystrój wnętrza gabinetu sugerował, że Furuberget łatwo wpisałby się w jakieś inne czasy: stare biurko ze szlachetnego drewna i duże, naturalistyczne obrazy na ścianach bardziej pasowałyby do końca XIX wieku. Na blacie biurka miał nawet stary kałamarz, dwie obsadki ze stalówkami i staroświecką papeterię na podkładce z ciemnej skóry. To wiktoriańskie wrażenie zakłócał tylko cienki komputerowy monitor.

Furuberget wykonał zapraszający gest w stronę skórzanego kompletu wypoczynkowego. Sam nie usiadł, a Tommy uznał, że to z jego strony świadome działanie.

Ordynator stanął teraz na tle okna, a światło słoneczne sprawiało, że widać było tylko jego sylwetkę.

— Sądzę, że on zostanie uwolniony od zarzutu zabójstwa Kristiane Thorstensen. A to oznacza, że morderca jest na wolności. Oczywiście, o ile Rask nie zostanie uniewinniony w wyniku błędu. Jeśli zaś ewentualnie uwolnią go od zarzutu pozostałych morderstw, będziecie mieli... bardzo nieprzyjemną sprawę.

— Rozumiem, że rozmawiał pan z Rune Flatangerem o zabójstwie Dainy?

Furuberget skinął głową i zrobił poważną minę.

— No to pewnie pan rozumie, dlaczego tu przyjechałem.

— Na temat kwestii jego winy nie chcę się wypowiadać, zanim nie zapadnie nowy wyrok. Praca policji to zupełnie nie moja dziedzina. — Furuberget przeniósł spojrzenie na swoje ręce.

— Jak często ma odwiedziny? — spytał Tommy.

— Prawie nigdy. Z rodziną nie chce mieć nic wspólnego, a i rodzina nie chce mieć z nim do czynienia.

– Ale jakieś odwiedziny były?

– Przez pierwszy rok.

– Czyje?

– Nie pamiętam.

– Jeśli od tego czasu nikt go nie odwiedził, to pewnie pan pamięta, kto to był?

– Panie Bergmann, na oddziale dla niebezpiecznych mam trzydziestu pacjentów, a na otwartym jeszcze pięćdziesięciu. To fabryka. Przykro mi, nie mogę zapamiętywać takich rzeczy.

– Listy odwiedzających?

Furuberget pokręcił głową.

– Nie przechowujemy.

– Ale w karcie pacjenta musi być zanotowane, kto go odwiedzał?

Ordynator odetchnął głęboko.

– Zobaczę, co się da zrobić.

Nastąpiła chwila ciszy. Furuberget podszedł do biurka, wziął do ręki ściereczkę i zaczął przecierać okulary.

– A co... – zaczął Tommy, ale ordynator mu przerwał.

– To dobrze, że pan przyjechał sam, tak jak prosiłem. Pod presją Rask staje się niezrównoważony. Większość ludzi z psychozą tak ma.

– Więc nadal jest psychotyczny?

Furuberget milczał.

– Więc jak, jest tak samo chory, jak był, kiedy zapadł wyrok?

Ordynator dokładnie oglądał swoje okulary. Po chwili, najwyraźniej zadowolony z rezultatu, nałożył je z powrotem na nos.

– Mniej więcej tak samo chory albo tak samo zdrowy – zależy, jak na to spojrzeć. Niekiedy wydaje się całkowicie racjonalny i zdrowszy od pana czy ode mnie. Między nami mówiąc: problem polega na tym, że on może... grać. Przez dłuższe okresy potrafi stłumić w sobie to, co możemy nazwać jego drugim ja, i wtedy funkcjonuje dobrze, także w relacjach z innymi. W końcu jest bardzo inteligentny. Ale muszę, niestety, powiedzieć, że pod powierzchnią... może kryć się sam diabeł. Nauka, która próbuje opisać ludzki umysł, nigdy nie będzie precyzyjna, panie Bergmann, za dużo tu mylących ścieżek. W jego przypadku to coś, co przypomina labirynt w Knossos. Jak znaleźć z niego wyjście?

Tommy zmarszczył brwi.

– Jeśli człowiek raz wpadł w ten typ obłędu – ciągnął Furuberget – nie sposób z niego wyjść.

– Więc on nie zostanie stąd wypuszczony, nawet jeśli zostanie uwolniony od wszystkich zarzutów?

Ordynator popatrzył na Bergmanna poważnym wzrokiem, ale po chwili jego wargi wykrzywił lekki uśmiech.

– Nie zostanie tak długo, jak długo to będzie zależeć ode mnie. Ale moja władza jest ograniczona. Jeśli zostanie uniewinniony, trzymanie go dalej tu, na oddziale, będzie bardzo trudne, a może nawet niemożliwe. Poza tym wkrótce odchodzę na emeryturę, a inni... mogą go potraktować inaczej.

Do gabinetu znów wszedł krępy pielęgniarz.

– Gotowi? – spytał Furuberget.

Pielęgniarz przytaknął, a Tommy wstał.

– Pan z nami nie idzie?

Ordynator potrząsnął głową z lekko zrezygnowanym wyrazem twarzy.

– Boję się, że to mogłoby go tylko sprowokować. Nie jestem tu jego ulubieńcem, że tak się wyrażę. Do pana natomiast odniesie się z respektem.

– Ach tak?

– Dawno go nie widziałem tak zadowolonego i podnieconego jak wczoraj. Może postrzega to jako jakąś szansę dla siebie, kto wie?

Tommy zatrzymał się w drzwiach.

— A jeśli to jednak zrobił? Pan powiedział, że potrafi sprawiać wrażenie zdrowego…

— Jeśli w sądzie weźmie się za każdym razem mocno w garść, a materiał dowodowy będzie równie wątły jak wtedy, uwolnią go od wszystkich zarzutów. I skoro pan pyta: a co, jeśli jednak to zrobił? Odpowiadam: jeśli wyjdzie, znów zabije. Naturalnie. To tylko kwestia czasu.

Ten gość brzmiał, jakby był bardziej zrezygnowany, niż naprawdę był.

— Ale głowa do góry — odezwał się znów Furuberget. — Rask zostanie w tych murach do samej śmierci.

„Miejmy nadzieję" — pomyślał Tommy.

— A jak pan sądzi: zrobił to?

— Na szczęście nie do mnie należy wyjaśnienie tej kwestii.

Tommy uścisnął podaną mu rękę.

— Powinien pan teraz być w mojej skórze — powiedział.

Furuberget zaniósł się cichym, młodzieńczym śmiechem.

— Dzięki za rozmowę i niech mnie pan informuje. Przez resztę dnia mam zebrania, ale niech pan do mnie zadzwoni, panie Bergmann, może jutro?

Ordynator stał w nieco sztucznej pozie, z prawą ręką podniesioną i palcem wskazującym w górze, jak stary belfer, który ma na końcu języka jakiś morał.

— Czy jest coś więcej, o czym powinienem wiedzieć? — spytał Tommy.

Furuberget opuścił ramię i potrząsnął głową.

21

Idąc za pielęgniarzem, Tommy przeszedł przez śluzę z podwójnymi drzwiami i natychmiast porzucił myśl o możliwości ucieczki z tego miejsca. W korytarzu na parterze musieli
przejść jeszcze przez dwie strefy z zamkniętymi stalowymi
drzwiami. Otwierane były na kartę z kodem, a dalej klucza-
mi. Na pasku pielęgniarz miał walkie-talkie, pager i niewielką płócienną torebkę. Tommy przypuszczał, że jest tam komplet pasów lub plastikowych kajdanek.

Przy końcu korytarza spotkali pacjenta w towarzystwie
dwóch pielęgniarzy. Tommy napotkał wzrok chorego, a wtedy jego ramiona i czoło tuż pod linią włosów pokryły się gęsią skórką. W tym rozbieganym spojrzeniu było coś dziwnie
znajomego.

W oknie umieszczonym w ścianie zamykającej korytarz
widniały nowocześnie wyglądające kraty. Tommy chwycił je
i spróbował się skoncentrować na widoku jeziora.

Przez głowę przemknęła mu seria obrazów: był w nich
krzyczący jak ranne zwierzę mężczyzna leżący w pozycji em-
brionalnej na podłodze takiego właśnie korytarza, czyjeś białe
chodaki, upuszczona na ziemię filiżanka. I on sam, samotny,
porzucony.

Obrócił się i spojrzał na pacjenta i pielęgniarzy, którzy za-
trzymali się dziesięć metrów dalej. Coś niepokoiło pacjenta,

który kręcił się i biegał w tę i z powrotem po zielonym linoleum podłogi.

„Niemożliwe" – pomyślał, patrząc na podnieconego pacjenta. Zza jednych z drzwi prowadzących do pokoi pacjentów rozległ się stłumiony okrzyk.

Zamknął oczy.

Obrazy nabrały ostrości.

Słyszał teraz obcy dialekt, widział uderzającą o ziemię filiżankę, przypomniał sobie znajdujący się na niej rysunek, rozlaną na podłodze kawę. Chlupnęła mu na udo, w uszach zabrzmiał mu rozwlekły północny akcent matki, którego nigdy do końca nie udało jej się zgubić, zwłaszcza kiedy była rozzłoszczona. I mężczyzna leżący na takiej jak ta podłodze, w takim jak ten oto korytarzu.

Otworzył oczy. Pacjent i pielęgniarze zniknęli, musieli przejść za drzwi oddzielające następną strefę.

– Idzie pan? – spytał prowadzący go pielęgniarz. Stał z pytającym wyrazem twarzy na podeście schodów prowadzących na piętro.

Tommy skinął głową.

– On nie jest w izolatce?

– Nie, Anders ma pokój na pierwszym piętrze i... – Pielęgniarzowi przerwał wrzask dochodzący z parteru.

Otworzyły się drzwi.

Wrzask stał się głośniejszy, wzmocniony przez murowane ściany i zwielokrotniony przez echo na trzech piętrach klatki schodowej.

Z głośniczka walkie-talkie pielęgniarza rozległy się trzaski, a z pagera wydobył się ciągły sygnał. Towarzysz Tommy'ego przerwał wstukiwanie kodu przy drzwiach na piętro i szybko ruszył w dół po schodach.

– Zaraz wracam! – zawołał, przekrzykując zwierzęce krzyki dochodzące z parteru.

Tommy czuł, że ten wrzask pozbawia go resztki sił. Zdało mu się, że po policzku głaszcze go czyjaś ręka. Miękka, ciepła, kobieca? A może męska? Nie pamiętał. Tylko te słowa: „Wszystko będzie dobrze, wszystko będzie dobrze".

Z ociąganiem zszedł na dół, do okna na parterze, znów chwycił dłońmi za metalowe kraty i wpatrzył się w łagodnie opadające ku Mjøsie, pokryte śniegiem pola.

Zadawał sobie pytanie: „Czy ja tu już kiedyś byłem?".

22

Pokój widzeń był na pierwszym piętrze, po zachodniej stronie budynku. Jego okno wychodziło na las, którym pokryte było zbocze wzgórza. Na szczęście wspomnienia, które pojawiły się przed chwilą, teraz Tommy'ego opuściły. Doszedł do wniosku, że to tylko fragmenty jakiegoś snu, odłamki jakichś wyobrażeń o niejasnym pochodzeniu.

Gdyby nie kraty w oknie, kamery pod sufitem i przycisk dzwonka przy futrynie drzwi, pomieszczenie najbardziej przypominałoby pokój nauczycielski. Sosnowe meble obite były grubym, pomarańczowym materiałem, a na seledynowych ścianach wisiały drzeworyty o stonowanych barwach, wykonane, jak mniemał, przez samych pacjentów. Przeciągnął dłonią po szybie na jednym z nich, by upewnić się, że to pleksiglas, a nie szkło. Obrazek ten zdradzał pewien talent u autora – przedstawiał pasące się na letniej łące konie i mężczyznę zgarbionego nad suszącym się na drucie sianem. Udało mu się znaleźć sygnaturę: A.R.

Drzwi obok niego otwarły się.

Zobaczył ten sam nieprzenikniony uśmieszek, który znał z ekranu telewizora. Mężczyzna stał nieruchomo w drzwiach. Wyglądał, jakby na widok Tommy'ego zagłębił się we własnych myślach. Spojrzenie miał puste, tylko ściągnięte usta zdradzały, że jest w nim jakieś życie.

Tuż za jego plecami stało dwóch pielęgniarzy: ten, z którym tu przyszedł, i jeszcze jeden, wysoki i żylasty. Patrząc na Raska, nie widziało się potrzeby takich środków ostrożności. Wyglądał, jakby sam nie bardzo potrafił się obronić na wypadek czyjegoś ataku. Poza tym było wiadomo, że nigdy nie użył przemocy w stosunku do nikogo innego niż bezbronne dziewczęta. Z drugiej strony czyny, za które go skazano, były tak potworne, że gdyby Tommy był dyrektorem tego szpitala, też nie pozwoliłby nikomu na przebywanie z pacjentem sam na sam.

Anders Rask wyglądał na dużo starszego, niż Tommy pamiętał z filmu dokumentalnego i zdjęć w gazecie. Najwyraźniej jakąś cenę za przebywanie w tych murach zapłacił – jedenastoletni pobyt tutaj pozbawił jego twarz tych uderzająco kobiecych rysów. Miał na sobie stary wełniany sweter w czarno-białe romby na piersi i powycierane sztruksowe spodnie, na nogach zaś płomiennie czerwone crocsy. Skarpetek nie nosił.

Tommy spróbował wyobrazić sobie Raska jako człowieka, którym był kiedyś, mężczyznę, który budził podziw dziewczynek w szkole i który potrafił rozkochać w sobie te najbardziej podatne na wpływ, a najodważniejsze z nich skłonić do odwiedzin w swoim domu. Mężczyznę tak sprytnego, że nie próbował molestować dziewcząt innych niż te, nad którymi miał pełną władzę. Poza jedną z nich, ze szkoły na Bryn, która odważyła się opowiedzieć matce o tym, co Rask wyprawia w swoim domu. Albo w swojej daczy nieopodal Magnor. Zdaniem Tommy'ego samo to, że udało mu się tam wywieźć jedenasto- czy dwunastoletnią dziewczynkę, wystarczało, żeby kazać mu zgnić za tymi drutami. Starał się nie myśleć, co by zrobił Raskowi, gdyby tylko miał taką możliwość.

– Podoba się panu ta grafika? – spytał Rask. Patrzył gdzieś w punkt za oknem, jakby jakieś konkretne miejsce na zalesionym zboczu całkowicie pochłaniało jego uwagę.

– Na pewno jest pan zdolniejszy ode mnie – powiedział Tommy, wodząc palcem po liniach drzeworytu. – Ja nie wyszedłem poza kartofla i linoleum.

W odpowiedzi usłyszał śmiech, a właściwie dziwny chichot Raska.

Do pomieszczenia wszedł teraz mężczyzna w średnim wieku. Miał na sobie garnitur, ale był bez krawata. W sposób budzący zaufanie przedstawił się jako adwokat Gundersen z kancelarii Gundersen, Harboe & Co. w miasteczku Gjøvik. A więc to im z tej prowincjonalnej kancelarii adwokackiej udało się dokonać czegoś, co nie udało się adwokatom z Oslo – doprowadzić do wznowienia postępowania sądowego. A właściwie zyskać zaufanie Raska na tyle, że byli w stanie to zrobić.

Ruchem dłoni Tommy zaprosił ich, by zajęli miejsca, zupełnie, jakby to on był gospodarzem tego spotkania. Pacjent usiadł, nie próbując podawać komukolwiek z obecnych ręki, co ucieszyło Tommy'ego. Czuł obrzydzenie na samą myśl o dotyku długich, szczupłych palców Raska.

– To chyba nie przesłuchanie? – Rask podniósł lekko drżącą rękę do siwych włosów, tłustych i niemytych.

– Nie – odparł Tommy, siadając naprzeciw niego i wymieniając spojrzenia z pielęgniarzami, którzy zajęli pozycję pod ścianą.

Adwokat Gundersen chrząknął, ale nic nie powiedział.

– Będę z panem szczery: poproszono mnie o wgląd w sprawę Kristiane Thorstensen, która dzięki panu będzie rozpatrywana na nowo. Nie będę zadawał pytań o inne morderstwa, za które pana skazano, ani o przypadki molestowania. Tylko o Kristiane.

Rask znów miał na twarzy ten swój uśmieszek. Jego spojrzenie, na które, jak Tommy sądził, wpływ miały leki, nadal było puste.

– Dlaczego przyznał się pan do zbrodni, której, jak pan teraz twierdzi, wcale nie popełnił?

Rask wyglądał, jakby nie rozumiał pytania.

– Płakałem w dniu, w którym ją znaleziono – powiedział.

„Kłamstwo" – pomyślał Tommy. „Wierutne kłamstwo". Mógł mu powiedzieć, że był jednym z tych policjantów, którzy ją znaleźli, ale nie chciał draniowi dawać niczego za darmo.

– Wie pan, kto ją zabił? Czy dlatego właśnie pan się przyznał? – spytał Tommy, pochylając się ku niemu.

W twarzy Raska nastąpiła zmiana. Zamrugał, zakołysał głową na boki, jakby to pytanie było dla niego przykre.

– Więc – odezwał się adwokat – to nie jest przesłuchanie, panie Bergmann, prawda?

– Albo dlatego, że chciał pan być kimś ważnym, czytać o sobie w gazetach?

– Wydaje mi się... – zaczął Gundersen.

– Niech odpowie – przerwał mu Tommy.

Mężczyzna naprzeciw niego, najbardziej znienawidzony człowiek w kraju, kręcił się na krześle jak napominany uczniak.

W pokoju nastała cisza. Przez pół minuty pięciu mężczyzn milczało.

– Czy on czytał o zabójstwie, które miało miejsce kilka tygodni temu? – zwrócił się Tommy do Gundersena.

– Tak – odezwał się Rask.

– Gdzie?

– W gazecie.

– Jak pan sądzi, kto to zrobił?

Rask wyglądał, jakby znów zatapiał się w swoim własnym świecie, tracąc kontakt z rzeczywistością dookoła siebie.

– Pan był nauczycielem Kristiane? – pytał dalej Tommy. Rask skinął głową. Uśmiechnął się, ale ten uśmiech jakoś do niego nie pasował. Rask sprawiał wrażenie, jakby różne części jego ciała nie tworzyły spójnej całości. Jego spojrzenie, ręce, usta i stopy wydawały się żyć własnym życiem.

– A jakich przedmiotów...

– Francuski, angielski, prace ręczne. Wychowanie fizyczne też chyba miałem. I prace ręczne. Mówiłem to już?

– Jakie wrażenie sprawiała w szkole?

Znów chwila ciszy.

– Nie musi pan odpowiadać – powiedział adwokat Gundersen.

– A ty sam nigdy nie zrobiłeś nic złego, Tommy? Widzę to po tobie. Kiedyś zrobiłeś coś złego, coś naprawdę złego. – Głos Raska był cichy, ledwo słyszalny. – I ten „Tommy". Co to za imię? A dlaczego nie robisz notatek? Z byle kim nie będę rozmawiał... Tommy.

Teraz to Tommy odpowiedział milczeniem.

– Anders... – odezwał się adwokat Gundersen. A potem, zwróciwszy sie do Tommy'ego: – Może to nie był dobry pomysł.

– Nie – odezwał się Rask, bardziej do siebie niż do kogokolwiek w pomieszczeniu. – To nie był dobry pomysł.

Tommy pokiwał głową.

Nagle na swojej dłoni poczuł dotyk zimnej ręki. To Rask nachylił się nad stołem. Jeden z pielęgniarzy, ten niski, krępy, szybko ruszył w ich stronę.

– W porządku – powiedział Tommy.

Napotkał spojrzenie Raska. Kiedy spojrzał mu w oczy, stało się jasne, że ten człowiek jest pod mocnym wpływem leków. Trudno było powiedzieć, jaką postawiono mu diagnozę, ale był tam co najmniej cały koktajl zaburzeń osobowości.

– Niech pan zabierze rękę – powiedział spokojnie Tommy.

Rask zrobił to i nagle jakby zapadł się w sobie.

– Jest zmęczony – wyjaśnił pielęgniarz.

– Możemy skończyć – powiedział Tommy, patrząc na zegarek. Rask i tak wyglądał teraz na straconego dla świata.

Tommy miał jeszcze dość czasu, żeby zdążyć na trening piłki ręcznej, a nawet zajrzeć na godzinę czy dwie do biura. „Piłka ręczna" – pomyślał. To może przez nią czuł się jeszcze bardziej związany ze sprawą Kristiane Thorstensen. Nie dość, że znalazł jej ciało, to jeszcze o niej wcześniej słyszał, bo w swojej grupie wiekowej była jednym z największych talentów w mieście. Jesienią 1988 roku przeniosła się z drużyny Oppsal do Nordstrand, by trenować na wyższym poziomie. Jon-Olav Farberg twierdził, że to on ją namówił na zmianę klubu. To właśnie tam, na hali Nordstrand grała mecz ostatniego wieczoru, kiedy widziano ją żywą.

– No, to kończymy – odezwał się adwokat Gundersen i wstał.

– Ostatnie pytanie – powiedział Tommy, próbując przytrzymać spojrzenie Raska. – Kto pana odwiedzał w pierwszym roku pobytu tutaj?

Rask patrzył pustym wzrokiem w przestrzeń.

Po upływie pół minuty adwokat Gundersen chrząknął.

Mocno uścisnął Tommy'emu rękę, jakby chciał okazać mu wdzięczność za to, że policja z Oslo potraktowała sprawę wznowienia poważnie. Że zrozumiano wreszcie, że Rask być może cierpi na syndrom przyznania się, że ma chorobliwą potrzebę bycia kimś ważnym.

– Dziękuję – powiedział Tommy. – Ale ja myślę, że wiesz więcej, Anders. Bo jesteś ważną osobą, prawda?

Obrócił się częściowo w jego stronę, ale pacjent siedział jak skamieniały, trzymając się poręczy fotela. Wyglądał, jakby tęsknił za ciemnym lasem po drugiej stronie kolczastych drutów.

– Jeżeli jest coś, co moglibyśmy zrobić... – powiedział adwokat Gundersen.

Tommy wyszedł na korytarz. Raz jeszcze opanowało go uczucie, że już kiedyś tu był.

– Tommy!

Głos Andersa Raska wydostał się z pokoju widzeń, odbił się echem w korytarzu i ucichł, dotarłszy do stalowych drzwi następnej strefy.

W głosie tym było coś desperackiego, wręcz rozpaczliwego.

Adwokat Gundersen potrząsnął głową.

– Jest... zmęczony. – Wyglądało na to, że wyczerpał się zasób przymiotników, których dało się dziś użyć.

W drzwiach pojawił się ten wysoki, niezgrabny pielęgniarz. Rask stanął obok niego.

– Przyjechał pan po pomoc – odezwał się. W jego głosie było coś lekko pompatycznego.

– Być może.

– Podejdźmy tam. – Rask skinął w kierunku okna na tylnej ścianie. – Tu jest tak ciemno, nie lubię tej strony. Starałem się o pokój od strony Mjøsy, ale mi go nie dadzą. Rozumie pan, dlaczego? Bo ja nie.

– Nie rozumiem.

Ordynator Furuberget nie chciał dać Raskowi pokoju z tym samym widokiem, który miał on sam, ale to, że pacjent bywa w pracowni, gdzie używa noży i innych ostrych narzędzi, było najwyraźniej w porządku. Tommy nawet nie próbował znaleźć logiki w tym wszystkim.

Kiedy doszli do końca korytarza, Rask stanął przy oknie i zaczął chłonąć wzrokiem widok za kratami.

– Na świecie jest tyle piękna, Tommy.

Tommy szybko pojął, że Anders Rask nie da się łatwo zaszufladkować. Teraz wydawał się kimś zupełnie innym niż jeszcze niedawno temu, jakby był w stanie w ciągu kilku minut zmienić osobowość.

– Piękny widok. Doskonale rozumiem, że chciałbyś mieć pokój po drugiej stronie.

– Jesteś trenerem ręcznej? – spytał Rask. – Trenujesz dziewczęta? W wieku Kristiane?

Tommy nie odpowiedział, rozejrzał się tylko za adwokatem Gundersenem – ktoś przecież musiał opowiedzieć o nim Raskowi. A przecież pacjent nie miał o nim nic wiedzieć, to mogło być niebezpieczne. Wkrótce będzie wiedział, gdzie mieszka... „Telewizor" – pomyślał. „I kłódka".

Sam się za to zganił. Przecież to były przypadki.

– Kristiane była pięknem. Była siłą, prawdą i pięknem. Mogła wybrać albo pianino, albo piłkę. Wiedziałeś o tym, Tommy?

– Tak.

– Była porządną dziewczyną. Nie przyszłoby mi nawet do głowy coś jej zrobić.

Tommy nic nie powiedział, ale swoje pomyślał.

– Widziałeś jej zdjęcia naturalnie – ciągnął Rask.

– No.

– Co widzisz w jej oczach, Tommy? Na zdjęciach ze szkoły?

– Co ja widzę?

– Na tym zdjęciu, które zamieściliście w gazetach, kiedy zniknęła.

– Widzę dziewczynkę. Zwykłą dziewczynkę.

Rask znów się uśmiechnął.

— Zwykłą dziewczynkę — powtórzył, ale wyraz twarzy miał poważny, bez tego swojego uśmieszku.

— A ty co widzisz? — spytał teraz Tommy.

— Tamtej jesieni byłem bardzo długo na zwolnieniu, od ósmej klasy prawie jej nie widziałem, ale kilka tygodni przed jej zniknięciem spotkałem ją w sklepie.

„Albo kilka tygodni przedtem, zanim ją zabiłeś?" — pomyślał Tommy. Zobaczył, że dwaj pielęgniarze i Gundersen stoją w pogotowiu nieopodal.

— No i?

— Wiesz, co zobaczyłem? Mierzyli się teraz wzrokiem. Wydawało się, że Rask jakoś przezwyciężył otępienie spowodowane lekami.

— Zobaczyłem rozsądek, a obok niego coś innego. Szaleństwo, Tommy. Tkwiło w niej szaleństwo.

Tommy powoli pokręcił głową.

— Co masz na myśli?

— Ktoś w niej rozpalił płomień, Tommy. Tego lata między ósmą a dziewiątą klasą ktoś w tym jej szaleństwie skrzesał ogień. Nie rozumiesz, co mam na myśli?

— Jej sympatia?

Rask roześmiał się.

— To był tylko pryszczaty chłopaczek. Poza tym wiosną się rozstali.

Chwycił Tommy'ego za kołnierz kurtki, ale ostrożnie.

— Anders — odezwał się spokojnym głosem jeden z pielęgniarzy.

— Płomień — powiedział Rask. — Ktoś rozpalił w niej płomień, Tommy.

I nagle jego oczy znów stały się puste. Mocniej chwycił kratę w oknie.

23

Odczekała dwie godziny i uznała, że na więcej nie ma siły. Że nie chce już siedzieć na krześle w świetlicy i patrzeć na tych wszystkich ćpunów i pijaczków, którzy zastanawiali się, co ta gliniara między nimi robi, bo przecież nie po to tutaj przyszli, żeby ich ktoś zabrał na dołek... Nie, na to Susanne Bech nie miała już więcej ochoty. A Bjørn-Åge Flaten sprawiał wrażenie, jakby postanowił pospać, zamiast ruszyć na miasto i zdobyć jakieś pieniądze. Na dziś pewnie miał działkę, przed położeniem się spać jak nic schował ją w majtki, ale prędzej czy później musiał przecież pójść na polowanie, żeby mieć towar na resztę tygodnia. Jak długo potrwa, zanim będzie musiał walnąć następną działkę? Oni wszyscy gospodarowali jak Robinson Crusoe, chodziło tylko o następną działkę i towar na kilka kolejnych dni. I mamili się marzeniem o wielkim włamie, dzięki któremu uwolnią się od tej zmory.

Jak jakaś kura domowa podjechała kawałek do IKEI na kawę z szarlotką. Wśród pracowników nie było tam ani jednej białej osoby. Niejedno w swojej pracy widziała, poza tym mieszkała na Grønland, mając World Islamic Mission za sąsiada, ale widok pracownicy w barwach IKEI i hidżabie jakoś jej nie pasował. Powiedziała sobie, że zaczyna się starzeć. Wychowała się w innym kraju niż ten, który tymczasem wyrósł dookoła niej. Kiedy miała piętnaście lat, opalały się z przyjaciółkami na Hvalestrand topless, jakby była to najbardziej naturalna rzecz pod słońcem, a teraz coś takiego?

Kiedy nagle zadzwoniła jej komórka, siedziała z ustami pełnymi ciasta i głową pełną myśli o tym facecie, o którym nie wolno jej było myśleć.

– Obudził się. Ale tu sobie w żyłę nie da, więc jeśli dalej chce niszczyć sobie życie, będzie musiał wyjść. Właściwie to powinien być w szpitalu.

– Kurde, no to wyślijcie go do szpitala – wymamrotała, połykając szybko ciasto – ale jeszcze nie teraz. Przytrzymajcie mi go.

Wybiegła z labiryntu na parterze tego molocha, wściekła na siebie, że podjechała tu wyłącznie z braku cierpliwości, i po kilku minutach była z powrotem w świetlicy.

Mniej więcej kwadrans później zjawił się tam człowiek, dość dokładnie odpowiadający popularnym wyobrażeniom o żywych trupach. W jego twarzy, bardziej rozpadającej się niż pomarszczonej, nie było ani kolorów, ani życia. Ile to on miał lat? Był osiem lat starszy od niej. Ubranie, najwyraźniej ukradzione wiele lat temu ze statywu wystawionego przed sklepem Dressmann na ulicy Karla Johana, wisiało na nim jak na strachu na wróble. Długie włosy miał świeżo umyte, ale zwisały bez ładu na zapadłych policzkach. Unikając wzroku Susanne, opadł na krzesło naprzeciwko, a jego rzężący oddech sugerował, że może umrzeć na jej oczach. Na jednej dłoni miał prosty więzienny tatuaż, a jego palce wyglądały jak wronie pazury.

Susanne przedstawiła mu się, ale on siedział nieruchomo bez słowa. Wyglądał, jakby całą jego uwagę pochłaniało coś za oknem. Zerknęła w tamtym kierunku, ale nie zauważyła niczego poza szarością i długim wężem wypluwających białe spaliny samochodów.

– Przyjechałam tu, żeby...

– Chodzi o tamtą sprawę? – przerwał jej, drapiąc się pod pachami, najpierw pod lewą, potem pod prawą.

Susanne nie spodziewała się, że gość tak dobrze kontaktuje.

– Myślałaś, że nie wiem, co się dzieje? – spytał i uśmiechnął się ostrożnie. Brakowało mu kilku zębów.

Wstał z trudem i z tylnej kieszeni wydostał kilka banknotów i monet, które ułożył na stole. Potem wydobył paczkę tytoniu Rød Mix, a jego szponowate palce wyciągnęły z pudełeczka bibułkę Big Ben i napełniły ją tytoniem. Samo to spowodowało, że się zasapał.

Susanne pomyślała nagle, że mógłby być statystą w filmie. Jako umierający.

– Powiedział pan wtedy, że widział Kristiane na Skøyen.

Flaten zapalił swojego skręta i zaczął kaszleć, najpierw ostrożnie, potem coraz mocniej. Na koniec Susanne była prawie pewna, że ćpun umrze na jej oczach. Kiedy w końcu przestał kaszleć, przez dłuższą chwilę koncentrował się na odzyskaniu oddechu.

– Powinienem dawno umrzeć, ale heroina pozwala żyć mimo bólu. Paradoks, co?

Susanne potrząsnęła lekko głową. Przeraziła ją myśl, kim Bjørn-Åge Flaten mógłby dziś być. Właściwie nie przeraziła jej myśl o kolejach jego życia, od dzielnicy willowej w Bærum do hospicjum na Brobekk, ale o tym, że mogła wylądować tu sama. Tak bardzo niewiele brakowało, żeby przekręciła się na tę stronę, że nie mogła się nadziwić, że jednak tu nie trafiła.

Wiedziała, że strach, który czuła na widok Flatena, wystarczy jej na wiele miesięcy. Droga do heroiny była tak krótka, że ani się człowiek nie obejrzał, a już było za późno. Mogła opowiedzieć Flatenowi o przyjaciółce, która miała wszystko, co można by sobie wymarzyć, a jednak wysyłała swoją *au-pair* na drugi koniec miasta po jednorazowe strzykawki. Susanne była jedyną osobą, która znała jej sekret, jej mąż nigdy nie miał się o tym dowiedzieć. Przyjaciółka prowadziła szykowne życie, ale bez heroiny żyć nie mogła. Była to tylko kwestia pieniędzy, niczego innego.

– Co panu jest? – spytała.

– To nie ma znaczenia – odparł Flaten. Jego oczy wydawały się jeszcze starsze niż twarz, o ile to było możliwe.

– Widział ją pan? Kristiane?

– A jakie to ma znaczenie? Dziewczyna nie żyje, i tyle.

– Dla mnie to ma znaczenie, Bjørn-Åge.

Jego oczy się zwęziły, cmoknął parę razy, jakby nie spodobało mu się to użycie jego imienia.

– Potrzebowałem pieniędzy. – Popatrzył na swojego skręta, który tymczasem zgasł.

– To znaczy?

– Wymyśliłem to. Czyż nie dlatego mnie ciągacie?

– A… nie mógłby pan po prostu powiedzieć prawdy?

– A co niby jest prawdą? Prawda i kłamstwo to często dwie strony tego samego. – Jego głos lekko drżał.

Nie miała mu już nic do powiedzenia. Czuła, jak powoli ogarnia ją rozczarowanie, a potem zrobiło jej się głupio i wiedziała, że lekko się czerwieni. Miała tylko nadzieję, że on tego nie zauważy. Spojrzała na zegar na ścianie – na jazdę do Ringvoll było już za późno. Pojedzie na komendę i spróbuje znaleźć tego dawnego wychowawcę Kristiane, tego, który mieszka w Hiszpanii. Wszystko było lepsze niż siedzenie tu z tym starym ćpunem, który, jak naiwnie sądziła, miał powiedzieć jej prawdę o tym, co zaszło w 1988 roku…

Flaten z trudem łapał powietrze.

– Muszę jechać do miasta – powiedział.

Resztę dnia spędziła, próbując zlokalizować Gunnara Austbø. Polegało to głównie na rozmowie telefonicznej z facetem z Kripos, który bardzo się starał pomóc jej znaleźć jakiś kontakt w Hiszpanii.

Wydarzeniem dnia był telefon od Tommy'ego. Miał dziwny głos, jakby w biały dzień zobaczył ducha. To, co powiedział mu Anders Rask, napełniło ją otuchą i nadzieją, że wtedy, w roku 1988, coś zostało rzeczywiście przeoczone.

„Ktoś rozpalił w niej płomień" – powiedział Tommy.

– Co powiedziałeś?

– Ktoś rozpalił w niej płomień. Tamtej wiosny, w tysiąc dziewięćset osiemdziesiątym ósmym.

Ledwo mówił, jakby spotkanie z Raskiem wyssało z niego wszystkie siły.

„Co ci jest?" – pomyślała wtedy Susanne.

A teraz siedziała w gabinecie i bezmyślnie gapiła się w okno.

O Nico nie myślała. Ani o Sveinie Finnelandzie.

Myślała o Tommym.

– Ktoś rozpalił w niej płomień – powiedziała cicho do siebie.

Coś takiego może być bardzo niebezpieczne.

Ale co jest prawdą, a co kłamstwem?

Czy należy przyjmować słowa Andersa Raska za prawdę?

Kiedy wybiła czwarta, a Tommy nadal nie wrócił z Toten, odbiła kartę, pojechała do domu, zabrała stamtąd łyżwy i poszła do przedszkola, żeby odebrać Matheę. Te papiery mogła sobie czytać i czytać, ale nie posunęłoby to ich śledztwa ani o centymetr.

Popołudniowy dyżur w przedszkolu miała roztrzepana młoda dziewczyna na zastępstwie.

Susanne uśmiechnęła się do niej, ale dziewczyna najwyraźniej nie wiedziała, czyją jest matką.

— Mathea — powiedziała Susanne najmilej, jak potrafiła, i ostrożnie położyła łyżwy na podłodze.

— Aha... — Dziewczyna miała teraz rozlatany wzrok.

Susanne zaczęła się zastanawiać, czy ona w ogóle wie, o kogo chodzi. Co z niej za matka? Dzień w dzień powierzała najcenniejsze, co miała, ludziom, których nie znała.

Nagle poczuła, że jej skronie pokrywają się potem. A następnie poczuła, jakby począwszy od stóp, ktoś napełniał ją zimną wodą.

Wiedziała, po prostu wiedziała, że następne słowa dziewczyny będą brzmiały: „Mathea nie żyje, nie zadzwoniono do pani?".

Powiedziała coś, ale Susanne nie zrozumiała, co. Opanowało ją uczucie, że musi natychmiast pobiec na podwórko na tyłach przedszkola.

— Ona wyszła — odezwał się chłopiec w wieku Mathei.

Trwało kilka sekund, zanim Susanne go poznała. Był to Emil, z którym jej córka często się bawiła. Kiedyś nawet ją z matką odwiedzili.

— Więc — zaczęła dziewczyna na zastępstwie — ja...

— Do jutra — powiedziała Susanne, zdejmując z wieszaka Mathei worek z mokrą odzieżą. Udała, że nie widzi leżących na półce rysunków, i nawet nie miała wyrzutów sumienia. Plecaczek zarzuciła na ramię.

Mathea leżała na pagórku za przedszkolem głową w dół. Zauważyła matkę dopiero, gdy ta była blisko.

— Patrz, mamo, umarłam!

Susanne zamknęła oczy.

Chciała powiedzieć: „nie mów takich rzeczy", ale się rozmyśliła.

Było już prawie zupełnie ciemno. Światło z okien przedszkola tu już nie dochodziło, a do najbliższego bloku było na pewno z piętnaście metrów. Nie działała żadna z latarni przy pobliskiej ścieżce.

– Pozwalają ci być tu całkiem samej?

– Spytałam się!

Susanne podeszła do furtki w płocie i szarpnęła za nią. Była zamknięta na zamek, prócz tego wisiała tam kłódka.

Po lewej stronie usłyszała powolne kroki.

Z ciemności po drugiej stronie furtki wyszła jakaś wysoka postać. Susanne wytężyła wzrok, by zobaczyć twarz, ale nie dało się. Ten ktoś miał na głowie puchówkę i kaptur, a jego twarz zwrócona była częściowo ku blokom.

Susanne dokładniej przyjrzała się postaci, stojącej teraz dwa metry od niej. Był to mężczyzna.

Stał bez ruchu, wciąż zwrócony w stronę bloków. Wyraźnie słyszała jego oddech: był ciężki, jakby spowodowany chorobą.

Czekała, aż się odwróci.

– Mamo? – odezwała się za nią Mathea.

Człowiek w czarnej puchówce wykonał nieznaczny gest prawym ramieniem.

Susanne pomyślała, że kiedy pokaże twarz, będzie to twarz Andersa Raska. Odwróciła się i podeszła do Mathei. Podniosła plecaczek, worek z mokrą odzieżą i łyżwy.

Pociągnęła córkę za sobą.

Ich buty zanurzały się w śniegu z głośnym chrzęstem. Miała ochotę odwrócić się i upewnić, czy mężczyzna nie wszedł na teren przedszkola. I czy nie idzie kilka kroków za nimi.

„Weź się w garść" – pomyślała.

Oczyma wyobraźni zobaczyła Kristiane Thorstensen na stole sekcyjnym. Jej organy, włosy, rozcięcie od miednicy do klatki piersiowej, odpiłowany mostek, brakującą lewą pierś.

Jaki szaleniec wchodziłby do przedszkola, które było wciąż otwarte? „Taki, który latami siedział w Ringvoll" – pomyślała. „Taki, który już zabił sześć dziewczynek".

Przyjazd autobusu odebrała jako wybawienie. Był jasno oświetlony, a rączka Mathei była na tyle mała i ciepła, że Susanne szybko zapomniała o mężczyźnie bez twarzy na ścieżce za płotem przedszkola.

Zjadły chińską potrawę w centrum handlowym Oslo City, obejrzały tam prezenty świąteczne, a potem pomaszerowały przez miasto aż do lodowiska przed parlamentem. Za każdym razem, kiedy idąc pod świątecznymi girlandami na ulicy Karla Johana, mijały jakiegoś ćpuna, Susanne pragnęła, żeby to był Bjørn-Åge Flaten i żeby powiedział: „Prawda jest taka, że skłamałem. Spotkałem ją, spotkałem Kristiane na Skøyen, a teraz opowiem ci coś, czego nie wie nikt".

Jeździły na łyżwach tak długo, jak długo Mathea mogła ustać na nogach. W taksówce na Grønland Susanne przyszła do głowy myśl tak okropna, że niemal wybuchnęła płaczem. Dziewczynka u jej boku, oświetlone świątecznie ulice, ogarniające ją zmęczenie, wszystko to doprowadziło ją do myśli, że jeśli Mathea kiedyś się wykolei, to ona nie będzie mogła zrobić nic, żeby ją uratować. Bo Bjørn-Åge Flaten kiedyś także, po popołudniu spędzonym na łyżwach, siedział tak i trzymał za rękę swoją matkę. I któregoś dnia takie momenty przestawały być istotne, lina pękała i takie dzieci spadały w przepaść, a ich matkom nigdy nie udawało się wyciągnąć ich z powrotem na powierzchnię.

Wzięła Matheę za rączkę w jednopalcowej rękawiczce. Dziewczynce kleiły się oczy, główka co chwilę opadała.

„Nigdy cię nie puszczę" – pomyślała Susanne. „Nigdy nie puszczę twojej ręki".

Taksówka zatrzymała się na światłach przy placu przed dworcem. Susanne skierowała wzrok na grupkę ćpunów stojących przy zejściu do kolejki. Jakaś młoda, ładna dziewczyna nachylała się ku starszemu mężczyźnie, stałemu bywalcowi tego miejsca, którego pamiętała z dawnych czasów. Co ją tu sprowadziło po raz pierwszy?

To pytanie sprawiło, że jasne stały się nagle dziwne słowa Raska: „Ktoś rozpalił w niej płomień".

Kristiane się zakochała.

– Naturalnie… – wymamrotała Susanne sama do siebie.

Zakochała się w kimś, w kim nigdy nie powinna się zakochać. I spotkała swoją śmierć.

24

Rozgrzewka była cięższa niż zwykle, przynajmniej tak mu się zdawało. W płucach paliło, jakby dusił je dym ze wszystkich paczek papierosów „Teddy" z kiosku przy hali Klemetsrud. Tommy udał, że musi się trochę porozciągać, i oparł się o ścianę. W rzeczywistości miał kłopoty z utrzymaniem się na nogach. Spróbował uspokoić oddech i obniżyć sobie puls do poziomu, z którym dało się żyć.

Albo za bardzo się ostatnio żyłował, albo za mało spał. Najwyraźniej sprawa z Raskiem dała mu w kość bardziej, niż przypuszczał. Albo też działo się z nim coś złego. Może serce miało dość, i to zanim skończył czterdzieści lat?

Kiedy lekarz pytał go, czy w rodzinie były jakieś choroby, za każdym razem mówił, że nie. Prawda była jednak taka, że nie miał pojęcia, ani co było po stronie ojca, ani po stronie matki. Nic nie wiedział o domu w północnej Norwegii, z którego wyprowadziła się jego matka. W kwestii ojca był ignorantem jeszcze większym. W rejestrze ludności widniało „ojciec NN", co w najlepszym wypadku oznaczało jakiś *one-night stand*, a w najgorszym gwałt, kazirodztwo albo „kod 6", a więc skłonny do przemocy psychopata, z którym nie wolno było nawiązywać kontaktu.

„Ktoś taki jak ja" – pomyślał. Z doświadczeń zawodowych wiedział, że draństwo jest często dziedziczne.

Ale on przynajmniej po rozstaniu zostawił Hege w spokoju. To, że rozumiał, kiedy bitwa jest przegrana, stanowiło niejakie pocieszenie.

– Wszystko w porządku? – usłyszał za sobą.

Arne Drabløs, asystent trenera, patrzył na niego z niepokojem. Przez moment Tommy zastanawiał się, co on właściwie na tej hali robi. Wiele lat temu zjawił się tu, by pomóc swemu najlepszemu przyjacielowi, a teraz miał na głowie całą drużynę. A nawet nie miał w niej swojej córki!

Odgonił te myśli od siebie. Ta drużyna i ten trening były w jego życiu czymś najbliższym normalności. Czasami myślał, że to jedyna nić, która łączy go z życiem innych, takim życiem, które nie składa się ze śmierci i z występku. Występku, który sam popełniał w stosunku do innych.

– Dobra, niech zaczynają – powiedział i opadł na ławkę.

Jego puls nie chciał się uspokoić.

„Płomień" – pomyślał, patrząc na dziewczęta.

„Ktoś rozpalił w niej płomień".

A może sił pozbawiła go myśl, że znów będzie musiał stanąć twarzą w twarz z Elisabeth Thorstensen? Jak jej się udało dalej żyć? W drodze z Toten dzwonił do niej dwa razy. Za pierwszym razem rozmowa została przerwana, kiedy się przedstawił, za drugim nadział się na automatyczną sekretarkę. W jej głosie było coś, co go przeraziło. Pustka. Życie nawet się w nim nie tliło.

– Hej, Tommy – usłyszał z lewej strony.

Była to Sara, która spóźniona wyszła z szatni. To się zaczęło na początku roku szkolnego. Prawie zawsze opuszczała rozgrzewkę, jakby to było oczywiste. Rozmawiał z nią o tym parę razy, żadnego besztania, bo wiedział, że to by nic nie dało. Na boisku zaczęła powielać swoje dawne błędy i pewnie było kwestią czasu, kiedy przestanie przychodzić. A drużynie potrzebna była każda zawodniczka.

Dopiero teraz zwrócił uwagę na dwóch chłopaków w jej wieku, może ciut starszych, którzy siedzieli na ławce po drugiej stronie hali. Sara podeszła do jednego z nich i zwichrzyła mu ręką włosy. Z czegoś się śmiali. Chłopak przesunął ręką po jej brązowej łydce. Ruchy miał pewne i było jasne, że dotykanie dziewczyn to dla niego normalka. Tommy wstał, wyjął gwizdek i dał sygnał, żeby wszystkie zebrały się na środku boiska. Skinął ręką na Sarę.

– Chodź tu – powiedział.

Chłopak, który pogłaskał ją po łydce, uśmiechnął się w sposób, który tylko wzmocnił wrażenie, jakie od razu na Tommym zrobił. Materiał na gangstera. Był za młody na tatuaż na szyi, ale i tak go miał. Diamencik w uchu pasowałby do każdego innego mulata, ale tylko upewnił Tommy'ego, że ma co do niego rację. Instynkt psa nigdy go nie zawiódł: od chłopaka na kilometr czuć było młodocianym przestępcą. A Sarę owinął sobie wokół palca.

Trening udał się lepiej niż zwykle, ale Tommy'ego bardziej niż kwestia powodzenia drużyny w rozgrywkach zajmował związek Sary z cwaniaczkiem. Martine i Isabelle były tak zdolne, że dla ich dobra powinien wepchnąć je do innej drużyny: Nordstrand albo Bekkelaget, może Oppsal. W tym roku szkolnym chciał je jednak jeszcze zatrzymać.

Po treningu uderzyła go konstatacja, że wszystko jest teraz inaczej niż jeszcze rok, dwa temu. Nie zaglądała tu już Hadja, niby to przypadkiem, a te dziewczęta nie były już tylko dziećmi. Miały po czternaście, piętnaście lat i niektóre, tak jak Sara, sprawiały wrażenie, jakby już zgubiły dawne dziecko w sobie. Inne wciąż jedną nogą tkwiły w beztroskim dzieciństwie.

Został w hali jeszcze pół godziny, by popatrzeć na trening drużyny kobiecej. Wiedział, że po tym sezonie będzie im potrzebny nowy trener, i sam siebie zaskoczył obietnicą, że się nad tym zastanowi. Bywały dni, kiedy sam siebie nie rozumiał.

Nosił się z zamiarem porzucenia drużyny dziewcząt, a wkrótce mógł stać się odpowiedzialny za dwie! Nie mógł jednak już patrzeć na te rozpaczliwe ogłoszenia w lokalnej prasie, ilekroć jakaś drużyna straciła trenera. Było to może absurdalne, ale za każdym razem, kiedy słyszał słowa: „Czy chciałby pan nas trenować?", wymiękał. Zdarzało się, że dzwonił do znajomych, których nie widział całe lata, i próbował ich namówić. Kiedy wyszedł na parking, zobaczył coś, czego najchętniej by nie widział. Przez jakiś czas stał nieruchomo w ciemności. Od padającego śniegu jego włosy stawały się mokre, a kurtka na ramionach przemakała. Dziewczyną, którą zobaczył na tyłach hali, najwyraźniej była Sara. W ręce trzymała zapalonego papierosa, a tym, z którym się całowała, był mulat z tatuażem na szyi.

Tommy zagryzł wargi.

Do kurwy nędzy, przecież nie był jej ojcem! Z drugiej strony, miał teraz pretekst, żeby zadzwonić do Hadji...

Odwrócił się na pięcie i pomaszerował do samochodu.

Chłopak o wyglądzie zwiastującym kłopoty rozpalił w niej płomień. Niedługo kończyła piętnaście lat i wiedziała, czego chce.

„Płomień" – pomyślał. I wtedy zadzwoniła jego komórka.

„Ktoś rozpalił w Kristiane płomień".

Od razu rozpoznał numer, bo już go tego dnia zapisał.

Stał przy samochodzie, padał coraz gęstszy śnieg, ale nie ruszał się. Nie mógł ryzykować, że ta rozmowa zostanie znów przerwana.

– Tommy Bergmann – powiedział tonem, który, jak sobie wyobrażał, był jednocześnie stanowczy i przyjazny.

Po drugiej stronie milczenie.

Koło parkingu przejechał autobus, burząc mur ciszy. Tommy zatkał sobie palcem drugie ucho.

– Elisabeth Thorstensen?

25

Tommy nie miał wyboru. Czasu starczyło mu tylko na dwa papierosy wypalone po drodze. O jeździe do domu, żeby wziąć prysznic, nie mogło być mowy. Jej słowa: „Kładę się wcześnie" uświadomiły mu, że albo teraz, albo nigdy.

Elisabeth Thorstensen mieszkała w starej patrycjuszowskiej willi przy skrzyżowaniu Kastellveien i Solveien, kilka kilometrów od Mortensrud. Stanął na schodach przed jej drzwiami, mając nadzieję, że nie cuchnie potem. Tak jak szesnaście lat wcześniej, szybko ogarnął wzrokiem widok na miasto. W tej śnieżycy światła z półwyspu Nesodden kładły się na fiordzie szerokim żółtym promieniem. Widok był inny niż wtedy, z Godlia, ale i tak miał uczucie, jakby cofnął się szesnaście lat w przeszłość.

Zauważył brak tabliczki na drzwiach i przypomniał sobie ceramiczny kafelek, wiszący przy drzwiach czerwonego domu na Skøyenbrynet: „Tu mieszkają Alexander, Kristiane, Per-Erik i Elisabeth Thorstensenowie".

Ostrożnie ujął kołatkę i zastukał.

Mężczyzna, który stanął w drzwiach, musiał być jej nowym mężem. Zaczesane do tyłu, dość długie siwe włosy nadawały mu nieco artystyczny wygląd, który zaskoczył Tommy'ego. Był trochę zgarbiony, ale opalony i ubrany w kosztowny, rozpinany granatowy sweter, w ręku trzymał zagraniczną gazetę w dużym formacie.

Obejrzał Tommy'ego od stóp do głów, a na widok przemoczonego, zwalistego mężczyzny na progu bruzda między jego brwiami pogłębiła się do granic, do jakich to było fizycznie możliwe. Tommy uświadomił sobie, że ma na sobie dres, w dodatku upstrzony naszywkami sponsorów: Centrum Południe, hydraulika Karlsena i paru innych przedsiębiorców. Przedstawił się.

Siwy jegomość wypuścił powietrze przez nos i uścisnął jego rękę, a następnie odwrócił się i zamknął za nim drzwi.

– Wcale mi się to nie podoba – oświadczył cicho.

– Sama do mnie zadzwoniła – odparł Tommy.

– Bo pan do niej wydzwaniał przez cały dzień.

– Chyba nie dosłyszałem pana nazwiska?

– Bo się nie przedstawiłem.

„I tak je znam" – pomyślał Tommy. Rejestr ludności powiedział mu już, że Elisabeth Thorstensen jest żoną Asgeira Nordli, dewelopera i zarządcy nieruchomości. I że mają razem syna Petera, urodzonego cztery lata po śmierci Kristiane.

– Proszę – powiedział cicho Nordli i poprowadził go przez hol do drzwi po prawej stronie.

Po drodze Tommy zauważył tylko białe ściany, staromodny zestaw wypoczynkowy i abstrakcyjne obrazy na ścianach, z pewnością warte więcej, niżby on sam za nie dał.

Gospodarz otworzył drzwi prowadzące do pomieszczenia służącego za gabinet czy też bibliotekę. Kiedy zapalił górne światło, w pokoju zmaterializowały się przepełnione półki na książki, kilka obrazów na ścianie, biurko i łóżko dla gości. Pomieszczenie było równie duże jak pokój dzienny w mieszkaniu Tommy'ego. Za oknem widać było światła wyspy Ulvøya, ale Malmøya zniknęła w zadymce.

Wzrok Tommy'ego padł na jedną z grafik na ścianie, która wzbudziła w nim niepokój. Przedstawiała mężczyznę wychodzącego z czarno-białego łona kobiety. Nordli zauważył, na co patrzy gość.

– *Upiory* Knuta Rosego – powiedział. – Nie dla wrażliwych.

– To pańskie książki? – spytał Tommy, wskazując na regały.

Nordli westchnął z rezygnacją, wyraźnie zirytowany tak nonsensownym pytaniem.

– Od kiedy pan zadzwonił po raz pierwszy, ona wciąż płacze, panie Bergmann.

– Przykro mi, ale…

Drzwi za nimi otwarły się z trzaskiem i stanął w nich mniej więcej dwunastoletni chłopak. Patrzył teraz na Tommy'ego, jakby był kimś niebezpiecznym.

– Peter, wracaj do swojego pokoju – powiedział Nordli.

– Peter? – odezwał się kobiecy głos z głębi holu.

Tommy usłyszał zbliżające się kroki i skonstatował, że zupełnie nie jest przygotowany na powtórne spotkanie z Elisabeth Thorstensen. Poczuł, że kolana mu miękną, serce zaczęło bić szybciej.

– Cóż, długo tu nie pobyliśmy – powiedział Nordli, jakby z ociąganiem podszedł do żony i objął ją ramieniem.

Tommy rozpoznał ją od razu. Jej syn wyglądał, jakby miał się za chwilę rozpłakać, więc matka położyła mu dłoń na ramieniu. Miała pomalowane na czerwono paznokcie, wąską ślubną obrączkę.

Tommy napotkał jej wzrok. Oczy miała tak samo ciemne jak szesnaście lat temu, ale były pozbawione wyrazu, twarz bez mimiki. Nic nie robiło na niej wrażenia: ani dziwny ubiór gościa, ani to, że jest zupełnie mokry od śniegu.

– Zaraz przyjdę, wy już tam idźcie. Daj mu coś do picia, Asgeir, może nastawisz kawę?

Tommy nie wiedział, czy ma czuć ulgę, czy rozczarowanie, że go nie rozpoznała. Ale dlaczego miałaby? Przeszli przez willę Nordlego. Tommy pomyślał, że to dobry dom, taki, który by sam chętnie kupił, gdyby miał za co. Dom, który być może dał Elisabeth Thorstensen spokój, którego potrzebowała, żeby iść dalej przez życie. Białe ściany, podłogi z szerokich sosnowych desek, abstrakcyjne obrazy, książek dość na całe życie albo i dłużej. W powietrzu wisiał ślad po jakimś egzotycznym posiłku, ostre przyprawy przywiodły mu na myśl Hadję. Skinął głową do kobietki o filipińskim wyglądzie, która wychyliła głowę z kuchni, i za Nordlim wszedł na werandę stanowiącą przedłużenie pokoju stołowego.

– Ona tu lubi przesiadywać. Wstawiliśmy próżniowe szyby... – powiedział gospodarz i stanął przy przeszkolonej ścianie.

Śnieg padał coraz gęstszy, zupełnie jakby chciał zasypać całe miasto. Świateł z Nesodden i z zachodnich dzielnic już prawie nie było widać.

Tommy usiadł na jednym z wiklinowych foteli. Na niskim stoliku przed sobą zobaczył cztery czy pięć płaskich świeczek do podgrzewacza, niedopity kieliszek wina, kilka książek i stare, czarno-białe zdjęcie legitymacyjne. Była tam też popielniczka pełna niedopałków i pusta paczka po papierosach „More". Popatrzył na twarz Kristiane Thorstensen na leżącej do góry nogami fotografii, zrobionej w automacie w latach osiemdziesiątych. Dziewczyna uśmiechała się do aparatu w sposób sugerujący, że zdjęcie było przeznaczone dla kogoś szczególnego, może kogoś, kto czekał na zewnątrz kabiny?

Tommy nawet nie zauważył, kiedy Nordli zniknął z werandy. Wziął więc do ręki fotografię, trzymając ją ostrożnie za róg, jakby stanowiła materiał dowodowy, na którym nie chciał zostawić odcisków palców.

Znów pomyślał, że nie mogła być przeznaczona dla byle kogo. Mimo uśmiechu, w spojrzeniu dziewczyny była powaga.

„Ktoś rozpalił w niej płomień" – zabrzmiały mu w uszach słowa Raska. Czy ma wierzyć komuś takiemu? Człowiekowi, którego niewinności absolutnie nie był pewien?

Odłożył zdjęcie na miejsce dokładnie tak, jak leżało. Czas był najwyższy, bo z salonu dobiegły go głosy Elisabeth i jej męża: Nordli próbował skłonić ją, żeby nie rozmawiała z Tommym. Na próżno.

Gdy weszła na przeszkloną werandę, wstał. Bluzę od dresu powiesił na oparciu fotela, uznając, że napis KLEMETSRUD – PIŁKA RĘCZNA na plecach jest w jakiś sposób niestosowny, ale nic więcej nie mógł zrobić. Stał teraz w swoim starym oliwkowym swetrze z wojska, przepoconym podkoszulku z mikrofibry i mokrych spodniach od dresu.

– Tommy Bergmann. Cieszę się, że zechciała pani się ze mną zobaczyć.

Jej szczupłe palce całkowicie zniknęły w jego dłoni. Podniosła drugą rękę i zbliżyła do jego twarzy. Chciał popatrzeć jej w oczy, ale mu się to nie udało.

– A więc to pan...

Pogłaskała go lekko po policzku, jak szesnaście lat temu. Prawie poczuł jej krew spływającą po skórze.

– Nie sądziłem, że pani mnie pozna – powiedział.

Cofnęła rękę i obciągnęła mankiet bluzki, ale i tak zdążył zobaczyć kontury blizn na przegubach.

– Poznałabym pana nawet po stu latach.

Opadła na stojące za nią krzesło i przetarła twarz wierzchem dłoni. Tommy patrzył na nią ukradkiem. Jej ciemnoblond włosy były prawie takie, jakie pamiętał, rysy twarzy wciąż miała szlachetne i symetryczne, ale od oczu i ust odchodziły zmarszczki. Mimo to, gdyby ją zobaczył na ulicy, pomyślałby, że zbliża się do pięćdziesiątki, a nie do sześćdziesiątki. Trzymała się zdumiewająco dobrze. Z tego, co wyczytał w materiałach ze śledztwa, wynikało, że zabójstwo Kristiane całkowicie ją zdruzgotało i że na długi czas wylądowała w szpitalu. Nie pamiętał jednak gdzie.

– Taka była do niego podobna... – Podniosła ze stolika zdjęcie.

– Do pani męża?

– Per-Erika – powiedziała, wpatrując się w niewielką fotografię. – Chyba od piętnastu lat z nim nie rozmawiałam. Ani razu.

– Ale... – Nie zdążył więcej powiedzieć.

– Ani nie patrzyłam na jej fotografie... Jej twarzy nie widziałam od tysiąc dziewięćset osiemdziesiątego ósmego roku, a teraz „Dagbladet" dało to zdjęcie na pierwszej stronie... Jak je zobaczyłam na statywie z gazetami, musiałam się położyć w sklepie na podłodze. Lata całe prosiłam Asgeira, żeby mi czytał gazety. Wiadomości w telewizji nie oglądam. Nie uważa pan, że powinni byli do mnie zadzwonić, ostrzec?

Podniosła głowę, a wyraz jej twarzy nie pozostawiał wątpliwości – tę żałobę zabierze ze sobą do grobu.

– Przykro mi – powiedział, bo co miał powiedzieć?

Elisabeth Thorstensen ukryła twarz w dłoniach. Jej płacz był cichy, niemal bezgłośny. Tommy nie bardzo wiedział, co ma zrobić. Kiedy już wstawał, żeby zacząć ją pocieszać, coś wymamrotała.

– Wolałabym, żeby to był on.

– Rask?

– To mi dawało spokój – powiedziała spomiędzy dłoni.

Nie przychodziło mu do głowy nic sensownego, co mógłby powiedzieć. Czy był ktoś, kto nie wolał, żeby to był Rask?

Odczekał, aż się weźmie w garść. Zapaliła papierosa, wydawała się trochę nieobecna.

– Jest coś, o co muszę panią spytać. Coś, o czym ostatnio stale myślę.

– Tak?

– Tamtego wieczora, kiedy do was przyjechaliśmy po znalezieniu Kristiane... Coś pani powiedziała. Pamięta pani? Potrząsnęła głową.

– „To wszystko przeze mnie" – przypomniał jej Tommy. Nastąpiła dłuższa chwila ciszy.

– Dlaczego pani to powiedziała?

– Nie pamiętam, żebym coś takiego powiedziała. Niby dlaczego miałabym to mówić? – W jej twarzy coś się zamknęło. – Był pan pierwszą osobą... która ją zobaczyła? – spytała, zmieniając temat.

Skinął głową, chociaż nie do końca było to prawdą.

– Niech mi pan powie, że było jej tam... wygodnie.

– To było dobre miejsce.

Elisabeth Thorstensen zgasiła na wpół wypalonego papierosa.

– Pan jest trenerem ręcznej? – spytała, wskazując na bluzę od dresu, wiszącą na oparciu wiklinowego fotela. Przytaknął.

Jej spojrzenie znów zwróciło się jakby do środka, jakby myślała o tym samym, co on. O Kristiane, która wychodzi z hali Nordstrand, idzie jedną z willowych uliczek, może skręca w lewo w ulicę Kittel-Nielsena, dochodzi do skrzyżowania Sæter z treningową torbą na ramieniu, może idzie leniwym krokiem, może biegnie, żeby zdążyć na pociąg... Ale dlaczego pociąg? Dlaczego nie tramwaj? Miałaby bliżej. Wciąż tego nie rozumiał, ale zastanawianie się nad tym było marnowaniem czasu, tak przynajmniej twierdziła Susanne.

– Musimy zadecydować, czy wznawiamy dochodzenie, ale

do tego musimy mieć coś konkretnego. Pani wie, że materiał dowodowy przeciw Raskowi jest słaby. Jeśli więc jest coś, o czym pani przez te lata myślała... Coś, co pani zdaniem nie bardzo się zgadza...

– Powiedziałam wtedy wszystko, co miałam do powiedzenia.

„Dużo tego nie było" – pomyślał Tommy.

Po znalezieniu Kristiane nie dało się jej przesłuchać przez kilka miesięcy. Kiedy popełniono kolejne, podobne morderstwo, tym razem na prostytutce, wszyscy zajęli się właśnie nim. Uważano, że to ten sam mężczyzna, sprawie nadano najwyższy priorytet, a zimny trop był tylko zimnym tropem. Z niemal siedmiu tysięcy stron akt związanych z Raskiem przesłuchania Elisabeth Thorstensen stanowiły zupełnie nieistotny ułamek.

– Muszę panią spytać o pewne imię... – zaczął Tommy.

– Imię?

– Maria – powiedział szybko. – Edle Maria. Czy to brzmi dla pani znajomo?

Był to jakiś ślepy strzał Sørvaaga, ale warto było wszystko sprawdzić.

– Nie – odpowiedziała. – Nic mi to nie mówi.

Tommy odczekał chwilę, ale nic nie wskazywało na to, że coś doda.

– Muszę też spytać, dlaczego pani była na pogrzebie tej Litwinki, Dainy. Bo to była pani, prawda?

Usta Elisabeth Thorstensen wykrzywiły się, jakby musiała się mocno wysilić, żeby za chwilę się nie rozpłakać.

– Tak... – powiedziała cicho. – Postanowiłam tam pojechać, nawet zadzwoniłam, żeby się upewnić co do daty i godziny. Może po to, żeby się pogodzić ze swoim własnym losem? Przecież nie byłam na pogrzebie własnej córki, pewnie pan o tym wie... Co to za matka, która sobie z tym nie radzi? Z pożegnaniem własnej córki?

Tommy nie miał pojęcia, co powiedzieć. Mógł ją spytać, kto jej zdaniem zamordował Dainę, ale nie miało to sensu. Poza tym nie mógł jej podawać żadnych szczegółów.

– Czy był jakiś chłopak... Czy Kristiane miała kogoś, kiedy zniknęła?

Elisabeth Thorstensen pokręciła głową.

– Nic o tym nie wiem. Miała swoje własne życie. Chyba zerwała ze swoim chłopakiem... jak mu było? Ståle? Chyba latem. Szczerze mówiąc, nie interesowałam się tym za bardzo.

– Zauważyła pani u niej jakąś zmianę tamtej jesieni?

– Nie.

– I nie mówiła, dokąd się wybiera w sobotę wieczór?

Matka Kristiane tylko potrząsnęła głową.

– Czy ona jeździła tramwajem z Sæter albo pociągiem ze stacji na dole?

Elisabeth Thorstensen zamknęła oczy.

– Kristiane... – zaczęła, ale nagle zamilkła. – Ona zwykle... – Jednak nie była w stanie kontynuować.

– Jeździła kolejką z Munkelia – dokończył za nią.

Oznaczało to, że Kristiane na ogół wychodziła z hali Nordstrand w kierunku przeciwnym zarówno do Sæter, jak i do stacji kolejowej bliżej fiordu Oslo.

Tommy poczuł się bezradny.

„Oczywistości" – pomyślał. „Same oczywistości".

– Nie było pani w domu tamtej soboty? Na meczu też nie?

– Nie.

– Ani pani, ani Per-Erika?

– Był wtedy w Szwecji, w interesach.

Tommy wiedział, że Per-Erik Thorstensen był nie dalej jak w Göteborgu. Odruchowo obliczył, że kiedy Kristiane zniknęła, jej ojciec znajdował się tylko trzy i pół godziny jazdy od Oslo. Z łatwością mógł obrócić w tę i z powrotem.

– Więc w domu był tylko Alexander?

Elisabeth Thorstensen skinęła głową, ale nie spojrzała mu w oczy.

– Zawsze dawaliśmy dzieciom duży margines swobody. Często nie wiedziałam, gdzie są, wracały dopiero wieczorem... Wolność na ich odpowiedzialność. I to się zawsze sprawdzało.

Tommy miał świadomość, że w tej sprawie policja wykonała solidną robotę. Ustalono alibi i sprawdzono ruchy wszystkich, z wyjątkiem Elisabeth Thorstensen. Oba kręgi bliskich Kristiane zostały rozpracowane. Najpierw członkowie rodziny, a potem krąg rozszerzony: przyjaciele, znajomi. Przesłuchano jej byłego chłopaka i sprawdzono jego alibi. Żadna z przesłuchiwanych osób nie dała powodu, by przypuścić, że pasowałby do niej *modus operandi* mordercy. Sprawdzono też znanych psycholi i ludzkie bestie, które były na liście osób, do których mógłby pasować. Dwaj psychotyczni gwałciciele, których kiedyś już skazano za morderstwo, mieli niepodważalne alibi. Był to barman z pubu Galgerberg Corner i kontroler biletów z kina Saga. Z drugiej strony, nie musiał to być nikt oczywisty. Zabójcą mógł być ktoś, kto doskonale ukrywa swoje szaleństwo. Czyż nie to właśnie powiedział Arne Furuberget? Że Rask ma dwie twarze i że przez długi okres może się wydawać całkowicie normalny. Mogło to dotyczyć wielu ludzi na tym świecie.

„Na przykład mnie" – pomyślał Tommy.

– Nie mogłam mieć lepszego życia – odezwała się nagle Elisabeth Thorstensen.

Tommy udał, że tego nie słyszał.

– A gdzie pani była tamtego wieczora? – To był jedyny słaby punkt. Nikt tego za bardzo nie drążył, a kiedy aresztowano Raska, nie było już potrzeby tego robić. Może to gra niewarta świeczki, ale musiał spróbować.

– Byłam w mieście. Więcej nie musisz wiedzieć, Tommy.

W jej głosie było zdecydowanie, ale bez śladu wrogości. Napotkał jej spojrzenie i postanowił dalej nie dociekać. Przynajmniej nie teraz. Przez kilka sekund patrzyli sobie w oczy. Nie mógł nie myśleć o tym, że ona jest pociągająca. Więcej niż pociągająca. Mogłaby go sobie owinąć wokół palca, gdyby tylko zechciała.

– No tak.

– Ale jedno musisz wiedzieć, Tommy. Do roku tysiąc dziewięćset osiemdziesiątego siódmego żyłam w piekle. I wtedy nagle moje życie całkiem się zmieniło. A rok później zniknęła Kristiane...

– Nie rozumiem?

– Czasami bił mnie pomarańczami zawiniętymi w mokry ręcznik.

Początkowo nie pojął znaczenia tych słów, a potem zaczął do niego docierać ich sens. Zimowy ogród wokół niego nagle się zakołysał, a wiklinowe siedzisko jego fotela zaczęło się rozsypywać.

– Per-Erik... – powiedział cicho.

Patrzyli na siebie i przez moment było tak, jakby przejrzała go na wylot. Znał takich mężczyzn. Po czymś takim wracali do swoistej równowagi.

Elisabeth Thorstensen szukała ręką paczki papierosów na stole. Z salonu dobiegały słabe dźwięki jazzu. Tommy zamknął oczy i pomyślał, że tak nikczemny jak Per-Erik Thorstensen on sam nigdy nie był. „Kłamstwo" – pomyślał w następnej sekundzie.

– W materiałach z dawnego dochodzenia nic o tym nie ma.

Wydmuchnęła dym prosto w jego twarz.

– To była nasza mała tajemnica. Zaczęło się rok po naszym poznaniu. Te pomarańcze to była jego specjalność. Nie ma od tego siniaków, ale są małe wewnętrzne krwawienia. Nie wyobrażasz sobie, jakie to było bolesne.

Nie miał jej nic do powiedzenia. Miał wielką ochotę sobie stąd pójść, ale musiał dokończyć to nieformalne przesłuchanie.

– Przez te wszystkie lata, Tommy. A kiedy byłam w ciąży z Kristiane, twierdził, że flirtuję z innymi mężczyznami. Byłam wtedy w ciąży, Tommy, w ciąży! Mogłam stracić to dziecko.

Poczuł, jak coś podjeżdża mu do gardła.

– Nie spytasz, dlaczego go nie rzuciłam?

Tommy miał już dosyć. Zamknął oczy, ale wtedy widział tylko Hege. Wciągnął powietrze nosem.

„Nie" – pomyślał. „Nie spytam cię, dlaczego go nie rzuciłaś".

Jakimś cudem udało mu się z paczki „Prince'ów" wyłowić papierosa, a potem zaczął gmerać w kieszeniach swojej bluzy, udając, że szuka komórki. Robił cokolwiek, żeby nie musieć odpowiadać na jej pytanie. Telefonu zresztą nie znalazł, pewnie zostawił go w aucie.

– Coś nie tak? – spytała.

– Nie, skąd – odparł.

Uśmiechnęła się do niego i ten uśmiech wyglądał na szczery.

– Ale w ostatnim roku przed śmiercią Kristiane nagle zmieniło się na lepsze. Stał się cud. Zaczął chodzić na spotkania takiej męskiej grupy, wiesz, o co chodzi? Nauka samokontroli, z własnej inicjatywy. Nie rozumiałam, skąd ta zmiana. Wyglądało na to, że po prostu wziął się mocno w karby.

Tommy nic nie powiedział.

– Wyobrażasz sobie, jak to jest, stracić dziecko w momencie, kiedy wszystko się zaczyna układać, po takim małżeństwie?

Ostrożnie skinął głową.

– Naprawdę możesz to sobie wyobrazić? Kiedy już myślisz, że życie nie może być lepsze... nagle tracisz dziecko.

Rękaw jej bluzki przesunął się w górę i odsłonił lewe przedramię. Blizny były wciąż grubsze i jaśniejsze niż cienka skóra dookoła nich.

– Kiedy wróciłam do domu ze szpitala, a właściwie z wariatkowa, jak się okazało, Per-Erika już nie było, wyniósł się. Było tak, jakby Kristiane musiała umrzeć, by to nastąpiło... Wyrzuciłam po niej wszystko, absolutnie wszystko. To zdjęcie w zeszłym roku dał mi Alex. – Wzięła do ręki małe legitymacyjne zdjęcie, po czym zamilkła i zapadła się w sobie.

– Kto prowadził tę grupę? – spytał nagle Tommy.

Elisabeth Thorstensen patrzyła na niego przez chwilę.

– O czym mówisz?

– Tę męską grupę, na którą chodził Per-Erik. Nauka samokontroli.

Zaciągnęła się po raz ostatni papierosem i zgasiła go. Tommy spojrzał na miasto poniżej: śnieżyca zelżała, znów widać było więcej niż najbliższe domostwo.

– Tego nie wiem.

– Proszę sobie spróbować przypomnieć.

– To takie ważne?

– Czy z kimś z tej grupy się zaprzyjaźnił?

Co to powiedział Farberg? Że Rask miał przyjaciela? Takiego, który wpadał w taki szał, że był w stanie zrobić wtedy wszystko?

– Nie wiem. Naprawdę nie wiem.

– A wie pani, gdzie te spotkania się odbywały?

– To chyba nie jest takie ważne?

– Niech pani spróbuje sobie przypomnieć.

– Zdaje się, że gdzieś po zachodniej stronie miasta.

– Zachodniej?

– Tak. Per-Erik mi to mówił, ale zapomniałam, gdzie dokładnie.

„Oslo zachód" – napisał w notatniku i podniósł oczy. Zupełnie nie potrafił się skoncentrować. Patrzyli na siebie. Powinien skierować wzrok gdzie indziej, ale nie chciał. Uśmiechnęła się niepewnie, jakby była dziewczęciem w wieku Kristiane, a nie kobietą zbliżającą się do sześćdziesiątki.

– I nadal pani nie wie, dlaczego pani wtedy powiedziała: „To wszystko przeze mnie"?

Elisabeth Thorstensen otworzyła usta, by coś powiedzieć, ale w ostatniej chwili zrezygnowała.

– Dlaczego nie może mi pani powiedzieć, gdzie pani była tego wieczora, gdy zniknęła?

Była to największa luka, jaką Tommy znalazł we wcześniejszym dochodzeniu. Może nie było niczym dziwnym, że tego pytania nie zadano jej zimą roku 1989, kiedy wróciła ze szpitala? W ogólnym rozrachunku był to może drobiazg, ale Tommy chciał mieć porządek w papierach. Musiał coś dla Sveina Finnelanda znaleźć, choćby wydawało się to bez większego znaczenia.

– A dlaczego to takie ważne?

Była znów na krawędzi płaczu.

W drzwiach pojawił się Nordli.

Elisabeth Thorstensen ponownie ukryła twarz w dłoniach.

– Pan już chyba musi iść – powiedział jej mąż.

– Nie – sprzeciwiła się, nie odrywając rąk od twarzy. – Idź, Asgeir, proszę cię.

Siedziała z twarzą w dłoniach aż do momentu, gdy Nordli zamknął za sobą drzwi. Przez chwilę stał w salonie, jakby rozważał, czy nie wrócić na werandę, ale w końcu sobie poszedł.

Tommy dał znak głową Elisabeth Thorstensen.

– Byłam u innego mężczyzny – powiedziała i na jej twarzy odmalowała się ulga. Poprawiła włosy, jakby jej fryzura uległa deformacji.

Tommy przeklinał siebie za to, że ona mu się tak podoba. Piękne ręce, wyraźne rysy, błyszczące oczy.

– W sobotę, kiedy zaginęła?

Skinęła głową.

– Byliśmy w hotelu SAS-u do niedzieli rano. Był wtedy żonaty.

Tommy poczuł, że lekko szumi mu w głowie. Notując, próbował nadać swojej twarzy najbardziej nonszalancki wyraz, jak potrafił.

– Jak się nazywał?

Wessała jeden policzek i wpatrzyła się w jakiś punkt obok niego.

– Morten Høgda.

Jego długopis zatrzymał się.

– Więc pani miała romans z kimś, kogo Per-Erik znał?

– Boże, naturalnie. Ale może o to sam siebie winić. Wepchnął mnie w ramiona Mortena. Wręcz... wbił mnie w jego ramiona. Na moim miejscu zrobiłbyś to samo.

Ich oczy znów się spotkały, ale żadne nic nie powiedziało.

O ile Tommy wiedział, Morten Høgda był kimś w rodzaju inwestora. Jednym z tych średnio znanych bogaczy, którzy co jakiś czas pojawiali się w gazetach.

Ale to nazwisko kojarzyło mu się jeszcze z czymś.

– Czy dlatego pani to wtedy powiedziała?

– Znaczy co?

– „To wszystko przeze mnie".

– Nie rozumiem...

– No bo była pani z innym mężczyzną wieczorem, kiedy ona zaginęła.

Elisabeth Thorstensen zacisnęła zęby, nabrała dużo powietrza i wypuściła je dopiero po dłuższej chwili.

– Wie pan co? – zaczęła spokojnym głosem. – Chyba już skończyliśmy.

26

W samochodzie nie znalazł zmiotki, tylko starą skrobaczkę. Niestety, nie lód był tu problemem, ale ogromna ilość śniegu. Westchnął z rezygnacją, spychając zwały puchu z przedniej szyby. Jego wycieraczki ledwo działały, na pewno nie dałyby sobie z tym rady.

W oknie kuchni wyraźnie widział sylwetkę Elisabeth Thorstensen. Ani myślała odprowadzić go do wyjścia, dobrze, że rzuciła mu chociaż: „Do widzenia".

Jak nazywał się ten wikary? Trzeba będzie rano zadzwonić do parafii na Oppsal.

Czy ona rzeczywiście to powiedziała? Wręcz wykrzyknęła? „To wszystko przeze mnie".

„O tak" – pomyślał. Posunął się za daleko. Ale zostało mu już zaledwie pięć dni i tylko jedno nowe nazwisko w notatniku.

Cieszył się, że wyszedł już z tego domu. Przez moment wydawało mu się, że Elisabeth Thorstensen przejrzała go na wskroś. Właściwie był tego pewien. Po małżeństwie z Per--Erikiem Thorstensenem z pewnością była wyczulona na takich typów jak on.

Morten Høgda.

Mimo że miał to nazwisko w notatniku, powtórzył je kilka razy, by dobrze zapamiętać.

Zanim wsiadł do samochodu, strzepnął z przedniego siedzenia tyle śniegu, ile zdołał. Przy otwarciu drzwi puch zawsze tam spadał, bo Tommy był albo zbyt leniwy, albo zbyt roztargniony, żeby zmieść go najpierw z dachu. Komórka leżała na miejscu pasażera. Złapał ją, chcąc zadzwonić do centrali. Jeśli mieli spokojny wieczór, mogli znaleźć mu tego Mortena Høgdę. To nazwisko wciąż brzmiało znajomo. Zaklął głośno – w komórce siadła bateria. Pewnie zaraz po tym, jak zadzwoniła do niego Thorstensen. Kiedy to było? Sprawdził zegarek. Dwie? Trzy godziny temu?

Droga do domu, w końcu krótki odcinek z Bekkelaget, była jak przeprawa przez góry. Z powodu śniegu ledwo, ledwo podjechał pod górkę na Lambertseter. Może trzeba będzie wybulić na nowe opony zimowe? „Może jednak nie" – pomyślał, kiedy mimo wszystko pojął, że nie ześlizgnie się z powrotem na ulicę pułkownika Rodego. Na szczycie górki, tuż koło centrum handlowego napotkał monstrualny pług śnieżny, który omal nie zagarnął jego samochodu swoim gigantycznym lemieszem. Kiedy parkował samochód daleko na Bergkrystallen, błysk żółtych świateł pługa wciąż miał utrwalony na siatkówce oczu.

W przedpokoju rzucił się na stary telefon stacjonarny, zadzwonił na centralę i poprosił o sprawdzenie dwóch osób. Jedną był Morten Høgda, drugą wikary z parafii Oppsal, którego imię i nazwisko przypomniał sobie po drodze. Thorstad, Hallvard Thorstad. Prawie jak gwiazda piłki nożnej z lat osiemdziesiątych – tylko dlatego był w stanie skojarzyć te dane tyle lat po fakcie.

Czekając, aż oddzwonią, usiadł na kanapie w pokoju dziennym i zapalił papierosa. Włączył stojącą w rogu pokoju lampę i od razu doznał uczucia, że coś jest nie tak. Wstał i dokładnie obejrzał malowany na biało pokój. Potem wszedł do sypialni, zapalił tam światło i przypatrzył się łóżku, które niegdyś dzielił z Hege. Miał dziwne wrażenie, że ktoś na nim niedawno leżał, ale odsunął od siebie tę myśl.

„Szaleństwo" – pomyślał, podszedł do łóżka, kucnął przy nim i spróbował zajrzeć pod spód, trzymając papierosa wysoko w górze, by przypadkiem nie podpalić pościeli.

W przedpokoju zadzwonił telefon. Tommy uderzył głową o kant łóżka i odruchowo nachylił się jeszcze bardziej. Pod łóżkiem zobaczył tylko koty z kurzu. Zaklął cicho.

– Morten Høgda – zaczął Johnsen z centrali. – Trzy zawiadomienia o gwałcie przez trzy różne kobiety, następnie wycofane. Według obyczajówki stały klient kurwidołków. Dochód w zeszłym roku: czterdzieści milionów, majątek w aktywach sto dziesięć. Ogólnie super gość, tyle że popęd płciowy ma jakiś gwałtowny.

Tommy roześmiał się cicho. Przed oczyma stanął mu obraz Elisabeth Thorstensen. Jej ciemne oczy, jej nowy mąż. W końcu trafiła na dobrego człowieka, takiego, któremu mogła zaufać. Asgeir Nordli wyglądał na porządnego gościa. Może trochę zbyt miękki, ale chyba nie było to problemem dla kobiety, która przeszła tyle, co Elisabeth Thorstensen.

– Dzięki – powiedział do słuchawki.

W głowie uformowała mu się pewna myśl. Kiedy się wiedziało, ile kobiety były skłonne zrobić dla mężczyzn, co swego czasu zrobiłaby Elisabeth Thorstensen dla Mortena Høgdy?

– Masz może numer tego Hallvarda Thorstada?

– Jest tylko jeden Hallvard Thorstad, mieszka na zadupiu na zachodzie. – I Johnsen odczytał numer z jakiegoś miejsca w okręgu Sogn og Fjordane.

Tommy zanotował na starej gazecie.

– Dzięki ci, stary.

– Nawiasem mówiąc, w centrali w Oppland teraz niezła poruchawa.

– Tak? – powiedział Tommy z roztargnieniem.

– Nie słyszałeś?

– Czego nie słyszałem? – Jedną ręką Tommy próbował otworzyć górną szufladę komody, żeby wydostać ładowarkę.

– Rask nawiał.

Zanurzona w szufladzie ręka Tommy'ego znieruchomiała.

– Coś ty powiedział?

– Anders Rask uciekł z tego szpitala na Toten, razem z jeszcze jednym czubkiem. Dwóch ochroniarzy nie żyje. Mówi się o wezwaniu Delty, żeby ich znaleźli. Helikopter już w powietrzu. Daleko nie uciekną, kamera ich znajdzie.

– Kurwa mać! – powiedział Tommy.

Obrócił się w przedpokoju. Zajrzał do pokoju dziennego. Obejrzał kanapę, stół, dywan, obrazy, regał, panujący bałagan. Wszystko wyglądało normalnie. Mimo to uczucie, że w mieszkaniu coś jest nie tak, wciąż go nie opuszczało. To, że Rask uciekł z Ringvoll, też nie pomagało. Pytanie tylko: jak? I gdzie jest teraz? „Tu, w mieście" – odpowiedział sobie Tommy.

– Jak dawno temu?

– Kilka godzin.

Przez chwilę milczeli.

Parę godzin. Dotarcie do Oslo zajęłoby im z półtorej godziny. Może zmieniliby po drodze samochód. Najprościej byłoby wjechać na jakieś senne przedmieście, znaleźć jakiś stary samochód i odpalić, zwierając przewody. „Góra dwie godziny" – pomyślał. „Już są w mieście. W całym kraju nie ma lepszego miejsca na kryjówkę".

– Nie, daleko nie uciekną – powiedział do Johnsena. – Dzięki za cynk.

Ostrożnie odłożył słuchawkę na widełki, podpiął komórkę do ładowarki i włączył ją.

Osiem nieodebranych połączeń. Wszystkie od Reutera.

– Gdzie się podziewałeś, do kurwy nędzy?! – spytał Reuter. Miał zadyszkę, jakby przed chwilą zszedł ze stacjonarnego roweru, który – jak Tommy wiedział – niedawno sobie kupił.

– Zapomniałem naładować telefon.

– Zapomniałeś?

– Byłem u Elisabeth Thorstensen.

Wyglądało na to, że ta informacja Reutera udobruchała. Trochę zmienił ton.

– Coś z tego będzie?

– Tak.

– Pogadamy o tym jutro. Finneland zwołuje u siebie zebranie, siódma *sharp*, ani sekundy później. Podejrzewam, że na nas spadnie ucieczka Raska, bo Finneland chce go dostać jak najszybciej, ale też chce, żebyś dalej robił, co robisz. Tyle, że masz już znacznie mniej czasu niż jeszcze kilka godzin temu. Myślisz, że to jednak Rask?

– A nie zabił kogoś, żeby stamtąd wyjść?

– Nie wiemy, czy to on. Z nim uciekł jeden psychol, zdolny do wszystkiego. Któryś z nich, może obaj, mieli romans z takim babsztylem, co pilnował w Ringvoll. Dała im swoją kartę, klucze i diabli wiedzą, co jeszcze. To krówsko siedzi teraz w Gjøvik, trzeba ją przydusić, najmocniej jak się da, wycisnąć z niej wszystko i do ziemi... I co ty na to, Tommy? Ja pierdolę, dwóch gości z Ringvoll załatwionych!

Co miał powiedzieć? Za długo już w tym siedział, żeby cokolwiek go bardzo zaskoczyło. Ale to, trochę tak.

Po rozmowie z Reuterem wszedł pod prysznic. Kilka minut stał pod bardzo gorącą wodą.

Na mokrej ściance prysznica wielkimi literami napisał palcem „Morten Høgda". A dalej kreskę i „Rask".

Gdzieś z daleka dobiegł go dźwięk komórki, a może był to budzik lub domofon? Zakręcił wodę i stał nieruchomo z ciałem namydlonym i szamponem we włosach. Drzwi do łazienki na wszelki wypadek zamknął na klucz – nie chciał, żeby Rask go zaskoczył. „Nie" – pomyślał. „Wydaje mi się". Żadnych nowych dźwięków. Znów odkręcił wodę. Po tym, jak wypłukał z włosów szampon, nagle go olśniło. Już wiedział, co mu w mieszkaniu nie pasowało. Mimo gorącej wody na jego rękach pojawiła się nagle gęsia skórka. Zniknęła. Zniknęła fotografia. Stał tak pod prysznicem, jakby opanował go stoicki spokój. Albo paraliż. Ledwo udało mu się zakręcić wodę. Przepasał się ręcznikiem i po chwili stał na środku pokoju dziennego. Pod jego stopami na parkiecie uformowała się niewielka kałuża. Przyjrzał się regałowi z IKEI. W połowie zapełnionemu książkami, ale były tam też czasopisma, dwa zasuszone kaktusy, jakieś drobiazgi, których nie zabrała Hege, i kilka fotografii w ramkach. Na jednej, sprzed dziesięciu lat, był z Hege. Zostawił ją tam z czystego masochizmu. Poza tym było tam dawne zdjęcie klasowe i portretowe zdjęcie jego samego. Za oprawioną pocztówką z Australii od przyjaciela, którego już nie było między żywymi, na wpół schowane miał małe zdjęcie matki w srebrnej ramce. Zrobione w połowie lat sześćdziesiątych, gdy była w szkole pielęgniarskiej Czerwonego Krzyża w Tromsø, tuż przed jego urodzeniem. Teraz go nie było. Powoli cofnął się do przedpokoju.

— Znalazł mnie... — wyszeptał. — Był tu i zabrał jej zdjęcie.

Komórka dalej leżała na komodzie w przedpokoju. Bent odebrał prawie natychmiast.

— Myślałem, że o tej porze śpisz — zagadnął.

— Broń — powiedział Tommy. — Potrzebuję broni.

CZĘŚĆ III

GRUDZIEŃ 2004

1

Widok w ogóle nie przypominał tamtego z poprzedniego dnia. Była już prawie dziesiąta, ale światło dnia sprawiało wrażenie, jakby nie mogło się przebić. Widoczność wynosiła nie więcej niż dziesięć metrów i przez śnieżycę prawie nie było widać starego budynku szpitala psychiatrycznego Ringvoll. Mocny wiatr szarpał liną flagowego masztu, która tłukła się o niego, wydając ostry dźwięk. Wisząca w połowie jego wysokości flaga była zupełnie mokra. Momentami wiatr podnosił ją i rozpościerał, ale po chwili znów smętnie opadała.

„Ile zim składa się na ludzkie życie?" – dumał Tommy. „W życiu Kristiane Thorstensen było tylko piętnaście".

Nie wiedział, ile lat mieli zabici ochroniarze. W ogóle nic nie wiedział.

Upewnił się, że pistolet, który w nocy przyniósł mu Bent, jest zamknięty w schowku na rękawiczki. Był to Raven MP-25, typ broni, którą Amerykanie nazywają *Saturday Night Special*.

Tej nocy nie zmrużył oka. Połowę z niej przesiedział zresztą w piwnicy, z tym niewielkim pistoletem w tylnej kieszeni spodni. Urwana dwa dni temu kłódka nie była przypadkiem.

Po śmierci matki zachował kilka pudeł, które zostały po niej na Tveita. Nie wiedział, co w nich jest, nie mógł więc stwierdzić, czy czegoś brakuje.

Przez kilka godzin przeglądał znajdujące się tam papiery, próbując dociec, kim właściwie była jego matka, ale w końcu musiał dać sobie spokój. W jej korespondencji nie było niczego ciekawego, składała się głównie z listów i kartek od przyjaciółek i mężczyzn, z którymi miała zapewne przelotne romanse. Poza tym były tam stare pokwitowania, rachunki i notatki odnoszące się do domowego budżetu, z których wynikało, że ledwo im starczało na życie. Pojęcia nie miał, czego włamywacz szukał w jego boksie. Jedno uważał za pewne: że ten ktoś, kto niegdyś zabił Kristiane Thorstensen i pozostałe dziewczęta – o ile była to tylko jedna osoba – odwiedził go w domu na Lambertseter co najmniej dwukrotnie.

Drzwi samochodu zatrzasnął za niego wiatr. Tommy naciągnął na głowę kaptur puchówki i poszedł do stalowej bramy. „Cholerny Finneland" – pomyślał. To on wpadł na pomysł, żeby Tommy przejechał się znów do Ringvoll, przede wszystkim, żeby przeszukać pokój Raska i drugiego uciekiniera, Øysteina Jensruda. Był to psychotyczny osobnik w wieku trzydziestu pięciu lat, który siedem lat wcześniej zabił oboje rodziców. Tommy uważał, że więcej by im dała rozmowa z dawnym kochankiem Elisabeth Thorstensen, Mortenem Høgdą, ale nic nie powiedział.

Krótkie zebranie u Finnelanda było dość burzliwe. Mimo to Tommy nie wsłuchiwał się specjalnie w gorącą dyskusję, która się wywiązała. Było ich tam czterech – obok Tommy'ego i Finnelanda jeszcze Reuter i psycholog Flatanger z Kripos. Finneland i Flatanger posprzeczali się o Raska. Psycholog przez cały wieczór studiował materiały, które mu przesłał Tommy, i dość szybko wyciągnął z nich wniosek, że Rask nigdy nikogo nie zabił. Jego zdanie pokrywało się z charakterystyką Krokhola – według niego Rask był zwykłym pedofilem, a nie seryjnym mordercą. Finneland z kolei uważał, że ucieczka i zabójstwa w Ringvoll wskazują na coś zupełnie innego. Przez większość czasu Tommy siedział na parapecie okna w gabinecie Finnelanda, obserwując poranny szczyt na zaśnieżonej ulicy Pilestredet.

Przez chwilę był prawie pewien, że w jego życiu nagle objawił się ojciec. Matka uciekła od czegoś strasznego, co do tego nie miał wątpliwości, i nie mogło to być nic innego, tylko jego ojciec. No bo skąd brała się jego własna niepoczytalność? I któż inny mógł włamać się do jego mieszkania, żeby zabrać stamtąd zdjęcie jego matki?

Przyszła mu do głowy szalona myśl: „Może oni wszyscy poszukują teraz mojego ojca?".

Przez kilka sekund wyobrażał sobie sam siebie jako małego chłopca gdzieś na północy kraju. Jak uciekają z matką w środku nocy, ze starym workiem marynarskim, w który kobieta zapakowała ubrania. Jak przyjeżdża po nich samochód. Jak ona płacze przez całą drogę, ukrywając twarz, mimo że w samochodzie jest zupełnie ciemno. Czy samochód prowadzi jakiś mężczyzna? Ni stąd, ni zowąd miał nagle w uszach wrzask z korytarza psychiatryka.

Czy to prawdziwe wspomnienie, czy coś, co sobie później wymyślił?

Kiedy Tommy dotarł do bramy szpitala, śnieg padał poziomo i Mjøsa zupełnie w nim zniknęła. Z samochodów wyskoczyli jacyś dziennikarze i musiał ich zatrzymać ruchem ręki.

– Żadnych komentarzy – warknął i pokazał legitymację dwóm mundurowym pilnującym furty.

W dyżurce nie przywitał go Arne Furuberget, ale gość, który przedstawił się jako Thorleif Fiskum, zastępca ordynatora. Jego twarz wyglądała jak pośmiertna maska.

– Gdzie Furuberget? – spytał Tommy.

– Wyjechał godzinę temu. Powiedział, że jego żona źle się czuje. Zadzwoniła i poprosiła, żeby wrócił do domu. Poza tym spędził tu całą noc i był wykończony. Będzie po południu.

– Czyli jest w domu?

– To straszne – powiedział cicho Fiskum, kręcąc głową. – Panie Bergmann, to przez naszą pracownicę!

Tommy skinął głową, bo co miał powiedzieć?

– Ona jest załamana, oczywiście. Rask obiecał jej, że nikomu nic się nie stanie… A ona była na tyle głupia, że mu uwierzyła! – I Fiskum opadł na krzesło w gabinecie ordynatora.

Był tam jeszcze jeden mężczyzna, który przedstawił się jako szef dochodzeniówki z Gjøvik. Tommy pomyślał, że lada chwila ten gość nie będzie już miał nic wspólnego ze śledztwem w tej sprawie.

Przez kilka minut rozmawiali o sposobie, w jaki Rask i Jensrud mogli wydostać się z Ringvoll, a Tommy brał udział w tej konwersacji wyłącznie z grzeczności, bo dla niego liczyło się tylko to, że uciekli. Jak Jensrudowi udało się z materiałów dostępnych w warsztacie wykonać nóż i jak bardzo pewna pracownica był zakochana w Rasku, zupełnie go nie obchodziło. Obchodziło go tylko jego znalezienie. W zasadzie uciekinierzy mogli teraz być w każdym miejscu, może gdzieś w Szwecji, ale Tommy był dziwnie pewien, że są w Oslo. I albo to Rask był w jego mieszkaniu, albo ktoś inny. Zabójca, którego szukali. Jego własny ojciec? Tommy niemal prychnął. „Ogarnij się” – pomyślał. To musiał jednak być ktoś inny. W boksie w piwnicy ten ktoś był na dobę przed ucieczką Raska. To chyba nie był zbieg okoliczności?

– Chciałbym zobaczyć pokój Raska – powiedział.

– Już go przeszukaliśmy – zaoponował śledczy z Gjøvik.

– Chciałbym zobaczyć pokój Raska – powtórzył Tommy jak autyk.

Po kilku minutach przyszedł po niego młody pielęgniarz, wysoki i mocno zbudowany. Na twarzy miał ślady łez, oczy czerwone, patrzył gdzieś w bok.

Tommy szedł za nim spokojnym krokiem, ze wzrokiem wbitym w butelkowozielone linoleum, i myślał to samo, co wczoraj: „Już kiedyś w takim miejscu byłem". Przeszli przez śluzę i weszli na oddział dla niebezpiecznych.

Kiedy doszli do środka korytarza, zatrzasnęły się za nimi stalowe drzwi. Tommy stanął i rozejrzał się dookoła.

Był w takim miejscu z matką.

Niekoniecznie tu, ale w podobnym miejscu.

Ale gdzie to było? I kiedy?

Pielęgniarz otworzył mu drzwi do pokoju Raska, ale nie odchodził.

– Obiecałem, że nie powiem – szepnął i spuścił wzrok.

– Czego nie powiem?

– Kilka dni temu wszedł tu Furuberget. – Czekał, upewniając się, że Tommy zrozumiał.

– Tak?

– Szukał tu czegoś, kiedy Rask był w warsztacie. To miał być list. Nigdy nie widziałem go tak zdesperowanego, grzebał tu prawie dwie godziny.

– List, który przyszedł do Raska?

Pielęgniarz kiwnął głową.

– Znalazł go?

– Nie. Szukał wszędzie. Stałem tu na zewnątrz i przez ostatnie dziesięć minut patrzyłem. Wszystko było rozbebeszone, zdjął nawet pokrowiec z materaca i rozmontował pół łóżka. – Pielęgniarz odciągnął zasuwę judasza, żeby mu pokazać, jak obserwował ordynatora.

– Dobra, niech pan to zasunie – powiedział Tommy, wszedł do środka i zamknął drzwi za sobą. Nie miał ochoty dzielić się z nikim swoimi myślami.

Przez kilka minut stał i rozglądał się po spartańsko urządzonym pomieszczeniu. Nie było tu wiele miejsc, w których dało się coś schować. Łóżko miało nogi z rurek, ale te Furuberget już sprawdził. Poza łóżkiem jedynym sensownym schowkiem mogła być półka z książkami.

Spojrzał na zegarek i pomyślał, że zamiast szukać samemu, najlepiej byłoby zadzwonić do Furubergeta. Musiał być jednak powód, dla którego ordynator chciał zachować tę rewizję w tajemnicy, więc na pewno wszystkiego by się wyparł. Na samej górze regału stało coś, co wyglądało jak album fotograficzny. Tommy ściągnął go i położył na biurku pod oknem. Okazało się, że to zbiór wycinków prasowych. Tommy nie mógł pojąć, dlaczego Furuberget pozwolił Raskowi go zatrzymać, ba, nawet uaktualniać!

Na pierwszej karcie Rask wkleił stary i pożółkły wycinek z gazety z Tønsberg, dotyczący morderstwa Anne-Lee Fransen. Na następnych stronach były kolejne wycinki o niej, pochodzące z innych gazet. Tommy przejrzał je dokładniej. Anne-Lee wracała rowerem od przyjaciółki, która mieszkała w innej dzielnicy Tønsberg. Wyjechała od niej po zmroku, ale miała światełko na dynamo i nieraz tamtędy jeździła. Rower odkryto dopiero po roku, na leśnej drodze nieopodal miejsca, gdzie znaleziono dziewczynkę. W reportażu zamieszczonym później tamtego roku wspomniano domysły Kripos, że po zabiciu Anne-Lee zabójca zabrał rower z Tønsberg i podrzucił go w pobliże miejsca zbrodni. Tommy przypomniał sobie zeznania Raska w sądzie o tym, jak zabił ją w lesie i wrócił do miasta po rower. Dalej było kilka wycinków ze zdjęciami zamordowanej. Wycinki na kolejnych kartach dotyczyły trzech zabitych prostytutek, ale ich profesja spowodowała, że mimo młodego wieku niewiele o nich napisano. W tamtych czasach gazety nie robiły wiele szumu z powodu śmierci szesnasto-czy siedemnastoletnich ulicznic, poza tym dwie z nich miały związki z heroinowym podziemiem i jako takie były dla prasy mało interesujące. Gdyby to się zdarzyło dzisiaj, na pewno zaraz odnaleziono by jakąś wykolejoną rodzinę i kilka starych szkolnych zdjęć słodkiego dziewczątka z zachodniego wybrzeża. Wtedy jednak każda z nich była tylko początkującą heroinistką ze śladami po igle na ramionach, która w czerwcową noc wsiadła do czyjegoś samochodu na ulicy Stenersena odziana w za krótką dżinsową minispódniczkę i buty na korku. Współczucie narodu wzbudziły dopiero trzy uczennice: Anne-Lee, Kristiane i Frida z Skedsmokorset, dziewczynka zamordowana trzy lata później.

Około dwudziestu stron, a więc większą część albumu wycinków zajmowała sprawa Kristiane Thorstensen. Jakimś sposobem gazety te znalazły drogę do szpitala psychiatrycznego Ringvoll i dalej, do pokoju człowieka skazanego za to zabójstwo. Tommy pomyślał, że Rask zbierał wycinki zaraz po zbrodni, może były tam też materiały skonfiskowane przez policję i zwrócone mu po uprawomocnieniu się wyroku. Ostatnie wycinki zawierające reportaże Krokhola o Kristiane i podjęciu na nowo postępowania pochodziły sprzed kilku dni.

Tommy spróbował stłumić w sobie irytację spowodowaną tym, że Raskowi pozwalano trzymać tu ten album wspomnień, i skupił się nad kilkoma podkreśleniami, których Rask dokonał w artykułach. Nie znalazł jednak między nimi żadnych powiązań, żadnego schematu, który nim kierował. Zatrzasnął album i postanowił spożytkować ostatni kwadrans na znalezienie kryjówki, w którą Rask mógł wetknąć list lub skrawki papieru, na których wypisał swoje szaleństwo. Opukał regał, sprawdził, czy płytki podłogi nie są gdzieś poluzowane, zbadał, czy nie dałoby się wetknąć czegoś między szafę a ścianę.

– Nic – wymamrotał w końcu. Zdesperowany wyjął szwajcarski scyzoryk, który nosił w kieszeni puchówki. Dostał go kiedyś w Bernie, gdzie wyjechał z delegacją policyjną, i zdarzało się, że czasem go używał. Tak jak teraz. Ostrożnie wbił ostrze w materac na łóżku, rozciął wzdłuż całe jego obicie, odchylił je i zajrzał do każdej znajdującej się wewnątrz sprężyny. Obrócił się znów do regału z mniej więcej tuzinem książek. „Ostatnie podejście" – pomyślał i zaczął wyciągać po kolei tomy. Każdy chwytał za grzbiet, odwracał i potrząsał. Nic a nic. Ostatnią deską ratunku była wielka czerwona księga z napisem *The Book of the Law*. Nazwisko autora brzmiało znajomo. Kiedy przewracał cienkie strony, zwrócił uwagę na grubość okładki, którą trzymał między kciukiem i palcem wskazującym lewej ręki.

Usiadł przy biurku i położył na nim księgę ostrożnie, jakby była niezwykle cennym i kruchym eksponatem. A potem delikatnie przeciągnął palcem po wewnętrznej stronie okładki. List tkwił między tekturą okładziny a wyklejką.

Raskowi jakoś się udało oddzielić wyklejkę od okładki, wsunąć list między nią a okładzinę i skleić wszystko z powrotem.

Przez kilka sekund Tommy patrzył na widoczny teraz, złożony arkusz, potem ostrożnie wyjął go ze schowka i delikatnie rozłożył, trzymając za rożki, by nie zetrzeć ewentualnych odcisków palców.

Przebiegł pismo oczyma. List był niedatowany. Pismo delikatne, może użyto wiecznego pióra. Ale kto go napisał? Czy sam Rask? Tommy ostrożnie podniósł arkusz do światła. Papier wyglądał na dość nowy, bez zżółknięć. Tyłem doszedł do łóżka, usiadł i powoli przeczytał słowo po słowie.

Kiedy będziesz to czytał, może mnie już nie będzie między żywymi.

Było dla mnie zawsze oczywiste, że to musisz być Ty. Tak jak Jezus sam wybrał człowieka, który miał go zdradzić, tak mój wybór padł na Ciebie.

Ten diabelski dar, który mam, będzie też moją zgubą i nic na to nie możesz poradzić. Pewnie i ja nie mogę.

Dar jest darem, to coś, o co ani Ty, ani ja nie prosiliśmy. Tylko darczyńca może zarządzać darem. A jeśli darczyńcą jest sam Bóg, co my, ludzie, możemy z nim zrobić?

Ty też masz dar, chłopcze, wiedziałeś o tym?

I Ty, tak jak ja, nigdy o niego nie prosiłeś.

Tak jak żadne dziecko nigdy nie prosi o swoje narodziny.

Dziecko... Dlaczego to piszę?

W dzieciństwie udało mi się doprowadzić do tego, by powróżyła mi Cyganka z objazdowego wesołego miasteczka. Popatrzyła na spody moich dłoni, potem złożyła je razem i wygoniła mnie z namiotu. „Nie musisz płacić"– powiedziała. Mojej matce powiedziała, że w tym wieku jest za wcześnie na wróżenie. Że zrobiła błąd, próbując. To mnie unieszczęśliwiło, mój chłopcze, wyobrażasz sobie? Cyganka nie chciała mi powróżyć!

Z miejsca, w którym mieszkam, morze wygląda, jakby było czarne, nie pieni się na nim żadna fala...

Gazeta, w której była jej twarz, została podarta na strzępy.

Jak sądzisz, co wróżbitka zobaczyła na moich dłoniach?

Czy to, że we wszystkim jest jakiś sens?

Że jej łzy były tylko łzami Meduzy?

Kto to napisał?

Rask, to musiał być on.

A może ktoś to napisał do niego?

Tommy'emu nagle przyszła do głowy absurdalna myśl, że szaleniec włożył tam list po to, żeby on go znalazł. Czy znał Raska z przeszłości?

Przeczytał list raz jeszcze. „Jak sądzisz, co wróżbitka zobaczyła na moich dłoniach?"

„Kobieta" – pomyślał. Czy to pismo kobiety?

Złożył list i wyszedł z pokoju-celi najszybciej jak mógł, jakby się bał, że zostanie tam zamknięty.

Na zewnątrz stał pielęgniarz.

– Gdzie mieszka Furuberget?

– Nie wiem.

– Niech mnie pan stąd wyprowadzi.

W śluzie przeczytał list jeszcze raz.

„Z miejsca, w którym mieszkam, morze wygląda, jakby było czarne".

Teraz był pewien. To pismo kobiety. A Meduza? Czy ona też nie była kobietą? Nie pokazał listu ani zastępcy ordynatora, ani śledczemu z Gjøvik, który wciąż tkwił w Ringvoll. Niech się zajmą ucieczką, to i tak za dużo dla nich.

– Gdzie mieszka Furuberget?

Dano mu adres i wytłumaczono, jak tam dojechać. Zastępca narysował nawet na odwrocie jakiejś koperty mapkę. Dom leżał na obrzeżach Skreia, tam, gdzie zaczynały się pola.

– Właściwie to muszę wracać do miasta. Niech pan do niego zadzwoni. I proszę o kopertę.

Ostrożnie włożył do niej list.

Za oknem wyglądało, jakby już był wieczór. Patrząc w stronę Mjøsy, można było zobaczyć tylko kontury krajobrazu. Wciąż padało.

– Nie odpowiada.

– Niech pan spróbuje na komórkę.

Zastępca wystukał numer na swojej komórce. Po chwili pokręcił głową.

– Pewnie śpi i tyle – powiedział Tommy, wziął narysowaną przez zastępcę mapkę i wyszedł.

W samochodzie włożył kopertę z listem do schowka na rękawiczki, przykrywając nierejestrowanego ravena.

List musiał napisać ktoś, kto znał Raska z przeszłości.

Przyszło mu na myśl nazwisko.

Farberg. Jon-Olav Farberg, kolega Raska ze szkoły Vetlandsåsen. Człowiek, który po znalezieniu Kristiane zachował się niczym sam Chrystus. Co on mu opowiedział? Jakąś tajemniczą historię o przyjacielu Raska, Yngvarze. Ale Yngvar nie był kobietą, a to wyraźnie było pismo kobiety.

Tommy prychnął i w centrum Skrei skręcił w prawo, zupełnie nie zwracając uwagi na świątecznie udekorowaną główną ulicę, na girlandy i okna wystawowe. Po kilku minutach skręcił w lewo i przejechał przez niewielki zagajnik. U jego wylotu poniżej stały dwa domostwa i w żadnym nie było w oknach światła. Ten dom, który – jak mu powiedziano – należał do Furubergeta, był całkowicie zaciemniony, nie paliło się nawet światło na zewnątrz.

Wyłączył radio i zapłon. Nastąpiła cisza, samochód zjechał bezszelestnie w dół. Jakieś piętnaście metrów od domu Tommy nacisnął na hamulec. U sąsiadów paliła się na zewnątrz lampa, a przed garażem stał pokryty śniegiem samochód.

Siedział przez kilka minut w aucie, wypatrując poruszeń w oknach. Najpierw w domu ordynatora, później u sąsiadów. Nie spuszczając wzroku z domu Furubergeta, otworzył schowek i wyjął ravena. Dopiero wtedy z powrotem włączył światła.

Po obu stronach drogi widniały świeże ślady opon. Zgasił światła, otworzył drzwi i wysiadł, cały czas patrząc w ciemne okna domu. Potem odbezpieczył pistolet i przeszedł kilka kroków między podwójnymi śladami opon. Te po prawej stronie były mniej widoczne spod śniegu niż te po lewej.

„Kurwa mać" – pomyślał. Jadąc tu, minął się z samochodem, ale nie zarejestrował, jakim. Szybkim krokiem ruszył w kierunku domu, ostatnie metry pokonał biegiem. Schody były śliskie i musiał chwycić za poręcz, żeby nie upaść. Przez moment był pewien, że zgubi pistolet.

Zrobił kilkusekundową przerwę, a potem chwycił za klamkę. Złapał ją przez rękaw puchówki, aby nie zetrzeć ewentualnych odcisków palców.

Drzwi nie były zamknięte i otwarły się z trzeszczeniem dawno niesmarowanych zawiasów. Wszedł ostrożnie do środka, trzymając pistolet w pogotowiu, i wcisnął przełącznik światła.

Z drzwi kawałek dalej wystawała para kapci, a w stronę kuchni po najwyraźniej lekko nachylonej podłodze biegła od nich strużka krwi.

Patrząc to w lewo, to w prawo i zwracając pistolet w kierunku, w którym patrzył, Tommy dotarł do drzwi salonu.

Furuberget leżał na brzuchu w kałuży krwi z głową obróconą na bok i gardłem poderżniętym od ucha do ucha. Wiatrówka, którą miał na sobie, była na plecach przesiąknięta krwią. Przed nim na podłodze leżały potłuczone, poplamione kawą filiżanki, srebrny imbryk, taca, pokruszone ciasteczka.

Tommy pochylił się szybko i dotknął ręki ordynatora. Była ciepła.

„Kurwa mać" – pomyślał znów. „To był tamten samochód". Ale co to był za jeden? Osobowy, średniej wielkości. Tyle pamiętał.

Wrócił na korytarz. „Czy żona naprawdę była chora?" – zastanawiał się.

Trzymając pistolet oburącz, kopnięciem otworzył pierwsze drzwi po lewej stronie. Pokój gościnny. Pusty.

Żona ordynatora leżała w następnym. Ona też miała poderżnięte gardło, ale ktoś obszedł się z nią gorzej niż z mężem: prawie nie miała twarzy. Nie miał siły zapalać tu światła. Opuścił pistolet i na komórce wystukał telefon alarmowy. Po krótkiej rozmowie zadzwonił do Reutera i opowiedział mu o liście, który znalazł w pokoju Raska.

– Ściśle mówiąc, to nie nasza sprawa, Tommy. Muszę pogadać ze Sveinem. On właśnie próbuje...

Tommy przerwał rozmowę. Wzdrygnął się, bo z piwnicy dobiegł go dziwny dźwięk: trzy uderzenia.

Podszedł do drzwi prowadzących do piwnicy i powiedział sobie, że to tylko kocioł olejowy. A potem usiadł na schodach z pistoletem skierowanym w ciemność poniżej.

Kiedy zobaczył migające niebieskie światła, schował ravena do wewnętrznej kieszeni i zszedł z uzbrojonym policjantem na dół do piwnicy. Była pusta, wszystkie drzwi były zamknięte na klucz.

Na górze komendant miejscowego posterunku doszedł do tego samego wniosku, co Tommy.

– Miał gościa, który go zabił. Bo przecież Raskowi nie zrobiłby kawy?

Tommy tylko potrząsnął głową.

Na koniec zjawił się śledczy z Gjøvik z zastępcą ordynatora z Ringvoll.

– To Rask – powiedział śledczy.

– Zrobiłby pan kawę Raskowi? – spytał komendant posterunku.

Tommy miał ochotę klepnąć go w plecy.

– Jakim samochodem uciekli? – spytał śledczego.

– Nissanem micrą – odparł śledczy ze smętnym uśmieszkiem. – Dwóch wariatów w samochodzie jak dla dziecka...

– Jadąc tu, widziałem samochód – oświadczył Tommy.

Śledczy otworzył szeroko oczy.

– Tak?

– To nie był nissan micra. Było już ciemno i prawie nic nie było widać, ale jestem pewien, że to nie była micra.

– A co to było?

– Nie mam pojęcia – krzywiąc się, odparł Tommy. – Nie było widać. Może focus albo astra, jakiś kompakt. Chyba nie kombi.

Śledczy otworzył usta, ale się rozmyślił i nic nie powiedział.

– Czy Furuberget kiedykolwiek mówił coś o liście do Raska, liście, którego szukał w jego pokoju?

Zastępca ordynatora, który tymczasem klęknął w przedpokoju, potrząsnął przecząco głową.

2

Tommy'emu udało się wyjechać dopiero po godzinie. Popołudniowy ruch był gęsty i zelżał dopiero na wyjeździe na E6 koło Minnesundu. Dookoła szalała śnieżyca i przez biel śniegu przebijała się głównie czerwień tylnych świateł samochodów. W ledwo widocznym krajobrazie z trudem wypatrzył znajomą dolinkę i zagajnik. W ostatniej chwili spostrzegł tablicę starego szpitala we Frensby i zjechał z głównej drogi. To w nim pracowała jego matka w pierwszych latach ich pobytu w Oslo.

„Czy to tu?" – spytał sam siebie. Przed nim wiła się kręta wiejska droga, obrzeżona czarnymi, nagimi drzewami, które wydawały się nachylać ku samochodowi.

W lusterku wstecznym szybko zniknęły światła E6. Krajobraz był coraz bardziej znajomy. Przypomniał sobie, że gdzieś w pobliżu szpitala biegła dawna E6. Wkrótce do niej dotarł, a po jakimś czasie zjechał z niej w lewo.

Po kilku minutach jazdy nieoświetloną wiejską drogą stanął przed zamkniętym szpitalem. Budynek wyglądał jak gotycki pomnik czasów, za którymi specjalnie nie tęsknił. Idąc przez plac ku głównemu wejściu i stawiając ostrożnie stopy na śliskich granitowych schodach, przyglądał się ciemnym oknom. Doszedł do jednego z ich i zajrzał, przykładając dłonie do twarzy: zobaczył korytarz, a na jego końcu tylko światło awaryjne, w którym widział zieloną podłogę i rząd drzwi po obu jego stronach.

Ostrożnie położył rękę na lodowato zimnej klamce. Wiedział, że powinien ją natychmiast puścić, ale jakoś nie potrafił. Na szczęście drzwi były zamknięte.

Odetchnął z ulgą. Gdyby drzwi były otwarte, wszedłby do środka. Stary szpital skrywał jakąś tajemnicę, a on nie był pewien, czy chce ją poznać. Nie miał wątpliwości, że jego matka pracowała tu na początku lat siedemdziesiątych.

Czy to tu widział Elisabeth Thorstensen?

Nie, nie. Pokręcił głową.

Coś mu się zdawało.

Ledwo z powrotem wyjechał na E6, zadzwoniła komórka. Zobaczył, że nie jest to ani Finneland, ani Reuter, więc postanowił nie odbierać.

Kiedy dojeżdżał do Gardermoen, ten ktoś zadzwonił ponownie. Wziął komórkę do ręki i przyjrzał się numerowi. Kilka pierwszych cyfr powiedziało mu, że dzwoni ktoś z Nordstrand albo Lambertseter. „Cholera" – pomyślał. „To Elisabeth Thorstensen".

– Znajdziecie go? – spytała bez żadnych wstępów.

Tommy zjechał na prawy pas, czując, jak po tej bezsennej nocy dopada go zmęczenie. Będzie musiał stanąć na stacji Shella na Kløfta, napić się kawy, zapalić, wyjść na świeże powietrze.

– Tak – odparł.

– Mam straszne przeczucie – powiedziała. Miała dziwnie zniekształcony głos, jakby pochodził od tkwiącego gdzieś w niej głęboko dziecka.

– Mianowicie?

– Że on tu przyjdzie.

– Chce pani ochrony policyjnej? Czy dobrze zrozumiałem?

Nie odpowiedziała.

- Czy on się z panią kiedykolwiek kontaktował?
- Nie...
- No to nie przyjdzie.
- Nie chcę ochrony. Nie, zdecydowanie – powiedziała, ale jakby bardziej do siebie niż do Tommy'ego.
- Czy... jeszcze coś chciałaby mi pani powiedzieć? – spytał po chwili.

Zbliżał się do zjazdu na Kløfta. Miał ochotę powiedzieć jej, że wczoraj posunął się za daleko i że jest mu z tego powodu głupio, i że cieszy się z jej telefonu, ale tego nie zrobił.

- Ten mój romans z Mortenem... – zaczęła i na moment przerwała. – Nie rozumiem, czemu to dla pana takie ważne.

„To dla ciebie jest takie ważne" – pomyślał Tommy i wjechał na stację Shella.

- Po prostu łatam stare dziury w dochodzeniu – powiedział. – Może mnie pani nazwać pedantem.

Elisabeth Thorstensen nabrała powietrza, a potem je wypuściła.

- No tak – rzuciła.

Tommy zaparkował samochód, wysiadł i wziął na siebie uderzenie hałasu z E6. Brnąc w śnieżnej brei, poszedł na tył stacji i zapalił papierosa. Kiedyś siedział tu razem z Hege, po podróży do Reny, gdzie znajomi mieli daczę. Była to jedna z piękniejszych podróży, które razem odbyli. Było lato, Tommy był szczęśliwy, ona – co rzadkie – też. Powiedziała, że chce mieć z nim dziecko. Czyż nie tak powiedziała? Spojrzał w górę na stalowoszare chmury na tle czarnego nieba. Wkrótce spadnie jeszcze więcej śniegu. Przeniósł wzrok na szoferkę zaparkowanego nieopodal tira, który za przednią szybą miał oświetloną choineczkę. „W Wigilię będę sam" – pomyślał i sam siebie aresztował za roztkliwianie się nad sobą.

- Zadzwonię do pani, jeśli będzie coś nowego – powiedział do Elisabeth Thorstensen.

– Alex to jego syn.

Zaciągnął się głęboko papierosem.

– Jego syn?

– Per-Erik nie jest ojcem Alexa. Ojcem jest Morten, Morten Høgda.

Umilkła. Tommy czekał.

– Nie wiem, czemu ci to opowiadam. To nie ma nic wspólnego z Kristiane. Chodzi o to, że... od tysiąc dziewięćset osiemdziesiątego ósmego roku próbuję wyprzeć ją z pamięci. I tyle innych rzeczy też. I już dłużej nie mogę. Nie mogę żyć, sama siebie oszukując. Rozumiesz, co mam na myśli, Tommy?

– Tak, rozumiem – powiedział cicho, a jego głos utonął w hałasie z E6.

– Wiesz o tym tylko ty i jedna moja przyjaciółka. Chcę, żeby to zostało między nami. I ani słowa Per-Erikowi.

– Oczywiście. Nawiasem mówiąc, nie udało mi się go znaleźć. W szkole powiedzieli, że jest w Tajlandii.

– Jakoś mnie to nie dziwi – powiedziała lodowatym tonem. – Tamtejsze panie niczego od mężczyzn nie wymagają.

Zignorował to. Były ważniejsze sprawy.

– I nikt nie wie, że to Høgda jest ojcem Alexa?

Nie odpowiedziała od razu.

– Nie.

– Sam Høgda też nie?

Nie odpowiedziała.

– Rozumiem, że tak – rzekł.

„Nie lubię, jak się mnie oszukuje" – pomyślał, ale nie chciał jej prowokować.

– A Alex?

– Nie, broń Boże.

– Chyba będę musiał sam pogadać z Høgdą.

– Oczywiście – powiedziała od razu.

– Nadal jesteście przyjaciółmi?

– Czasami rozmawiamy. Niezbyt często. On pewnie nie zrozumie, czego od niego chcesz, ale trudno. Sama nie pojmuję, co on ma z tym wspólnego.

– Jest ojcem Alexa – powiedział Tommy. – I byliście razem tego wieczora, kiedy zniknęła Kristiane. I może kiedy ją zamordowano.

Nic nie powiedziała.

– Niech mi pani coś o nim powie.

– Był przyjacielem Per-Erika. Razem pracowali, byli partnerami w interesach, wszystkim się dzielili. A potem Morten przejął całą firmę.

Zamilkła.

„Wszystkim się dzielili" – pomyślał Tommy. „Nawet tobą".

– Jeszcze jedno – powiedział. – Alexander... Alex. Spytam prosto z mostu: czy on na przesłuchaniu skłamał? Powiedział, że był sam całe popołudnie i wieczór, aż do dziesiątej, wtedy pojechał na imprezę. Tyle że nikt nie pamięta, żeby się tam zjawił przed północą.

– Nic z tego nie pamiętam – odparła Elisabeth Thorstensen. – A dlaczego miałby kłamać?

„Albo nie rozumiesz, albo nie chcesz zrozumieć" – pomyślał Tommy.

– Alex i Kristiane byli sami przez całą sobotę, kiedy zniknęła, tak?

– O ile wiem, tak.

– Czy on mógł po nią gdzieś pojechać albo po treningu dokądś zawieźć?

– Nie rozumiem.

– Alex twierdzi, że w tamtą sobotę siedział sam do dziesiątej, a potem pojechał, żeby się spotkać z przyjaciółmi na domówce... Ale nikt nie pamięta, żeby tam był przed dwunastą, o ile oczywiście można wierzyć świadectwu na wpół pijanych licealistów… Czy on ją dokądś woził? Jakie były między nimi stosunki?

– Nie wiem, do czego zmierzasz.

– Myśli pani, że mógł coś przemilczeć, że coś wie, ale nie chce powiedzieć, bo się boi, że zostanie w to wplątany? Długo milczała. Za długo.

– Nie. Nie wyobrażam sobie, żeby tak mogło być.

– Dalej mieszka w Tromsø?

Nie odpowiedziała od razu.

– Ja… – zaczęła.

– Tak?

– Ja muszę już iść.

Kiedy wrócił do samochodu, wyjął list do Raska. Miał wrażenie, że coś ściska mu głowę. Jakby była w imadle. Potrzebował więcej czasu. O wiele więcej czasu.

Alex nie był synem Per-Erika Thorstensena.

Kto napisał ten list do Raska?

Kobieta.

3

Halgeir Sørvaag był ostatnią osobą, z którą Susanne Bech miała teraz ochotę rozmawiać. Większość czasu po lunchu spędziła, pogrążając się w czymś, co – jak wiedziała – jest tylko przejściową depresją, a właściwie jedną z tych huśtawek nastroju, przez które Nicolay nie wyobrażał sobie dalszego pożycia z nią.

„No to dlaczego ode mnie nie odszedł?" – Zadawanie sobie tego pytania zajmowało jej cały czas, odkąd wróciła z kafeterii. „Dlaczego to ja musiałam od niego odejść?"

Od godziny ósmej próbowała systematycznie wczytywać się w dokumentację z jedną myślą w głowie: „Kristiane zakochała się w kimś, w kim nie powinna się zakochać" i zdążyła nawet pojechać do siedziby „Aftenposten", żeby znaleźć ślad próby sprzedaży gazecie przez Bjørn-Åge Flatena jego historyjki o Kristianie. Teraz jednak wpadła w otchłań depresji, a ten cholerny Halgeir Obleśny stał na progu jej gabinetu, przestępując z nogi na nogę.

Powoli okręciła się z krzesłem, mając nadzieję, że Sørvaag nie zauważy śladów łez na jej twarzy. Dziesięć minut wcześniej omal nie zadzwoniła do Nicolaya, żeby go poprosić o porzucenie tej panienki, którą się pocieszał, i powrót na święta do domu. Zamiast tego pobiegła do toalety i rozpłakała się najciszej, jak mogła. Kiedy wypłakała już wszystkie łzy, musiała zetrzeć z oczu maskarę. Wyglądało na to, że Sørvaag jej początkowo nie poznał.

– Tak? – zagadnęła i nasadziła na nos okulary, by wyglądać na poważną trzydziestodwulatkę, a nie płaczliwą nastolatkę, żałującą wszystkich swoich wyborów.

Anders Rask uciekł, dwóch ochroniarzy zabito, zaszlachtowano ordynatora z Ringvoll i jego żonę, a ona siedziała w kiblu i wyła, bo odeszła od Nico i miała teraz spędzić Wigilię samotnie z Matheą...

– Widziałaś gdzieś Tommy'ego? – spytał Sørvaag tonem bardziej gburowatym, niż być może zamierzał.

„Nie, nie widziałam tego szajbusa" – pomyślała Susanne, ale udało jej się powstrzymać od powiedzenia tego na głos. Zamiast tego pokręciła głową.

Sørvaag wystękał coś w rodzaju „no tak" i rzucił jej dziwne spojrzenie.

– Mogę ci w czymś pomóc? – spytała.

Wzruszył ramionami, wskutek czego wyszła mu ze spodni koszula. Nie schował jej z powrotem, bo pewnie mu się nie chciało. Stał tam jednak dalej, skubiąc swój wełniany rozpinany sweter, jakby był niepewnym siebie uczniakiem, a nie mężczyzną wielkimi krokami zbliżającym się do wieku przymusowej w ich służbie emerytury.

– Chciałem tylko... Może pamiętasz...

„Co pamiętam?" – zastanawiała się Susanne. Że trzymał ją za tyłek, gdy tańczyli na letniej imprezie? I że ona potem wpadła w ręce Sveina Finnelanda? Pieprzone chłopy, jakże ich miała wszystkich dosyć!

– Chodzi o tę Marię. Edle Marię. I tę kur... – Tu Sørvaag ugryzł się w język.

Susanne uświadomiła sobie, że zmrużyła w tym momencie oczy. Jeszcze moment, a wstanie i da mu w dziób. Jeżeli jeszcze raz nazwie tę małą biedną Litwinkę kurwą, będzie sam sobie winien, a ona od razu ustawi się w kolejce po zasiłek.

– Co z nią?

– Ta mała powiedziała jedno zrozumiałe słowo i to było: „Maria". Pamiętasz, jak powiedziałem, że skądś je znam? I to, co powiedziała wcześniej, znaczy: „Edle"?

„Pamiętam w każdym razie, jak Reuter cię wtedy wyśmiał" – pomyślała.

– No.

– Wiedziałem, że stary Lorentzen, mój pierwszy szef, kiedyś dawno temu opowiadał o pewnej sprawie. Było tam coś o Marii, z miejsca, w którym kiedyś pracował. O Edle Marii, gdzieś na północy kraju.

– I dalej się przy tym upierasz? – Susanne zdjęła z nosa okulary i wszelkie myśli o samotnej Wigilii z Matheą i o Nicolayu między nogami dwudziestoletniej blondynki natychmiast wyparowały jej z głowy. Sørvaag nie był, najłagodniej rzecz ujmując, jej ulubionym kolegą, ale nigdy też nie wykazał się głupotą.

– Gdzie ten Lorentzen pracował?

– To może zbieg okoliczności...

– Ale warto go sprawdzić.

– Kłopot w tym, że jego teczkę osobową zmielono. On już nie żyje, jego żona też.

– No ale są przecież jacyś ludzie, którzy z nim pracowali, czy jego dzieci, ktoś, kto mógłby nam powiedzieć, gdzie był zatrudniony?

Sørvaag pokiwał głową.

– On opowiedział to tylko mnie, jak którejś nocy mieliśmy razem dyżur. Pierwszy raz widziałem wtedy martwego człowieka. Opowiedział mi, że na północy, gdzie pracował, po kilku miesiącach od zaginięcia znaleźli młodą dziewczynę. Zabitą nożem, według patologów zaszlachtowaną, a potem nadgryzioną przez zwierzęta. I to ona nazywała się Edle Maria, teraz jestem już tego pewien.

Zadzwoniła jego komórka. Wyjął ją i popatrzył na nią z głupkowatym wyrazem twarzy.

– To pewnie jakiś zbieg okoliczności – powtórzył i wyszedł. „Kurwa, żaden zbieg okoliczności" – pomyślała i odszukała numer do Kripos.

– Czy możemy sprawdzić zabitych w latach sześćdziesiątych? W północnej Norwegii? – spytała.

Facet po drugiej stronie roześmiał się z sarkazmem.

– Nie, tego systemu jeszcze nie wynaleziono. Sprawa leży tam, gdzie prowadzono dochodzenie, a najpewniej w tamtejszym Archiwum Państwowym. O ile ta teczka wciąż istnieje. Przepraszam, mam inną rozmowę, proszę poczekać.

Było prawie wpół do piątej.

Zaklęła i popatrzyła na swoje odbicie w szybie.

Przypomniała sobie Matheę, leżącą na zboczu pagórka na tyłach przedszkola. I ubranego na ciemno człowieka, który stał nieruchomo za płotem, przyglądając się dziewczynce. Odłożyła słuchawkę na widełki, uznając, że jej dziecko jest o wiele ważniejsze niż czekanie na jakiegoś gościa, który ją najpierw wyśmiał.

Jej komórka zadzwoniła, kiedy już zdejmowała puchówkę z wieszaka.

– Musisz jechać na Malmøya – powiedział Tommy, nie mówiąc nawet „cześć".

– Ja też cię witam. Miałeś kiepski dzień?

– Okropny. Minąłem samochód tego kogoś, kto zabił ordynatora. Może myślisz, że zapamiętałem, jaki to samochód? Nie, zapamiętałem, jaki nie był.

– Zagadkowa sprawa – powiedziała Susanne.

Była już na schodach, uznała, że na windę nie ma czasu czekać. Przy odrobinie szczęścia zdąży do przedszkola przed zamknięciem. Kiedy Mathea dorośnie, użyje jako argumentu przeciwko matce tego, że zawsze musiała zostawać w przedszkolu najdłużej ze wszystkich.

– Nieważne. Słuchaj: Furuberget szukał listu, który ktoś napisał do Raska. Tu jest jakieś powiązanie, rozumiesz?

Susanne pokręciła głową.

– Tommy...

– Myślę, że Furubergeta zabił ktoś, kogo on znał. Kiedy zginął, niósł dla niego kawę, rozumiesz? Może zabiła go osoba, która napisała ten list. Ale mnie się wydaje, że to kobieta. I tu mi coś nie pasuje.

– Nic z tego nie rozumiem – powiedziała Susanne.

Prawie przebiegła przez Grønlandsleiret, wypatrując taksówki w chaosie świątecznych girland, restauracji tandoori, krasnoludów o okrągłych policzkach przed sklepami i ubranych w hidżab kobiet. Tommy tymczasem opowiedział jej o liście, którego szukał Furuberget. Liście, który jak sądził, napisała kobieta. I o łzach Meduzy.

– Jon-Olav Farberg to jedyny człowiek, o którym wiemy, że znał Raska. Wydaje mi się, że nie o wszystkim mi powiedział. Przeczytaj raport, jedź do niego i wyrób sobie sama opinię o nim.

Susanne już czytała raport z pierwszego przesłuchania Farberga i doskonale wiedziała, o czym Tommy mówi. Ten przyjaciel Raska, Yngvar, kim on niby był? Skoro Farberg powiedział A, niech powie B!

– Myślę, że do Raska napisała kobieta. I uważam, że on jedzie, żeby się z nią spotkać. Porozmawiaj z Farbergiem. Ja muszę pogadać z kimś innym. Sprawa jest pilna.

– Dobra, znajdę kogoś do dziecka – powiedziała Susanne.

Z drugiej strony usłyszała westchnienie – jakby dopiero sobie przypomniał, że ona ma dziecko, i pomyślał: „Ojej, to dziecko, zawsze to cholerne dziecko".

„W życiu mnie nie zarekomenduje na stały etat" – pomyślała Susanne. A jak ona tego jakoś nie załatwi, ma przesrane.

– To może potrwać do wieczora.

– To potrwa do wieczora. Sprawdź go, dobrze? Jesteś w tym dobra. Jego numer znajdziesz w moim raporcie z przesłuchania na Lysaker. Na początek spytaj go o Raska. On go zna, a Rask przecież nawiał.

– Czemu on jest dla nas taki interesujący?

– Przecież mówiłem, to jedyny człowiek, o którym wiemy, że znał tego drania. Poza tym myślę, że on kłamał. Czytałaś o Yngvarze?

Z Torvaldem udało jej się skontaktować już za pierwszym podejściem. Miał mieć w pracy jeszcze jedno zebranie, więc nie mógł odebrać Mathei od razu, choć pracował tuż obok przedszkola. Ale mógł jej popilnować wieczorem. Który to już raz? Gdyby Mathea była o dwa lata młodsza, mogłaby uznać, że gej z dołu to jej ojciec...

Poczuła, że robi jej się zimno w plecy. Musiała jeszcze wydrukować ten pieprzony raport. Kiedy po nią przyjdzie, Mathea będzie stała przy furtce z nabzdyczoną wychowawczynią u boku.

Zatrzymała się na chodniku, znalazła numer Tommy'ego w książce telefonicznej komórki i wywołała go.

– Dlaczego... – zaczęła, ale przerwał jej sygnał zajętego telefonu.

„Dlaczego to ty nie możesz tam pojechać?" – spytała mimo to.

Wróciła tą samą drogą, którą przyszła. Komenda piętrzyła się między drzewami parku jak jakiś lodowy pałac i Susanne miała uczucie, że za chwilę spotka się z Królową Śniegu z bajki Andersena.

Królowa Śniegu. Zła wiedźma.

List do Raska napisała kobieta, czyż nie to powiedział Tommy? Łzy Meduzy? Włączyła komputer, spojrzała na zegar i zamówiła taksówkę na za dziesięć piąta, trudno. Wpisała w Google „Meduza" i przebiegła wzrokiem tekst.

Potwór z greckiej mitologii z żywymi, jadowitymi wężami we włosach. Kto spojrzał jej prosto w oczy, kamieniał. Meduza byłą niegdyś piękną i uwodzicielską kobietą, „zazdrosną tęsknotą wielu zalotników", ale kiedy została zniewolona przez Posejdona, „pana mórz" w świątyni Ateny, rozgniewana bogini zmieniła jej włosy w węże, a twarz zniekształciła w taki sposób, że ktokolwiek na nią spojrzał, obracał się w kamień.

– Nic z tego nie rozumiem – powiedziała do siebie. Edle Maria. Meduza. Nie. Lepiej zajmie się raportem, który Tommy napisał po przesłuchaniu Jon-Olava Farberga.

Plik znalazła w folderze ogólnego dostępu, ale w drukarce w pokoju kopiarek nie było papieru. Na korkowej tablicy wisiała tam widokówka z Mombasy, zaproszenie na spotkanie opłatkowe i kartka z podziękowaniem od świeżo zaślubionej pary, gdzie panną młodą była jedna z młodszych koleżanek. Ktoś wydrukował maila od żony o spotkaniu opłatkowym w szkole na Stabekk. Susanne chyłkiem przeczytała maila i usiadła na podłodze z nieotwartą paczką papieru na podołku.

„Baw się dobrze. Kocham Cię" – widniało na końcu maila. Powiodła palcem po dwóch ostatnich słowach.

– Kocham cię – szepnęła. – Wciąż cię kocham.

4

Nawet w najbardziej odmóżdżających stacjach radiowych nie mówiono o niczym innym, tylko o ucieczce Raska i Jensruda, oczywiście wtedy, gdy nie nadawano zwykłych, zrobionych bez krzty talentu reklam. Człowiek miał ochotę się zabić, byle tylko nie musieć ich słuchać. Na swoim starym blaupunkcie znalazł więc NRK. Dochodzenie wciąż prowadził rejon Oppland Zachodni, a to Tommy'emu całkowicie odpowiadało. Najwyraźniej prokurator Svein Finneland nie miał aż takiej siły przebicia. Głos lektora opowiadał o tym, co Tommy już i tak wiedział z relacji Reutera, którą szef podczas jego rozmowy z Flatangerem zostawił mu na poczcie głosowej: granatowy nissan micra, którego tamci dwaj użyli podczas ucieczki z Ringvoll, znaleziono w gminie Sørum. Był spalony. Przypuszczalnie kobieta, o której teraz mówiono jako o „narzeczonej Raska", zostawiła im inny samochód, nieznanej marki, na leśnej drodze w tamtej okolicy. Tak długo jednak, jak uporczywie zaprzeczała, że zorganizowała im jeszcze jeden samochód, Rask i Jensrud mogli się teraz znajdować gdziekolwiek, w jakimkolwiek samochodzie. Dylemat polegał na tym, żeby nie spowodować paniki, a jednocześnie powiadomić to, co spece od komunikacji upierali się nazywać „społeczeństwem", że są groźni dla otoczenia i być może uzbrojeni. Komendant policji na Oppland Zachodni nie miał więc wyboru i musiał przestrzec ludzi w całej wschodniej Norwegii, żeby nie otwierali drzwi nieznajomym.

„Genialne" – pomyślał Tommy. „Półtora miliona ludzi nie otworzy teraz drzwi nieznajomym". Zaparkował samochód na jednym z nielicznych wolnych miejsc na Munkedamsveien i wyjął ze schowka na rękawiczki pistolet. Jeśli Rask i jego kumpel zdecydują się go odwiedzić, roztrzaska im po prostu czaszki na drobniuteńkie kawałki.

Kiedy szedł ku nabrzeżu Aker brygge, gnębiła go myśl, że osobą, która była w jego mieszkaniu, a już na pewno w boksie w piwnicy, nie mógł być Anders Rask. Obiecał sobie, że dorwie syna sąsiadki, ćpuna, ale wiedział, że to ani on, ani żaden z jego kolesiów. Bo oni zabraliby wszystko, co miało jakąkolwiek wartość, to znaczy parę butelek wina czy srebrnych naczyń, które zostały po Hege. Byli jak te sroki. Ten, który włamał się do boksu, szukał czegoś innego, a może niczego nie szukał, tylko chciał go nastraszyć. Jeśli tak, to mu się to nieźle udało. O wiele za dobrze. Bo Tommy nie znosił wrogów, których nie mógł zobaczyć.

Zły na siebie wjechał windą na najwyższe piętro apartamentowca na Stranden. Na górze dotknął pistoletu i upewnił się, że zamek błyskawiczny kieszeni jest zaciągnięty. Może przesadzał, ale nie podobało mu się, że ktoś się do niego włamuje. W każdym razie ktoś, kto może pociachał nożem siedem dziewcząt i pozwolił im się wykrwawić.

Otworzył mu sam Morten Høgda. Buty Tommy'ego zostawiły na perskim dywanie korytarza mokre ślady i spojrzenie Høgdy padło na jego stopy, jakby Tommy był dostawcą pizzy czy kimś takim. Tommy instynktownie znielubił Høgdę. Tacy ludzie im byli bogatsi, tym chciwsi.

Poszli korytarzem, na którego ścianach wisiały grafiki. Tommy nie miał czasu im się przyjrzeć, zauważył tylko, że są na nich przypadkowe maźnięcia pędzlem w pastelowych kolorach.

– Może pan tu powiesić – powiedział Høgda stosownie protekcjonalnym tonem, wskazując na stojak z pewnością zaprojektowany przez sławnego designera, o którym Tommy nigdy nie słyszał. Mimo usiłowań nie brzmiał jak rdzenny mieszkaniec stolicy.

Po chwili wprowadził go do pokoju dziennego, o ile można było tak nazwać pomieszczenie, które było z pewnością większe niż całe mieszkanie Tommy'ego. Trzeba było Høgdzie oddać, że zorganizował sobie jedno z najlepszych mieszkań w mieście. Zrobione było w stylu marynistycznym i Tommy mógł sobie łatwo wyobrazić, że jest na statku. Salon kończył się oknem o kącie 180 stopni, wychodzącym na Ratusz, twierdzę Akershus, fiord Bunne i półwysep Nesodden. Widok na twierdzę oraz migające światełka tysięcy domków i bloków miały hipnotyzujący wpływ na patrzącego. Przez chwilę Tommy stał bez ruchu, patrząc przez ogromne tafle szkła.

– Coś do picia?

Høgda stał w drzwiach kuchni. Nie pachniało z niej jedzeniem, prawdę mówiąc, kuchnia nie wyglądała, jakby była kiedykolwiek używana. Wszystko w niej było nieskazitelne, więc Tommy był pewien, że gospodarz każe tam sprzątać dwa razy dziennie, a sam jada na mieście.

– Whisky, koniak, coś bezalkoholowego?

– Proszę colę.

– Już się robi!

Najwyraźniej Morten Høgda nagle postanowił zrezygnować z opryskliwości i roztoczył coś, co Tommy nazywał „czarem dobrej dzielnicy", chociaż gospodarz nie pochodził z dobrej dzielnicy Oslo, a z zabitego dechami miejsca gdzieś na północy kraju. „Mnie nie oszukasz" – pomyślał Tommy. Albo się miało luz i pewność siebie, które daje finansowe bezpieczeństwo, wykształcenie i dzieciństwo spędzone pod stosownym adresem, albo ich się nie miało. Nawet miliony w deklaracji podatkowej nie były w stanie tego zmienić, bo czegoś takiego nie dało się kupić za nowe pieniądze. Słabością nuworyszy zawsze był wstyd za swoje skromne pochodzenie. Tommy wiedział, że Morten Høgda to prosty syn rybaka, który zarobił swoje pierwsze pieniądze, oprawiając dorsze na przystani. Pomyślał, że gdyby jego gospodarz był nieco bystrzejszy, porzuciłby te zbędne pretensje.

– To skąd na północy pan pochodzi? – spytał, gdy Høgda postawił szklanki na ławie przy kanapach.

– Z Kvænangen – odparł gospodarz z wyczuwalnym oporem.

– Aha… – powiedział Tommy – więc nie jest pan z Oslo? Doprawdy nie wiem, skąd mi się to wzięło. – I poczęstował go uśmiechem idioty, którego postanowił udawać.

Siedzący po drugiej stronie ławy Høgda aż się lekko skulił. Napił się whisky ze swojej z pewnością kryształowej szklaneczki. Oto pracował całe swoje zawodowe życie, żeby być kulturalnym i eleganckim, nosić buty szyte na miarę i kant na spodniach ostry jak brzytwa, a tu rozwala się na jego kanapie jakiś cham ze wschodniej dzielnicy, jakiś Tommy Bergmann, i śmie pytać, z której on rybackiej wioski…

Tommy bawił się doskonale. Przez chwilę rozważał, czy mu nie powiedzieć, że miał matkę z północy, i w ten sposób nawiązać bardziej ludzką relację z Høgdą, pokazać mu, że w gruncie rzeczy nie są tak bardzo od siebie odlegli, ale odłożył to na kiedy indziej.

– Elisabeth powiedziała mi, że pan wie…

Høgda wpatrywał się z roztargnieniem w swoją szklaneczkę, która była już zresztą pusta.

– Muszę tylko uzupełnić kilka luk w dochodzeniu. – Tommy'emu spodobało się, że Høgda zaprasza go do szczerej rozmowy. – Bywał pan dużo u tego małżeństwa?

– Szczerze mówiąc, panie Bergmann... – Høgda wstał, poszedł do kuchni po butelkę whisky Bushmill's, usiadł z powrotem i nalał sobie połowę szklaneczki. – Nie bardzo rozumiem, dlaczego pan chciał ze mną rozmawiać. Elisabeth prosiła mnie, żebym się zgodził, i robię to dla niej. Owszem, przez wiele lat mieliśmy romans, za plecami mojego najlepszego przyjaciela Per-Erika, i owszem, jestem ojcem Alexa. On sam o tym nie wie, ani ja tego przez lata nie wiedziałem. Ale nie pojmuję, co to ma wspólnego z Kristiane. Była córką Per-Erika i Bóg jeden wie, jak bardzo ją kochał. Była dla niego wszystkim, absolutnie wszystkim, panie Bergmann.

Tommy musiał się zastanowić. Najwyraźniej Høgda nie był tchórzem. Patrzył teraz na Tommy'ego z poważną twarzą. Oczy miał zielonkawe, niemal turkusowe, przez moment ten fragment jego fizjonomii skojarzył mu się z Hege. Było w nim coś lekko kobiecego, co w jego najlepszych latach przyciągało pewnie kobiety. Teraz był zużyty i zmęczony, miał sporo ponad sześćdziesiątkę, ale pewnie wciąż mógł mieć te kobiety, które chciał. A jak nie mógł, brał je siłą.

– Nie musimy długo rozmawiać, ja po prostu nie lubię, jak w dochodzeniu zostają jakieś dziury. Słyszał pan zapewne, że Rask uzyskał wznowienie postępowania, a teraz uciekł.

– Niesłychana sprawa... – powiedział Høgda. – Jak go znajdziecie, ja osobiście nie miałbym nic przeciwko temu, byście go zastrzelili. Mam nadzieję, że oni stawią opór i będziecie mogli tych czubków po prostu załatwić.

Wypił spory łyk whisky.

– No tak... Ale wróćmy do mojego pytania: był pan przyjacielem rodziny?

– Definitywnie. Zarówno ja, jak i moja pierwsza żona, a potem druga.

– Czy także po tym, jak urodziła się Kristiane?

– Aż do jej śmierci, panie Bergmann, do samego momentu, gdy Per-Erik zadzwonił do mnie w tamten wieczór w niedzielę i powiedział mi, że ją znaleźli. Nigdy w życiu nie słyszałem, żeby mężczyzna tak płakał. Zrobiłbym wtedy wszystko, żeby jakoś rozproszyć ten jego smutek, ale nic nie dało się zrobić. To była podwójna tragedia, bo on, który latami zachowywał się w stosunku do Elisabeth jak ostatnie bydlę, wziął się w garść w sposób, który mogłem tylko podziwiać. I wtedy zabito jego oczko w głowie... Myślałem, że odbierze sobie życie. Nie wiedziałem wtedy jeszcze, że Elisabeth już spróbowała to zrobić.

Szukał wzroku Tommy'ego, może nawet wiedział, że to on zatamował krew płynącą z jej przegubu?

– I tego wieczora, kiedy zaginęła, byliście razem?

– Od drugiej po południu do jedenastej następnego dnia, niedzieli.

– Byliście razem przez cały czas?

Skinął głową.

– I co robiliście?

Høgda parsknął.

– To, co robią ludzie, którzy zdradzają – pieprzyliśmy się jak króliki.

Tommy milczał.

– Czyż nie to się robi, jak się ma męża czy żonę?

– Może i tak – powiedział Tommy.

– Byłem tylko jednym w całym tłumie mężczyzn. – Høgda sprawiał wrażenie pogrążonego we własnych myślach.

– Przez wiele lat Elisabeth mogła mieć każdego, kogo zapragnęła. Robiła to, żeby się pocieszyć, bo Per-Erik nie był bynajmniej aniołem.

Wyglądał, jakby znajdował się w zupełnie innym miejscu.

– Więc pan znał dobrze Kristiane?

Høgda dopił whisky i patrzył przez chwilę w szklaneczkę, jakby odpowiedź leżała na jej dnie.

– A co dokładnie pan ma na myśli, panie Bergmann? – Jego prawie turkusowe oczy, które przed chwilą kojarzyły się Tommy'emu z Hege, zwęziły się.

– Chcę tylko wiedzieć, jak to wyglądało widziane oczyma kogoś z zewnątrz, kto jednocześnie znał tę rodzinę.

– Ja nie byłem z zewnątrz... Uważa pan, że byłem? – Høgda nalał sobie jeszcze jedną szklaneczkę Bushmill's i znów pogrążył się w myślach.

– Próbuję stworzyć sobie obraz Kristiane.

– A po kiego czorta, tyle lat po wszystkim? Myśli pan, że to ją przywróci do życia, panie Bergmann? Myśli pan, że to pomoże Elisabeth odzyskać spokój na te lata, które jej zostały?

Høgda wziął swoją szklaneczkę i wyszedł z salonu. Tommy popatrzył najpierw na swoje ręce, potem na otwarty na stole notatnik i leżący obok niego długopis.

Ciszę przerwał dźwięk otwieranych drzwi przesuwnych, a potem rozległ się dźwięk głośników, zapewne w coś wbudowanych. Zabrzmiał głos tenora ze znajomej opery.

Do salonu wpadł chłodny powiew, a potem zapach dymu papierosowego. Tommy ruszył ku wyjściu, żeby przynieść sobie swoje papierosy. Wydawało mu się, że idzie kilka minut. Najpierw minął jeszcze jeden zestaw wypoczynkowy, potem okrągły hol z marmurową podłogą i dotarł na korytarz z wiszącymi na ścianach grafikami pokrytymi tymi dziwnymi maźnięciami pędzla. Zatrzymał się i uważnie przyjrzał jednej z nich. Dopiero teraz zobaczył, co te grafiki przedstawiają. Były to czarno-białe zdjęcia. Na jednym młoda, azjatycka z wyglądu kobieta zwisała z sufitu w zaciemnionym pomieszczeniu, przywiązana za nadgarstki. Jej twarz wydawała się wykrzywiona bólem, ale zdjęcie było nieco niewyraźne. Jej ciało mogło być posiniaczone, ale pozornie przypadkowe trzy czerwone pastelowe maźnięcia nie pozwalały tego stwierdzić. Tommy poczuł, że robi mu się niedobrze, i musiał odwrócić wzrok od tego szczupłego ciała. Inne zdjęcia pokazywały kobiety w różnych pozach, poniżone, z rękami związanymi z tyłu. Wszystkie pokryte były owymi niby przypadkowymi maźnięciami pędzla – żółtymi, różowymi, zielonymi. Ostatnie zdjęcie, które Tommy obejrzał przed powrotem do salonu, przedstawiało młodą kobietę, przypuszczalnie Japonkę, jak leży w trumnie, być może udając martwą. Na jej ciele leżały płatki orchidei. Dobrze widać było tylko jej twarz, która wydawała się pokryta trupimi plamami.

Próbując zapomnieć o tym, co przed chwilą widział, Tommy przyłączył się do Høgdy na tarasie. Padał coraz gęstszy śnieg, w którym twierdzę Akershus ledwo już było widać. Wciąż był lekko wstrząśnięty tym zbiorem… czego właściwie? Pomyślał, że nie jest to sztuka. Ale w takim razie co? Kojarzyło mu się z czymś innym. Z nim samym.

– Ciekawe ma pan grafiki – rzucił.

– Piękne, prawda? – powiedział Høgda, patrząc gdzieś w przestrzeń. Wyglądał, jakby ledwo zarejestrował pojawienie się gościa na tarasie. – To Akira Nobioki. Zapłaciłem za nie fortunę. Zbierałem po całym świecie. Tokio. Nowy Jork. Cape Town. Buenos Aires.

– Nie odwiedzają pana tu wnuki?

– Mało kto mnie odwiedza. Nie przepadam za ludźmi. I nie mam dzieci – odparł Høgda.

– Ma pan Alexa.

Zaśmiał się cicho.

– Te zdjęcia są bardzo szczególne, Nobioki ma własną estetykę. Wydaje kilka albumów rocznie, po dużo przystępniejszych cenach, może pan taki mieć za tysiąc, półtora.

– Interesuje to pana? Taka przemoc?

Høgda skrzywił się.

– Jak pan chce, może pan to nazwać przemocą. Rozumiem, że nie jest pan specjalnie liberalny. A ja mówię: *What happens in the bedroom, stays in the bedroom*. To też jest sztuka, panie Bergmann. Sztuka.

Rozbawiony tym wyjaśnieniem Tommy zapalił papierosa. Powinien wyjść, ale teraz było już za późno. Nie chciał dać Høgdzie tej satysfakcji. Stali, paląc w milczeniu. Z miasta nie dobiegał prawie żaden dźwięk, bo śnieg tłumił wszelkie próby przerwania tej ciszy. Cichą muzykę w salonie zakłócało jedynie delikatne dudnienie promów na Nesodden, widocznych kilkaset metrów od nabrzeża.

Kolejna opera znów zabrzmiała znajomo i Tommy próbował sobie przypomnieć, gdzie ją słyszał. Høgda zauważył to. Zgasił papierosa i wyjął nowego camela bez filtra z paczki leżącej na podniszczonym tekowym stole.

– Dlaczego Jago jest taki podły? – spytał, zapalając papierosa. – Pan jest policjantem, może pan mi powiedzieć? „Otello" – pomyślał Tommy. „Verdi". Gdzie słyszał tę operę? Po raz kolejny zobaczył siebie samego w korytarzu Ringvoll i wzrok mijanego pacjenta. Pamiętał spadającą szklankę. I przenikliwy krzyk. „Coś takiego przeżyłem w dzieciństwie" – pomyślał. „Ale gdzie?"

Nagle przypomniał sobie, gdzie słyszał tę muzykę – u starego sąsiada z Tveity. Był on jednym z niewielu mężczyzn, którym ufała jego matka, właściwie drugim obok ojca jego najlepszego kumpla, Erlenda Dybdahla.

Høgda odchrząknął, a potem powiedział cicho:

– Jaką satysfakcję miał ze zniszczenia Otellowi życia? Otellowi, który mu ślepo ufał? Dlaczego niektórzy ludzie tak cholernie świadomie wykorzystują zaślepienie innych, panie Bergmann?

– Nie wiem – odparł Tommy, który nie bardzo pamiętał całą historię, ale robił dobrą minę do złej gry.

– Jago przekonuje Otella, że jego żona go zdradza z człowiekiem, którego Otello wywyższył zamiast niego. Ale dlaczego to robi? Czy chce, żeby Otello zabił kobietę, którą kocha nad życie? Co chce osiągnąć? Czy to mu da satysfakcję? Tommy nie odpowiedział. W milczeniu wypalili jeszcze po papierosie. Høgda wypił kilka łyków whisky. Tommy pomyślał, że jeszcze z nim nie skończył. Chciał najpierw jednak przeczytać te oskarżenia o gwałt. Naciskanie go w tej sprawie teraz byłoby idiotyczne.

– Kristiane była wspaniałą dziewczyną – powiedział nagle Høgda w przestrzeń. – Co jeszcze mogę powiedzieć? Mogła zostać, kim chciała, dostać tego, kogo chciała, jak jej matka. Mogła mieć dobre życie. Lepsze niż moje w każdym razie.

– A co z Alexem?

Ich spojrzenia się spotkały. Høgda odwrócił wzrok.

– Co z nim?

– Ma pan z nim kontakt?

Pokręcił głową.

– On wie, że pan jest jego ojcem – zaryzykował Tommy.

– A co to ma z tą sprawą wspólnego? – spytał Høgda z kamienną twarzą.

– Nic.

„Nic poza tym, że Elisabeth Thorstensen mi nakłamała" – pomyślał.

– Okej. No więc wie. Parę razy się spotkaliśmy.

– Nie lubię, jak ludzie kłamią.

– To było głupie z mojej strony – powiedział Høgda.

– Czy ona pana prosiła, żeby pan skłamał?

– Nie.

Tommy postanowił nie drążyć tematu. Nie wierzył Høgdzie, ale trudno. W czym jeszcze mogła skłamać albo co jeszcze kazała innym przemilczeć? Przyznał sam przed sobą, że ma do niej coraz większą słabość, słabość, która ją zachęcała do kłamania mu prosto w oczy.

Z jakiegoś powodu Høgda zaczął mówić o jednym ze stojących poniżej jachtów. Najwyraźniej jacyś Amerykanie zacumowali tu na zimę.

— Wolni ludzie, robią, co chcą. To by było coś...

— No.

Høgda odprowadził go do wyjścia, po drodze zatrzymał się przed dużym, modernistycznym obrazem wiszącym w okrągłym holu.

— A to mój jacht — powiedział.

Malowidło pokazywało posiadłość nad morzem, duża łódź przycumowana była spory kawałek od lądu. W lewym dolnym rogu Tommy wypatrzył litery i cyfry: „Hvasser 1978".

Przeszli obok osobliwych grafik ze spętanymi kobietami. Tommy pomyślał, że ich widok był dla niego tak nieznośny z powodu myśli o Elisabeth Thorstensen. Czy ona coś takiego lubiła? Niepokoiło go to, że w ogóle coś takiego przyszło mu do głowy.

Høgda uścisnął mu mocno rękę. Na ich splecionych dłoniach położył nawet drugą rękę, jakby dobrze się znali. Miał wielkie dłonie, z wypielęgnowanymi paznokciami, a skórę miękką jak u kobiety.

— Niech pan do mnie zadzwoni, jeśli będę mógł w czymś pomóc. I niech pan znajdzie tych dwóch czubków.

Idąc wzdłuż Stranden, Tommy naciągnął na głowę kaptur. Nie wiedział, czy po to, bo chronić się przed śnieżycą, czy przed zakochaną parą, którą szła z naprzeciwka. Byli mocno objęci, mężczyzna śmiał się z czegoś, co powiedziała kobieta. Tommy nie był pewien, ale wyobraził sobie, że są w jego wieku, około czterdziestki, dorośli ludzie, którzy dopiero niedawno siebie znaleźli. Albo dwoje ludzi, którym udało się utrzymać w ich związku żar, i mimo to żadne nie zniszczyło drugiego.

Przez dłuższą chwilę stał na przystani, patrząc, jak odbija od niej kolejny prom na Nesodden. Jego światła szybko połknęła śnieżyca.

Powoli opanowało go uczucie, że został wprowadzony w błąd. Czy doprowadzono go blisko celu po to, by w ostatniej chwili go oszukać?

Kiedy wchodził do tego mieszkania, nie lubił Høgdy, ale kiedy wychodził, był do niego nastawiony pozytywnie. I niemal zapomniał o oskarżeniach o gwałt i o tym, że jest ponoć stałym bywalcem agencji towarzyskich.

Høgda powiedział albo zrobił coś, na co Tommy instynktownie zareagował.

Kiedy przekręcił kluczyk w stacyjce, poczuł, jakby to był jakiś sen, w którym biegł za Høgdą, wyciągał ręce, ale wiedział, że go nie złapie.

Kiedy zaparkował w garażu komendy, nagle go olśniło.

Høgda miał domek letni na Hvasser już pod koniec lat siedemdziesiątych.

Żeby tam dotrzeć, przez jakie miasto trzeba było przejechać?

Przez Tønsberg.

Pierwsza z dziewcząt była z Tønsberg.

5

Straciła już rachubę, ile razy Torvald, sąsiad z dołu, ją poratował. Na ogół wtedy, gdy wychodziła w weekend na miasto, z rzadka w sprawie takiej jak teraz.

Susanne wyślizgnęła się cichutko z pokoju Mathei, wciąż czując na skórze odrobinę ciepła z małego ciałka. Przez ostatnich parę minut Torvald stał oparty o futrynę drzwi i przyglądał się im. Susanne pogłaskała go po policzku.

– Często mi się śni, że jesteś hetero – szepnęła w korytarzu. – Chcę, żebyś to wiedział.

Był super przystojny i był w jej wieku, ale Pan Bóg zadecydował, że dla kobiet będzie stracony.

„I jeszcze to imię" – pomyślała. Brzmiało jak imię starego wujaszka, poza tym tak w żargonie nazywano policyjny patrol. Wyobraziła sobie sąsiada w jednym radiowozie z facetami takimi jak Tommy czy Bent, i ta myśl strasznie ją rozbawiła.

– Idziesz na randkę w tym czymś? – spytał, kiedy naciągnęła na siebie stary sweter.

– To żadna randka – powiedziała, ściskając go.

– I co ty masz z tego życia?

– Taka praca, Torvald.

Pokręcił głową.

– *Life is no dress rehearsal*, mała.

„Mnie to mówisz?" – pomyślała.

Przerzuciła puchówkę przez ramię i zeszła po schodach. Mosiężne listwy na ich rantach przywiodły jej na myśl tamtą kamienicę na Frogner. Nigdy tam nie była, ale znała ją ze zdjęć z oględzin. Sprawca zbrodni tak pewnie schodził po schodach: spokojnie i na luzie. Jakby nie brał udziału w tej rzeźni. O czym myślał? A może myślała? Zniewolona przez Posejdona. Winiąca sama siebie. Podczas krótkiej jazdy taksówką próbowała odczytać tekst z listu, który Tommy znalazł w pokoju Raska. Przedyktował go jej przez telefon, a ona zapisała na starym egzemplarzu „Elle", na twarzy modelki reklamującej produkty Lancôme.

Objazdowe wesołe miasteczko... Cyganka.... Ty też masz dar... Z miejsca, w którym mieszkam, morze wygląda jakby było czarne...

Tommy był pewien, że list do Raska pisała kobieta. Susanne prychnęła. Kobieta? Dlaczego niby kobieta?

Kiedy taksówka ostro skręciła w stronę wyspy Ormøya, zrezygnowała i wyłączyła światełko na suficie. Przyglądając się starym, udekorowanym adwentowo domom, pomyślała, że kiedy umrą rodzice, kupi sobie taki stary dom na Malmøya. O ile, oczywiście, jej matka nie namówi ojca, żeby ją wydziedziczył i zostawił jej tylko nędzny milion, do czego obligowało go prawo.

„Czy to moja wina, że Line zginęła?" – spytała w myślach, jakby rozmawiała z kimś wszechmogącym, z samym Panem Bogiem.

„Może" – odpowiedziała sobie. W następnej chwili: „Boże, co ja sobie wymyślam?".

Taksówka powoli wjechała na most prowadzący na Or-møya i Susanne pomyślała o przyjemnym życiu, jakie można było pędzić na tej należącej do miasta greckiej wysepce.

– Chętnie bym sobie tu pomieszkała – powiedziała do siebie, kiedy taksówka zatrzymała się przed domem Farberga.

Założyła na ramię torebkę, którą Nico kupił jej rok temu pod choinkę, i odprowadziła wzrokiem taksówkę. Ogarnęło ją uczucie dziwnego opuszczenia. I choć była zaledwie kilka kilometrów od swojego mieszkania i Mathei, zdało jej się, że nigdy już nie zobaczy córki.

Przez chmury przebił się księżyc i rzucił jasną smugę na wodę u stóp wielkiej drewnianej willi w stylu szwajcarskim.

Susanne stanęła na pokrytym drobnymi kamyczkami podwórzu i upewniła się, że nie zostawiła w taksówce plastikowej teczki z tekstem listu do Raska.

Spojrzała w niebo. Chmury rozstąpiły się i wyglądało na to, że może w końcu będą mieli czyste niebo. Popatrzyła na gwiazdy: tu było ciemniej i były lepiej widoczne. Jedynym kawałkiem gwiazdozbioru, jaki potrafiła rozpoznać, był Wielki Wóz. Nie, astronomem nie była. Ani astrologiem jak tamta Cyganka.

Dzwonek do drzwi wydał bardzo ostrożny dźwięk.

Poza nim słychać było tylko delikatne uderzenia fal o brzeg.

Przyłożyła ucho do drzwi.

Czy źle usłyszała? Czy ten dzwonek w ogóle zadziałał?

Ze środka nie dobiegał żaden odgłos.

Lampa na zewnątrz nie paliła się, ale w oknach willi było światło, zarówno na parterze, jak i na piętrze.

Zerknęła na zegarek – była dopiero za pięć dziewiąta.

Za drzwiami usłyszała ciche kroki. I głos rozmawiającej z kimś kobiety. Może ze sobą? Mamrotała coś gniewnie, jakby przeklinając fakt, że ktoś śmie do nich o tej porze dzwonić.

Kobieta, która stanęła w drzwiach, początkowo wyglądała na zszokowaną przybyciem Susanne. Ta wysunęła przed siebie legitymację służbową i spytała, czy Jon-Olav Farberg jest w domu. Starała się zachowywać kulturalnie, ale najwyraźniej odnosiło to przeciwny skutek.

– A co, może zrobił coś złego? – spytała cicho kobieta. Miała gęste, siwe włosy zebrane w kok. Susanne spróbowała ją jakoś zaszufladkować. Nauczycielka, może malarka z pracownią w domu?

Drzwi prowadzące z wiatrołapu do wnętrza domu były zamknięte, ale przez znajdującą się w nich szybę widać było przedpokój.

Susanne pokręciła głową.

– Absolutnie nie. Ale może mógłby nam w czymś pomóc. – I uśmiechnęła się najprzyjaźniej, jak potrafiła.

– Przepraszam… Zaskoczyła mnie pani.

I przedstawiła się jako Birgit Farberg.

Susanne wyobraziła sobie, że domiszcze należało do jej rodziny, ale nie wiedziała, skąd to wrażenie.

– Jon-Olav jest pod prysznicem. Biegał.

– Mogę poczekać.

– Powiem mu. – Spojrzała na zegarek. – Przepraszam, muszę obejrzeć wiadomości. Straszna sprawa z tymi uciekinierami, będę się bała wyjść z domu. A jeżeli Rask tu się zjawi? Jon-Olav kiedyś z nim pracował!

Wprowadziła Susanne do przedpokoju, a potem do pomieszczenia służącego za bibliotekę. Z jego okien widać było fiord. Księżyc wciąż świecił, a fale załamywały jego poświatę, nadając scenerii aurę snu, jakby nic, co tu się działo, nie było rzeczywiste.

Ktoś wszedł po schodach na piętro. W hałasie z telewizora utonęły wszelkie inne dźwięki na górze i słychać było tylko świąteczną reklamę. Czyjś głos namawiał na kupno nowego telewizora. Potem było coś dla całej rodziny: Lindex. Susanne wyobraziła sobie te reklamy w amerykańskim stylu, z matką i ojcem, jednym piękniejszym od drugiego, z dwójką dzieci, może trójką – wszystkie w piżamkach. Wyobraziła sobie, jak otwierają świąteczne prezenty.

To nie była rzeczywistość. Ani nawet iluzja rzeczywistości. Dźwięk stał się głośniejszy, żona Farberga musiała wejść do pokoju telewizyjnego obok. Zaczęły się wiadomości programu drugiego. Pierwszą była naturalnie ucieczka Andersa Raska i jego kompana. Lektor bardzo się starał, żeby poważną intonacją przydać wiadomości dramatyzmu. Kto mógłby mieć do niego pretensje? Sytuacja rzeczywiście była dramatyczna. Dwóch najbardziej obłąkanych facetów w kraju zabiło dwóch ochroniarzy. I mogło być teraz gdziekolwiek.

Susanne próbowała pozbyć się uczucia, że Rask wie, kim ona jest. Że Tommy coś mu o niej powiedział. Że oni już jadą do Mathei. Właśnie teraz.

Wyjęła komórkę. Kiedy rozmyślała w taksówce, nikt nie dzwonił. Ale dlaczego ktoś miałby zadzwonić?

Nienawidziła tej wrażliwości, którą spowodowała Mathea, tej warstwy igiełek, które nosiła teraz na ciele. Gdyby coś przydarzyło się Mathei, igiełki weszłyby jej w ciało i powoli opróżniły ją z krwi.

Wstała z fotela i przeszła się po bibliotece, oglądając grzbiety książek. Jako stary nauczyciel Farberg miał ich dużo, może żona też była nauczycielką, a w takich przypadkach przyrost był lawinowy. Susanne sama wyrastała wśród niekończących się półek z książkami. Jej matka była nauczycielką języka ojczystego, choć nigdy nie musiała pracować. Jak ktoś, kto przeczytał tyle książek, mógł być tak cholernie nieczuły?

Między dwoma regałami wisiała seria starych litografii albo sztychów. Susanne rozpoznała dwa motywy z Zorna, z nagimi, krągłymi kobietami w czerni i bieli. Na lewo od nich wisiała stara fotografia, również czarno-biała. Widniał na niej niemal zupełnie łysy mężczyzna z długą brodą, który wbijał wzrok w coś znajdującego się obok fotografa. Jego dziki wzrok nadawał mu podobieństwo do Rasputina i Strindberga. Było oczywiste, że brak mu piątej klepki. Na dole zdjęcia widniał biały napis: *Goodwin. John Norén. Uppsala.*

– Dobry wieczór. – Głos za nią jakoś przedarł się przez hałas telewizora z pomieszczenia obok.

W drzwiach stanął mężczyzna, który musiał być Farbergiem. Był bosy, miał na sobie dżinsy i rozpiętą koszulę. Wycierał włosy ręcznikiem.

Susanne zaskoczyło, że tak dobrze się trzyma. Wyglądał na dziesięć lat młodziej, niż miał i sprawiał wrażenie, jakby wyszedł spod prysznica po odbyciu stosunku. Ale nie z żoną – ta wyglądała na skwaszoną i niedostępną.

Podszedł i przedstawił się.

– A gdzie ten drugi, Bergmann? – spytał.

– Zajęty.

Farberg uśmiechnął się i wskazał ręką na skórzaną kanapę za jej plecami.

– Rask uciekł. – Susanne zrobiła ruch głową w kierunku pokoju telewizyjnego. – Ordynator nie żyje. Ale pan to wszystko wie, prawda? Pan znał Raska w czasach, gdy zabito Kristianę Thorstensen.

– Zastanawiam się, o czym Anders teraz myśli – powiedział, również skinąwszy głową w kierunku pokoju z telewizorem.

– Żeby tylko czegoś nie zrobili – dodała Susanne. – Czegoś jeszcze gorszego, o ile to w ogóle możliwe.

Farberg zapiął błękitną koszulę z kołnierzykiem na guziczki. Na czole miał kropelki potu, zapewne wykąpał się, zanim ostygł po bieganiu.

– Twardziel z pana, że pan biega w taką pogodę.

– Kondycja łatwo się psuje. To wszystko kwestia siły woli, a nie pogody czy niepogody. – Farberg rzucił ręcznik na fotel i usiadł. – Niestety, latka lecą. A pani? Trenuje pani regularnie czy spręża się tylko przed sprawdzianem?

Susanne nie odpowiedziała, uśmiechnęła się tylko uprzejmie. „Nie posuwaj się za daleko" – pomyślała.

Farberg nie ponowił pytania.

– Czasem jadę na łąki Ekeberg – powiedział po chwili. – Albo w lasy pod Rustadsaga. Z czołówką fajnie się tam biega.

– Jak pan myśli, co teraz będzie? Dokąd mógł pojechać? Pan zna Raska lepiej niż my. – Susanne znów zrobiła gest w stronę pokoju telewizyjnego. Komendant policji w Zachodnim Oppland miał basowy głos silnie kontrastujący z głosem szefowej policji, która nie wiadomo dlaczego także się wypowiadała. Pewnie zmuszona przez ministra sprawiedliwości.

– Nie wiem – powiedział Farberg. – Nigdy go dobrze nie poznałem... Nikt z nas go nie poznał.

– Myśli pan, że to taki typ, co odwiedza znajomych, próbuje się u nich ukryć, że mógłby ich zabić?

Farberg kręcił głową z powątpiewaniem. Susanne popatrzyła mu w oczy, o chwilę za długo. Poczuła się jak amatorka.

– W każdym razie tu się nie zjawi. – Uśmiechnął się, ale nagle twarz mu spoważniała, jakby dopiero teraz zastanowił się nad taką możliwością. – Tak czy owak ochroniarzy zabił ten drugi... Anders w życiu nie zabiłby dwóch dorosłych mężczyzn. Jak się nazywa ten jego kumpel?

– Jensrud. Øystein Jensrud.

Farberg lekko zadrżał. Z roztargnioną miną zapiął mankiety koszuli.

– Jensrud... – powtórzył.

– Brzmi znajomo?

Farberg nie odpowiedział.

– To, że ucieka, może oznaczać, że jednak zabił te dziewczęta, nie sądzi pan? A co z ordynatorem? Myśli pan, że to Rask go zabił?

Farberg wzruszył ramionami.

– Szczerze mówiąc, wątpię, czy Anders byłby w stanie zabić kogokolwiek. Przepraszam, miałem zdobyć numer Gunnara Austbø, prawda? Wychowawcy Kristiane. Bergmann pani nie mówił?

Susanne skinęła głową.

– Niełatwo go znaleźć – powiedziała.

– *First thing in the morning* – obiecał Farberg.

– Właściwie przyjechałam, żeby spytać o tego gościa, o którym pan wspomniał. Tego… przyjaciela Raska.

– Przyjaciela? – Farberg wyglądał na zaskoczonego.

Susanne pochyliła się do przodu.

– Aha… – Farberg wreszcie skojarzył, o kim ona mówi.

„Jak mogłeś o nim zapomnieć?" – pomyślała Susanne. W następnej sekundzie przeklęła Tommy'ego, że dopiero teraz potraktował Farberga poważnie. Dlaczego nie spytał Raska o Yngvara, kiedy miał taką możliwość? Teraz tkwią w martwym punkcie. „A może – pomyślała Susanne i po raz pierwszy poczuła przypływ optymizmu – może Rask pojedzie do tego zaufanego przyjaciela?"

Rozległo się pukanie do drzwi i pojawiła się w nich żona Farberga.

Susanne nie mogła pojąć, co ci dwoje robią razem. Farberg wyglądał o wiele za dobrze w porównaniu z nią i wydawał się zupełnie innym typem człowieka – żywym, towarzyskim, zabawnym. Jego żona może niegdyś była ładna, ale powietrze z niej zeszło już dawno temu. Susanne sądziła, że wie, jak wygląda ten związek: cichy i pusty, przerywany krótkimi wybuchami pretensji.

– Przejdę się – szepnęła, unikając wzroku Susanne.

– Dobra – powiedział Farberg, nie odwracając się. Wyglądało to tak, jakby miał ochotę dodać: „I nigdy nie wracaj".

Żona zamknęła za sobą drzwi.

Farberg spojrzał prosto na Susanne, skrzywił się i potrząsnął głową.

– Kto mówi, że ma być lekko? – spytał.

– Ten przyjaciel... – zaczęła Susanne i zajrzała do swojego notatnika tylko po to, by uniknąć spojrzenia jego niebieskich oczu. Trzasnęły drzwi wejściowe.

W domu nastała cisza.

– Yngvar – powiedział Farberg. – Ale on na pewno...

– Może warto to sprawdzić – przerwała mu. „To może być superważny ślad" – pomyślała i napisała w notatniku wielkimi literami YNGVAR. – Sądzi pan, że oni mogli razem pracować?

– Owszem, tak mi się wydaje, ale pewien nie jestem.

– Pamięta pan cokolwiek innego o tym Yngvarze? Kiedy Rask wspomniał o nim po raz pierwszy?

– To było chyba na szkolnej imprezie, latem, u dyrektora szkoły. Trochę wypił... On rzadko pił.

– Tak czy owak, Yngvar nie pracował w Vetlandsåsen – powiedziała Susanne.

Farberg potrząsnął głową i wstał z fotela. Przez moment wydawało się, że podejdzie do Susanne, ale minął ją, tak że nogawka jego spodni otarła się o sweter na jej ramieniu. Usłyszała, że zrobił jeszcze kilka kroków, potem nastała cisza.

– Sam nie wiem, ile razy tak stałem, odkąd tu się wprowadziłem.

Susanne obróciła się do niego.

Farberg stał odwrócony do niej plecami, patrząc na ogród, który łagodnie schodził do fiordu.

– Teraz nie wyobrażam sobie mieszkania gdziekolwiek indziej.

Przez kilka sekund Susanne wyobrażała sobie, że ona też tu zamieszkała. Że stara żona Farberga już nigdy nie wróciła. Że Farberg za kilka minut położy się na niej w którejś z chłodnych sypialni. Że po kochaniu się z nią rozpali w kaflowych piecach. Że ona obudzi się następnego dnia bardzo późno. Że Mathea już ma tu własny pokoik.

„Idiotka" – pomyślała po chwili. „Pieprzona amatorka".

Farberg obrócił się na pięcie i powrócił do swojego fotela. Susanne czuła, że się rumieni, jakby on mógł czytać w jej chorych myślach.

– Spróbuję zdobyć listy zatrudnionych ze szkół, w których pracował. Wiem, że Laila z biura utrzymuje w porządku papiery wszystkich, którzy w naszej szkole pracowali, więc pewnie nadal ma tam teczkę osobową Andersa. Jeśli nie, może ją ściągnąć z Bryn, bo to ostatnia szkoła, w której pracował. Chyba nie ma czasu do stracenia. Przecież oni uciekają, może stać się coś strasznego.

Susanne nie widziała powodu, by zaprzeczać.

– Fantastycznie – powiedziała. – Niech powie, że prosiła o to policja, ale ona ma obowiązek zachowania tajemnicy.

– Jest jakiś numer, pod który mogę do pani zadzwonić? A może mam zadzwonić do Bergmanna?

Susanne wzięła swoją torbę i zaczęła w niej szperać. Czując jego wzrok na sobie, wygrzebała w końcu z dna wizytówkę.

– Kobiety i ich torebki... – powiedział. – Można o tym powieść napisać.

Miał ciepły uśmiech. W słabym świetle jego oczy wydawały się szare, ale sądziła, że są niebieskie.

– Susanne Bech... – powiedział. – Nie jest pani przypadkiem spokrewniona z Arildem Bechem?

Przeczesała ręką włosy, żeby coś zrobić z rękami.

– To mój ojciec.

Farberg gwizdnął cicho.

– Wydawało mi się, że widzę podobieństwo.

Susanne wstała. Rozmowa o jej ojcu nie była zasadniczym powodem, dla którego tu przybyła. Szczerze powiedziawszy, nie bardzo pamiętała, dlaczego nie została w domu z Matheą. Aha, bo Tommy ją prosił. Kazał jej, poprawiła się.

– Dzięki za pomoc. Numer pan już ma, może pan zadzwonić kiedykolwiek.

„Ten dom jest jak sen" – pomyślała, kiedy ją odprowadzał. Pomyślała o jego żonie. Dokąd ona poszła?

Kiedy doszli do wiatrołapu, Farberg powiedział:

– Miał domek letni.

Mówiąc to, dotknął jej przedramienia, ale nie cofnął ręki. Ich spojrzenia się spotkały. Uśmiechnął się i zabrał rękę.

– Domek? Kto?

– Przypomniałem sobie. – Farberg spojrzał na Susanne i pokiwał głową. – Kurde, jasne. Anders mówił o tym.

– Domek? Ten Yngvar miał domek?

– Tak. – Farberg przeciągnął ręką po włosach, zastanowił się mocno, ale wypuścił powietrze nosem i westchnął z rezygnacją. – Ale nie pamiętam, gdzie... Beznadziejna sprawa.

– Niech pan spróbuje.

– Yngvar mieszka w takim domku.

– Mieszka w letnim domku?

Farberg przytaknął.

– Tak mi Anders powiedział.

Otworzył dla niej drzwi. Zimne powietrze uderzyło ją w twarz i rozjaśniło jej umysł.

Nałożyła na głowę kaptur swojej kanadyjskiej parki i pomyślała o tym, co powiedział Nico, że z tym futerkiem kojota wokół twarzy zawsze wygląda jak mała dziewczynka.

Ostrożnie zeszła po oblodzonych schodkach.

– Zadzwonię, jak sobie coś przypomnę. Albo jak Anders się odezwie – powiedział i zaśmiał się sam z siebie.

– Jeszcze jedno – powiedziała Susanne.

W sąsiednim domu było ciemno, w ogóle wszędzie dookoła było ciemno. Przez moment poczuła strach. Bała się odwrócić.

– Maria – powiedziała i obróciła się.

Farberg przechylił głowę na bok. Było bardzo zimno, a on był tylko w koszuli i nic z tego sobie nie robił, zupełnie jakby miał w środku piecyk.

– Co pani powiedziała?

– Czy imię „Maria" coś panu mówi? Albo „Edle Maria"? Czy Rask kiedykolwiek wspomniał o dziewczynie lub kobiecie o tym imieniu?

Farberg nie odpowiedział.

– Z niczym się panu nie kojarzy?

– Nie wydaje mi się...

Susanne czekała. „Szukamy kobiety" – pomyślała, ale nie mogła tego powiedzieć. Kobiety, która napisała do Raska. Z którą on być może się spotka.

Chciała wejść z powrotem do domu i zadzwonić po taksówkę, ale miała wrażenie, że to nie byłby dobry pomysł.

– Gdzie pani mieszka? – spytał Farberg. – Nie ma pani samochodu?

– Pójdę pieszo.

– Mogę panią odwieźć.

Włożyła rękę do torby od Louisa Vuittona i jej palce zacisnęły się na telefonie.

– Narzeczony po mnie przyjedzie.

– Policjant?

Skinęła głową.

– A może taksówkarz? – zaśmiał się.

Ruszyła w drogę.

– Zadzwonię w sprawie tego Gunnara Austbø! – krzyknął Farberg. – Umowa stoi!

6

Tommy Bergmann miał dziwne wrażenie, że na klatce schodowej coś jest inaczej niż przedtem, choć nie był w stanie stwierdzić, co to takiego. Odpiął zamek błyskawiczny w prawej kieszeni kurtki. Pistolet miał nabój w komorze, w razie nagłej potrzeby strzeli przez kieszeń. Najciszej jak mógł zszedł do piwnicy, nacisnął przycisk światła i szybko zajrzał pod schody. Potem otworzył drzwi do boksów i trzymając rękę na pistolecie, zapalił tam światło. Rozejrzał się po pomieszczeniu, zobaczył tam szufle do śniegu i kilka rowerów. Przyjrzał się rzędom zrobionych z desek drzwi do boksów i wiszących na nich kłódek.

W swoim własnym boksie nie wymienił kłódki, zostawił przeciętą, żeby drzwi się nie otwierały. Teraz jednak zauważył, że są uchylone, więc ktoś musiał wyjąć uszkodzoną kłódkę. Szybko ruszył w stronę boksu, a kiedy był dwa kroki od niego, wyszarpnął z kieszeni ravena. Lewą ręką otworzył uchylone drzwi na oścież. W skroniach tętniła mu krew, w uszach szumiało.

Napięcie ustąpiło – w boksie nikt niczego nie ruszył. Może ktoś przechodząc, niechcący strącił kłódkę i nie założył jej z powrotem?

Kiedy wyszedł z piwnicy, powróciło do niego uczucie, że na klatce coś się zmieniło. Zatrzymał się przy skrzynkach pocztowych i przyjrzał korkowej tablicy ogłoszeń. Było tam coś na temat świątecznego jarmarku, coś o wózku dziecięcym na sprzedaż, ogłoszenie o walnym zebraniu lokatorów w styczniu, informacja od biura zarządzającego nieruchomością.

Wyjął z kieszeni klucze i upewnił się, że zamek błyskawiczny kieszeni jest zaciągnięty, więc pistolet nie wypadnie. Ostrożnie otworzył swoją skrzynkę i zobaczył samotną kopertę. Po raz pierwszy w życiu poczuł ulgę na widok otrzymanego rachunku. Nie, to nie była koperta. W skrzynce leżała złożona kartka. Wyjął ją.

Początkowo litery tańczyły mu przed oczyma i nie chciały ułożyć się w zdania, ale kiedy zrozumiał, co to jest, musiał się oprzeć o ścianę.

„Znalazł mnie". Nie był w stanie pomyśleć nic innego. Prawą ręką namacał pistolet, który dostał od Benta. Odwrócił się powoli.

Nikogo nie zobaczył.

Dźwięki telewizora u Pakistańczyków ucichły i nastąpiła cisza.

Trzymając rękę na pistolecie, przeczytał to, co było na kartce.

W Whitechapel powiedzieli, że to mogła być akuszerka, wiedziałeś o tym? Kobieta. Dlaczego niby nie? Mogła chodzić między ludźmi w poplamionym krwią fartuchu, doskonale znała się na kobiecej anatomii i widok krwi nie robił na niej wrażenia. Dlaczego ta myśl przyszła im do głowy dopiero wtedy? I było za późno, żeby znaleźć mordercę. Albo morderczynię...

Tommy, przyjacielu, co ty o tym sądzisz?
Czy to mogła być kobieta?

Pamiętasz mnie?
Niewiele brakowało, aby została okaleczona na całe życie. I ty razem z nią.

Ona mi ją przypominała.
Bo chodziło o nią.

Jeśli tylko pojmiesz, że my jesteśmy tą samą osobą, przed świętami zginę.

Ale o mnie się nie bój, przyjacielu,
bo moje oczy widziały już
piekło otwarte.

Stał, kręcąc głową. „Jeśli tylko pojmiesz, że my jesteśmy tą samą osobą, przed świętami zginę". Do świąt zostały dwa tygodnie. „My jesteśmy tą samą osobą". Czy tak było? Najpierw zniknęło zdjęcie matki. A teraz przyszło to.

Wyjął kopię listu, który znalazł w pokoju Raska, listu, którego szukał Furuberget.

To nie było to samo pismo.

List do Raska napisała kobieta, tego był raczej pewien.

Ten list napisał mężczyzna.

Szukali więc dwóch osób.

Kobiety, która miała kontakt z Raskiem.

I mężczyzny. Kogoś, kto znał Tommy'ego?

Odwrócił się powoli, starannie złożył list i włożył go do wewnętrznej kieszeni puchówki. Odciskami palców na papierze się nie przejmował – osoba, która jakimś sposobem weszła do klatki i wsunęła kartkę do jego skrzynki pocztowej, tak czy owak miała na sobie rękawiczki. Odczekał parę sekund i zszedł do ciemnej piwnicy, stawiając stopy najciszej, jak mógł.

Jak ten ktoś wszedł do bloku?

Drzwi wejściowe miały zamek systemowy. Żaden legalny ślusarz nie dorobiłby klucza do takiego zamka, bo mógłby się pożegnać z interesem. Taki klucz można było tylko zamówić, a spółdzielnia wiedziała dokładnie, ile takich kluczy istnieje i kto je posiada.

Ten ktoś musiał więc wejść z kimś innym, chyba że zadzwonił do przypadkowego lokatora, a ten go po prostu zdalnie wpuścił. Tą samą metodą na pewno się posłużył, kiedy wszedł do mieszkania i zabrał zdjęcie jego matki. Dopiero teraz Tommy pojął, że przecież musi wymienić zamek w swoich własnych drzwiach!

Zadzwonił do Pakistańczyków na parterze, po przeciwnej stronie od jego własnego mieszkania. Po trzech dzwonkach i dłuższym stukaniu zrezygnował. Ze środka słychać było telewizor, a w judaszu było ciemno. Zresztą widząc, że to on, i tak by mu nie otworzyli. Ostro się z nimi kłócił, a kiedyś nawet zmusił panią domu, żeby zeszła na trawnik przed blokiem i pozbierała chrząstki z kurczaka, które zwykła wyrzucać przez okno. „Nie jesteśmy na wsi w Punjabie" – powiedział. Jej mąż przyszedł do niego i stojąc na progu, oskarżył go o rasizm, a Tommy zatrzasnął mu drzwi przed nosem. Można było go oskarżać o różne rzeczy i większość z nich byłaby zapewne prawdziwa, ale rasistą nigdy nie był i wiedział, że nie będzie, mimo że w pracy widział wystarczająco dużo, by dać się wciągnąć w brunatne błoto, tak jak to się stało z wieloma jego kolegami.

Zastanawiał się czasem, czy jego drzwi jednak Pakistańczyka nie uderzyły, ale skoro nigdy więcej się nie pojawił, nie mogło to być nic poważniejszego niż trochę krwi z nosa. Zważywszy na sytuację, nie powinien się dziwić, że pakistańscy sąsiedzi, jeśli byli w domu, po prostu go zignorowali.

W drodze na górę wyjął z kieszeni list i zatrzymawszy się na półpiętrze, przeczytał go ponownie. Tym razem zrobił to powoli, żeby niczego nie uronić.

Czytając słowa „my jesteśmy tą samą osobą", znów poczuł na plecach ciarki, ale w liście było coś, co bardziej przyciągnęło jego uwagę – dziwny szyk wyrazów na końcu.

„Ale o mnie się nie bój, przyjacielu, bo moje oczy widziały już piekło otwarte".

„Piekło otwarte" – powtórzył w myślach Tommy, dzwoniąc do drzwi na piętrze po lewej stronie. Dlaczego nie napisał, bo to musi być on, „moje oczy widziały otwarte piekło?".

Młoda para z piętra ani nie słyszała, ani nie widziała niczego nadzwyczajnego. Tommy spytał ich tylko, czy w ciągu dnia albo poprzedniego wieczora nie otwierali drzwi jakiemuś obcemu. List był niedatowany, o ile to w ogóle miało jakieś znaczenie. Od tych z drugiego Tommy też się niczego nie dowiedział, ale jedna z mieszkających tam par miała spytać rano córkę, czy nie wpuściła nikogo obcego, kiedy wróciła po południu ze szkoły.

Jego ostatnią nadzieją była pani Ingebrigtsen, która mieszkała na samej górze. Zanim do niej zadzwonił, otworzył okno na podeście schodów i spojrzał w dół na znajdujące się trzy piętra niżej wejście do klatki. Umieszczony nad nim daszek uniemożliwiał zobaczenie dzwoniącej osoby. Chociaż być może z okna sypialni było to możliwe?

Nacisnął guzik dzwonka i czekał. Wiedział, że sąsiadka jest w domu, bo głośno chodził jej telewizor. Spojrzał na zegarek – wymądrzające się o tej porze w okienku gadające głowy mogły ją po prostu uśpić.

Zadzwonił raz jeszcze. Była jego ostatnią szansą. Jeśli nikt nie wpuścił do bloku nieznajomego, oznaczało to, że ten ktoś ma dostęp do kluczy systemowych. A może to listonosz?

Patrzył na starego judasza, który musiał pochodzić jeszcze z lat siedemdziesiątych, bo był zwykłym szkiełkiem bez szerokiego kąta. Oczko nagle stało się ciemne, co oznaczało, że po drugiej stronie drzwi jest pani Ingebrigtsen.

Usłyszał szczęk otwieranego zamka, a potem brzęk zakładanego łańcucha.

– To znów pan, panie Bergmann? – zdziwiła się starsza pani, patrząc z niepokojem przez wąską szparę w zabezpieczonych łańcuchem drzwiach. Łańcuch był nędzny, jakaś tandeta, którą jej mąż kupił pewnie czterdzieści lat temu. Gdyby to było konieczne, Tommy rozwaliłby go jednym kopnięciem.

– Chciałem tylko spytać, czy pani dzisiaj albo wczoraj wieczorem nie otwierała komuś nieznanemu.

– Tu na górze?

– Nie, na dole. Czy otworzyła pani domofonem, a może wchodząc, wpuściła pani kogoś, kogo pani nie znała, wie pani, kogoś, kto przyszedł w odwiedziny do...

Pokręciła głową i zdjęła łańcuch z drzwi, jakby chciała mu okazać pełne zaufanie.

– Chociaż... – zaczęła i otworzyła szerzej drzwi. Tommy przypomniał sobie, że szwankuje jej pamięć, sama mu to powiedziała. Jej zachowanie było dziwne, jakby męczyły ją wyrzuty sumienia i jakby powoli pogrążała się w mroku demencji. – Był ktoś... z kwiatami dla pana.

Tommy poczuł, że otwierają mu się szeroko oczy, choć cały czas pozował na wyluzowanego.

– Kwiaty dla mnie? – spróbował się uśmiechnąć, ale nie był pewien, czy mu to wyszło.

Przytaknęła.

– Był człowiek, który powiedział, że ma kwiaty dla pana.

– Pamięta pani, kiedy to było?

– Dzisiaj, w południe, może o jedenastej... dwunastej? Coraz gorzej pamiętam. Może to było po południu...

– I pani go wpuściła?

Pani Ingebrigtsen nie odpowiedziała od razu.

– Źle zrobiłam? – spytała w końcu cicho.

Tommy patrzył jej w oczy. Ciemnoniebieskie tęczówki okolone były siateczką przekrwionych naczynek, oczy miała wilgotne, jakby z trudem powstrzymywała płacz.

– Ależ skąd. Zawsze jest przyjemnie dostać kwiaty. – I uśmiechnął się do niej uspokajająco. Tym razem mu to nieźle wyszło.

Pani Ingebrigtsen odpowiedziała uśmiechem i dotknęła włosów, jak to zwykle robią starsze panie, sprawdzając, czy trzyma się im fryzura. Najwyraźniej dała się oszukać i nie zwróciła uwagi na intonację w jego pytaniu: „Kwiaty dla mnie?".

– Może od anonimowej wielbicielki? – spytała pół żartem, tak że Tommy dostrzegł w niej dziecko.

Pokręcił głową.

– Bardzo w to wątpię, pani Ingebrigtsen. Czy pani może go widziała? Tego posłańca?

– Podeszłam nawet do okna, ale nie widziałam go.

– A może na chodniku parkowała furgonetka z Interflory albo jakiejś innej kwiaciarni?

– Nie. Ale głos miał sympatyczny… Bardzo uprzejmy mężczyzna. W dzisiejszych czasach takich niewielu.

– No właśnie. A jaki miał ten głos?

Pani Ingebrigtsen zmarszczyła brwi. Może i zaczynała gonić w piętkę, ale głupia nie była. A akurat w tym momencie wyglądała na bardzo przytomną.

– A dlaczego pan pyta?

Tommy spróbował zrobić minę, jakby właściwie nie zależało mu na odpowiedzi.

– Właściwie bez powodu… Ciekaw jestem, kto to był.

– Kto taki? – spytała pani Ingebrigtsen.

Tommy pomyślał, że dalej się nie posunie. Próbował jeszcze o coś pytać, ale wyglądało na to, że starsza pani już przestała kontaktować.

Życzył jej więc dobrej nocy i pomyślał, że gdyby pani Ingebrigtsen dowiedziała się kiedyś, kogo wpuściła, mogłaby tego szoku nie przeżyć.

Zszedł na parter, powoli, jakby się spodziewał, że człowiek, który zostawił mu list z tym osobliwym zdaniem na końcu, czeka na niego na każdym półpiętrze.

„Jesteśmy tą samą osobą".

„Piekło otwarte".

Bolała go głowa i czuł, jak wiele razy przedtem, że nie jest wystarczająco bystry, żeby w tym zawodzie pracować. Czyżby to był kolejny taniec w ciemnościach? Morten Høgda był przecież z północy, z Finnmarku, dlaczego nie pomyślał o tym wcześniej? Matka Tommy'ego też była stamtąd, chociaż nie wiedział, skąd dokładnie. „Ni cholery o sobie nie wiem" – powtarzał w myślach, aż poczuł, że te słowa kołaczą mu się po pustej czaszce. Czy to Morten Høgda był w jego mieszkaniu i zabrał zdjęcie matki, a także zadzwonił dziś do pani Ingebrigtsen? Dlaczego ten czubek miałby zabierać fotografię jego matki?

Kiedy włożył klucz w drzwi, przyszła mu do głowy pewna myśl.

Powoli odwrócił się i spojrzał w dół na skrzynki pocztowe. Zobaczył korkową tablicę.

Powoli zszedł sześć stopni i stanął przed tablicą. A potem zerwał kartkę z harmonogramem odśnieżania i dyżurnym telefonem.

Firma, która zarządzała nieruchomością, należała do Asgeira Nordli. Męża Elisabeth Thorstensen.

Tommy chwycił komórkę i odszukał jej numer.

– Abonent czasowo niedostępny – usłyszał po drugiej stronie.

Wyjął kopię listu do Andersa Raska.

„Łzy Meduzy".

Kobiece pismo.

„Dlaczego twarz Elisabeth Thorstensen wydaje mi się znajoma?"

7

Wciąż jej się wydawało, że pod głową czuje jego ramię. Nie, musiało być jej własne.

– Torvald? – spytała w ciemność.

W nozdrzach nadal miała delikatny zapach jego wody kolońskiej. Susanne ułożyła się z powrotem w łóżku, żałując, że on z nią już nie leży i nie głaszcze jej po włosach. Z jakiegoś powodu po powrocie z Malmøya od Jon-Olava Farberga nie czuła się bezpiecznie, a rozmowa telefoniczna z Leifem Monsenem z dyżuru na kryminalnym wcale nie poprawiła jej humoru. Chciała, żeby sprawdził właścicieli domków w Vestfold pod kątem imienia Yngvar, ale on jej nawymyślał w taki sposób, że bałaby się pożalić Tommy'emu. Czasami było tego wszystkiego za dużo i kompletnie się rozklejała. W takich chwilach nie była w stanie zająć się sobą, a co dopiero Matheą.

Cóż mogło dać większe poczucie bezpieczeństwa niż zasypianie z niesamowicie przystojnym gejem, który mocno cię obejmuje?

Podniosła rękę i nacisnęła na podświetlacz zegarka. Wpół do trzeciej. Torvald wymknął się pewnie kilka godzin temu.

Widok zegarka skierował jej myśli na Nico i jego narzeczoną. I jej własny pociąg do starszych facetów, najchętniej w wieku ojca.

Leżała przez kilka minut, gapiąc się w sufit. Szum miasta wdzierał się przez okno w dachu i sprawiał, że stawała się coraz bardziej senna.

Już miała zasnąć, kiedy do głowy przyszła jej myśl: „Dlaczego właściwie się obudziłam? Miałam sen?". Nie pamiętała. Nagle gdzieś w mieszkaniu rozległ się cichy sygnał jej komórki.

– Komórka – szepnęła.

To dlatego się obudziła. A teraz zadzwoniła znów. Owinęła się kołdrą. Było jej zimno, mimo że położyła się spać w ubraniu. Szybkim krokiem przeszła do otwartej kuchni. Komórka mrugała na zielono ze stołu. Modliła się, żeby to nie był Jon-Olav Farberg. Jakie właściwie wysłała mu sygnały? Tacy mężczyźni nigdy się nie poddawali, znała ten typ. Wzięła komórkę i przyjrzała się numerowi – był to nieznany jej numer z Oslo. Patrząc na gwiazdę, którą wieczorem Torvald powiesił w oknie, powoli podniosła telefon do ucha.

– Susanne Bech? – spytał kobiecy głos.

– A kto mówi?

– Przepraszam za obudzenie…

Kobieta zawiesiła na chwilę głos, a Susanne zmarszczyła brwi. Opanowało ją nagłe podejrzenie, że w pokoju Mathei ktoś jest. Czy Torvald zatrzasnął za sobą drzwi? Nie zamknął ich w każdym razie na zamek patentowy.

– Kim pani jest? – spytała surowym głosem. Pozwoliła kołdrze opaść na podłogę i zapaliła nad kuchennym stołem lampę Poula Henningsena.

– Dzwonię ze szpitala Lovisenberg.

„Mama" – pomyślała Susanne. Nie, bo wtedy zadzwoniliby z Bærum. Poza tym, gdyby jej matka umarła, nikt by jej o tym nie zawiadomił.

Szybko podeszła do drzwi wejściowych i sprawdziła, czy są zatrzaśnięte. Były.

„Dzięki Bogu" – pomyślała, przekręciła gałkę zamka patentowego i poszła do pokoju Mathei.

– Mamy tu pacjenta, który koniecznie chce z panią rozmawiać.

Susanne zatrzymała się przed drzwiami do pokoju małej i położyła dłoń na przyklejonej do nich taśmą kolorowance, przedstawiającej księżniczkę.

– Czy to nie może poczekać do jutra?

– Nie jestem pewna, czy on... dociągnie do jutra.

Susanne poczuła, że jej ramiona pokrywają się gęsią skórką.

– Czy to Flaten? Bjørn-Åge Flaten?

– Tak. Nie chce rozmawiać z nikim innym. Mówi, że ma pewne informacje... Lekarz powiedział, że może pani przyjechać.

Nastąpił moment ciszy, a potem Susanne usłyszała własny głos:

– Nie pozwólcie mu umrzeć. Zaraz tam będę.

Nie miała wyboru, musiała wziąć Matheę ze sobą. Torvald zrobił, co mógł.

Otworzyła drzwi do pokoju małej.

Mathea mówiła przez sen.

– Ma... – powiedziała. – Ma...

– Mama tu jest – powiedziała Susanne.

Mathea odwróciła się do ściany i zamilkła. Oddychała ciężko, tak ciężko, że Susanne pożałowała swojej decyzji. Spojrzała na zegarek, pomyślała o Nico i obiecała sobie sprzedać ten zegarek jeszcze przed świętami.

Dziesięć minut później Mathea, całkiem ubrana, stała przy drzwiach wejściowych, czekając na matkę. Susanne pozwoliła jej włożyć, co chce, byle coś zimowego. Była prawie trzecia w nocy, a dziecko wyglądało, jakby szło do najelegantszej kawiarni w mieście. Białe rajstopy, przykrótka aksamitna zielona sukieneczka, biała kokarda z eleganckiego sklepu „Fru Lyng", na to wszystko niebieska budrysówka. Na głowie miała kapelusik, który bardziej pasowałby do filmu opartego na powieści Astrid Lindgren o Marikken.

„Niezła z nas para" – pomyślała Susanne, kiedy na ulicy Schweigaarda uderzył w nie podmuch zimnego wiatru.

– Ale fajnie – powiedziała Mathea.

– Podoba ci się?

Na szczęście przed dworcem autobusowym stały taksówki.

– Proszę o nic nie pytać – powiedziała Susanne do kierowcy, wpychając wystrojoną córeczkę na tylne siedzenie.

– Dokąd jedziemy? – spytała Mathea, gdy taksówka wjechała do tunelu.

– Muszę porozmawiać z pewnym panem – odparła Susanne, ściskając dziewczynkę za rączkę. „Panem, który umiera" – pomyślała. „Ale najpierw się przede mną wyspowiada".

W uszach wyraźnie zabrzmiał jej głos matki Bjørn-Åge Flatena.

Kiedy wyjechali z tunelu, Susanne przygnębił widok kościoła Świętej Trójcy. Pod jego murem jakiś bezdomny ułożył się do snu, opatulony w koce i przykryty kartonami.

Taksówkarz wrzucił niższy bieg i samochód buksując, powoli ruszył pod górę Ullevålsveien.

Susanne pogłaskała Matheę po rączce, a mała przytuliła się do niej. Po prawej stronie pogrążyła się w mroku Aleja Zasłużonych cmentarza Zbawiciela. „Bjørn-Åge Flatena tu raczej nie pochowają" – pomyślała Susanne.

– Mam tu rozmawiać z Bjørn-Åge Flatenem – powiedziała do pielęgniarki na oddziale psychiatrycznym.

Pielęgniarka postukała w klawiaturę i zerknęła na Matheę.

– Cześć – powiedziała dziewczynka.

– Mogłaby pani jej chwilę popilnować? Najlepiej dać jej kartkę i ołówek.

– Lubisz kakao? – spytała pielęgniarka.

Identyfikator zdradził, że ma na imię Jorunn, a jej flegmatyczny akcent z zachodu kraju emanował takim spokojem, że Susanne dawno nie poczuła się równie bezpieczna.

– On wcale nie powinien tu być – powiedziała Jorunn do Susanne. – Wie pani, jak to jest, gość ma chwilową psychozę, a policja wysadza go nam przed drzwiami.

– A gdzie powinien być?

– W hospicjum. Jutro go tam przewieziemy. Jeżeli dotrwa do jutra.

– Jeżeli ma psychozę, to...

– Dostał lekarstwa. I takie ma... ostatnie życzenie.

Mathea podreptała za Jorunn do dyżurki tak ufnie, że Susanne aż się przeraziła. „Któregoś dnia ta ufność do dorosłych się na niej zemści" – pomyślała.

Ostrożnie otworzyła drzwi do pokoju Bjørn-Åge Flatena. Słysząc wrzask z pokoju obok, wzdrygnęła się i zajrzała do dyżurki. O dziwo, nic nie wskazywało na to, żeby krzyk przestraszył Matheę.

„Co ze mnie za matka? Budzę ją w środku nocy i wlokę na ostry dyżur psychiatryczny..." – pomyślała.

Weszła do pokoju.

Zamontowana na stałe nocna lampka rzucała na twarz Bjørn-Åge Flatena łagodne światło. Powodowało ono, że chory był jakby zawieszony między życiem i śmiercią i zdawał się nie mieć nic przeciwko temu.

Jego sen musiał być płytki, bo kiedy Susanne zrobiła dwa kroki, obudził się.

– Jak potrzebuję fajnego miejsca na nocleg, wciskam im taki kit, że mnie tu przywożą. Rozumiesz to?

Susanne zdjęła parkę i położyła ją na podłodze, a potem usiadła na krzesełku, które dała jej pielęgniarka.

– Jesteś chory – powiedziała.

Bjørn-Åge Flaten zamknął oczy i nagle było widać, że jest stary.

– Tylko ty wiesz, że tu jestem. Matka nie. Ona ze mnie zrezygnowała, ale ty o tym pewnie wiesz...

– Ja z ciebie nie zrezygnowałam – powiedziała Susanne, wzięła go za rękę i uścisnęła, jakby był jej ukochanym.

– Zawiodłem wszystkich. Wszystkich, którzy mi dobrze życzyli. Ciebie nie chciałem zawieść.

– To znaczy?

– Nie uwierzyłaś mi. Nikt mi nie wierzył.

– Więc powiedz prawdę.

– Chcę, żebyś znalazła tego, co zabił Kristiane. Co zabił wszystkie te dziewczęta...

Susanne puściła jego rękę, ale teraz on chwycił jej dłoń, z całych sił, jakie jeszcze miał.

– Spotkałem ją pod wiaduktem kolejowym na Skøyen.

– W tę sobotę, kiedy zaginęła?

– Tak.

– I co robiła? Stała?

– Przyjechałem pociągiem z miasta. Wysiadłem ostatni. Stanąłem na chodniku, żeby zapalić.

– No i?

– Parę metrów dalej, pod wiaduktem, stała dziewczynka. Na chodniku leżała jej torba z Nordstrand. Wyglądała, jakby nie wiedziała, co ma zrobić. Spytała, czy mam papierosa.

– I?

– Dałem jej tego papierosa, zapaliłem jej. Ale powiedziałem, że taka dziewczynka nie powinna palić.

– Mówiła jeszcze coś?

– Niewiele. Powiedziałem, że idę na Amalienborg i że może iść ze mną, jeśli chce. I żeby się mnie nie bała.

– Przedstawiła się?

– Nie, ale tydzień później widziałem jej zdjęcie w gazecie. Jak zgłoszono zniknięcie.

– I co, poszła z tobą?

– Nie wierzysz mi, co?

Pogłaskała go po ręku.

– Wierzę.

– Okazało się, że idzie w tym samym kierunku. Spytałem, czy idzie na jakąś imprezę.

– I co powiedziała?

– Że idzie w odwiedziny.

– Do kogo?

Pokręcił powoli głową.

– Przy Amalienborg się rozstaliśmy.

– Spotkaliście kogoś po drodze?

– Starą babę z psem. Udawała, że nas nie widzi. Na pewno nienawidziła takich jak ja, wiesz, całe Amalienborg było wtedy pełne ćpunów.

– I co dalej?

– Powiedziałem do niej: „Uważaj, żebyś się w coś nie wpakowała". Wyglądała, jakby coś ją niepokoiło, ale nie chciałem pytać. Myślałem, że to jakaś sprawa z chłopakiem.

– No i?

Rozległo się pukanie do drzwi i Bjørn-Åge Flaten odwrócił się w tamtą stronę.

Susanne cały czas głaskała go po ręku.

W drzwiach stanęła pielęgniarka z Matheą.

– To twoje dziecko? – spytał szeptem.

Skinęła głową.

– Nie wiedziałem, że jesteś... samotną matką. Nie wyglądasz.

– Nikt nie wygląda.

Susanne skinęła na Matheę.

– Chodź, usiądź tu.

I pomyślała, że Mathea może przestraszyć Flatena, zawieszonego między życiem i śmiercią.

A on zamknął oczy. Spod każdej powieki wypłynęła mu łza.

– Jak ma na imię?

– Mathea – szepnęła Susanne.

– Nigdy tego sobie nie mów.

– Czego?

– Że gdyby ci dano jeszcze jedną szansę...

Wzięła go znów za rękę. Wyglądał, jakby życie powoli z niego wyciekało.

– Co zrobiłeś, jak się rozstaliście?

– Co?

– Co zrobiłeś...

– Udałem, że wchodzę w jedno miejsce... Ale odczekałem dziesięć, piętnaście sekund... I rozejrzałem się za nią.

Susanne chwyciła go mocniej za rękę.

– Dokąd poszła?

– Nie wierzysz mi...

– Wierzę!

– Poszła w lewo, w kierunku tych tarasowych bloków.

– Tarasowych bloków?

– Jest tam kilka takich, z tych, co je kiedyś budował Selvaag.

– Myślisz, że poszła do któregoś z nich?

– Tak... Gdyby miała iść dalej, poszłaby prosto pod górę, w ulicę Nedre Skøyen, rozumiesz? Ale nie poszła.

– Mamusiu... – odezwała się Mathea od okna. – Chcę do domu.

Bjørn-Åge Flaten uśmiechnął się ostrożnie.

— Jedź z nią do domu… I obiecaj mi jedno.
— Obiecuję.
— Obiecaj, że mi uwierzysz.

8

W mieszkaniu niczego nie ruszono. Ten, kto wszedł tu wcześniej i zabrał zdjęcie matki, chyba przez drzwi nie przenikał? Tommy otworzył lodówkę, wyrzucił z niej stare warzywa, jakiś ser i coś, czego nie był w stanie zidentyfikować. Z tyłu na środkowej półce znalazł dwie butelki piwa, o których zdążył dawno zapomnieć. Otworzył jedną z nich zapalniczką, wypił kilka łyków, a potem zajął się przymocowaniem łańcucha, który kupił u Bergersena na Trondheimsveien. Według sprzedawcy „cholernie solidny patent".

„Trochę zbyt solidny jak na tę futrynę" – pomyślał Tommy, ostatni raz obracając śrubokręt. Futryna jęknęła. Tak dawno temu majsterkował, że zapomniał ją najpierw lekko nawiercić. W futrynie pojawiło się pęknięcie. „To gówno zaraz wyleci". Dopił piwo i uznał, że trzeba spróbować. Niech no tylko przyjdzie. Albo niech przyjdą. Bo jeśli to był Rask, przyjdzie z koleżką, Jensrudem.

Na dzisiejszą noc ten łańcuch musi wystarczyć. Jutro wezwie ślusarza.

Stanął na środku dziennego pokoju i popatrzył na regał. Zdjęcia matki dalej tam nie było. Powinien to gdzieś zgłosić, ale właściwie po cholerę? Włamanie bez żadnego śladu. Ten, który się włamał, musiał mieć klucz, i tyle.

Wyjął z półki swoje stare zdjęcie, zrobione w szóstej klasie. Tamtego dnia padało. Deszcz i jesień – to były jego najwyraźniejsze wspomnienia ze szkoły. „Czyż nie było zawsze deszczu i jesieni? Ileż musiałem wyprzeć..." – pomyślał. Co jeszcze pamiętał? Suche liście latające wokół bloku, pełen kurzu wiosenny dzień, pustka i bezczynność panujące w blokowisku w wiosenne ferie, słońce rozpalające ich małe mieszkanie, wybijane obok stacji kolejki szyby, sypiące się na ziemię szkło, bieg w trampkach po peronie, skok przez szyny pod napięciem, jakiś klęczący ćpun, jacyś wąchacze kleju leżący w letnią noc na schodach, bzykająca się jak pieski para w przejściu podziemnym pod Tveitenveien...

Potrząsnął głową i odstawił Tommy'ego Bergmanna z lat siedemdziesiątych z powrotem na zakurzoną półkę.

Położył się na kanapie, przykrył kocem i raz jeszcze przeczytał ten przeklęty list.

Powinien zadzwonić do Reutera, ale był za bardzo senny.

„Piekło otwarte".

„Jak tu przyjdziesz, zabiję cię. Jestem gotów" – było ostatnią jego myślą przed zaśnięciem. Widok leżącego na ławie ravena zabrał ze sobą do snu.

Potem już była wilgoć w butach, krąg światła latarki na czarnych gałęziach świerków gdzieś z przodu, obrazy czyjejś sylwetki zadającej ciosy czymś błyszczącym. Próbował przyspieszyć, ale nie miał siły szybciej poruszać nogami w miękkim mchu, w błocie i wodzie, szukał w kieszeni pistoletu, ten mu wypadł i przepadł gdzieś w czeluści ziemi. Kiedy dotarł do celu, postaci z błyszczącym narzędziem nie było, na ziemi leżała zwinięta w kłębek dziewczynka, mimo ciemności wyraźnie widział jej twarz. Trzymała się za brzuch, rozcięta aż do szyi, cicho płakała, twarz miała białą jak u lalki. Nachylił się nad nią, ona odwróciła się do niego i wrzasnęła tak głośno, że rzuciło go na ziemię, a bagienne błoto natychmiast przemoczyło mu spodnie.

Usiadł na kanapie. Spocone ciało pokryło mu się gęsią skórką.

„Dźwięk" – pomyślał. Jej krzyk.

Domofon brzęczał przenikliwie, jego dźwięk wypełniał całe mieszkanie.

W pokoju było lodowato zimno, jakby ktoś wyłączył ogrzewanie.

Domofon zabrzęczał raz jeszcze. Tommy wziął z ławy pistolet. Wyświetlacz odtwarzacza wideo pokazywał 3.40.

Zrzucił z siebie koc i spuścił nogi na podłogę. Przez moment się obawiał, że podłoga okaże się bagiennym błotem, bo wciąż przebywał we śnie zmieszanym z rzeczywistością, w labiryncie, z którego nie było wyjścia.

Znów rozległ się brzęczyk domofonu.

To nie mógł być on. Nie w ten sposób.

Mimo to przeszedł przez pokój zgięty wpół, rejestrując po drodze, że był wystarczająco przezorny, aby zaciągnąć zasłony w pokoju gościnnym, którego okno wychodziło wprost na wejście do bloku.

Przy domofonie odczekał chwilę. Przyjrzał się łańcuchowi, palcem sprawdził chłodny metal spustu.

Kiedy zadzwoniono po raz kolejny, podniósł słuchawkę.

Najpierw usłyszał tylko szum.

– Tommy?

Minęło kilka sekund, zanim rozpoznał głos.

Kobiecy.

Był nieco inny, niż pamiętał, matowy, przytępiony alkoholem lub czymś innym.

Nacisnął na przycisk zamka, ale cały czas patrzył na klatkę przez wizjer judasza.

Elisabeth Thorstensen pozwoliła, żeby drzwi zamknęły się za nią same. Wyglądała na zagubioną w swoim wielkim futrze, jakby była z innych czasów i nie do końca rozumiała, co się wokół niej dzieje.

Tommy zobaczył, że przy skrzynkach pocztowych zatrzymała się na moment, jakby dała sobie czas na rozmyślenie się. A potem szybko pokonała kilka schodów w stronę jego korytarza.

„Zarząd nieruchomości" – pomyślał.

Czy to ona miała wszystkie potrzebne klucze?

A może jej mąż?

Czy dała te klucze komuś innemu?

Otworzył drzwi do schowka przy drzwiach i położył tam naładowany pistolet na podłodze.

Popatrzył na nią przez judasza.

Nie wiedział, jak tłumaczyć sobie wyraz jej twarzy. Czy była to rozpacz, czy obłęd? A może jedno i drugie?

Otworzył drzwi i zdjął łańcuch z najwyższą ostrożnością, jakby się bał, że ktoś dostał się na klatkę podczas tych kilku sekund, kiedy nie patrzył w judasza.

– Wzięłam… kilka tabletek – powiedziała cicho.

Stała w korytarzu, a wielkie futro nadawało jej wygląd pisklęcia. Ciemne włosy miała przyprószone śniegiem, tusz spłynął jej z rzęs na policzki.

– Dostałam je kiedyś od lekarza… Był we mnie zakochany – zaśmiała się cicho do siebie, ale w oczach miała smutek. – A jak Asgeir się położył… zaczęłam pić.

– Proszę wejść – powiedział.

Elisabeth Thorstensen zaczęła się szamotać ze swoim futrem.

Tommy pomógł jej.

– Nie chciałam już dłużej żyć. Nie wiedziałam, co… I pomyślałam o tobie. – Podniosła ręce do jego twarzy, jej głowa opadła na jego pierś. – Już mnie kiedyś uratowałeś… Objął ją ramieniem.

– Zrobiłam się taka senna… Tommy spróbował odsunąć ją od siebie, ale się nie dała.

– Nie odchodź.

Zaczęła płakać. Po minucie jej płacz przeszedł w śmiech.

– Nie wiem, dlaczego tu przyszłam… – szepnęła.

„Myślę, że jednak wiesz" – pomyślał Tommy, ale nic nie powiedział.

– Musisz być dla mnie dobry, Tommy… – szepnęła mu w ucho. – Obiecaj, że będziesz…

Przyszła mu do głowy zabroniona myśl, że miał na nią ochotę już tamtego pierwszego razu na Skøyenbrynet, gdy siedziała na podłodze kuchni z nożem w ręce.

– Która godzina? – spytała.

– Prawie czwarta.

– Mogę się tu przespać?

Tommy pokręcił głową, ale jej spojrzenie uświadomiło mu, że nie wolno jej zostawić samej sobie. Zamrugała, w jej oczach pojawiły się łzy.

– Tęsknię za nią… Tommy, ja już nie mogę bez niej żyć.

Tommy odetchnął głęboko i już wiedział, że zrobi głupstwo.

– Może pani spać tu, na kanapie.

– Musisz spać obok mnie.

– Ale ja…

Zakryła mu usta ręką.

– Nie chcę umrzeć – powiedziała.

Objął ją ramieniem.

– Nie umrzesz.

*

Obudził się z czegoś, co musiało być półsnem. Gdzieś na klatce huknęły zamykane drzwi.

Elisabeth Thorstensen leżała na kanapie częściowo na nim, pogrążona w głębokim śnie.

Tommy podziękował Stwórcy, że mają na sobie ubrania.

„Nic nie zaszło" – pomyślał i poczuł, że głowa mu pęka.

Delikatnie zepchnął ją z siebie. Zamruczała coś niezrozumiałego i spała dalej, ciężkim snem starego mężczyzny.

Kiedy wrócił z łazienki, była przytomna.

– Moja pierwsza myśl, kiedy budzę się rano, i ostatnia, kiedy zasypiam, jest o niej.

Jej twarz była ledwo widoczna w słabym świetle ulicznych latarni za oknami salonu.

– Nawet sobie nie wyobrażaj, że jest inaczej.

– Nie wyobrażam sobie.

– Kristiane by cię polubiła. Tommy, jesteś dobrym człowiekiem, wiedziałeś o tym?

Zamknął oczy i pomyślał, że dawno już nikt nic równie pięknego mu nie powiedział.

Kiedy wstała, popatrzył na jej ciało, a ona odrzuciła włosy do tyłu i uśmiechnęła się do niego w sposób, który napełnił go niepojętym spokojem.

Podeszła do regału.

Uczucie spokoju zamieniło się w niepokój.

– Jak ładnie razem wyglądaliście – powiedziała nagle.

Zapewne zobaczyła jego zdjęcie z Hege. Bóg raczy wiedzieć, dlaczego je tam wciąż trzymał.

„No cóż" – pomyślał. „Pewnie tak było". I przypomniał sobie zaginione zdjęcie matki, co go nagle rozbudziło. W co on się tu pakował?

– Najlepiej będzie, jak pani sobie pójdzie.

Elisabeth Thorstensen odstawiła na półkę jego zdjęcie z Hege. Zrobiła obrażoną minę.

— Aha.

Minęła go i poszła do łazienki, a Tommy wziął leżącą na ławie komórkę. Był tam SMS od Susanne, który przyszedł pewnie w nocy. Dlaczego go nie usłyszał? „Kristiane szła do tarasowych bloków przy ulicy Nedre Skøyen. Więcej szczegółów jutro". Kiedy matka Kristiane wyszła z łazienki, po raz któryś czytał SMS-a.

— Zamów dla mnie taksówkę. Tyle chyba możesz dla mnie zrobić?

— Może mogę.

Stanęła w przedpokoju, ubrana do wyjścia. Tommy niedbale oparł się o futrynę drzwi do salonu z zapalonym papierosem w dłoni. Była pobieżnie umalowana, dwa, trzy pociągnięcia maskarą, trochę szminki. Była za piętnaście szósta rano, Bóg jeden wie, dlaczego jej się w ogóle chciało. Nerwowo pogłaskała się dłonią po rękawie futra, a potem szybko podeszła do niego, wyjęła mu z dłoni papierosa, zaciągnęła się kilka razy i oddała mu go.

— Podejdź bliżej — powiedziała, pocałowała go szybko w usta i położyła mu głowę na piersi.

Za oknem sypialni usłyszał hamujący samochód, a potem niski pomruk diesla.

— Kristiane była darem niebios, Tommy. Zbawiła Per-Erika. Brzmi to może idiotycznie, ale ja to tak czułam. Rozumiesz mnie?

— Tak.

— Można się stać lepszym człowiekiem. W każdym razie on się stał.

Tommy pomyślał o sobie samym, ale szybko odpędził tę myśl od siebie. Stwierdził tylko, że powinien teraz leżeć na kozetce u Viggo Osvolda, a nie stać tutaj, obejmując świadka.

Odsunął ją od siebie.

– Kiedyś się już z panią musiałem zetknąć, przed śmiercią Kristiane. Nie daje mi to spokoju.

– Muszę już iść – powiedziała.

– Do którego szpitala pani trafiła po śmierci córki?

– Do Frensby.

Przeszedł go dreszcz. To tam pracowała jego matka.

– A wcześniej?

– Bywałam w tym szpitalu regularnie, od osiemnastego roku życia. Mój ojciec... Nie, nie mam siły teraz o tym mówić.

„Dzięki" – pomyślał. Musiał więc ją widzieć właśnie tam, wiele lat temu, kiedy matka zabrała go ze sobą do pracy. Tak to musiało być.

– Mogę się z tobą spotkać jeszcze raz przed świętami?

– To niemożliwe, chyba pani sama rozumie.

– Ale ja... – zaczęła i przerwała. Patrzyli na siebie. Po chwili jej oczy napełniły się łzami, ale jakimś sposobem zniknął z nich smutek. – Nie... Już nic.

Otworzyła drzwi, stała w nich przez chwilę, ale cofnęła się i zamknęła je znów.

„To po to przyszłaś" – pomyślał Tommy, zaciągając się papierosem. Podeszła do niego i objęła go wpół.

– Myślałam, że zabiorę to ze sobą do grobu... – powiedziała.

– Co mianowicie?

– Wydaje mi się, że... ona była w nim zakochana.

– Kto?

Zamknęła oczy.

– Kristiane... On umie manipulować ludźmi, a po ojcu ma coś, co bardzo pociąga kobiety. Tommy, ja po prostu nie potrafiłam się wyplątać z romansu z nim. Kiedy Morten kogoś omota, już go nie puszcza.

– Czy dobrze zrozumiałem, że ona była zakochana w Mortenie Høgda?

Potrząsnęła głową.

– Alex jest taki sam.

Tommy cofnął się o krok.

– Co pani chce mi właściwie powiedzieć?

Elisabeth Thorstensen nabrała w płuca powietrza i dopiero po dłuższej chwili wypuściła je nosem.

– Wydaje mi się, że Kristiane była na zabój zakochana w Alexandrze. W Aleksie.

Tommy powoli pokręcił głową.

– W swoim bracie?

– Przyrodnim… Tak! – Elisabeth Thorstensen zamknęła oczy. – Boże… Wybacz mi, córeczko moja.

Tommy czekał.

– Myślę, że on… ją wykorzystywał – powiedziała tak cicho, że Tommy ledwo ją usłyszał.

– To znaczy?

– W jego łóżku znalazłam jej włosy. Sam widziałeś, jakie były – nie sposób się pomylić.

Tommy pomyślał o tym, co powiedział Rask, że tamtego lata się zmieniła. Że zerwała ze swoim chłopakiem i… „Ktoś w niej rozpalił płomień”.

Głos Raska wyraźnie zabrzmiał w jego uszach. Zobaczył jego dziki wzrok, zobaczył, jak traci siły po tym, jak próbował przekonać go, że Kristiane się zmieniła. Właśnie tamtego lata.

– Czy Rask uczył też Alexandra? – spytał.

Na jej twarzy malowała się rozpacz, jakby raz jeszcze przeżyła to, co stało się z Kristiane.

– Nie mów o tym nikomu, Tommy.

– Tego nie mogę obiecać. Nie rozumie pani, że to stawia wszystko na głowie?

Weszła za nim do sypialni.

– Niech mi pani odpowie na to pytanie: czy Rask uczył Alexa?

– Tak.

Zadzwoniła jego komórka. To taksówkarz zastanawiał się, czy ktoś zaraz przyjdzie, bo licznik cały czas chodzi.

– Niech mi pani coś obieca – powiedział. – Jeśli pani wciąż ma coś wspólnego z Mortenem Høgdą, musi mi pani o tym powiedzieć.

Pokręciła głową.

– Musi mi pani obiecać.

– Obiecuję...

Uścisnął jej rękę.

– Zadzwoń – szepnęła. – Obiecujesz?

– Jednak coś pani przede mną ukrywa.

Potrząsnęła głową.

– Kogoś pani chroni.

– Niby kogo?

– Komu pani o tym mówiła? O Alexandrze i Kristiane?

– Nikomu...

– Elisabeth, tamtej soboty ona naprawdę wybrała się na Skøyen.

Zasłoniła rękoma twarz.

– Kto mieszkał na Skøyen?

– Nie wiem... – szepnęła.

– Czy Morten Høgda? To jemu pani powiedziała? Może Per-Erikowi?

– Nie – powiedziała. – Nie!

Upadła na kolana i zasłoniła twarz dłońmi.

– Nie Morten... – szepnęła. – To nie może być Morten...

Przez chwilę się zastanawiał, czy wezwać karetkę. Nagle opadła z sił, jakby ze wszystkiego zrezygnowała. Kucnął przy niej, ujął za przeguby, poczuł pod palcami blizny od kuchennego noża.

– Muszę porozmawiać z Alexem, chyba pani rozumie? Pracuje w szpitalu w Tromsø?

– Tak – powiedziała, tuląc twarz do jego piersi.

– Niech pani jedzie do domu – powiedział. – Wieczorem zadzwonię.

– Obiecujesz?

Skinął głową.

Patrząc, jak taksówka skręca koło sklepu KIWI, był pewien, że właśnie popełnił straszny błąd.

Poprzedniego wieczora rozmawiał ze śledczymi z Toten. W domu małżeństwa Furuberget znaleziono odciski dwóch różnych par butów, które nie należały do jego mieszkańców. Nie należały jednak też do Raska i Jensruda, którzy uciekając z Ringvoll, mieli na sobie adidasy.

Arnego Furubergeta przed śmiercią odwiedziły dwie osoby.

Bez względu na wyniki analizy dokonanej przez Kripos Tommy był pewien, że list do Raska pisała kobieta.

Tak więc nie szukali Raska i Jensruda.

Szukali mężczyzny.

I kobiety.

Część IV

1

Susanne Bech pomachała Mathei na pożegnanie, próbując nie myśleć o tym, jak mało dziewczynka spała tej nocy. Stojąc oparta o okno, Mathea słaniała się lekko jak pijana. Było pięć po siódmej rano, a one po raz pierwszy w życiu dotarły do przedszkola przed wszystkimi, nawet przed wychowawczynią, którą Susanne przynajmniej znała.

Z Helsfyr pojechała kolejką do miasta i wysiadła przy Centralnym. Przez jakiś czas snuła się po dworcu bez celu, podobnie jak jej zdaniem robiła Kristiane tamtej soboty pod koniec listopada 1988 roku. W hali odjazdów roiło się od porannych podróżnych. Poszła pod prąd i zeszła do hali dawnego Dworca Wschodniego, teraz połączonej z nową częścią w Centralny. Wielka choinka przypomniała jej o zbliżającej się Wigilii. Wszystko będzie dobrze, spędzi ją z Matheą. Czy potrzebny im do szczęścia ktoś jeszcze?

Wyobraziła sobie, że jest Kristiane: przeszła przez dawny Wschodni, przerobiony teraz na centrum handlowe, i wyszła na zewnątrz, tam, gdzie dziewczynę widziano po raz ostatni. W grudniowych ciemnościach stanęła na placu przed dworcem, tak jak pewnie zrobiła Kristiane.

Przed nią był wylot ulicy Karla Johana, ozdobionej zielonymi girlandami i świątecznymi dzwonkami, dzięki którym w centrum było jaśniej niż gdzie indziej.

Mijał ją idący do pracy tłum ludzi. Susanne stała nieruchomo, jakby była na prerii, i był to jedyny sposób, aby wyjść cało z napierającego na nią stada bizonów. Setki ludzi spieszyły się, by przeżyć jeszcze jeden dzień w pracy, większość z nich była w połowie swojego istnienia, którego ani początku, ani końca nie widzieli. I tylko myśl o świętach pozwalała im przeżyć jeszcze jedną zimę ich życia.

„Przynajmniej oni mają przed sobą jakieś życie" – pomyślała Susanne.

Więcej, niż dane było Kristiane.

Pomyślała, że dziewczyna się rozmyśliła. Stała tak, jak ona teraz. Przyjechała pociągiem z Nordstrand, bo nie chciała, żeby widziały ją koleżanki z drużyny. Chciała przejechać przez miasto w drodze do Skøyen, gdzie spotkał ją Bjørn-Åge Flaten. Stała pewnie tak, żałując, że wysiadła na Centralnym, bo nie to było jej celem. Potem weszła z powrotem do hali Wschodniego i pojechała pierwszym pociągiem do Skøyen.

Susanne odwróciła się nagle i zrobiła dokładnie to, co jej zdaniem zrobiła Kristiane.

Na peron 9 wjechał pociąg ze Ski. Drżały jej ręce, kiedy usiadła na wolnym miejscu i pociąg wjechał do tunelu pod miastem. Otworzyła plecaczek, w którym miała notatnik i wydruk broszury na temat spółdzielni mieszkaniowej przy ulicy Nedre Skøyen.

„Muszę wierzyć Bjørn-Åge Flatenowi" – powiedziała sobie w myślach i na chwilę zamknęła oczy.

Ocknęła się, kiedy pociąg stanął na stacji przy Teatrze Narodowym. Na ramionach miała gęsią skórkę, bo w tunelu na krótko się zdrzemnęła.

Śniło jej się, że Mathea stoi w oknie przedszkola i macha do niej, zupełnie jak rano, a z tyłu za nią pojawia się cień wychowawczyni.

Ale nie, to nie był nikt z pracowników przedszkola. Twarzy nie było widać, tylko sylwetkę. I rękę na ramieniu Mathei. Kiedy pociąg stanął na stacji Skøyen, Susanne potrząsnęła głową, zirytowana tym snem.

Ta noc była po prostu za krótka. Wizyta na Lovisenberg wyssała z niej wszystkie siły. „Nic innego" – powiedziała sobie i zaczęła schodzić z peronu. W połowie schodów przystanęła i pozwoliła się wyminąć pasażerom. Odwróciła się powoli, jakby spodziewając się, że na ciemnych schodach zobaczy za sobą postać ze snu.

Postać bez twarzy, z ręką na ramieniu Mathei.

Odetchnęła głęboko.

– Nikogo tam nie ma – powiedziała na głos. – Nikogo.

Zeszła schodami do końca, stanęła na chodniku i wpatrzyła się w przejście podziemne, gdzie w tamten sobotni wieczór Bjørn-Åge Flaten spotkał Kristiane.

Ostrożnie zrobiła kilka kroków pod wiadukt. Był duży ruch, ale Susanne w ogóle go nie widziała. Było tak, jakby byli tam tylko ci dwoje: Kristiane w swojej niebieskiej puchówce i młody ćpun Bjørn-Åge Flaten.

– Do kogo poszłaś, Kristiane? – spytała na głos Susanne.

Ruszyła w przeciwnym kierunku, w stronę Amalienborg i Nedre Skøyen.

Przez cały ten krótki odcinek drogi czuła, jakby Kristiane szła obok niej. Miała ochotę objąć ją ramieniem i powiedzieć: „Znajdę go, obiecuję, że go znajdę".

Kiedy była w połowie drogi, opanowało ją znów to paskudne uczucie.

Ze snu w tunelu. O tym kimś bez twarzy.

Zwolniła kroku, a w końcu zatrzymała się.

„Chodź i weź mnie" – pomyślała. „Weź mnie.

I daruj życie Mathei".

2

Fredrik Reuter z marsową miną spojrzał na zegar, a potem wyciągnął palec w stronę Tommy'ego Bergmanna.

– Mam nadzieję, że masz tę swoją pannę pod kontrolą?

Tommy wzruszył ramionami. Było pięć po ósmej, a Susanne ani widu, ani słychu. Zadzwonił do niej, ale usłyszał tylko automatyczną sekretarkę.

– Nie wiem, gdzie się podziała. Zacznijmy bez niej.

Naprzeciw niego z dziwnym wyrazem twarzy siedział prokurator Svein Finneland. Tommy zauważył, że zrobił osobliwą minę w momencie, gdy Reuter wypowiedział słowa „tę swoją pannę".

„Aha" – pomyślał. „Więc jesteś zazdrosny, że to ja jestem jej szefem. *Be my guest*. A może się boisz, że zaspała z jakimś innym facetem?"

– No dobra – powiedział Finneland w sposób, który upewnił Tommy'ego, że prawidłowo odczytał jego myśli. Wyprostował się. – To zaczynamy w piątek, a tę swoją pannę poinformuje pan o wszystkim później, panie Bergmann. Kiedy już uzna za stosowne się pojawić.

Tommy złowił spojrzenie Halgeira Sørvaaga. Ze swoim obleśnym uśmieszkiem ten wyblakły ćwok z Sunnmøre wyglądał jak wypływająca na powierzchnię ryba głębinowa.

Tommy pomyślał, że burak właśnie wyobraża sobie Susanne bez ubrania, jak leży w jego łóżku zamiast niemrawej żony. Ostatnim uczestnikiem zebrania Finnelanda był psycholog z Kripos, Rune Flatanger. Siedział ze wzrokiem wlepionym w list, który Tommy znalazł poprzedniego dnia w swojej skrzynce. Jego wargi ułożyły się w słowa „piekło otwarte".

– Wczoraj w nocy dostałem od Susanne tajemniczego SMS-a – powiedział Tommy. – O tym, że Kristiane pojechała do Skøyen.

Pokręcił głową. Miał tylko nadzieję, że nie rozmawiała znów z Bjørn-Åge Flatenem. Pewnie chciałby pieniędzy, a ona może wyłożyłaby z własnej kieszeni, kto to może wiedzieć?

– W nocy? – Finnelandowi jeszcze bardziej pociemniała twarz.

Tommy skinął głową.

– To co, zaczynamy? – spytał Reuter.

Za godzinę miał być na zebraniu z szefową policji i Tommy wiedział, ile to dla niego znaczy. Reuterowi marzyło się jej stanowisko. Miał spore szanse, bo komendant okręgu był durniem, a szef policji kryminalnej odchodził na emeryturę.

– A więc – zaczął Finneland – o ile dobrze zrozumiałem, mamy już podrasowane ujęcie z monitoringu na ulicy Corta Adelera.

Wziął teczkę, która leżała przed Reuterem, i otworzył ją, a potem rozdał obecnym po kilka zdjęć.

Tommy wstał i chwycił swoje fotografie, jakby tylko one miały uratować świat.

Kilka sekund trwało, zanim połączył twarz na zdjęciu z człowiekiem, którego niedawno poznał.

Ale to nic nie musiało znaczyć, że ten mężczyzna był w Porte de Senses tego wieczora, kiedy skatowano młodą Litwinkę. A może Tommy sam siebie próbował oszukać?

– Poza tym – prokurator dla efektu zawiesił na chwilę głos – Rask i Jensrud zatankowali w nocy samochód na stacji YX w Oppdal i zapłacili kartą kredytową panny Raska. – Tu spojrzał na Tommy'ego.

„Właściwie powinieneś dostać w ryj" – pomyślał Tommy i posłał mu krzywy uśmiech.

– Nie podamy tego do wiadomości, więc póki co morda w kubeł – powiedział Reuter.

– A jak namówimy nocną zmianę na YX, żeby trzymała mordę w kubeł? – spytał niewinnie Sørvaag.

– Pan Bóg nam jakoś pomoże – odparł Reuter. – Poza tym YX jest samoobsługowa. Alarm wywołała karta kredytowa.

– Idioci – odezwał się Tommy, sam nie wiedząc, czy ma na myśli Raska i Jensruda, czy Reutera i Sørvaaga.

– Łagodnie powiedziane – stwierdził prokurator. – Dlatego nie mogą wiedzieć, że my wiemy, gdzie są.

Rozdał nowe zdjęcia. Numer rejestracyjny samochodu był tam doskonale widoczny. Teraz policja wiedziała, jakim samochodem się poruszają, i ujęcie ich było tylko kwestią czasu. Na jednym ze zdjęć widać było Jensruda tankującego samochód. Rask stał tyłem do kamery. Wyglądało na to, że pali papierosa. Jakby był bystrzejszy, zostałby w samochodzie. Ale chyba wiedział, że karta będzie śledzona? Jego znajoma z Ringvoll mogła zdobyć dla nich gotówkę, ale wtedy musieliby płacić w kasie. Rask chyba miał świadomość, że są na straconej pozycji.

„Szkoda, że nie mogę z tobą teraz porozmawiać" – pomyślał Tommy, przyglądając się Raskowi na zdjęciu.

Ten tajemniczy Yngvar, o którym wspomniał Jon-Olav Farberg... Czy on istniał naprawdę? Czy to do niego jedzie Rask? A Alexander Thorstensen... Czy Rask jechał do Tromsø? Była to zwariowana myśl, ale przecież nie do końca. Rask wiedział, że Kristiane zakochała się w kimś, w kim nie powinna się zakochać. W swoim przyrodnim bracie, Alexandrze.

– Niech więc jadą – powiedział w przestrzeń.

Finneland zdjął okulary.

– Co pan powiedział?

– Niech Rask i Jensrud jadą, śledźmy ich, ale nie aresztujmy.

Finneland pokręcił głową.

– To nie ode mnie zależy, ale w tym roku chyba nie słyszałem czegoś równie głupiego.

– Jadą na północ. To nie ma sensu, chyba że jadą w określonym celu, nie rozumie pan? Ktoś z zewnątrz napisał do Raska list. – Tommy wyjął kopię listu, który znalazł w pokoju Raska w Ringvoll. – Może on chce się z tym kimś spotkać?

– Resztę zdecydował się przemilczeć.

Finneland potrząsnął głową.

– Więc niech pan przekona Kripos, bo to oni przejęli ten cyrk z Raskiem i Jensrudem.

Rune Flatanger ziewnął głośno, jakby chciał pokazać całemu światu, że czegoś równie mało interesującego jeszcze w życiu nie słyszał.

– Szczerze mówiąc, ja uważam, że Rask chce być jak najdalej stąd. Problem w tym, że nie ma dokąd uciec. Dla mnie interesujący jest natomiast ten list do ciebie, Tommy. Dostałeś go wczoraj?

Tommy skinął głową. Oryginał został wysłany do Kripos pod kątem analizy odcisków palców i charakteru pisma, ale kopię miał przed sobą. Przesunął palcem po kartce i utwierdził się w przekonaniu, że ten list napisał mężczyzna, natomiast list do Raska – kobieta.

– Więc twoim zdaniem list do Raska napisała kobieta, a ten do ciebie mężczyzna? – Flatanger popatrzył Tommy'emu w oczy i przez moment wydało mu się oczywiste, że psycholog wie o jego wizytach u Viggo Osvolda. I że nie stawił się na dwa ostatnie spotkania. I że wkrótce dowie się o tym Reuter i tak skończy się jego kariera w policji.

Miał to gdzieś.

– Tak właśnie sądzę.

Rune Flatanger położył kopie obu listów obok siebie.

– W każdym razie uważam, że napisały je dwie różne osoby.

– A skąd ta pewność? – Flatanger pochylił się nisko nad kartkami. – Na moje to styl i sam tekst wskazują na to, że napisała to ta sama osoba.

– Ale popatrz na pismo w tym pierwszym... Poza tym „Meduza" odnosi się do kobiety?

Flatanger kiwnął głową.

– Owszem.

– Więc co pan ma na myśli? – Finneland zwrócił się teraz do Flatangera. Gwałtownie wstał z krzesła, obszedł stół dookoła i stanął za Tommym.

– Mam na myśli to, że listy mogły napisać dwie postacie w tej samej osobie.

Tommy podniósł rękę.

– Co masz na myśli? Jak to dwie postacie w jednej osobie?

Flatanger potarł oczy.

– Albo dwie osoby w jednej postaci.

– Ale jak... – odezwał się za plecami Tommy'ego Finneland i ruszył dalej dookoła stołu w stronę psychologa.

Flatanger raz jeszcze ułożył listy obok siebie.

– Uważam, że ton tych listów jest bardzo podobny, chociaż pismo jest całkowicie różne. Twierdzę, że szukamy jednej osoby, nie dwóch.

– A pan, panie Bergmann, uważa, że szukamy dwóch osób? – Finneland usiadł z powrotem na swoim miejscu.

Tommy przyjrzał się jego szczupłej twarzy i żylastym rękom.

– Uważam, że do Raska napisała kobieta, a do mnie mężczyzna. – Tommy'emu wydało się, że powiedział to za niego ktoś inny. „Do mnie" – pomyślał. „Do mnie".

– Ta osoba pana zna, to dość oczywiste – powiedział Finneland.

– Albo – powiedział Flatanger – ten ktoś wyobraża sobie, że cię zna.

– Skąd ta pewność, że to kobieta, Tommy? – Głos Reutera był niski i zachrypnięty. Trzymał kopię listu w palcach, a potem puścił ją i zaczął stukać palcami w blat stołu.

– To kobiece pismo, czyż nie?

– Może być – powiedział Flatanger. – Sprawdzimy to.

– I jeszcze to z Marią... Mówię o dziewczynce z Frognerveien. Dlaczego powiedziała „Maria"? W tym wszystkim jest jakaś kobieta.

– A pan, panie Sørvaag? – Finneland zwrócił się do kolegi Tommy'ego. – Pan miał jakiś tam pomysł, zdaje się? Coś z tego wyszło?

Sørvaag pokręcił głową.

– Tak właśnie myślałem – westchnął prokurator.

Na chwilę zapadła cisza, którą przerwał Rune Flatanger.

– Jestem raczej pewien, że szukamy jednej osoby. Zdaje mi się, że Arne... to znaczy Arne Furuberget, szukał jakiegoś dawnego pacjenta czy pacjentki.

– Skąd pan to wie?

– Tak mi się wydaje. Wspomniał, że był w Brumunddal... Tam są archiwa Ringvoll.

– A jeśli to mężczyzna, który myśli, że jest kobietą? – spytał nagle Tommy.

– Mężczyzna, któremu się wydaje, że jest kobietą? – Reuter potrząsnął głową i spojrzał na Tommy'ego, jakby ostatecznie stracił w niego wiarę.

Tommy ostrożnie odstawił trzymaną w ręce filiżankę i wziął do ręki zdjęcie z monitoringu. Nie miał już najmniejszych wątpliwości.

– Mężczyzna, który myśli, że jest kobietą?

– Mężczyzna za dnia, w nocy kobieta – powiedział Flatanger. – Rozumiem, co masz na myśli.

– Jak ten człowiek? – Tommy pokazał im zdjęcie z kamery na ulicy Corta Adelera. Czekał z tym już wystarczająco długo.

– To Morten Høgda – powiedział. – Miał romans z Elisabeth Thorstensen. Właściwie jestem pewien, że dalej ma.

Resztę przemilczał. Jak na przykład to, że Høgda jest ojcem Alexandra Thorstensena. I to, że Kristiane była jakoby zakochana w swoim przyrodnim bracie.

– Morten Høgda... – powtórzył Reuter. – Morten Høgda?

Tommy pomyślał, że Høgda będzie musiał się gęsto tłumaczyć.

– Nieprawdopodobne – powiedział Finneland. – Czy to naprawdę Høgda? – Wziął zdjęcie i zbliżył sobie do oczu.

– Nie wezwiemy go jeszcze na przesłuchanie, dobra? Póki co niech o niczym nie wie.

– Wezwiemy... na przesłuchanie? – powtórzył Finneland.

– Jezu, szukamy tego gościa od dawna, a on się nie zgłasza. Prawie wystarczy, żeby go oskarżyć.

Tommy wstał. Nie miał czasu na próżną gadaninę. Musiał lecieć do Tromsø i zaskoczyć Alexandra Thorstensena.

– Høgda od lat siedemdziesiątych ma domek letni w Hvasser. Czy muszę przypominać, gdzie zabito pierwszą z dziewcząt?

– W Tønsberg – powiedział Flatanger. – Sprawdzę, czy kiedyś był pacjentem Ringvoll.

– Znakomicie. To co, skończyliśmy na dzisiaj? – spytał Tommy.

Reuter otworzył usta, ale nie wydał żadnego dźwięku. Nie tłumacząc niczego więcej, Tommy wstał i opuścił zebranie.

Szybkim krokiem poszedł do swojego gabinetu, włączył przeglądarkę i wpisał „Morten Høgda". Na ekranie pojawiło się kilka obrazków. Høgda trzymał się z dala od mediów, ale jedno ze zdjęć było na tyle dobre, że dało się je wydrukować. Po drodze do pomieszczenia z kopiarką i drukarką poprosił Lindę o zabukowanie mu biletu do Tromsø na mniej więcej dwunastą. Kiedy wrócił do gabinetu, zastał w nim Sørvaaga. Kolega siedział w jego fotelu.

Tommy położył zdjęcie Høgdy na biurku i włożył puchówkę. Nie miał najmniejszego zamiaru mówić Sørvaagowi, dokąd leci i dlaczego zabiera ze sobą to zdjęcie. Najgorsze, co mogło się zdarzyć, to to, że Høgda był za granicą, telefonicznie wezwano go na przesłuchanie w Oslo, a on wsiadł do pierwszego samolotu do Kambodży.

Sørvaag gapił się przez okno.

– Podziwiasz widok? Mam mało czasu, więc kawa na ławę.

– Wczoraj wieczorem udało mi się znaleźć jedno z dzieci starego Lorentzena. Kurde, nie mogłem zapomnieć tej historii z Marią.

– Marią?

– Edle Marią. No wiesz, ta dziewczynka w szpitalu...

Tommy chwycił wydruk zdjęcia Høgdy i wsadził do koperty.

– Halgeir, muszę już lecieć

– Nikt mi nie chce wierzyć...

Tommy zatrzymał się w progu.

– O czym mówisz?

– O Marii, Tommy. To nie był przypadek, że ta dziewczynka to powiedziała. Jestem pewien, że powiedziała „Edle", rozumiesz? Może ktoś zadzwonił i umówił się z nią. I przedstawił się jako Edle Maria. Kurde, szkoda, że nie znaleźliśmy jej komórki...

Przed oczyma Tommy'ego pojawił się obraz siadającej nagle na łóżku dziewczyny. Jej straszny krzyk.

– To mógł być przypadek – powiedział Sørvaag.

– Może.

– Nordreisa...

Minęło kilka sekund, zanim do Tommy'ego dotarł sens tego, co usłyszał.

A potem wyraźnie poczuł, że ziemia się obraca. Jego stopy zanurzyły się w bagnie, głowę ktoś wkręcił mu w imadło.

– Coś powiedział? – Jego słowa były tak ciche, że Sørvaag ich nie dosłyszał.

– Stary Lorentz pracował w policji w Nordreisa. To tam zabito tę dziewczynę, Edle Marię. Jego syn to potwierdził. Pamiętam, jak o tym opowiadał, ale umknęła mi miejscowość. Nigdy nie znaleźli zabójcy.

– Nordreisa?

Tommy musiał oprzeć się o futrynę.

Rozłożył kopię listu, który znalazł w skrzynce.

„Pamiętasz mnie?"

Zawsze mówił sobie, że nie wie, skąd pochodziła jego matka. Ale chyba nie chciał tego wiedzieć, nie chciał o niej nic wiedzieć, choć nie rozumiał, dlaczego.

Była z Nordreisa.

A Morten Høgda był z sąsiedniej gminy.

3

Palce zupełnie jej skostniały na mrozie, a skóra w cienkich rękawiczkach popękała. Susanne przeklinała sama siebie za swój idiotyczny pomysł. Stała pod czwartym już tarasowym blokiem spółdzielni mieszkaniowej przy Nedre Skøyen. Słońce wzeszło nad horyzont i gdy podeszła bliżej przycisków dzwonków z wizytówkami, prawie ją oślepiło. Wypełniła już dziesięć stron notesu nazwiskami i adresami i nagle poczuła, że to nie ma sensu. Kristiane była tu szesnaście lat temu. Osoba, której szukała, pewnie tu już nawet nie mieszka. Mogła sprawdzić wszystkich zameldowanych na osiedlu, ale ludzie często wynajmowali tu lokale i dane z rejestru nie pokrywały się wtedy z rzeczywistymi mieszkańcami. Właściwie to rzadko kiedy się pokrywały.

„Jezu, Susanne, przecież nikt by nie wynajmował tu czegoś przez szesnaście lat!"

Szybko zanotowała nazwiska na nowej stronie. Miała ich już sto dziesięć i potrzebowała nowego notesu.

„Starczy" – pomyślała.

Z każdą minutą rosło w niej przeczucie, że coś się stało Mathei.

Włożyła rękę do kieszeni i wyjęła komórkę. Na moment zrobiło jej się ciemno przed oczyma i dwa razy wstukała niewłaściwy PIN. Kiedy wreszcie go sobie przypomniała, zamknęła oczy i poczekała, aż komórka złapie sieć. Oczyma wyobraźni widziała już te wszystkie nieodebrane połączenia z przedszkola.

Ale nie. Cztery nieodebrane połączenia od Tommy'ego to wszystko. Komórkę wyłączyła z jego powodu, żeby nie odwiódł jej od tego, co robiła. Kto by go zresztą winił? Wzdrygnęła się nagle, bo telefon zadzwonił, gdy na niego patrzyła.

Na wyświetlaczu zobaczyła: „Tommy Bergmann kom.".

Drzwi wejściowe do bloku otwarły się z hałasem i stanął w nich starszy mężczyzna. Popatrzył na nią podejrzliwie.

„Cholerna wojna na dwa fronty" – pomyślała. „Cholerne dziady, młode czy stare. Po jednych pieniądzach".

– A pani co tutaj robi? – spytał, rozpinając najwyższy guzik swetra. – Przyglądam się pani od dłuższej chwili!

„Dzięki za komplement" – pomyślała Susanne.

– Jestem ze spisu ludności – powiedziała, uśmiechając się do niego najbardziej rozbrajająco, jak potrafiła. Komórka przestała dzwonić, a po chwili przyszedł SMS. Wydało jej się, że po samym dźwięku poznaje Tommy'ego, i to wściekłego.

– Spis ludności? Co za bzdura!

Susanne poczuła, że musi założyć maskę poważnej policjantki. Rozpięła kurtkę i wyjęła zawieszony na szyi identyfikator.

– Chciałabym popracować w spokoju, jeśli pan nie ma nic przeciwko temu.

– Przepraszam – powiedział mężczyzna. – Czy mogę spy…

– Niestety, nie może pan. Miłego dnia.

Wyraz twarzy mężczyzny zmienił się nie do poznania. Zrobił się potulny i widać było, że zaczął się jej bać. Susanne pomyślała, że gdyby mu powiedziała, czym się tu zajmuje, wyśmiałby ją. Szukać czegoś tutaj po szesnastu latach od dnia, w którym według umierającego ćpuna do któregoś z tych bloków szła Kristiane? Czyste szaleństwo.

Komórka znów się rozdzwoniła. Tommy. Nie miała wyboru.

– Gdzie byłaś? – spytał, ale nie był taki wściekły, jak się spodziewała.

– Pracuję nad... pewnym śladem.

– Cieszyłbym się, gdybyś mnie o takich rzeczach informowała. Musimy porozmawiać – przerwał na chwilę, a Susanne pomyślała o tym „musimy porozmawiać". Dokładnie tych samych słów użyła sama w rozmowie z Nicolayem. – Dziś muszę lecieć do Tromsø. Ty jedź do Biblioteki Narodowej i sprawdź, co ta gazeta na północy, „Nordlys" czy jak jej tam, pisała o zabójstwie dziewczyny w Nordreisa, Edle Maria jej było, w połowie lat sześćdziesiątych. Sprawa pilna, ruszaj zaraz!

– Edle Maria?

Susanne zaczęła dreptać w kółko. „Maria"... To było imię, które wykrzyczała młoda Litwinka w szpitalu. I ta „Edle". Czy to nie o tym mówił Sørvaag?

Dotychczas spisała około stu nazwisk. Kristiane była tu szesnaście lat temu... Teraz Edle Maria... Nordreisa... Potrząsnęła głową, miała ochotę usiąść i płakać. Nic z tego nie będzie.

– Aha – powiedziała cicho.

– To może być ważne, rozumiesz? Jesteś mi teraz bardzo potrzebna. A co ty tam właściwie robisz?

– Byłam w nocy na Lovisenberg. Bjørn-Åge Flaten leży na łożu śmierci... Spotkał Kristiane na Skøyen i widział, dokąd poszła. Tommy, ja mu wierzę.

Usłyszała jego ciężki oddech.

– Dobra – powiedział tylko. – Dobra. Ale jesteś mi potrzebna w Bibliotece Narodowej. Chyba że podzwonisz trochę i tak to załatwisz?

Susanne oparła się o betonową ścianę obok przycisków domofonu.

Miała ochotę powiedzieć: „Jeżeli lecisz do Tromsø, to możesz, kurde, zahaczyć o »Nordlys« i sam zajrzeć do ich archiwów". Ale nie odważyła się.

Spojrzała na notes z nazwiskami – szukała igły w stogu siana.

„Szesnaście lat" – pomyślała. „Ależ jestem beznadziejna".

4

Na szczęście miejsce do parkowania było łatwiej znaleźć, niż sądził. Bo nie miał czasu jeździć wokół kwartału i czekać. Wcisnął starego escorta między jakieś bmw i mercedesa, mówiąc sobie, że jako kiepsko opłacanemu policjantowi żyje mu się całkiem nieźle. Stanowczo samooszukiwanie się było niedoceniane jako strategia przetrwania. Na tę myśl nawet się uśmiechnął, ale już po chwili opanował go ponury nastrój. Edle Maria. Nordreisa. Na sam dźwięk tej nazwy ogarniały go dreszcze. Próbował sobie przypomnieć, co mówiła mu matka, ale kiedy kilka razy nabrała ochoty na zwierzenia i próbowała mu wyjaśnić, dlaczego nigdy nie jeżdżą na północ, nie słuchał jej uważnie. W takich sytuacjach ogarniała go złość. I myśli, że najlepiej by było, gdyby ta mała kobieta, która nazywała się jego matką, już nie żyła. I że powinien był jej w tym pomóc... W takie dni był pewien, że zwariował. I że ma to po ojcu, bo on taki właśnie był, i dlatego jego matka uciekła na południe. Do tego doszedł Osvold i zasugerował, że kiedy Tommy maltretował Hege, tak naprawdę bił wtedy swoją matkę. Tak trudno było się przed sobą do czegoś takiego przyznać. Że wszystko, co robiła Hege, przypominało mu matkę, i że jego napady szału właściwie z samą Hege nie miały nic wspólnego. Było mu jej żal i w głębi duszy cieszył się, że zdołała się od niego uwolnić.

„Osvold" – pomyślał. Jutro musi koniecznie się z nim spotkać, bo od utraty pracy oddzielał go tylko jeden jego telefon. Poza tym miał potrzebę porozmawiania z kimś. A Susanne? Czy naprawdę mógł liczyć, że zrobi, co do niej należy? Samo to, że nie ochrzanił jej za wiarę w Bjørn-Åge Flatena, oznaczało, że wygładza mu się kora mózgowa.

Szybkim krokiem podszedł do kamienicy, w której zabito młodą Litwinkę. Młoda para w sąsiednim mieszkaniu z pewnością wiedziała więcej, niż zeznała, co do tego nie miał najmniejszych wątpliwości. W każdym razie ona, bo siedziała w domu z półrocznym dzieckiem. Jeśli będzie miał trochę szczęścia, dopadnie ją, zanim ona zdąży wyjść z wózkiem i na spotkanie z koleżankami w parku Frogner albo w którejś z okolicznych kafejek. Ona coś ukrywała i najlepiej było ją zaskoczyć w takim momencie jak teraz.

Nacisnął na guzik dzwonka i napotkał spojrzenie mijającej go młodej dziewczyny. Pomyślał, że wyszła za późno, żeby zdążyć do francuskiej szkoły w pobliżu.

– Tak? – zatrzeszczało w domofonie.

– Tommy Bergmann, policja.

Nie odpowiedziała od razu.

– Nie za bardzo mam teraz czas...

– Więc będę musiał zaprosić po południu na komendę.

Usłyszał zrezygnowane westchnięcie.

Spojrzał na zegarek. Jak ten babsztyl będzie robił takie trudności, południowy samolot do Tromsø szlag trafi.

– No dobra.

Pchnął malowaną na biało furtkę, tak jak to zrobił wtedy zabójca.

„Ty?" – zastanawiał się Tommy, wyjmując z kieszeni zdjęcie Mortena Høgdy z ulicznego monitoringu.

Na trzecim piętrze zobaczył stojącą z dzieckiem na ręku sąsiadkę feralnego mieszkania. Była nieumalowana i ledwo ją poznał.

– Kilka krótkich pytań.

Miała poważną twarz, a dziecko szeroko otwarte oczy. Najpierw uśmiechnęło się, a potem zaczęło płakać.

„Nie ma się co dziwić" – pomyślał Tommy, zerkając na siebie w lustrze w przedpokoju.

Therese Sivertsen położyła dziecko na obwieszonej zabawkami macie edukacyjnej w pokoju dziennym. To wystarczyło, by dziewczynka przestała płakać.

Przez okna wpadało mnóstwo światła i ściany pomieszczenia wydawały się jeszcze bielsze, niż były.

– Napije się pan czegoś? – spytała, unikając jego wzroku.

Tommy pokręcił głową.

– Mąż w pracy?

Skinęła głową i sztucznymi paznokciami podrapała się po przedramieniu.

Tommy wyjął podretuszowane zdjęcie Martina Høgdy pochodzące z monitoringu, a potem inne, które znalazł w sieci.

– Widziała pani kiedyś tego mężczyznę? Tu, na schodach?

Therese Sivertsen zatknęła jasne włosy palcami za uszy i długo przyglądała się zdjęciom. Za długo.

A potem zamknęła oczy i odeszła kilka kroków.

– Widziała go pani?

– Tak – odparła.

– Tamtej nocy, kiedy zabito dziewczynę?

Pokręciła głową.

– No to kiedy?

– Był tu kilka razy, widziałam go przez judasza. Kiedyś spotkałam go przy furtce i spojrzał na mnie, jakbym była... z tych, co ta dziewczyna. Jakbym była na sprzedaż.

– Ale tamtej nocy nie patrzyła pani przez judasza?

– Nie.

– Czy aby na pewno?

– Spałam... Nikogo nie widziałam.

– A pani mąż?

– Jego nic nie zbudzi. W każdym razie nie... ona tam.

Kobieta kiwnęła głową do dziecka, które leżało na macie, gaworząc i próbując dosięgnąć zawieszonych nad sobą zabawek.

– Czy pani wie, kto to jest? Widziała go pani gdziekolwiek indziej?

Pokręciła głową.

– Jutro proszę przyjechać na komendę o dziewiątej, da pani radę? Niech pani zabierze dziecko ze sobą. Będzie pani musiała podpisać kilka rzeczy.

Therese Sivertsen patrzyła na niego niepewnym wzrokiem, jakby miała jeszcze coś w zanadrzu.

– Czy mąż prosił panią, żeby pani nic nie mówiła? – indagował ją Tommy.

To pytanie wyraźnie poruszyło w niej jakąś strunę, bo wyprostowała się nagle i ściągnęła twarz.

– Nie, skąd ten pomysł?

– To bardzo ważne, żeby pani wszystko mi powiedziała, absolutnie wszystko. Na komendzie będzie pani musiała przejrzeć rejestr podejrzanych.

Osobnik, który powiadomił centralę o znalezieniu Litwinki, mógł być jej alfonsem. Przy odrobinie szczęścia mogli go znaleźć w rejestrze notowanych przez Kripos.

Idąc do samochodu, Tommy zadzwonił do Reutera.

Było tak zimno, że resztki śniegu na chodniku głośno skrzypiały mu pod butami. To przypomniało mu dzieciństwo. I matkę. I że była z Nordreisa, albo przynajmniej kilka lat tam mieszkała.

Opisał Reuterowi sytuację. Reuter niczego nie skomentował.

– Depczcie mu po piętach, dobra? Tylko nie chcę, żeby się zorientował, bo wszystko diabli wezmą. I pilnujcie, żeby nie wyjechał z kraju.

– Ta kobitka jest pewna, że to jego widywała na schodach?

– Tak.

– To oczywiście nie musi niczego oznaczać.

– Nie – powiedział Tommy. – Ale z nim jest coś nie tak. Coś przede mną ukrył.

Pomyślał, że Reuter nie wszystko wie. Na przykład, że Alexander Thorstensen jest synem Høgdy. Albo że Høgda pochodzi z miejsca w pobliżu Nordreisa. Czy on znał jego matkę? A może po prostu... to Høgda jest jego ojcem?

Na samą myśl zrobiło mu się niedobrze.

– „Piekło otwarte" – powiedział ni stąd, ni zowąd Reuter.

– Nie uważasz, że ten czubek pisząc do ciebie, użył dziwnego szyku wyrazów?

Tommy poczuł, że nie ma ochoty rozmawiać z nim o tym liście. Na samą myśl o nim doznawał uczucia dziwnego dławienia, jakby ktoś opasał mu szyję stalową struną i powoli ją zaciskał. Ktoś, kto wiedział o nim więcej niż on sam. Ktoś, kto zamordował te dziewczęta albo przynajmniej wiedział, kto to zrobił...

– Rzeczywiście dziwny szyk. „Widziałem otwarte piekło" byłoby bardziej naturalne. A co na to Flatanger?

– On mówi to samo i uważa, że to świadomy wybór. Ja tam nie jestem taki pewien.

– Piekło otwarte – powiedział Tommy do siebie.

– Pogadam o tym z żoną – oświadczył Reuter. – Właściwie to ona powinna mieć moją pracę, bo nic, tylko czyta i myśli. Na cały etat. Tak to się kończy, Tommy.

„Naprawdę?" – pomyślał Tommy.

– A co myślisz o tym, co mówi Flatanger? Znaczy, o dwóch osobach w jednej postaci? Albo odwrotnie?

– O mężczyźnie, któremu się wydaje, że jest kobietą? Mężczyzna za dnia, kobieta w nocy?

– No.

– Znajdź mi tego zboka i tyle. Mam w dupie, czy ma we łbie jedną, dwie, czy nawet trzy różne osoby, i czy po nocy paraduje w sukienkach.

– Znajdź więc Høgdę, bo to o nim mówisz – powiedział Tommy.

– Kripos planuje dorwać Raska, zanim dojadą do Trondheim. Będzie niezły cyrk, bo wysłali tam też oddział Delta.

Tommy nic na to nie powiedział.

Wydawało mu się, że robią błąd. Może zresztą nie. Sam już nie wiedział, co o tym wszystkim sądzić. Czy Rask jechał do Alexandra Thorstensena? W tej całej sprawie Tommy nie wierzył już nikomu, nawet sobie samemu.

Na lotnisku na wszelki wypadek zadzwonił z zastrzeżonego numeru do szpitala uniwersyteckiego w Tromsø.

– Alexander Thorstensen? Jest na dyżurze. Chwileczkę, może uda mi się pana z nim połączyć.

Tommy rozłączył się i zamówił jeszcze jedno duże piwo. Miał uczucie, że siedział tak już wiele razy.

Przed startem zapadł w sen i śniło mu się, że obejmuje go Elisabeth Thorstensen. Że sprawa została rozwiązana, a ona u niego mieszka.

Że siedzi u niego na korytarzu z nożem przyłożonym do przegubu i powtarza: „To wszystko twoja wina. Twoja wina, Tommy".

5

Biblioteka Narodowa skojarzyła się Susanne z dawnym szpitalem dla obłąkanych, chociaż nigdy w takim nie była. Upewniła się, że w komórce ma ściszony dźwięk. Jak mogła wyłączyć ją na tyle godzin? Ona, która nie robiła tego nawet w nocy?

Oddelegowano jej do pomocy jedną z bibliotekarek.

– „Nordlys", początek lat sześćdziesiątych?

– Coś tam musi być – stwierdziła Susanne, uśmiechając się jak najbardziej naiwnie.

Bibliotekarka odpowiedziała bladym uśmiechem. Po godzinie wgapiania się w mikrofilmy, na których uwieczniono tę cholerną gazetę, Susanne była bliska rezygnacji.

Była dwunasta i od dawna powinna siedzieć nad rejestrem ludności, szukając igły w stogu siana.

Pracowała szybko, sprawdzając jedynie pierwsze strony i początkowe strony wiadomości. Założyła, że w owych czasach zabójstwo znajdzie się właśnie na nich. Na nic innego nie miała czasu. Reklamy świąteczne z 1961 roku zdecydowanie nie leżały w sferze jej zainteresowań, podobnie jak pralki i alkohole.

O godzinie pierwszej poczuła, że jeszcze tego dnia nic nie jadła. Mathea przynajmniej dostała w przedszkolu śniadanie.

Kiedy doszła do października 1962 roku uznała, że wystarczy.

Wyszła z sali czytelni i zainstalowała się w jednym z kompletów wypoczynkowych z widokiem na bukowy skwer i należący do Hydro park po drugiej stronie Drammensveien. Odszukała numer Torvalda.

– A u ciebie w porządku? – spytał, a ona po raz nie wiadomo który pomyślała z żalem, że urodził się z tymi feralnymi genami i nigdy nie spodobają mu się osoby takie jak ona.

– Jesteś wieczorem zajęty? Potrzebuję opieki nad dzieckiem...

– Oho! – powiedział. – No wreszcie, Susanne, coś zaczyna się dziać!

– Muszę wpisać sto dziesięć nazwisk w pole szukania rejestru ludności.

Torvald milczał.

– Mam klienta, zadzwonię później – powiedział w końcu z nieukrywanym żalem w głosie.

Kilka minut później przyszedł SMS: „Z Matheą OK, darling. Ale czy nie umówiliśmy się, że zorganizujesz sobie jakieś życie... po Nico?".

„Jak tylko... jak tylko znajdę tego szaleńca, który zabija te dziewczęta" – pomyślała Susanne

Sprawdziła godzinę i znów zasiadła przy czytniku mikrofilmów.

„Robota dla idioty. Zlecona przez gościa, który łazi sobie teraz po Tromsø".

Otworzyła gazetę z 2 października 1962 roku.

Na szpalcie po prawej stronie zobaczyła coś, co spowodowało, że podniosły się jej włoski na karku.

SZESNASTOLATKA ZAMORDOWANA W NORDREISA.

Było tam też czarno-białe zdjęcie jakichś budynków. I taki oto lead:

Dziś rano na Storslett znaleziono zwłoki 16-letniej Edle Marii Reiersen. Policja na razie nie ma żadnych punktów zaczepienia. Okoliczności zabójstwa nie zostały podane, ale z tego, co „Nordlys" wiadomo, ciało dziewczyny zmasakrowano.

6

Niewiele miejsc na świecie mogłoby się pochwalić piękniejszym oświetleniem niż Tromsø w połowie grudnia. Był środek polarnej nocy, ale miejski krajobraz wyglądał, jakby był malowany błękitem, bielą i różem. Tommy mógłby jeździć po wyspie w tę i z powrotem przez cały dzień, a raczej noc, i cieszyć się tym jak uczniak. Arktyczny krajobraz podziałał na niego jak lekarstwo i powiedział mu jedno – że to może tu jest jego prawdziwy dom, a nie gdzieś tam, na południu kraju. Z ociąganiem wysiadł z autobusu przy szpitalu uniwersyteckim, rozczarowany tym, że przejażdżka trwała tak krótko.

W holu stała choinka, nie z plastiku, jak na komendzie w Oslo, ale prawdziwy, wysoki świerk, który pachniał autentycznością i hartem, jak cała ta kraina. Tommy przedstawił się w recepcji i powiedział, że chce rozmawiać z Alexandrem Thorstensenem i w najgorszym razie jest gotów poczekać do północy, kiedy lekarz zejdzie z dyżuru.

Ubrana na biało pani w recepcji nie wyglądała, jakby ta nieco ekscentryczna propozycja zrobiła na niej jakiekolwiek wrażenie. Wskazała mu poczekalnię i powiedziała, że pan Thorstensen jest co prawda bardzo zajęty, ale zadzwoni do niego. Tommy powtórzył, że ma mnóstwo czasu, ale nawet wtedy jedyną jej reakcją była lekko uniesiona brew.

Zaczął przeglądać „Nordlys", a już po kilku minutach usłyszał chrząkniecie. Na widok przybysza lekko się wzdrygnął. Nie sposób było nie zauważyć jego podobieństwa do Elisabeth Thorstensen, a nieco kobiece rysy tylko wzmacniały to wrażenie. W młodości Alexander przypuszczalnie mógł uchodzić za dziewczynkę. Uderzyła go myśl, że dla nastoletnich dziewcząt tacy chłopcy zawsze byli niesłychanie pociągający, a dla Kristiane był przecież tylko bratem przyrodnim. Dlaczego więc jego matka miała kłamać?

– Alexander Thorstensen. – Wyciągnął dłoń, dużą, ze starannie utrzymanymi paznokciami i szeroką ślubną obrączką. Biały fartuch dodawał mu powagi, której nie nadawała mu pozbawiona zmarszczek twarz. Przy pięknym synu Elisabeth Thorstensen Tommy czuł się jak sterany życiem pijaczyna.

– Pan nie jest z tutejszej policji – powiedział Alexander, odwracając wzrok.

– Chodzi o...

– Kristiane – cicho dokończył za niego lekarz.

Przez moment tak bardzo przypominał matkę, że Tommy poczuł nagły przypływ tęsknoty za nią. Najwyraźniej pogrążał się, więc powiedział sobie, że jak tylko wróci do Oslo, zaraz skontaktuje się z Viggo Osvoldem.

Szukał w twarzy brata Kristiane rysów Mortena Høgdy, ale ich nie znajdował.

– Mam do pana kilka pytań – oświadczył.

– Których nie dało się zadać przez telefon?

– Wolę widzieć ludzi, z którymi rozmawiam. Poza tym potrzebowałem trochę świeżego powietrza.

Z kieszeni fartucha lekarza dobył się sygnał pagera. Thorstensen westchnął i ruszył do telefonu na kontuarze recepcji.

– Musi pan poczekać! – rzucił po chwili do Tommy'ego i pobiegł korytarzem.

Tommy odprowadził go wzrokiem aż do dwuskrzydłowych drzwi, które powoli się za nim zamknęły.

Zainstalował się w kantynie, gdzie zdążył przeczytać wszystkie dostępne gazety i wypalić na zewnątrz pięć czy sześć papierosów, zanim coś się znowu zaczęło dziać.

Do kantyny weszła pani z recepcji, wyraźnie szukając kogoś wzrokiem. Wyglądała na nieco rozkojarzoną, więc żeby oszczędzić jej i sobie trochę czasu, Tommy podniósł rękę.

– Telefon – powiedziała.

Tommy ruszył za nią, czując się jak pies biegnący za właścicielem i machający przy tym ogonem.

– Niech pan przyjdzie na anatomię – usłyszał w słuchawce głos Alexandra Thorstensena. Chirurg zaczął tłumaczyć, jak tam dojść, ale Tommy mu przerwał.

– Dam sobie radę – powiedział.

Znalazł w końcu właściwą klatkę schodową, prowadzącą na górny poziom budynku. Na półpiętrze stanął i przez okno popatrzył na miasto w kierunku stałego lądu. Załapał się na resztki dziennego światła. Stok narciarski po drugiej stronie cieśniny wyglądał jak gigantyczny robaczek świętojański.

– Proszę za mną.

Odwrócił się i spojrzał w górę. U szczytu schodów stał Thorstensen. Jego twarz wyglądała, jakby postarzała się w ciągu tych kilku godzin, które upłynęły od ich rozmowy.

W milczeniu doszli do drzwi z tabliczką „Sala anatomii". Thorstensen zamienił kilka słów z dwoma młodymi kobietami, które z niej wyszły, zapewne studentkami. Zerknęły na Tommy'ego i zbiegły schodami, a po chwili doszedł go ich dziewczęcy śmiech, z tych, których sensu mężczyźni nigdy nie pojmą.

Stanął w drzwiach wielkiego pomieszczenia. Thorstensen wszedł do sali i było oczywiste, że widok kilkudziesięciu szklanych zbiorników z formaliną zawierających części ludzkich ciał nie robi na nim najmniejszego wrażenia.

Pierwsze, co Tommy zobaczył, było zawieszonym w płynie płodem ze zgiętą szyją i kciukiem w ustach. Dalej zobaczył odciętą rękę, a obok tułów. Podszedł bliżej, przyjrzał się miejscu, w którym rękę odcięto od ramienia, i przeniósł wzrok na szyję. Głowy nie było. No i dobrze. Widok skojarzył mu się najpierw z dziewczynką z Frognerveien, potem z Kristiane.

„Człowiek to właśnie to, i nic więcej" – pomyślał. Obszedł zbiornik z formaliną i przyjrzał się plecom tego mężczyzny, który zapisał swoje ciało nauce i w końcu wylądował na anatomii jako pomnik ludzkiej próżności, wystawiony na widok publiczny, jak znieruchomiała w czasie i przestrzeni bydlęca tusza.

– Dlaczego nie studiował pan w Oslo? – spytał Thorstensena, który tymczasem przysiadł w jednej z ławek.

– Dlaczego pan pyta?

– Chciał pan studiować tutaj czy nie dostał się pan na medycynę w Oslo?

Alexander Thorstensen przez chwilę patrzył Tommy'emu w oczy, a potem przeniósł wzrok na zawieszony w płynie tułów.

– Musiałem wyjechać. Nagle stałem się bratem tej zabitej, rozumie pan?

Tommy przyglądał się mężczyźnie przed sobą. Jeśli Kristiane raz przekroczyła granicę między tym, co dobre, i tym, co złe, na pewno mogła się w nim zakochać.

– To po to pan przyjechał taki kawał drogi – spytał z nutą sarkazmu Thorstensen – żeby mnie wypytywać o studia?

Tommy potrząsnął głową.

– Wie pan równie dobrze jak ja, że uciekł Anders Rask. Mimo że uzyskał wznowienie procesu.

Chirurg skinął głową.

– Paradoks, nie sądzi pan? Ucieka, choć twierdzi, że nie zabił mojej siostry…

– Był pana nauczycielem?

– Tak.

– Kontaktował się pan z nim po ukończeniu szkoły?

Thorstensen prychnął.

– A jak się panu wydaje?

Nastąpiła chwila ciszy.

Nagle lekarz oparł dłonie o blat stołu, szybko wstał, podszedł do zbiornika z formaliną zawierającego tułów i stanął za nim, opierając czoło o szkło. Formalina zniekształciła jego rysy.

– Kiedy pan się dowiedział, że pana ojcem jest Morten Høgda? – spytał Tommy.

– Tuż przed moimi osiemnastymi urodzinami.

– Wiosną roku tysiąc dziewięćset osiemdziesiątego ósmego?

– Tak. Ale przeczuwałem to od dawna. Z zachowania taty.

– I co pan o tym myślał?

– O czym?

– Że Morten Høgda jest pana ojcem?

– A pan? Co by pan pomyślał? – Thorstensen oderwał się od zbiornika z tułowiem i z założonymi do tyłu rękami zaczął spacerować między preparatami w formalinie, jakby był starym nauczycielem, a one jego uczniami.

– A co pan myślał o swojej matce?

Chirurg zaczął się śmiać.

– Kim pan jest? Moim psychologiem? Mama... zawsze była szurnięta. Nieźle szurnięta. Tyle że nikt tego jakoś nie widzi.

Tommy podszedł do niego. Lekarz wydawał się pochłonięty preparatami w szklanych pojemnikach.

– Powiedział pan kiedyś Kristiane, że jest pan tylko jej przyrodnim bratem?

Alexander Thorstensen otworzył usta, ale się rozmyślił.

– Co to za pytanie? – spytał po chwili, przeciągając ręką po zbiorniku z zawieszonym w nim tułowiem. – Zawsze lubiłem tu przebywać... Człowiek wiele się tu dowiaduje o życiu, nie uważa pan?

– Powiedział pan jej? Że jesteście tylko przyrodnim rodzeństwem?

– Tak.

– Kiedy?

– Kiedyś tam.

– Kiedy?

– Ostatniego lata.

– W tysiąc dziewięćset osiemdziesiątym ósmym?

Thorstensen przytulił teraz twarz do pojemnika z martwym płodem, który musiał ssać kciuk, kiedy go usunięto. „Jakie to niesamowite" – pomyślał Tommy. „Martwo urodzone dziecko z palcem w buzi".

– Ten jest najpiękniejszy – powiedział lekarz. – Często sobie myślę o tym maleństwie, kiedy jestem sam z moim synkiem... I o tym, jak cienka jest granica między życiem i śmiercią.

Przerwał, jakby skończyły mu się słowa. Patrzył na płód przez dłuższy czas, nim odezwał się ponownie:

– Byliśmy sami w letnim domku i...

– W Hvaler?

Skinął głową w kierunku szklanej szyby.

– Mama i tata wyjechali na weekend. Była piękna pogoda, Kristiane o dziwo nie miała wtedy treningu. Powiedziałem jej, że może zabrać ze sobą koleżankę, ale ona nie chciała. Miała jakieś kłopoty ze swoim chłopakiem czy coś takiego.

– Więc byliście tam we dwoje?

Nie odpowiedział.

– Coś się wtedy w domku stało?

– A co niby miało się stać?

– Pańska matka twierdzi, że Kristiane się w panu zakochała.

Wyraz twarzy Thorstensena nie zmienił się.

– Niejedna się we mnie kochała. Ale nie było w nich nic interesującego.

– Ale w pana siostrze było? Piętnastoletniej?

– Dobrze wiedziała, co robi.

– A więc pańska matka mówi prawdę?

– A co mówi?

– Że ze sobą spaliście.

Chirurg zaśmiał się cicho.

– Nie słyszał pan, co wcześniej powiedziałem? Mamie brak piątej klepki, panie Bergmann!

Drzwi za nimi otwarły się z trzaskiem i do pomieszczenia prawie wpadła dwójka młodych ludzi.

– Oooo... przepraszam – powiedział chłopak, a dziewczyna zaczęła się śmiać, najpierw trochę niepewnie, ale zanim wyszli, już histerycznie.

Kiedy drzwi się zamknęły, w sali nastała cisza. Tommy i Alexander Thorstensen przyglądali się sobie nawzajem. Lekarz przechylił nieco głowę w lewo i Tommy musiał walczyć ze sobą, żeby nie zrobić tego samego.

– Tego wieczora, kiedy zniknęła... Byliście sami w domu? Zawiózł ją pan gdzieś?

– Słuchaj pan – zaczął Thorstensen. Głos miał wciąż opanowany, ale pod maską chłodnego dystansu Tommy wyczuwał wibrację. Uznał, że to wściekłość. – Co pan właściwie insynuuje?

– Chcę tylko wiedzieć, czy poszliście do łóżka i gdzie pan był tamtego wieczora, gdy zniknęła. Chodzi o godziny, w których był pan jakoby na imprezie, tyle że nikt nie pamięta, żeby pana tam wtedy widział przed północą.

– Sugeruje pan, że zabiłem Kristiane?

Głos mu się załamał, jakby był chłopcem w wieku bierzmowania, ale nie była to wściekłość, tylko jakaś beznadzieja, jakby znalazł się w potrzasku.

– Miał pan się z nią spotkać tamtego wieczora?

Thorstensen potrząsnął głową.

– Impreza była na Nordstrand, panie Bergmann. Ona pojechała właśnie stamtąd, czyż nie? – Uśmiechnął się lekko.

– Powinien pan się skupić na czymś innym – poradził. – Na przykład na tym, że mojej mamie potrzebna jest pomoc i nie można jej we wszystkim wierzyć. Nie rozumie pan tego? Ona potrzebuje pomocy.

Tommy odetchnął głęboko. Kto tu był obłąkany?

– Czy pańska matka powiedziała o tym komuś innemu? Per-Erikowi? Mortenowi Høgda?

Alexander Thorstensen obrócił się na pięcie i ruszył do drzwi.

Przy ostatniej gablocie, tej z odciętą nogą, zatrzymał się i Tommy myślał przez moment, że chirurg przewróci ją, szkło się stłucze, a odcięta noga wypłynie w formalinie na pokrytą zielonym linoleum podłogę.

Jednak Thorstensen najwyraźniej się opanował. Tyle że doszedłszy do drzwi, grzmotnął ręką w futrynę tak mocno, że być może ją złamał. Chirurg ze zgruchotaną ręką był nic niewart.

Tommy odczekał chwilę i ruszył za nim. Kiedy wyszedł na korytarz, Thorstensena nigdzie nie było. Mógł iść w trzy różne strony: przed siebie przez dwuskrzydłowe drzwi, w dół po schodach po lewej stronie, tak jak sam przyszedł, albo drzwiami na prawo, wyjściem awaryjnym. To jednak wywołałoby alarm.

Tommy wybrał schody, ale zajęło to za dużo czasu. Pobiegł do recepcji, gdzie była teraz inna pielęgniarka. Zadzwoniła na komórkę Thorstensena.

„Gdzie on się podział, do kurwy nędzy?" – zastanawiał się Tommy.

– Nie odbiera. Skończył dyżur, więc…

Tommy bez słowa skinął głową.

Pojechał taksówką na ulicę Skolegata, gdzie Thorstensen mieszkał w starej drewnianej willi. Wszystkie okna były ciemne, nie paliła się nawet zawieszona w jednym z nich świąteczna gwiazda. Zadzwonił do drzwi, a potem zaczął obchodzić dom. Naleciało mu przy tym do butów śniegu, więc klął w żywy kamień chirurga i wszystkich znanych sobie ludzi. Zaglądał przez okna do środka, ale nic tam nie było widać.

„Nikogo nie ma w domu" – pomyślał. „Chyba że chowają się na piętrze". Ruszył dalej i znalazł się w ogrodzie na tyłach domu. Cofnął się, ale w oknach na górze nie było widać żadnego ruchu. Stał nieruchomo minutę czy dwie, ale w oknach nie pojawiła się żadna twarz.

Rozległ się sygnał przychodzącego SMS-a. Susanne.

„Znalazłam dziewczynę. Edle Maria zabita w Nordreisa październik '62. Na razie nie znam szczegółów".

„No tak" – pomyślał. „Niech to szlag. To nam na razie nic nie daje".

A on nawet nie spytał Thorstensena o tę Edle Marię.

Musiał wracać do Oslo i porozmawiać jeszcze raz z Mortenem Høgdą. Najlepiej byłoby postawić mu jakiś zarzut, choćby tylko niezgłoszenie się na policję.

Jadąc taksówką na lotnisko, przeklinał sam siebie. Taki szmat drogi na darmo!

Po przybyciu do celu kupił sobie w sklepie parę skarpetek i pomaszerował bez butów, czerpiąc satysfakcję z podejrzliwych spojrzeń podróżnych.

Kiedy podsypiał w fotelu w poczekalni, zadzwoniła jego komórka.

– Moja stara chyba złamała ten szyfr – odezwał się Reuter.

– O czym ty mówisz? – Tommy przez moment zastanawiał się, czy nie wrócić do szpitala lub do domu Thorstensena.

– „Piekło otwarte", zapomniałeś już? Rzeczywiście, o liście prawie już zapomniał.

– No i?

– Doszła do tego, że to pewnie z Frödinga. Ona skończyła nordystykę, co ty na to? Pół autyczka... W scrabble nigdy z nią nie graj.

– Jakiego znów, kurwa, Frödinga?

– Chcesz pewnie spytać, kto to jest? A właściwie był?

– No.

– Gustaf Fröding, szwedzki poeta, patentowany świr, pół życia spędził u czubków. Napisał wiersz pod tytułem *Widok* z taką linijką: „bo moje oczy widziały już piekło otwarte". Kapujesz? „Piekło otwarte".

Tommy westchnął.

– Eee tam – powiedział. – Jak na mój gust to za bardzo *off Broadway*.

– Ja tam wierzę mojej starej – oświadczył Reuter. – Jest bystrzejsza ode mnie. A jak jest bystrzejsza ode mnie, to już na pewno jest bystrzejsza od ciebie.

– Pogadamy o tym, jak przyjadę.

– Słuchaj, coś ci powiem, ale o tym nikomu ani mru-mru. Podamy to do wiadomości dopiero za godzinę czy dwie.

– Będę wtedy w samolocie.

– Zgłoszono zaginięcie trzynastolatki z Kolbotn – powiedział Reuter. – Niejakiej Amandy Viksveen.

– Na pewno się znajdzie.

– Miała wrócić z hali gimnastycznej na Sofienmyr.

– Jak długo jej nie ma?

– Dwie godziny.

– Dwie godziny? Co to jest u nastolatki? Daj spokój... A co, już panikują?

– Ponoć dziewczyna z dobrego domu. I rodzice rozsądni. Umówili się, że wróci o czasie.

– Te z dobrych domów są najgorsze.

– Rodzice oficjalnie zgłaszają zaginięcie. Mieli jechać razem do galerii kupować jakieś ubrania... Kamień w wodę, Tommy. Miała iść na skróty przez lasek.

„Kurwa mać!" – zaklął Tommy w myślach. Szedł tamtędy wiele razy, zimą było tam całkiem ciemno. Szczególnie w jednym miejscu, między halą a boiskiem do nogi. Czarna dziura!

– Ja bym się na razie nie przejmował.

Reuter musiał się rozłączyć. On się przejmował.

Tommy powiedział sam do siebie, że ta trzynastolatka, Amanda, jeszcze przed nocą wróci do domu.

Kątem oka zauważył jakieś zamieszanie po prawej stronie, przy kontroli bezpieczeństwa.

Przez moment wydawało mu się, że słyszy swoje nazwisko.

Nie, to niemożliwe. Zamknął z powrotem oczy. Fröding? Co by to miało znaczyć?

– Pasażer Tommy Bergmann proszony jest o zgłoszenie się do kontroli bezpieczeństwa – odezwał się głos w głośnikach.

Trwało z minutę, zanim pojął, że chodzi o niego.

Za kontrolą bezpieczeństwa Alexander Thorstensen szarpał się jak pies na zbyt krótkiej smyczy.

– Musi mi pan uwierzyć! – zawołał do niego.

Tommy spojrzał na zegarek, a potem znów na Thorstensena. Stojący obok ochroniarz aż się palił, żeby założyć młodemu chirurgowi kajdanki.

Nie zdąży na samolot, ale za godzinę będzie następny.

– Spotkajmy się tam, na dole – powiedział do Thorstensena.

Lekarz czekał przy wyjściu z hali przylotów. W milczeniu podeszli do jednej z ławek.

– Musi pan mi uwierzyć. Niczego z Kristiane nie zrobiłem. Tamtego wieczora byłem sam do wyjazdu na imprezę na Nordstrand. – Przeczesał włosy palcami.

– Ale była w panu zakochana?

Wzruszył ramionami.

– Tego nie wiem.

– Niech mi pan powie prawdę.

– No może.

– Dlaczego pana matka miałaby mi coś takiego mówić? Czy ona sama w to wierzyła? Że znalazła w pana łóżku włosy Kristiane?

– Może Kristiane spała tam, kiedy mnie nie było w domu... Nie wiem. – Otworzył usta, żeby coś dodać, ale powstrzymał się.

– Tak?

– Mama wszędzie widziała kazirodztwo. Ona mnie wręcz do tego zachęcała... „Możecie się przecież pobrać" – powiedziała kiedyś i zaśmiała się w sposób, który mnie przeraził. „Mielibyście piękne dzieci". Potrafiła mi coś takiego powiedzieć, kiedy byliśmy sami. „Taki jesteś piękny, Alex"... Czasem się bałem, że wejdzie mi nocą do łóżka... Rozumie pan?

Tommy potrząsnął głową.

– Nie bardzo.

– Panie Bergmann, ona wciąż potrzebuje pomocy. Jak pan sądzi, dlaczego tu przyjechałem? Po prostu chciałem się od niej uwolnić. I od Mortena. Wydaje mi się, że on jest prawie tak samo szurnięty, jak ona.

– Pana matka była we Frensby, prawda? Zdaje mi się, że tam ją kiedyś widziałem, w dzieciństwie.

– Frensby? – zdziwił się Thorstensen. – O tym nie wiedziałem.

– A co, nie mówiła nigdy, gdzie była?

Chirurg patrzył na niego bez słowa.

Tommy'emu nagle rozjaśniło się w głowie. Gdzieś popełnił banalny błąd.

– Muszę już iść – powiedział Thorstensen.

Tommy powlókł się za nim.

Kiedy się rozstali przy drzwiach wejściowych, Tommy pomaszerował do stanowiska SAS-u i poprosił młodą dziewczynę za kontuarem o dostęp do komputera. Wpuściła go do siebie dopiero, gdy podetknął jej pod oczy swoją legitymację służbową.

Otworzył przeglądarkę i na stronie znalazł wiadomość z ostatniej chwili: „W Heimdal nieopodal Trondheim patrol policyjny postrzelił Andersa Raska".

Tak, jak się spodziewał, zaraz odezwała się jego komórka. Reuter.

Tommy zignorował go i wpisał do przeglądarki „Gustaf Fröding". Po chwili pokazał się szereg obrazków. Istotnie, łysy jegomość z długą brodą wyglądał na kogoś z udręczoną duszą.

Z niczym mu się nie kojarzył. Kliknął na najbardziej uderzające ze zdjęć. Była to pożółkła czarno-biała fotografia. W lewym dolnym rogu widniało coś napisane białymi literami. Tommy przeczytał, ale nic mu to nie wyjaśniło.

„Ki diabeł? Co to za gość?" – zastanawiał się.

A Susanne? Dlaczego nie skończyła tego, co zaczęła?

Spojrzał na zegar. Mógłby właściwie pojechać do redakcji „Nordlys", ale nie, dziś wieczorem musi być w domu.

„Frank Krokhol" – pomyślał. „Będę mu winien ogromną przysługę".

Nestor z „Dagbladet" od razu podniósł słuchawkę.

– A nie mówiłem? To nie Rask. Nasz Anders nadział się na blokadę pod Trondheim, a jednocześnie w Kolbotn zaginęła dziewczynka. Wiedziałem, że tak będzie!

– Skąd to wiesz? – wyrwało się Tommy'emu.

To był błąd.

– Mój młody przyjacielu – odparł Krokhol. – Jeszcze zanim się urodziłeś, miałem lepszych informatorów niż ci, których ty będziesz miał kiedykolwiek.

– No to zrób coś dla mnie. Jesteś z Tromsø, prawda? Krokhol czekał.

– Ta sprawa... Edle Maria. Pamiętasz, pytałem cię o nią?

– *Sorry*, Tommy. Za dużo miałem ostatnio na głowie.

– Załatw mi nekrolog z „Nordlys", dobra? Z października sześćdziesiątego drugiego. Od tego zaczniemy.

– Ja w tej gazecie się wychowałem.

– No to pamiętasz tę sprawę.

– Taki stary, to kurwa, nie jestem!

– Pociągnij za kilka sznurków. Szybko. Potrzebuję wszystkiego, co mają na temat tej sprawy. Kto, co i gdzie, rozumiesz?

– Jezu, myślałem, że u was panuje jakiś porządek. Chyba jeszcze przed świętami wyemigruję do jakiegoś solidniejszego kraju!

– Zrób to, proszę. Jakby co, pierwszy dostaniesz cynk.

Słychać było, jak po drugiej stronie Krokhol zaciąga się papierosem.

– Edle Maria. Październik sześćdziesiąty drugi. Po chuj ci ten nekrolog?

„Tego nie wiem" – pomyślał Tommy. „I nie jestem pewien, czy tak bardzo chcę się dowiedzieć".

7

Czy powinna mieć wyrzuty sumienia z powodu tego, że to Torvald odebrał Matheę z przedszkola? Definitywnie tak. Susanne Bech siedziała ze słuchawką przy uchu, jednocześnie wstukując litery w pole wyszukiwania należącego do Ministerstwa Sprawiedliwości rejestru. Pracowała tak od wpół do piątej i sprawdziła dopiero lokatorów pierwszego z bloków na Nedre Skøyen. Było to idiotyczne i jałowe zajęcie, ale chwilowo nie miała pomysłu na nic lepszego. Musiała skończyć, zanim Tommy wróci z Tromsø. Jak czegoś nie znajdzie, będzie skończona. On pewnie i tak już uważał, że ona się kompletnie do niczego nie nadaje.

Rozmawiając z Matheą, przyglądała się swojemu odbiciu w szybie.

– To siedzicie sobie z Torvaldem?

– Tak.

– Coś oglądacie w telewizji?

– Tak, o starych rzeczach.

– Starych rzeczach?

W tle usłyszała głos Torvalda, powiedział coś o programie na temat antyków. I że to Mathea chciała go obejrzeć.

„Akurat" – pomyślała Susanne.

– Torvald robi lepsze naleśniki niż ty – oświadczyła Mathea.

– Wcale się nie dziwię. – Susanne spojrzała na zegarek. Mała już od dawna powinna leżeć w łóżku. – Nie chce ci się spać? Zrobiła wydruk danych byłego męża Randi Gjerulfsen z drugiego piętra pierwszego z bloków. Rolf Gjerulfsen miał na koncie dwa wyroki za przemoc.

„Jezu, to jakiś obłęd" – pomyślała.

Słuchawkę przejął teraz Torvald. Mówił szeptem.

– Słuchaj, jakbyś Boże broń kiedyś umarła, to ja ją wezmę, żeby było jasne. Umowa stoi?

Susanne westchnęła.

– To będziesz musiał zamieszkać z Nico.

– *Anytime*.

– Połóż ją spać, dobrze? Jak nie będzie chciała umyć zębów, dajcie sobie z tym spokój. Torvald, wiesz co?

– No?

– Uwielbiam cię, wiedziałeś o tym?

– Buziaki.

I usłyszała sygnał zajętego telefonu. Schowała twarz w dłoniach, mówiąc sobie, że nie wolno jej się rozbeczeć. Była wyczerpana. Musiała jednak brnąć w to dalej. Tommy za nią nie przepadał, była tego pewna, ale jeżeli jej się uda, jeżeli wpadnie na istotny trop, trudno mu będzie nie dać jej etatu. W najgorszym razie przynajmniej przedłuży jej to zastępstwo.

Z korytarza dobiegł ją głos Fredrika Reutera, więc szybko się wyprostowała.

„Weź się w garść" – pomyślała. „Mażesz się jak ostania gęś. Gorzej niż po śmierci Line".

– Myślałem, że dziś masz opiekę nad dzieckiem? – zdziwił się Reuter, wchodząc do jej gabinetu.

W odpowiedzi mruknęła coś, czego sama nie zrozumiała.

– Jensrud zmarł wskutek obrażeń – poinformował ją. – Póki co, zatrzymaj to dla siebie.

– A Rask?

– Miejmy nadzieję, że zawinie się jeszcze tej nocy.

– Ale to nie oni załatwili Furubergeta i jego żonę – przypomniała mu Susanne. – Więc dalej stoimy w miejscu.

Reuter pozostawił to bez komentarza. Zamiast tego z kieszeni na piersi wyjął wykałaczkę. Susanne aż się wzdrygnęła – używał tej samej przez cały dzień, aż się rozlazła. Właściwie nie miała nic przeciwko Reuterowi, ale ta wykałaczka wystarczała, żeby myślała sobie: „Nic z tego, nawet gdybyś był ostatnim mężczyzną na Ziemi, Fredriku Reuter".

– W czym grzebiesz?

– Skøyen – powiedziała, mozolnie wklepując kolejne litery, by wprowadzić potem nazwisko na arkusz Excela i sprawdzić we wszystkich innych rejestrach.

– Aha – mruknął Reuter, dłubiąc zawzięcie między trzonowcami. – Słuchaj, słyszałaś kiedyś o Gustafie Frödingu?

– Frödingu? Nie, a dlaczego?

– Nic, tak tylko pytam. Aha, za godzinę sprawdź portale. Przykro mi, że to mówię, ale święta mamy chyba wszyscy z głowy.

I zniknął. Zamknęła oczy, doskonale wiedząc, co sobie pomyślał: że Susanne Bech jest beznadziejną brunetką, która marnuje pieniądze podatników, marnuje najlepsze lata swojego życia na rozwód i wpisuje durne nazwiska w durne rubryki.

O dziesiątej zaczęła się zbierać, kiedy zadzwonił Tommy. Z jakiegoś dziwnego powodu na dźwięk jego głosu poczuła się bezpieczniejsza.

Opowiedziała mu o swojej wizycie w Bibliotece Narodowej i wiedząc, że ryzykuje, przyznała się do dalszej pracy nad tropem Skøyen.

To, że jej nie nawymyślał, potraktowała jako komplement. Z drugiej strony, jej aktualną pracą też nie okazał zainteresowania.

– A sprawdziłaś nekrolog?

– Nekrolog?

– Edle Marii. Po jej śmierci może zamieszczono jakiś nekrolog. Warto go sprawdzić, zanim zdobędziemy teczkę sprawy.

„Mogłeś przenocować w Tromsø i wcześnie rano pojechać do archiwum państwowego albo do »Nordlys«" – pomyślała, ale zachowała to dla siebie.

– Do jutra – powiedział i rozłączył się.

„Niech go szlag trafi" – pomyślała Susanne, spojrzała na zegar i włączyła z powrotem komputer. Jeszcze mu pokaże, może myśli, że ona jest kompletną idiotką?

Wybrała przypadkową osobę z trzeciego tarasowca i wpisała w pole wyszukiwania „Anne Torgersen".

Po chwili zobaczyła szczegóły:

Ur. 1947, 1 dziecko 1985.

Minęło kilka sekund, zanim skojarzyła, że nazwisko ojca widziała już wcześniej. Chwyciła mocniej myszkę. To mógł być przypadek. Czy on tam wtedy mieszkał?

W momencie chwilowego olśnienia przypomniała sobie ułamek krótkiego raportu, który napisał Tommy.

Otworzyła folder zatytułowany KRISTIANE/WZNOWIENIE.

„Zadzwoniła była żona. Powiedział, że dał jej mieszkanie. Gdzieś niedaleko. Dziś warte fortunę".

Szybko go sprawdziła i poczuła nagłą pustkę w brzuchu, a jej palce na klawiaturze na moment zesztywniały.

Zgłosił przeprowadzkę z Nedre Skøyen w 1990 roku.

To się nie mogło zgadzać.

Nagle przypomniała sobie słowa Reutera „za godzinę sprawdź portale", więc weszła na stronę „Dagbladet".

AMANDA (13) ZAGINĘŁA W KOLBOTN.

„Boże" – pomyślała. „To nie może być on".

Spojrzała na jego stronę w rejestrze ludności – w 1988 roku mieszkał na Skøyen. Zrobił to... Przekartkowała swój notatnik, znalazła jego numer telefonu i wystukała pierwsze cztery cyfry, ale się rozmyśliła.

Wyszła na korytarz, żeby sprawdzić, czy Reuter nadal jest w biurze, ale nie, światło było zgaszone. Spojrzała na zegarek – kto by za darmo siedział tak późno w pracy?

„Ale ja muszę" – powiedziała sobie.

Na komórce wybrała numer Tommy'ego. Kiedy odezwał się automat, zamknęła oczy.

Musi mu to jakoś przekazać.

Bo chyba wszystko się zgadza?

8

Susanne pobiegła w dół Grønlandsleiret, nie rozglądając się wokół siebie. Autobus linii 37 zahamował przed nią w ostatniej chwili. Trochę postała na chodniku, dumając o tym, że prawie została przejechana. Że właśnie ocaliła życie. „A tamto? Czy da się ocalić?" Była bliska zemdlenia, musiała się oprzeć o okno tajskiej restauracji. Łańcuch jaskrawych światełek, którymi było okolone, trochę ją rozkojarzył. Czyżby już były święta? Była ze swoim odkryciem sama. Nie powinno tak być. Ostro skręciła w ulicę Mandallów, aż śnieżne błoto ochlapało jej kozaki.

Do domu, do domu!

Biedni ci rodzice w Kolbotn. Przeczytała tylko lead tego artykułu i całkiem jej to wystarczyło. I tak zrobiło jej się niedobrze.

Kiedy zjeżdżała windą w komendzie, opanowało ją znów przeczucie, że stało się coś strasznego. Że Torvald leży martwy w mieszkaniu, a Mathea jeszcze żyje i czołga się zakrwawiona w kierunku drzwi, krzycząc: „Mamo, mamo!".

Kiedy wkładała klucz do zamka pomalowanej na czerwono furtki, trzęsły się jej ręce. Zatrzasnęła drzwi, przebiegła przez podwórko i przystanęła.

Światła ze wszystkich kuchni na piętrach dały jej poczucie bezpieczeństwa. Widniały w nich świąteczne gwiazdy i świeczniki. Naprawdę były święta. To chyba dobrze? Ale czy na pewno?

Kiedy szła schodami w górę, znów pomyślała o kamienicy na Frognerveien. Dzięki Bogu, nie była na miejscu zbrodni, ale widziała zdjęcia. Widziała też zdjęcia z obdukcji Kristiane i wiedziała, że nigdy ich nie zapomni.

Kiedy nie mając siły wyjąć z kieszeni kluczy, załomotała do swoich drzwi, tętno miała szybsze niż po serii ćwiczeń crossfitu na siłowni.

— Boże, kochanie, co się stało? — spytał Torvald.

Był przystojniejszy niż zwykle, Susanne nie mogła więc powstrzymać uśmiechu.

— Nic takiego… Jestem zmordowana. Jak poszło?

— Fantastycznie. Ja też chcę mieć takie małe stworzenie.

— To się ze mną ożeń.

Torvald zdjął z niej kurtkę, wtulił twarz w futerko kojota przy kapturze i przejrzał się w lustrze.

— Weź się w garść, Liberace. Wypijesz ze mną kieliszek wina, zanim wrócisz do siebie?

Susanne zrzuciła kozaki i szybko przeszła obok otwartej kuchni, kierując się do pokoju Mathei.

Ostrożnie uchyliła drzwi. W słabym świetle z dachowego okna zobaczyła, że dziewczynka leży na kołdrze, a jedna nóżka zwisa jej z boku łóżka.

Siadła na jego skraju i pogłaskała gołą łydeczkę. „Kocham cię" — pomyślała. „Naprawdę cię kocham".

W drzwiach stanął Torvald z do połowy pełnym kieliszkiem wina w ręku.

— Coś się stało? — szepnął.

— Nie.

Wstała i wyjęła z jego ręki kieliszek.

A potem leżała z głową na jego kolanach, podczas gdy telewizor szemrał w tle. Była to powtórka jakiegoś angielskiego *talk show*, który umknął Torvaldowi w weekend. Po dziesięciu minutach zasnęła. Szybko wpadła w senny koszmar, który pamiętała z dzieciństwa. Znajdowała się w nim w piwnicy starego domu, z wilgotnym powietrzem i nierównymi, betonowymi ścianami. Panowała tam ciemność. Macała rękami ściany, jej dłonie krwawiły. Teraz jednak z oddali usłyszała głos Mathei. Dziewczynka krzyczała i wołała ją. Był to na zmianę krzyk bólu, kwilenie niemowlęcia, okrzyki: „Mama, mama!", jakby dopiero co nauczyła się mówić.

Otworzyła oczy, z trudem łapiąc powietrze.

Torvald trzymał dłoń na jej czole.

– Musisz mi powiedzieć, co się stało, Susanne. Coś w pracy, prawda?

Nic nie mówiąc, wstała i wzięła do ręki komórkę. Było już wpół do dwunastej.

– Muszę już się położyć, mój przyjacielu. Zadzwonię jutro, okej? Jestem ci dozgonnie wdzięczna. – Pocałowała go w policzek i ściągnęła z kanapy.

W przedpokoju wziął swoje buty do ręki i chwycił za klamkę. Nagle znieruchomiał i popatrzył na nią, jakby chciał coś powiedzieć.

– O co chodzi? – spytała.

– Pogadamy jutro. – I wyszedł, a Susanne stała przez chwilę, odprowadzając go wzrokiem, mimo że schodził tylko piętro w dół.

„Wpół do dwunastej" – pomyślała i sprawdziła, czy łańcuch jest dobrze założony.

Przejrzała się w wiszącym w przedpokoju lustrze. Wokół jej oczu pojawiły się zmarszczki, na czole bruzda. Wszystko po matce. „Niech ją szlag trafi" – pomyślała. „Niech to wszystko szlag trafi". W ręku mocno ściskała komórkę. „Mogę do niego zadzwonić? Chyba muszę?"

Gdzieś niedaleko? Tak to musiało być. Chyba że Kristiane szła do kogoś innego...

Susanne miała świadomość, że sprawdziła nie więcej niż trzecią część nazwisk, a były przecież jeszcze rodziny mieszkańców albo tacy, którzy kiedyś byli ich rodziną.

Zamyślona poszła do salonu i usiadła na kanapie. Pod sobą czuła resztki ciepła po Torvaldzie. Z telewizora dobiegł ją śmiech widzów. Rozejrzała się po swoim mieszkaniu na strychu – już dla niej, Nicolaya i Mathei było za duże, a teraz było ogromne. I ciemne.

Chwyciła kieliszek z czerwonym winem i przytknęła do ust. „Komórka" – pomyślała.

Zostawiła ją na starej komodzie w przedpokoju. Poszła tam szybko, z kieliszkiem w dłoni. Zanim wzięła ją do ręki, zdążyła już zadzwonić trzy razy.

„Muszę zadzwonić do Tommy'ego" – pomyślała.

To był Torvald.

– Położyłaś się już? – spytał.

– Jeszcze nie, za chwilę. Gniewasz się na mnie? Po prostu jestem zmęczona, nic więcej.

Nie odpowiedział.

– Torvald?

– Muszę ci coś powiedzieć... Prawie o tym zapomniałem.

Miał dziwny ton głosu. Jakby przeczuwał, że nic dobrego z tego nie wyniknie.

– Co? – spytała głosem ostrzejszym, niż chciała.

– Mathea opowiedziała mi coś, zanim zasnęła... – przerwał.

Susanne mocniej chwyciła kieliszek. W odbiciu w lustrze widziała swój pusty wzrok. Prawie się nie poznawała.

„Uspokój się" – powiedziała do siebie bezgłośnie. „Nie histeryzuj". Tak zawsze powtarzała jej matka.

– Co ci Mathea opowiedziała?

„Że ten nowy przedszkolanin, młody i miły, zaczął ją obmacywać" – pomyślała. „Zabiję go. Wszystko mu obetnę".

– Nie, to pewnie nic takiego...

– Mów. Zaraz.

– Powiedziała, że jak była dziś z tyłu za budynkiem, tam, gdzie często wychodzi... Susanne straciła już czucie w rękach i ramionach. Przed oczyma widziała tylko biel, śnieżną burzę.

– Zaczęła rozmawiać z jakąś panią zza płotu... Niby sympatyczna pani, ale trochę się zaniepokoiłem. Bo ona ma któregoś dnia wrócić, ale Mathea musiała jej obiecać, że nikomu nie powie....

– Kto ma wrócić?

– Ta pani, z którą Mathea rozmawiała. Mówiła, że Mathea jest bardzo ładna...

Ledwo słyszała głos Torvalda.

– Torvald, dlaczego, do cholery, nie zadzwoniłeś?! Czy ty nie rozumiesz... – Przerwała, a jej oczy napełniły się łzami.

– Nie gniewaj się, Sussi... Proszę cię. Po prostu o tym zapomniałem.

– Zapomniałeś? Nie wolno o czymś takim zapomnieć!

– Przepraszam... – Brzmiał teraz jak skarcone dziecko.

– Dobra. – Nagle spłynął na nią spokój. Nie była jej potrzebna dwójka dzieci. – Będzie dobrze.

Spokój wyparował, kiedy Torvald znów zaczął mówić. Wypowiedział jedno słowo, jedno krótkie słowo, ale ona przestała go rozumieć. A potem dwa słowa, które spowodowały, że nie mogła już utrzymać kieliszka w ręku.

– Maria. Edle Maria – powiedział. – To brzmiało tak dziwnie, więc...

Susanne wciąż patrzyła na siebie w lustrze, teraz zauważyła, że jej twarz coraz bardziej się wykrzywia. Rozpłakała się jak dziecko.

– Susanne? Powiedz coś. No powiedz!

Nie zauważyła, że kieliszek zniknął z jej dłoni, dopóki nie usłyszała dźwięku rozbijanego szkła. Spojrzała apatycznie na podłogę. Czerwone wino wyglądało jak krew. Było wszędzie: na deskach podłogi i na jej spodniach.

– Powiedz, że to nieprawda – szepnęła.

– Że co?

– Maria. Edle Maria... Powiedz, że to nieprawda.

– Ale tak powiedziała mi Mathea. Że ta pani przedstawiła się jako Edle Maria.

9

„»Marlboro Light« palą tylko ładne dziewczyny" – pomyślał Tommy, wkładając rękę za książki. Skończyły mu się „Prince'y" i szukał teraz awaryjnych papierosów, które ukrywał w mieszkaniu na takie sytuacje jak ta. Znacznie jednak częściej na sytuacje, kiedy miał potwornego kaca i bał się wyjść z domu, żeby kupić coś do palenia. Są. Ręka chwyciła miękką paczkę. Było to coś, co zostawiła jeszcze Hege. Coś ze sklepu tax-free. Którymś katastrofalnym razem. Czy wszystkie razy były równie katastrofalne? Nie, nie wszystkie.

Właśnie zapalił papierosa z białym filtrem, kiedy zadzwoniła komórka. Spojrzał na zegarek. „Alexander Thorstensen" – pomyślał. „Albo chłopaki z inwigilacji, którzy chodzą za Mortenem Høgdą". Ich pierwszym raportem można się było podetrzeć: podejrzany był w biurze do ósmej, potem przeszedł na drugą stronę Munkedamsveien, a pięć minut później w jego mieszkaniu zapalono światło. Dalej tam przebywał.

Za pierwszym razem nie zdążył odebrać, ale już po chwili telefon znów się rozdzwonił.

„Susanne" – pomyślał. „O tej porze?"

Usłyszał jej krzyk, gdy tylko nacisnął na zielony guzik.

– Musisz przyjechać. Musisz przyjechać!

– Uspokój się, to się zastanowię.

Zamilkła. Usłyszał jej płacz.

– Ona... znalazła moje dziecko, Tommy!

Potrząsnął głową.

– O czym ty mówisz?

– Maria – szepnęła. – Edle Maria.

– Edle Maria?

Susanne milczała.

Trzymając telefon przy uchu, wepchnął lewą rękę w rękaw puchówki. Na piersi poczuł ciężar pistoletu. Coś mu mówiło, że może być potrzebny.

– Jesteś w domu?

– Tak... – Ledwo usłyszał jej szept. – Pospiesz się.

Jego chimeryczny escort zapalił od razu. Zastawiając kogoś, zaparkował na ulicy Mandallów. W domofonie odezwał się męski głos.

– Kim pan jest? – spytał Tommy.

– Przyjacielem – odparł płaczliwie nieznajomy.

Tommy potrząsnął głową. Nie wszystko na tym świecie pojmował.

Otworzyła mu Susanne i od razu przytuliła się do niego, jakby to on był tym, na którego czekała całe życie.

– Edle Maria – szepnęła. – Edle Maria przyszła do przedszkola...

Do Tommy'ego dotarł hałas z głębi mieszkania. Chodził telewizor, słychać było jakiś program dla dzieci.

Susanne opowiedziała mu, co się stało – córeczka rozmawiała przez płot przedszkola z jakąś panią, która przedstawiła się jako Edle Maria. I powiedziała jej, że jest ładna.

Wszedł do salonu i skinął głową siedzącemu tam mężczyźnie, ciemnowłosemu przystojniakowi.

– Torvald – powiedziała Susanne, a Tommy podał mu rękę.

– Sąsiad i przyjaciel... Najlepszy, jakiego mam.

– Matheo – zwróciła się do córeczki – możesz opowiedzieć Tommy'emu, co się stało?

Dziewczynka nie odpowiedziała. Leżała na drugim końcu kanapy i oczyma jak spodki wpatrywała się w telewizor. Tommy wziął z ławy pilota i wyłączył odbiornik.

– Musisz nam pomóc, Matheo, wiesz?

– Była miła.

– To ładnie.

– Jutro będę z nią rozmawiała. W przedszkolu.

– Jakie miała włosy? Pamiętasz może?

– Chcę oglądać film!

– Ciemne, czarne czy jasne?

– Nie wiem.

– Matheo – odezwała się Susanne – teraz musisz się…

– Niech ogląda dalej – przerwał jej Tommy, wstał z kanapy i pokazał na kuchnię.

Susanne nalała mu kieliszek wina, ale on pokręcił głową. Wypiła sama, dwoma dużymi haustami, jakby to był sok.

– Wydrukowałaś artykuły? O sprawie Edle Marii?

Skinęła głową.

– Ale leżą w biurze.

– Pojadę tam.

– Ja… nic z tego nie rozumiem. Przecież ona nie żyje.

– Co dziś robiłaś?

– Ona przyjechała na Skøyen, Tommy. Myślę, że wiem, do kogo.

– Do kogo?

– Myślę, że to w nim się zakochała.

Tommy ściągnął brwi. To go zaczynało przerastać.

– To Farberg, Jon-Olav Farberg. Mieszkał wtedy na Skøyen.

– Jesteś pewna? To niemożliwe – powiedział. – Jeden z tych, których szukamy, mnie zna. Albo moją matkę. To nie może być Farberg!

– Nie rozumiem?

– Masz tu komputer?

Wskazała ręką.

– W dawnym gabinecie Nico. Bardzo się przestraszyłam, rozumiesz mnie?

– Edle Maria nie żyje – powiedział Tommy. – To pewne. „Ale zabito ją w miejscu, z którego pochodziła moja matka. Jest to niezaprzeczalny fakt". Fakt, od którego robiło mu się niedobrze. Nawet teraz.

Otworzył przeglądarkę i wpisał w nią „Gustaf Fröding". Na ekranie pokazało się kilka wizerunków. Kliknął na fotografię, która już wcześniej przykuła jego uwagę, ta pożółkła. Na dole białymi literami było napisane: *John Norén. Goodwin. Uppsala.*

– Reuter twierdzi, że osoba, która napisała do mnie list, użyła w nim wiersza tego gościa. A Elisabeth twierdzi, że Kristiane zakochała się w swoim bracie Alexandrze. Ani słowem nie wspomniała o Farbergu.

– O Boże! – usłyszał obok siebie.

Obrócił się ku Susanne. Wskazywała palcem na ekran.

– To zdjęcie…

– Co z nim?

– To on, Tommy!

– Znaczy kto?

– Jon-Olav Farberg. Nauczyciel. Jej trener. Byłam u niego w domu. Tommy, on mógł mnie zabić. Wydaje mi się, że o tym myślał, kiedy u niego byłam… Byliśmy w domu sami, całkiem sami.

Tommy wstał i chwycił ją za ramiona.

– Od początku, Susanne. O czym ty mówisz?

– To zdjęcie wisi u niego w bibliotece!

Wyszedł bez słowa do przedpokoju, a Susanne poszła za nim.

— Daj mi jakiś ręcznik — polecił.

Spojrzała pytająco, ale zrobiła, o co prosił.

Z wewnętrznej kieszeni puchówki wyjął pistolet i zawinął go w ręcznik.

— Żadnych pytań — powiedział. — Jeśli tu przyjdzie, nie myśl. Celuj w brzuch.

10

Szybko przepchnął się przez obrotową bramkę na parterze. Ochroniarz z Securitas coś za nim krzyknął, ale Tommy był już w połowie schodów na piętro.

„Farberg" – myślał, a tętno w skroniach groziło mu wylewem. Czy to on przebierał się za kobietę? Czy to on był dwiema postaciami w jednej osobie, jak sugerował Rune Flatanger?

Przyłożył legitymację do czytnika i szarpnął za szklane drzwi, ale nie otworzyły się. Przyłożył jeszcze raz i usłyszał kliknięcie. Odczekał dwie sekundy, ostrożnie otworzył i włączył światło.

– Pieprzone drzwi – mruknął i pobiegł korytarzem do gabinetu Susanne.

Nad jego głową po kolei zapalały się neonówki, ale wcale nie pomagało mu to jaśniej myśleć. Jon-Olav Farberg? Co on miał wspólnego z Edle Marią? Bo to Edle Maria stanowiła klucz do tej sprawy, tak musiało być. A jeszcze to zdjęcie Frödinga w domu Farberga...

To on. To naprawdę on, bydlę, które wcisnęło mu kit o Yngvarze, domniemanym przyjacielu Andersa Raska.

„Rozwalę ci łeb, jak tylko cię dopadnę. Ale najpierw opowiesz mi wszystko o Edle Marii".

Susanne powkładała wszystkie wydruki dotyczące Edle Marii do osobnej teczki. Przebiegł wzrokiem przez pierwszy wydruk, z 1962 roku, jak sądził. Prawie nic o sprawie nie napisali. Były to czasy, kiedy prasa dawała się manipulować przez prokuraturę i nikt nie zadawał niewygodnych pytań na temat schrzanionego śledztwa.

Wyjął komórkę i zadzwonił do Reutera.

— Lepiej, żeby to było cholernie ważne — powiedział szef.

— Dopiero dwunasta, tylko dzieci już śpią.

— Ach tak? To co, znalazłeś tę trzynastolatkę z Kolbotn?

— Zadzwoń do Matki Przełożonej. Potrzebuję broni i dwóch bystrych patroli.

Reuter milczał.

— Znaleźliśmy go.

— Gdzie?

— Malmøya. To Jon-Olav Farberg, jeden z jej nauczycieli. Kolega z pracy Raska.

— Malmøya. Podaj adres.

Z tonu głosu Reutera Tommy wyczytał, że szef jest gotów zejść do piwnicy i otwierać szafkę z bronią.

„To tylko kwestia tego, który z nas pierwszy drania załatwi" — pomyślał Tommy, wsiadając do radiowozu. Odbezpieczył swój stary rewolwer Smith & Wesson już na zjeździe z Tøyenbakken, kiedy mijali ulicę Mandallów.

Przy World Islamic Mission zerknął w stronę mieszkania Susanne.

11

Na ostatnich metrach przed wjazdem na posesję Farberga radiowozy wyłączyły zapłon i jechały dalej na światłach postojowych. Tommy mocniej ścisnął rewolwer, próbując się zorientować w układzie domu. Samochód sunął po śniegu jak szybowiec. Dom wydawał się opuszczony. Poza światłem na zewnątrz paliło się tylko jedno, na piętrze. Ostrożnie wysiadł z radiowozu z rewolwerem w pogotowiu. Kamizelka kuloodporna z kevlaru była jak kaftan bezpieczeństwa, miał ochotę zerwać ją z siebie. Zamierzał zastrzelić Farberga, zanim ten zdąży zaatakować. Jeżeli tylko zasygnalizuje taki zamiar, wzięcie go żywcem w ogóle nie wchodzi w grę.

Dowódca patrolu wydawał rozkazy czwórce swoich ludzi – ruchem ręki wysłał jednego na krótką ścianę domu, jednego na front od strony wody. Oni mieli przynajmniej MP-5 z celownikami laserowymi i oświetleniem taktycznym, a nie stare, zdezelowane rewolwery jak Tommy.

Za furgonetką dodge Tommy odbył szybką naradę z dowódcą patrolu i postanowił iść za funkcjonariuszem po drugiej stronie domu. Brnął przez śnieg, a jego buty z każdym krokiem stawały się coraz zimniejsze i bardziej mokre. Funkcjonariusz był już na tarasie od strony fiordu i Tommy szybko do niego dołączył. Po tej stronie domu światła również były zgaszone. Policjant rozpłaszczył się na ścianie i przez okno salonu z ukosa skierował promień reflektora do środka.

Tommy zobaczył, że kręci głową.

– Nic tam nie widzę – powiedział.

Zatrzeszczało w radiu.

– Dzwonimy do drzwi – powiedział dowódca.

– Przyjąłem – odparł funkcjonariusz. Podniósł pistolet maszynowy i skierował na drzwi werandy.

Czerwony punkt powędrował po podłodze, kanapie, regale z książkami i kominku. I czymś jeszcze.

Człowieku?

„Ta dziewczynka?" – zastanawiał się Tommy. Chyba jej nie ukrył w swoim salonie? Chyba tu by jej nie zabijał?

– Poczekaj – powiedział głośno.

Funkcjonariusz drgnął.

– Nikt nie odpowiada – rozległ się głos dowódcy.

Tommy przyłożył ręce do szyby i wstrzymując oddech, żeby nie zaparowała, zajrzał do salonu. Minęło kilka sekund. Tętno miał tak szybkie, że pozbawiony tlenu w razie niebezpieczeństwa nie dałby sobie rady. Jeśli Farberg stał głębiej w salonie, mógłby bez trudu użyć jego bladej twarzy jako tarczy strzelniczej.

W oddali rozległ się odgłos nadjeżdżającego samochodu. Nie, to tylko szum wiatru w sosnach z tyłu za nimi. „Cisza i ciemność" – pomyślał Tommy.

A jednak od frontu podjechał samochód.

Przytknął twarz do szyby.

Na kanapie zwróconej w stronę okien i fiordu ktoś leżał. To musiał być Farberg.

Zastukał w szybę.

– Farberg, otwieraj!

Teraz załomotał w szybę, prawie ją rozbijając.

Ciemny kształt na kanapie nie poruszył się.

– Przygotuj broń – rzucił do policjanta.

Po drugiej stronie domu trzasnęły drzwi samochodu.

Uderzył kolbą rewolweru w szybę drzwi werandy. Dźwięk pękającego szkła był jak huk przekraczającego barierę dźwięku samolotu. Wetknął rękę w otwór w szkle i przekręcił klucz od wewnątrz, a potem nacisnął klamkę.

W salonie rozjarzyło się czerwone światło – to zareagował jeden z czujników ruchu. Gdzieś w mieście w centrali firmy ochroniarskiej rozległ się sygnał alarmu.

Tommy podał rewolwer funkcjonariuszowi, wziął od niego pistolet maszynowy i zaświecił jego halogen. Czerwony punkt laserowego celownika i ostre światło halogenu omiotły ścianę.

Dźwięk tłukącego się szkła i trzask otwieranych drzwi wejściowych po drugiej stronie domu na moment wytrąciły go z równowagi.

Wskazał funkcjonariuszowi komplet wypoczynkowy na środku pomieszczenia, a sam skierował broń na ścianę po lewej stronie. Halogen najpierw oświetlił fotografię, którą już wcześniej widział. „Gustaf Fröding" – pomyślał. „To o tym mówiła Susanne. To tu widziała to zdjęcie".

W salonie zapłonęło górne światło. Było ostre i raziło w oczy. Ale gorszy dla oczu był widok kobiety na kanapie, a właściwie tego, co nią kiedyś było. Na wpół siedziała, na wpół leżała na beżowej zamszowej kanapie, przesiąkniętej krwią z niezliczonych ran kłutych. Twarzy prawie nie miała. Tommy nie wiedział, kim jest, mógł tylko zgadywać, że to żona albo konkubina Jon-Olava Farberga.

– O kurwa! – usłyszał za sobą. I odgłosy wskazujące na to, że funkcjonariusz może zaraz zwymiotować.

– Nie rozumiem – powiedział do siebie Tommy i opuścił pistolet maszynowy.

W kieszeni jego puchówki rozdzwonił się telefon. Tommy zrzucił kurtkę i szybko rozpiął paski kevlarowej kamizelki, bo nie miał już czym oddychać. Na wyświetlaczu komórki pojawiło się nazwisko „Krokhol".

Tommy patrzył na zwłoki kobiety. Dowódca patrolu kręcił się w kółko, wzywając przez radio karetkę. Chociaż i tak było za późno.

Tommy wyszedł na taras.

Ku jego zdziwieniu Krokhol zadzwonił ponownie.

– Tak? – odezwał się Tommy, zaglądając przez okna do salonu.

– Coś się stało? – spytał Krokhol.

Po tym jednym słowie, a właściwie jego intonacji, której Tommy nie potrafił opanować, dziennikarski nos Krokhola zwęszył nowy materiał.

– Co jest?

– Ten nekrolog. Cholernie szybko mi go znaleźli.

– I?

– „Nasza nieodżałowana Edle Maria" – czytał Krokhol.

– „Edle Maria Reiersen. Urodzona trzeciego maja tysiąc dziewięćset czterdziestego szóstego, odeszła pierwszego listopada tysiąc dziewięćset sześćdziesiątego drugiego". – Pod spodem podpisany jest Gunnar i Ester. I jeszcze jedno imię.

Tommy poczuł, jakby nagle wyciekła z niego cała krew, równie szybko, jak musiała wyciec z tej kobiety, pewnie żony Farberga, na kanapie.

Przez moment nie zrozumiał imienia, które Krokhol wymówił wprost w jego ucho.

I nie był w stanie odpowiedzieć na pytanie, które Krokhol zadał, i to dwa razy:

– Co to może znaczyć, Tommy?

12

Kiedy myły razem zęby, prawie zawsze ogarniał ją niepojęty spokój. Teraz było tak późno, że powinny właściwie odpuścić. Wciąż od czasu do czasu zdarzało się, że Mathea stawiała opór, i kiedy Susanne próbowała umyć jej ząbki, po prostu zagryzała szczoteczkę.

W tym momencie jednak ten codzienny rytuał wydał jej się niezbędny dla spokoju umysłu. Torvald zszedł do siebie po butelkę czerwonego wina, bo u niej już nie było.

Musi skończyć z tym histeryzowaniem. Drzwi były pozamykane na klucz, zarówno te wychodzące na podwórze, jak i te wychodzące na ulicę.

„Odrobina wina" – pomyślała. „Potrzebna mi tylko odrobina wina".

Boże przenajświętszy, ile ona tej jesieni wypiła. Po świętach będzie lepiej.

Żeby tylko Torvald nie zapomniał zamknąć za sobą drzwi. Na pewno to zrobił. To oczywiste.

Z pokoju dziennego dobiegały ciche dźwięki muzyki. Drzwi łazienki były lekko uchylone.

– Kochana mamunia – powiedziała Mathea. – Moja śliczna mamunia.

Susanne aż potrząsnęła głową. Te komplementy zawsze ją zaskakiwały.

Przepłukała szczoteczkę i wstała. Poczuła, że za długo kucała i jej mózg dostał za mało tlenu, bo zakręciło jej się w głowie i na moment zrobiło jej się ciemno przed oczyma.

Kiedy przyszła znów do siebie, dźwięk lejącej się wody wydał jej się nienaturalnie głośny, jak wodospadu. Jej spojrzenie powoli przesunęło się po powierzchni lustra.

„Niech to nie będzie prawda" – pomyślała.

Twarz. Biała twarz. Przy samym skraju lustra.

W uchylonych drzwiach.

Susanne odetchnęła głęboko. Dźwięk lejącej się wody chwilowo zagłuszał jej myśli. Na moment zamknęła oczy. Otworzyła je.

Twarz zniknęła.

Susanne musiała się skupić, żeby zakręcić wodę. W mieszkaniu zapanowała cisza.

– Mamo?

Susanne wbiła wzrok w płytki podłogi.

– Czemu tak sapiesz? – Mathea spróbowała wyjąć jej z ręki szczoteczkę, ale Susanne nie puszczała jej. Nie mogła. Podniosła wzrok do lustra.

Twarz zniknęła.

Ale ona tam była.

Biała twarz. Ciemne włosy. Kobieta.

– Cicho – powiedziała. – Torvald?! – krzyknęła.

– Mamo, co robisz?

– Nic takiego. – Uśmiechnęła się i po wyrazie twarzy Mathei zgadła, że jej próba uspokojenia córeczki się powiodła. – Zagramy w taką jedną grę – szepnęła. – Umiałabyś policzyć do stu dwa razy z rzędu?

– Chyba tak...

– Wyjdę i zamknę drzwi do łazienki, a ty usiądziesz na podłodze i będziesz liczyć, dobrze? Jeżeli ci się uda, będzie nagroda. Wtedy otworzę drzwi i pojedziemy do sklepu z zabawkami do Oslo City, i kupimy ci, co będziesz chciała. To co, wchodzisz w to?

– Wszystko?

– Wszystko.

– Dziwna gra… Ale wchodzę w to.

Susanne otworzyła szafkę i wyjęła klucz, który był tam schowany, żeby Mathea przypadkiem nie zamknęła się w łazience. Automatycznym ruchem, jakby wiele razy przećwiczonym, wymacała metalowy pilnik do paznokci.

Czy to było złudzenie?

Nie.

Z głębi mieszkania dobiegł ją jakiś dźwięk.

Z kuchni. Ktoś przewrócił szklankę w kuchni.

– To na pewno Torvald… – szepnęła do siebie. – To co, zaczynasz liczyć? – powiedziała do Mathei i pocałowała ją w policzek.

Pistolet, który dostała od Tommy'ego, tkwił w wewnętrznej kieszeni kurtki w przedpokoju.

Z kuchni dobiegł ją kolejny dźwięk, jeszcze jedna szklanka.

Miała jakąś szansę.

Zdarzył się cud – Mathea usiadła na podłodze. Doliczyła już do dwudziestu.

Susanne nabrała powietrza w płuca, czując, jak się cała trzęsie. Wypuściła je i otworzyła drzwi z pilnikiem w jednej ręce i kluczem w drugiej. Spojrzała w kierunku pokoju dziennego i szybko zamknęła za sobą drzwi łazienki. Próbując uspokoić rękę, wsunęła klucz do zamka i próbowała go przekręcić. W pewnym momencie przeraziła się, że to nie ten klucz, bo nie dał się obrócić.

Wreszcie się udało.

Włożyła klucz do kieszeni spodni.

„Torvald" – pomyślała. „Czy coś mu się stało?"

Tyłem cofnęła się do przedpokoju, po drodze zaglądając do dużego pokoju. Nikogo tam nie było. Kobieta o białej twarzy musiała mu coś zrobić. Uderzyła plecami o tylną ścianę korytarza. Drzwi były uchylone, a na podeście zobaczyła buty Torvalda. Poruszył się, a z jego ust wydobył się bulgoczący dźwięk. Krwawił, ale żył. Szepnął coś do niej, ale nie usłyszała, co.

– Więc to ty jesteś Susanne?

Przed drzwiami kuchni, dziesięć metrów od niej stała kobieta z białą twarzą. W zwisającej luźno wzdłuż jej boku ręce trzymała kuchenny nóż.

Susanne poczuła, że jest jej tak zimno, jak jeszcze nigdy w życiu.

Zrobiła krok w bok i sięgnęła do wewnętrznej kieszeni kurtki po niewielki pistolet, który dał jej Tommy. Kiedy go odbezpieczyła, miała spokojne ręce.

– Zastrzel mnie – powiedziała kobieta i ruszyła w jej stronę.

W swoim wielkim futrze przypominała ranne zwierzę. Kiedyś musiała być piękną kobietą, ale teraz wyglądała, jakby zostało jej niewiele czasu na tym świecie. Jej twarz pozbawiona była koloru i życia.

– Mamo! – zawołała Mathea.

Kobieta stanęła przy drzwiach łazienki.

Susanne podniosła trzymany oburącz pistolet. W tej samej chwili rozpoznała kobietę.

„To nie może być prawda. Błagam, powiedz, że to nie ty".

– Zastrzel mnie i niech ona to usłyszy. Jak nie, dopadnę ją, wiesz, że to zrobię. Edle Maria jest zła. Elisabeth powiedziała mi, że jestem zła.

– Edle Maria nie żyje – powiedziała Susanne.

– Nie, Elisabeth mnie stworzyła.

– Nie, to ty jesteś Elisabeth. Odłóż nóż, a pomogę ci. Otrzymasz pomoc.

Susanne zdążyła pomyśleć, że Elisabeth Thorstensen przejęła osobowość swojej zmarłej siostry, Edle Marii. I że teraz była Edle Marią, nie sobą.

– Zaraz do ciebie przyjdę, Matheo – powiedziała kobieta. Mathea zamilkła.

– Jak spróbujesz tam wejść, zabiję cię – powiedziała Susanne. – Rozumiesz? Zastrzelę cię.

– Tata nigdy mnie nie dotknął. Nigdy. Elisabeth była dużo ładniejsza ode mnie. Nienawidziłam jej za to. Cholerna szkapa. – Jej głos przeszedł w pisk. – Był naszym ojcem, rozumiesz?

– Kto cię zabił? Kto cię zabił, Edle Mario?

Kobieta podeszła bliżej.

– Jon-Olav mi o tobie powiedział. Co za dureń... Pytałaś go o mnie. To najlepszy przyjaciel Elisabeth. Opowiedziała mi o tym. Jak czytał dla niej w Sandberg... Latem. I wszystko mu opowiedziała. Ta dziwka opowiedziała mu wszystko! Nikomu innemu, tylko jemu.

– Mamo! – zawołała Mathea i zaczęła walić w drzwi, dosłownie kilka centymetrów od tej kobiety.

– Wychodź – powiedziała kobieta. – Chodź tu, malutka.

– Matheo, nie odpowiadaj jej! – krzyknęła Susanne. Podeszła o krok bliżej, ale opuściła pistolet.

– Elisabeth prosiła mnie o pomoc, ale ja jej nigdy nie pomogłam. Wiedziałam o niej i o tacie, rozumiesz?

Pistolet omal nie wypadł Susanne z ręki.

– Czy on ją gwałcił? To chcesz powiedzieć?

– Mamo, mamo!

Głos Mathei brzmiał tak rozpaczliwie, że przez moment rozważała zranienie Elisabeth Thorstensen po to, żeby wydostać ją z łazienki.

– Nie bój się! – zawołała. – Zaraz do ciebie przyjdę!

Z tylnej kieszeni próbowała wydostać komórkę, ale bezskutecznie.

– Czy... Jon-Olav jest przyjacielem Elisabeth? Jon-Olav?

– Tak.

– Więc on jest przyjacielem Elisabeth? Czy to on każe ci robić te niedobre rzeczy?

Skinęła głową.

– Powiedział Elisabeth, że jeżeli ja będę robić te niedobre rzeczy, to może ona wyzdrowieje. Chciał tylko pomóc Elisabeth wyzdrowieć. To ja robiłam te rzeczy, nie Elisabeth. To ja je zwabiałam. Jon-Olav powiedział, że nikt nie będzie podejrzewał kobiety.

– Dlaczego zabiłaś Kristiane? Wiesz, że to była córka Elisabeth?

Elisabeth Thorstensen spojrzała na nią wzrokiem, którego Susanne nigdy nie zapomni. Jakby jej prawdziwa osobowość próbowała się przebić na powierzchnię, ale nie dawała rady. Poczuła, że dłoń trzymająca rękojeść pistoletu bardzo się poci. Nie miała pomysłu, co jeszcze powiedzieć, żeby Elisabeth Thorstensen odłożyła nóż. I musiała jak najszybciej zająć się Torvaldem...

– Ale Jon-Olav nie żyje – odezwała się nagle kobieta.

– Gdzie on jest?

– W piecu... – szepnęła.

Z łazienki Susanne usłyszała cichy płacz córki. Mocniej chwyciła rękojeść pistoletu.

– W piecu?

– On już nie chciał. Nie chciał więcej pomagać Elisabeth zdrowieć. Więc go zabiłam.

– Gdzie?

– W starej fabryce. Jakoś ją znajdziesz. Czasami tam jeździliśmy.

Susanne znów chwyciła pistolet oburącz i trzymała przed sobą.

– Pewnie chcesz wiedzieć, kto mnie zabił... To Elisabeth – powiedziała kobieta ledwo słyszalnym głosem. – Zmiażdżyła mi twarz kamieniem. To on nas wywiózł tak daleko... Ale nigdy nie przestał jej dotykać. Znalazła sobie przyjaciółkę, ale ona też jej nie pomogła. Elisabeth powiedziała mi, że to była matka twojego męża, Tommy'ego. – Kobieta się uśmiechnęła.

– On nie jest moim mężem.

– Jest. Więc ona zmiażdżyła mi twarz kamieniem. Tłukła, aż mojej twarzy nie było. – Kobieta nagle osunęła się na podłogę i upuściła nóż.

– Już nie mów – poprosiła Susanne.

Płacz Mathei był coraz głośniejszy, ale Susanne prawie go nie słyszała. Podeszła powoli do kobiety, która siedziała z opuszczoną głową jak małe dziecko, jak Mathea. Nóż leżał dwadzieścia, trzydzieści centymetrów od niej.

„Dam radę" – pomyślała.

Gdzieś w oddali usłyszała tupot butów na schodach. Szło kilka osób. Trzeszczące radia. Rozkazy.

– Pomogę ci – powiedziała. – Elisabeth, ja ci pomogę.

– Elisabeth mnie zabiła!

Początkowo Susanne nic nie poczuła. Wszystko zdarzyło się tak szybko, że nie zrozumiała, co się dzieje. W łydce poczuła pieczenie, a potem ból, jakby ktoś jej odcinał nogę. Upadła na podłogę, przygniatając sobie rękę z pistoletem. Kobieta stała nad nią z nożem w ręku.

„To moja krew" – pomyślała Susanne i zrobiło jej się ciemno przed oczami.

– Przykro mi – szepnęła kobieta i uniosła nóż. – Ale twoja córka będzie jak Elisabeth... Chyba to zrozumiałaś? Nie mogę pozwolić jej żyć. Tak powiedział Jon-Olav: „Nie pozwól jej żyć".

Susanne przewróciła się na lewą stronę. Nie słyszała Mathei, łomotu kroków na schodach, tylko własne tętno. Poczuła, że upadając, przypuszczalnie złamała sobie prawą rękę, ale i tak udało jej się ją podnieść. Huk wystrzału spowodował, że wszystko nagle ucichło. Przez sekundę nie istniał żaden inny dźwięk. Prawe oko kobiety zniknęło, a fontanna krwi trafiła Susanne w nogi i w brzuch. Pociągnęła drugi raz za spust, tym razem tak, jak kazał Tommy, celując prosto w brzuch. Kobieta upuściła nóż i potknęła się o jej nogi. Susanne poczuła, że kiedy upadając, kobieta uderzyła w nią głową, pękły jej żebra.

Nastała cisza.

Na schodach nie było już słychać butów.

Nigdzie nie było Tommy'ego.

Mathea znów zaczęła płakać.

Susanne spróbowała zrzucić z siebie martwe ciało kobiety, ale nie miała siły. Czuła, że ból w lewej nodze jeszcze się potęguje, o ile to w ogóle możliwe. Prawego ramienia zupełnie nie czuła, jakby zasnęło i miało nigdy się nie obudzić.

– Już idę – szepnęła.

Próbowała zawołać, ale z jej ust nie wydostał się żaden wyraźny dźwięk. Ubranie miała przesiąknięte krwią, głowa kobiety leżała na jej brzuchu i jedyne, na co się potrafiła zdobyć, to szept: Idę... Matheo, idę...

„Torvald" – pomyślała. Przecież on leżał na schodach.

Próbowała zawołać, ale z jej gardła wydobyło się tylko dziwne chrapnięcie.

Gdzieś na klatce schodowej otworzyły się drzwi, ktoś krzyknął w obcym języku, pomyślała, że to pendżabski. Dało się słyszeć coraz więcej głosów.

13

PIĘĆ DNI PÓŹNIEJ

Jedna z dziewcząt trafiła piłką w słupek, a Tommy'ego otrzeźwił krzyk nielicznie zgromadzonej publiczności. Najpierw był okrzyk radości, potem rozczarowania. Do jego świadomości dotarły po kolei: dźwięk uderzającej w drewno piłki, okrzyk kibicujących ojców, krzyk jednej z matek: „Następnym razem trafisz!", zupełnie jakby rzeczywistość odbierał z dwusekundowym opóźnieniem. Wstał z ławki. Wciąż ćmiło mu w głowie i miał problemy z koncentracją, ale teraz przynajmniej starał się śledzić grę. Spojrzał na tablicę z wynikiem i pomyślał o minutach przed meczem. Hadja przyszła wtedy do hali z nowym narzeczonym. To go na jakiś czas wytrąciło z równowagi. Zawsze był w tych sprawach kompletnym amatorem, ale ta reakcja to był szczyt wszystkiego.

No bo właściwie co z tego? Czy on i Hadja w ogóle kiedykolwiek byli razem? Zresztą to było prawie półtora roku temu. Ależ był wtedy idiotą...

Teraz to już nie miało znaczenia.

Jego rozkojarzenie spowodowane było czymś zupełnie innym.

– Grać szybszą piłkę! – krzyknął odruchowo, potem dał dziewczętom znak do przejścia skrzydłem i kilka sekund później Martine zdobyła bramkę.

Przybił piątkę z asystentem Arnem Drabløsem i usiadł z powrotem na ławce. Przez moment myślał, że fiknie do tyłu, jakby w podziemnej hali Klemetsrud zjawił się pijany w sztok.

Wrócił poprzedniego dnia z Tromsø ostatnim samolotem i nie mógł zasnąć przez całą noc. O ósmej miał seans terapeutyczny u Osvolda, nic dziwnego, że nie spał.

– Może ja też powinienem trafić do Ringvoll albo Sandberg? – zasugerował Osvoldowi.

Psychiatra nic na to nie powiedział, a Tommy zinterpretował jego milczenie na swoją modłę.

Powtórna podróż do Tromsø i spotkanie z Alexandrem Thorstensenem niewiele mu dały. Teraz już wiedział, że powinien sprawdzić, czy Elisabeth po śmierci Kristiane nie przebywała przypadkiem w Ringvoll, a nie we Frensby. A w latach siedemdziesiątych w Sandberg nieopodal Hamar. Kolejne reformy służby zdrowia w kraju rzucały ją z jej schizofrenią po całym wschodzie Norwegii. Thorstensen powiedział mu, że doskonale zna tę medyczną spychotechnikę i nie dziwi się, że nigdy nie otrzymała tej pomocy, której potrzebowała. Poza tym chyba nikomu nie udało się postawić jej poprawnej diagnozy. Nie było wątpliwości, że wystąpiła u niej tzw. osobowość mnoga. Przez długi czas uważano, że rozdwojenie jaźni ściśle wiąże się ze schizofrenią, ale teraz widziano już, że tak nie jest. Pacjenci z rozdwojeniem jaźni w najgorszych wypadkach mieli świadomość istnienia różnych osobowości i potrafili je ukryć pod płaszczykiem stanów psychotycznych. Alexander uważał, że jego matka musiała być dla swoich terapeutów nierozwiązywalną zagadką.

— Ale Jon-Olav Farberg potrafił jakoś czytać w niej jak w otwartej książce — powiedział jej synowi.

Thorstensen stwierdził, że Farberg był przypuszczalnie pierwszym dorosłym, któremu jego matka mogła zaufać i w końcu pokazać swoje prawdziwe „ja". Ale jeśli miał złe zamiary, przy jej dzieciństwie i obrazie choroby mogło to mieć fatalne konsekwencje.

Spis zatrudnionych w Sandberg ujawił, że Jon-Olav Farberg pracował w tamtejszym szpitalu psychiatrycznym na zastępstwie jako sezonowa pomoc pielęgniarska w czasie, gdy uczęszczał na studium pedagogiczne w Hamar. Dodatkowo musieli tam zwiększać liczbę personelu przy każdej pełni księżyca.

Alex przypuszczał, że Kristiane zakochała się w Farbergu i że pojechała do mieszkania na Skøyen, żeby się z nim spotkać. I że Elisabeth jakimś sposobem dowiedziała się o tym. Farberg pewnie do niej zadzwonił.

Wyglądało na to, że śmierć matki przyniosła Alexandrowi wielką ulgę, skoro — jak się okazało — zabiła te wszystkie dziewczęta, nawet jego własną siostrę.

Któż mógłby mieć o to do niego pretensje?

Martine zdobyła kolejną bramkę, rzutem z biodra z dziewięciu metrów. Tommy widział to, jednocześnie nie widząc. Klaskał, ale było tak, jakby to robił ktoś inny, jakby to nie były jego dłonie.

Resztę dnia w pracy Tommy przesłuchiwał Mortena Høgdę. W końcu biznesmen się załamał. Przyznał się, że Elisabeth opowiedziała mu kiedyś o molestowaniu przez ojca, odkąd miała osiem czy dziewięć lat, ale zabroniła komukolwiek o tym mówić. Powiedziała mu też, że ojciec nigdy nie tknął jej siostry, że czuje się zbrukana, że wszystkie dziewczynki takie są, że to małe dziwki takie jak ona, że nie zasługują na to, żeby żyć, i że ona też na to nie zasługuje.

— A pan zbrukał ją jeszcze bardziej – powiedział mu Tommy – zamiast jej pomóc.

Høgda przyznał, że czasem się jej bał, że w oczach miewała coś nieokreślonego, groźnego, że miała drugą twarz, której nigdy wyraźnie nie widział. A gdy kiedyś o tym wspomniał i zasugerował, że powinna dać się hospitalizować i opowiedzieć o wszystkim lekarzom, strasznie się na niego wściekła. W jego odczuciu ona go oszukiwała i próbowała wciągnąć w pułapkę. I to nie on ją przez te wszystkie lata wykorzystywał, ale odwrotnie. Zeznał, że nie spóźnił się na spotkanie z nią w hotelu SAS-u tego wieczora, kiedy zamordowano młodą Litwinkę.

— Dwa dni później zadzwoniła do mnie i spytała, dlaczego przyszedłem tak późno – opowiadał. – Powiedziałem, że to ona spóźniła się dwie i pół godziny. Wtedy rozpłakała się jak dziecko. – I dodał: – Zawsze była trochę postrzelona, ale żeby coś takiego...

Tommy jedynie kręcił głową. Kazał Høgdzie spisać to wszystko osobiście na czterech stronach tylko po to, żeby wykluczyć ewentualność, że to on napisał któryś z listów.

Kiedy wszedł potem raz jeszcze do pokoju przesłuchań, zmiął kartki i wyrzucił je do kosza.

Elisabeth Thorstensen nie żyła. Nie żył Jon-Ole Farberg. Anders Rask leżał w śpiączce w Trondheim.

Wciąż nie mieli ciała Farberga. Elisabeth Thorstensen powiedziała coś o starej fabryce. Tylko gdzie mieli zacząć szukać?

Mecz skończył się i do Tommy'ego jakoś dotarło, że jest remis.

Zostawił resztę Drabløsowi i spróbował niepostrzeżenie, najszybciej jak mógł, wymknąć się z hali, ale zatrzymało go kilkoro rodziców zawodniczek. Podziękowali mu za sezon i życzyli wesołych świąt.

Oczywiście właśnie wtedy pojawiła się Hadja z narzeczonym.

– Dawno się nie widzieliśmy – powiedziała. – Poznaj Thomasa.

Tommy wyciągnął rękę. Gość był młody, przystojny, szczupły, modne ubranie dobrze na nim leżało. Nie to, co Tommy, mastodont z grubo ciosanego granitu odziany w dres rozmiaru XL, który mimo to był na niego za ciasny.

Nic teraz nie poczuł, co go ucieszyło. Więc jednak tak wiele dla niego nie znaczyła?

Kiedy wyszli z budynku, uściskała go na pożegnanie, a jej włosy rozwiały się na wietrze zupełnie tak jak zeszłego lata.

– Mam nadzieję, że u ciebie wszystko dobrze – powiedziała. – Wesołych Świąt.

Kiedy skręcili na schody prowadzące do centrum handlowego, ten młodziak, Thomas, objął jej plecy.

Przez chwilę Tommy stał otoczony wirującymi płatkami śniegu, trzymając w palcach niezapalonego papierosa. Patrzył na autobusy zaparkowane przy stacji kolejki i tłum ludzi na peronie.

Święta? Czy już były święta?

„Że też Susanne nie postrzeliła Elisabeth w nogi" – pomyślał i zganił się za tę myśl.

Odrzucił niezapalonego papierosa i z ociąganiem wszedł na poziom -1 kilkupiętrowego parkingu. Wciąż miał przed oczyma Hadję i jej młodego faceta. „Mam nadzieję, że u ciebie wszystko dobrze". Co ona miała na myśli?

Dźwięk komórki w kieszeni wyrwał go ze stanu, który dobrze znał. Był symptomem nadciągającej depresji, która miała trwać do końca świąt.

– Słuchaj no – zaczął Leif Monsen z dyżuru na kryminalnym.

Tommy zatrzymał się na schodach prowadzących na wyższe piętro parkingu. Miał nad głową słabe światło, które sprawiało, że w panujących dookoła ciemnościach czuł się jak w jakimś żółtawym kokonie. Odprowadził wzrokiem pojedynczy płatek śniegu.

– Jestem na Frysja. W tej starej cegielni, wiesz.

Tommy szybko pokonał resztę schodów. Przeczuwał, co za chwilę usłyszy od Monsena.

– Chyba będziesz musiał tu przyjechać. Jakąś godzinę temu dwóch polskich robotników znalazło w piecu do wypalania prosiaczka.

– Prosiaczka?

– Choćbyś nie wiem jak próbował całkiem spalić ludzkie zwłoki, to się nie da, rozumiesz? Resztki zawsze wyglądają jak prosiaczek z taką skurczoną ludzką główką.

Kwadrans później Tommy zaparkował starego escorta przed bramą dawno zamkniętej cegielni na Frysja. Młody mundurowy podniósł taśmę, żeby go wpuścić, zupełnie tak samo, jak dawniej robił to on sam dla doświadczonych dochodzeniowców. Nad bramą hali świeciła pojedyncza lampa. Tabliczka z napisem „Firma Deweloperska Høgda" była ledwo widoczna.

Oprócz patrolu w hali produkcyjnej znajdowali się tylko ci dwaj robotnicy, Monsen i technik kryminalny Georg Abrahamsen, który zresztą mieszkał w pobliżu.

Drzwi pieca stały otworem. Tommy skinął głową do dwóch Polaków i Monsena i podszedł do pieca, przy którym Abrahamsen ustawiał na stojaku lampę.

– Potrzymaj – powiedział technik, podając mu metalowy przedmiot, który jak Tommy przypuszczał, był częścią statywu. Z umieszczonych pod sufitem okien przez wybite szyby ciągnęło zimne powietrze.

„Elisabeth Thorstensen musiała o tym miejscu wiedzieć" – pomyślał. Może to Høgda opowiedział jej o swoim deweloperskim projekcie?

Ale jak ona zdążyła to wszystko zrobić?

Nie miała szans. W życiu nie zdążyłaby najpierw zabić żony Farberga, potem samego Farberga, uprowadzić dziewczynki z Sofiemyr, a potem pojechać do mieszkania na ulicy Mandallów.

W żaden sposób.

Poczekał, aż Abrahamsen skończył montowanie oświetlenia, i podszedł do pieca.

– Kurde, jestem słaby w angielskim, a ci pieprzeni Polacy wciskają mi jakiś kit – odezwał się obok niego Monsen.

– Leif, to my jesteśmy krajem trzeciego świata, nie Polska. Myślałem, że to wiesz. – Tommy wyjął latarkę i oświetlił leżące w poprzek paleniska w piecu skurczone ciało.

– Włożyli je tam z powrotem – wyjaśnił Monsen. – Dobrze, że ci durnie nie upuścili go na podłogę. Gdyby to byli Murzyni, toby upuścili, nie sądzisz?

– Nie jestem pewien, kto tu jest durniem – odparł Tommy, odwracając się do niego plecami. – Swoją drogą chętnie zamieniłbym cię na Murzyna.

Abrahamsen włożył głowę do pieca.

– Musisz wyciągnąć te zwłoki – powiedział do niego Tommy.

Abrahamsen milczał.

Tommy przyjrzał się piecowi i stwierdził, że Elisabeth Thorstensen dałaby radę sama umieścić w nim Farberga. Drzwi sięgały do podłogi, łatwo było więc wtoczyć go do środka. Mechanizm obok drzwi wyglądał na prosty: włącznik, termostat. Jak w piekarniku.

– No, musimy go wydostać – odezwał się w końcu Abrahamsen. Znalazł szeroką łopatę, która nieprzyjemnie przypominała Tommy'emu łopatę do pizzy używaną we włoskich restauracjach.

Kiedy skurczone zwłoki znalazły się u ich stóp, trudno było uwierzyć, że kiedyś były istotą ludzką.

– Nie będzie łatwo tego zidentyfikować – powiedział Abrahamsen, kucając.

Tommy'emu to małe ciało bardziej przypominało spalonego UFO-ludka niż prosiaczka, ale widok tak czy owak był wysoce nieprzyjemny.

– Pachnie grillem – powiedział Abrahamsen, pociągając nosem. – Ale zęby ma gość wybite.

Skierował latarkę na to, co kiedyś było twarzą istoty.

– Czyli może to być ktokolwiek – stwierdził Tommy. – Nie wybija się zębów, jeśli nie chce się uniemożliwić identyfikacji.

– Niemożliwe to nie będzie, ale będzie kurewsko długo trwało.

– Ale dlaczego Elisabeth Thorstensen miałaby wybijać Farbergowi zęby?

– Żeby zyskać na czasie. Dlatego to się robi, Tommy.

– A po co jej ten czas? Powiedziała przecież Susanne, że go zabiła.

– A może to ta dziewczynka z Kolbotn? – spytał Abrahamsen cicho, jakby samego siebie.

– Dziewczynka? – usłyszał za sobą Tommy.

Bramę hali zatrzaśnięto, ale zimny podmuch, który do niego dotarł, kazał mu włożyć na głowę kaptur. Nie pytając Abrahamsena o zgodę, zapalił papierosa.

– Więc to jest Jon-Olav Farberg? – Fredrik Reuter wyglądał, jakby chciał trącić spalone ciało czubkiem buta.

– Wybiła mu zęby – powiedział Tommy.

– To Farberg, sam mógłbym mu wypisać akt zgonu, Tommy.

– Żeby to tylko nie była ta trzynastolatka z Kolbotn – dodał Tommy. – Amanda.

Twarz Reutera zmieniła barwę z białej na czerwoną.

– Chcesz mi spierdolić święta?

– Frederik, czy przyszło ci do głowy, że Anders Rask w pewnym momencie mógł dać się wykorzystać? I że mógł nie być jedynym?

– Never let facts ruin a good story. Wesołych Świąt, Tommy.

Tommy znał Reutera wystarczająco dobrze, żeby wiedzieć, że nic, co teraz by powiedział, do niego nie dotrze. Reuter chciał świętować w spokoju. Jak się dobrze zastanowić, to i on chciał świętować w spokoju.

Po godzinie Tommy tak czy owak nie miał w tej hali nic do roboty. Abrahamsen i jego koledzy dawali sobie radę sami, a Reuter odmówił rozmowy o wszystkim prócz Bożego Narodzenia.

Jednak ta myśl nie dawała mu spokoju. Myśl, że może to nie Farberga wygrzebał z pieca Abrahamsen.

„Nie" – pomyślał Tommy, znajdując ku swojemu zdziwieniu wolne miejsce na Lambertseter i parkując tam samochód. „Nie wierzę w to".

Sprawdził skrzynkę pocztową. Była pusta.

– Na szczęście – powiedział cicho.

W mieszkaniu poszedł do kuchni, znalazł nóż i obszedł pokoje. Na koniec kopnięciem otworzył drzwi do łazienki. Była tak samo cholernie pusta, jak zawsze, odkąd odeszła Hege. W każdym razie tak samo pusta, jak odkąd zamontował łańcuch w drzwiach.

„Jak tak dalej pójdzie, odleciesz jak Anders Rask i Elisabeth Thorstensen" – pomyślał.

Usiadł do komputera i przeczytał wszystko, co pisali o dziewczynce z Kolbotn. Na ekranie pojawił się jej szkolny portret. Było nagle tak, jakby od śmierci Kristiane czas stanął w miejscu. Wyobraził sobie tę dziewczynkę, Amandę, jak idzie przez lasek za halą sportową. Niecałe 160 cm wzrostu, drobnej budowy ciała. Jak mogła się obronić? Sparaliżował ją strach. Wystarczyło pół minuty. Więcej czasu nie potrzebowała.

Ona? Elisabeth?

Tommy spróbował wyrysować na kartce coś w rodzaju linii czasu, ale nagle przerwał.

Elisabeth sama? Nie do pomyślenia. Dlaczego Reuter nie chciał tego zrozumieć?

Przez kilka minut Tommy przyglądał się twarzy dziewczynki na ekranie. Miała sercowaty kształt. Oczy dziewczynki były migdałowate, zęby niemal doskonałe. Pomyślał, że Elisabeth śledziła ją już od dłuższego czasu. Zapowiadała się na piękność, właściwie już nią była. W sposób, który prowokował Elisabeth. Bo mężczyźni wkrótce mieli zacząć jej pożądać. Może już pożądali.

Tommy nie wiedział dlaczego, ale przez moment ogarnęło go silne przeczucie, że Amanda żyje.

Jazda na komendę zajęła mu dziesięć minut. Zabrał stamtąd klucze do domu na Malmøya i spróbował jak najmniej myśleć.

14

Jechał jak w transie aż do Surøya i dopiero tam zaczął powoli przychodzić do siebie. Kiedy przejechał przez most między Ormøya i Malmøya, wszystko wydało mu się jasne. Długo siedział w samochodzie przy zapalonej górnej lampce. Jeszcze raz spróbował narysować linię czasu. Już dawno powinni to zrobić, ale nad tą sprawą ciążyła klątwa złych decyzji i wszystko wskazywało na to, że to nie koniec.

Czy oni zabijali te dziewczęta razem? Co ona powiedziała do Susanne? „On już nie chciał?"

Zgasił lampkę i zapalił papierosa.

Gdzie była Amanda?

Asgeir Nordli miał na Nesodden letni dom. Był pusty. Jon-Olav Farberg miał dwa takie domy: jeden w Geilo i jeden na Hvaler. Równie puste.

„Dziewczynka na pewno znalazła sobie chłopaka" – pomyślał Tommy, wyrzucając niedopałek przez okno. „I nie chciała się przyznać w domu".

I tyle.

Długo stał przed domem i patrzył po kolei w okna. Miał uczucie, że tam, w środku, nie będzie sam. Zupełnie nieracjonalne uczucie, ale nie chciało go opuścić. Czy powinien prosić o broń? Z bronią i tak miał już poważny kłopot. Susanne uważała, że ta sprawa jakoś się rozwiąże. Ale to nie był jej problem, bo to on dał jej broń. Która ocaliła jej życie. Opłacało się, choćby miało go to kosztować utratę pracy.

Obszedł dom i zbliżył się do niego od tyłu, tak jak tydzień wcześniej. Kiedy przytknął twarz do okna salonu, przez moment przestraszył się, że żona Farberga wciąż tam leży.

Zdjął taśmę przed drzwiami wejściowymi, kluczem zerwał pieczęć z zamka i wszedł do środka.

W przedsionku włożył na buty niebieskie worki, a na włosy siatkę. Ledwo zrobił kilka kroków w korytarzu, coś głośno trzasnęło w ścianie.

– Kurwa mać! – zaklął.

Na zewnątrz nagle spadła temperatura, a wtedy działy się takie rzeczy. Po kolei oświetlił swoim Maglightem sypialnie, kuchnię, bibliotekę ze zdjęciem szalonego poety Frödinga, gabinet i salon.

Wrócił do gabinetu i usiadł za biurkiem. Promień latarki był na tyle wąski, że nie widać było kątów pomieszczenia. Skierował go na stojące na biurku zdjęcie syna Farberga. Na zdjęciu miał dwanaście, trzynaście lat. Ile miał teraz? Tommy powiedział sobie, że musi do niego jutro zadzwonić. Z byłą żoną Farberga rozmawiał już kilka razy. W sobotę, kiedy Kristiane była na Skøyen, nie było jej w domu. Wcześniej tego dnia pokłóciła się z nim, zabrała trzyletniego synka i pojechała do matki w Holmestrand.

„Beznadziejna sprawa" – pomyślał i zapalił zieloną biblioteczną lampkę na biurku.

Nie wiedział, czego ma szukać.

Ależ tak, doskonale wiedział.

Zgasił lampę i nie włączając światła, ostrożnie wszedł na piętro. Schody trzeszczały pod jego ciężarem. Zatrzymał się i obejrzał. Cisza. Zamknął za sobą drzwi wejściowe, czyż nie?

W łazience na górze zapalił światło. Neonówka kilka razy zamrugała. Popatrzył w lustro i przypomniał sobie opowieść Susanne o tym, jak zobaczyła twarz Elisabeth.

Otworzył szafkę, wyjął grzebień i szczotkę do włosów z czymś, co wyglądało na włosy Farberga, i włożył do plastikowej torebki ze strunowym zamknięciem. Potem opróżnił kosz na brudną bieliznę i włożył do worka dwie pary jego spodenek.

Jutro poprosi Abrahamsena, żeby wysłał to wszystko do Kripos do analizy. Nawet gdyby to musiało być za plecami Reutera.

Ledwo wyjechał z posesji Farberga, kiedy jego telefon wydał pojedynczy dźwięk. Włączył kierunkowskaz, zjechał na bok, zatrzymał się, przestawił lusterko, by widzieć pogrążone w ciemności domostwo. Miał dziwne uczucie, że lada chwila w którymś z okien może zapalić się światło.

„Susanne?" – zdziwił się. Było wpół do jedenastej wieczorem.

„Śpisz?" – przeczytał na wyświetlaczu.

Zadzwonił do niej.

– Wszystko w porządku?

– Nie podoba mi się tu… Ale w szpitalu też mi się nie podobało.

– Rozumiem. Daj znać, jeśli będzie ci czegoś potrzeba.

Nie odpowiedziała.

– Co z Torvaldem? – spytał.

– Wyjdzie z tego. Będzie się musiał na nowo nauczyć chodzić. Ale da radę. Odwiedzisz go po świętach razem ze mną?

Tommy nie odpowiedział od razu. Nie z powodu samego pytania, ale z powodu jego intonacji. Brzmiała, jakby naprawdę chciała, żeby zrobili coś razem. We dwoje. Ona i on.

„Idiotka" – pomyślał.

– Tak – powiedział w końcu. – Oczywiście.

– A co robisz pojutrze?

– Pojutrze?

Roześmiała się. Nie tym swoim zwykłym śmiechem typu popatrz na mnie, ale takim, który mógłby określić jako łagodny, opiekuńczy. Taki, który go w ogóle nie zirytował.

– Przecież będzie Wigilia!

Tommy pomyślał, że ona doskonale wie. Że on nie ma rodziny, przynajmniej takiej, o której by wiedział. O której by chciał wiedzieć.

– Mam... – Próbował coś wyciągnąć z rękawa, jakby to wszystko było grą w pokera. Ale pokerzystą był słabym. – Nic nie robię.

– Nie możesz siedzieć sam. Nie pozwolę, żebyś siedział sam, Tommy.

Nic nie powiedział.

– Mathea lubi różowy. Cokolwiek, żeby tylko było różowe.

15

Ta Wigilia była dla Tommy'ego najlepsza od wielu, wielu lat. Właściwie odkąd był dzieckiem. Susanne była zabawna, okazało się też, że umie gotować. Tommy miał dziwne wrażenie, że jest naprawdę pożądanym gościem, że nie zaproszono go tylko dlatego, iż nie miał tego dnia co ze sobą zrobić. Na dokładkę Mathea okazała mu wręcz zatrważającą ufność. Może była taka w stosunku do wszystkich, tego nie wiedział. Po raz pierwszy pomyślał wtedy o posiadaniu dziecka jako o pewnej możliwości. „Co, ja? Zapomnijcie o tym" — pomyślał w następnej sekundzie.

Ponieważ Mathea zasnęła w swojej odświętnej sukieneczce, Tommy zaniósł ją do jej pokoju. Przez jakiś czas stał i patrzył na śpiącą pięciolatkę. Ta minuta obcowania z niewinnością w czystej postaci napełniła go błogością. W jego zawodzie człowiek niepostrzeżenie dla siebie ulegał degeneracji i przestawał dostrzegać, że świat nie składa się tylko z nieprawości.

Kiedy wyszedł z pokoju małej, Susanne stała w kuchni z nieotwartą butelką wina w ręce. Z wyrazu jej twarzy wyczytał, że czas na niego.

— Przyjdzie tu dziś Svein. Tę butelkę będziemy musieli otworzyć innym razem, Tommy. — Uśmiechnęła się blado.

Potrząsnął głową.

– Svein? – Dopiero po chwili pojął, o kogo chodzi. – Finneland?

Skinęła głową i skrzywiła się lekko. Z mowy jej ciała wyczytał, że nie chce o tym mówić.

– Pokłócili się... Ja...

Przerwała.

– I tak miałem już wychodzić – zapewnił ją.

Roześmiała się.

– Fajnie, że przyszedłeś.

– Fajnie, że mnie zaprosiłaś... A ja zwykle czegoś takiego nie mówię.

Odprowadziła go do wyjścia. Prawie nie utykała, co go zaskoczyło.

– Z tą szyną ci do twarzy.

Znów się roześmiała, a on z niechęcią musiał przyznać, że podoba mu się jej śmiech. I oczy.

– Prawdę mówiąc, myślałem, że on jest żonaty, Susanne.

Objęła go.

– Ile masz lat? – spytała, trzymając go w uścisku.

– W przyszłym roku kończę czterdzieści. Właściwie już za dwa miesiące.

– Doskonały wiek. – Pogłaskała go po policzku. – Bylibyśmy doskonałą parą, nie uważasz?

Skrzywił się i wzruszył ramionami.

– Ale życie nie jest doskonałe, Tommy.

– Otóż to – odparł. „I więcej już dziś nie pij" – pomyślał.

Na ulicy Schweigaarda złapał taksówkę i zasnął, zanim jeszcze wjechali do tunelu.

– Svein Finneland... – mruknął, szukając kluczem dziurki w zamku drzwi wejściowych. Przy tablicy ogłoszeń stanął. Wciąż wisiało tam pismo z zarządu nieruchomościami.

Przecież pracowała tam Elisabeth. Czemu nie połączył jednego z drugim?

Otworzył skrzynkę pocztową. Wyjął dwie gazetki reklamowe i sporo białych kopert.

Wszystkie nosiły stempel z Lillehammer, sprzed czterech dni, 20 grudnia. W sumie dwadzieścia sztuk. Zwykłą pocztą, żeby nie doszły za szybko. Charakter pisma na wszystkich kopertach był ten sam, a on go rozpoznał. Oczywiście.

Kluczem rozerwał pierwszą z kopert. W środku leżała składana kartka świąteczna, z tych tańszych, które kupuje się w zwykłym markecie. Otworzył ją i wypadł z niej niewielki kartonik. Podniósł go z brudnej podłogi.

Była to kopia czarno-białej fotografii. Młody człowiek we fraku i w okularach.

„Gustaf Fröding" – pomyślał Tommy.

Przeczytał pisany drobnym pismem tekst w środku kartki świątecznej.

Bardzo jestem ciekaw, jak poszło. Susanne, tak jej na imię, prawda? Znam ten typ. Elisabeth nigdy nie zabiła nikogo innego niż Edle Maria, ale zawsze się przyglądała. Powiedziałem jej, że ją to uzdrowi, a ona w to wierzyła. Myślała, że Edle Maria zniknie z jej ciała i nigdy już do niej nie przyjdzie. Nagrywała dla mnie kasety z dźwiękami, które one wydawały, to była nasza muzyka, Tommy. Od czasu, kiedy zadzwoniła do mnie z Tønsberg i powiedziała, że znalazła pewną dziewczynę. Chciała, żebyśmy ją zabili. Była wtedy w letnim domku Mortena, spotkała tę dziewczynę któregoś dnia w mieście i poszła za nią aż do domu. Zbrukała się z Mortenem, wiedział o tym. Wiedzieć, że ona zrobi wszystko, co zechcę...? Dało mi to władzę, której nigdy nie pojmiesz. Myślisz, że mnie zabiła, Tommy? Może znienawidziła mnie już za pierwszym razem, kiedy byłem w jej pokoju, w szpitalu w Sandberg. Albo dlatego, że ją przekonałem,

że Kristiane też trzeba poświęcić? Bo stanie się taka sama jak
Elisabeth? Dziwka swojego brata. Albo nie, dla mnie. Tak, jak
Elisabeth była dla swojego ojca. Te lekkomyślne kobiety... One
gubią świat. Tak, to kobiety psują ten świat. W końcu wszyst-
kie takie się stają. Więcej nie musisz rozumieć. Poza tym jednym
nie ma nic do zrozumienia na tej ziemi. I jeszcze ten idiota Fu-
ruberget. Ledwie mnie pamiętał z mojej pracy w Sandberg. Nic
dziwnego, że Elisabeth go oszukała. A może nie chciał widzieć
prawdy wtedy, gdy wylądowała w szpitalu po tym, jak znalazłeś
Kristiane. Jak znajdziesz mnie, znajdziesz jej kartę pacjenta.
Tyle, że wiele Ci ona nie powie.
Ja mogę powiedzieć Ci więcej. Jeśli będziesz wiedział, gdzie
szukać.
Zaufaj sobie.
W końcu mnie odnajdziesz.

Tommy przeczytał tekst jeszcze raz i pokręcił głową. Miej-
scami był chaotyczny i nie wszystko w nim trzymało się kupy,
ale niektóre fragmenty pomogły mu lepiej zrozumieć. O ile
to wszystko było prawdą.

Złożył świąteczną kartkę i wsunął ją z powrotem do koperty.

Potem otworzył kolejną. Była pusta.

Następne siedemnaście też było pustych.

Zrobił małą przerwę, i otworzył ostatnią.

Była tam nowa kartka świąteczna, identyczna jak ta, która była w pierwszej kopercie, z czerwoną świecą i stroikiem.
Charakter pisma był ten sam.

Grymas diabła.
Gdzie byłem?
Dusza w płomieniach, roztańczona krew.
Gdzie byłem, Tommy?

16

Tommy wyjął komórkę i zadzwonił do Susanne. Na chwilę zamknął oczy i poczuł na sobie dotyk jej ciała. I jej zapach w nozdrzach. A przecież nawet mu się nie podobała.

– Tak? – odezwała się ostrym głosem.

Pewnie był u niej. Svein Finneland. Niektórzy to mają dziwny gust.

– Właściwie to nic takiego.

– Coś się stało?

Spojrzał raz jeszcze na kartkę świąteczną. Pismo nie było takie jak w liście, który znalazł w czerwonej księdze Andersa Raska. Było natomiast identyczne z tym, którym napisano list do niego. Od razu pojął, że list do Raska napisała Elisabeth pod dyktando Farberga. Natomiast list do niego samego musiał być pisany przez Farberga, ale podyktowany przez Elisabeth. Albo też pisząc, Farberg się w nią wcielił.

– Nic. Pogadamy później.

„I dobrze zamknij drzwi" – pomyślał, ale postanowił tego nie mówić. Opętanie Farberga nie obejmowało Mathei. A co z Susanne?

W mieszkaniu najpierw sprawdził wszystkie pomieszczenia łącznie ze spiżarką, po czym włączył komputer.

Wpisał do wyszukiwarki „Gustaf Fröding".

I nagle go olśniło.

– Naprawdę jest największy... – powiedział do siebie głośno.

W pierwszej połowie lat dziewięćdziesiątych XIX wieku Frödinga umieszczono w sanatorium dla nerwowo chorych w Suttestad pod Lillehammer w Norwegii.

Kliknął na link do „Suttestad". W gospodarstwie, leżącym dwa kilometry za miastem, prowadzono jakiś rodzaj hotelu. Sześć dużych pokoi z widokiem na miasto.

Dwoma skokami zbiegł po schodach i wypadł na dwór, zanim zdążył się porządnie zastanowić. Dopiero na stacji Shella w Skedsmokorset zorientował się, że nie jest uzbrojony.

„Jeśli dziś w nocy zginę, widocznie tak miało być" – pomyślał.

Była noc z Wigilii na pierwszy dzień Świąt Bożego Narodzenia i E6 była niemal pusta. Wystarczyło zjechać na lewy pas i można było spokojnie pruć sto trzydzieści na godzinę. Ten jego złom i tak nie dałby rady jechać szybciej.

Kiedy skręcił do gospodarstwa Suttestad, było wpół do czwartej rano. Leżało na uboczu, z pięknym widokiem na miasto i rzekę Lågen.

Zaparkował przy spichlerzu. Dookoła piętrzyły się lodowo-śnieżne bloki odwalone przez śnieżny pług. Śnieg skrzypiał mu pod nogami wystarczająco głośno, by ktoś wystarczająco czujny mógł to słyszeć przez zamknięte okno.

Przed biało malowanym budynkiem mieszkalnym stały zaparkowane trzy samochody. Ale wszystkie miały tablice z Lillehammer.

Ostrożnie wszedł po schodach do drzwi wejściowych i kilka razy do nich mocno zastukał. A potem zadzwonił wiszącym u podcieni dzwonkiem.

Dźwięk dzwonka odbił się echem między starymi budynkami.

Tommy załomotał znów do drzwi, próbując o niczym nie myśleć.

Po jakichś trzydziestu sekundach gdzieś z piętra usłyszał mamrotanie.

A potem kroki na schodach.

– Ki czort? – usłyszał zza drzwi.

Powoli obrócił się zamek.

– Co jest, do kurwy nędzy?! – spytał mężczyzna, patrząc na Tommy'ego zaspanym wzrokiem.

Tommy pokazał mu legitymację.

– Czy w ostatnich dniach mieliście tu jakichś gości?

– No wie pan... Czy to jest powód, żeby budzić mnie i moje dzieci?

– Przyjechałem z Oslo. Sprawa jest ważna.

Mężczyzna zawiązał pasek szlafroka i potrząsnął głową.

– Byłem w Londynie na meczu z synem, ale nie wydaje mi się. Niech pan spyta mojej baby.

Zatrzasnął drzwi, a Tommy został na schodach. Po jakimś czasie mężczyzna wrócił, tym razem z nieco młodszą od siebie kobietą. Stała teraz, trzęsąc się w czymś w rodzaju kimono.

– Nie – powiedziała – nikogo tu nie było. To nie jest czas na gości.

– Przykro mi, że nie możemy pomóc – dodał mężczyzna.

Kiedy kobieta zamykała drzwi, Tommy popatrzył jej w oczy. Był w tym zawodzie wystarczająco długo, by widzieć, że kłamie. I że się boi.

Zrobił gest głową w stronę samochodu, poszedł do niego najwolniej, jak umiał i wsiadł. W kabinie wciąż było w miarę ciepło, więc nie musiał włączać silnika. Zapalił papierosa i czekał. Dopiero gdy wypalił drugiego, w holu zapaliło się światło. Po chwili otwarły się drzwi.

Wysiadł z samochodu i wyszedł jej naprzeciw. Kobieta nasunęła na głowę kaptur puchowego płaszcza i przebiegła przez plac.

Kiedy usiadła na siedzeniu pasażera, z ust leciała jej para.

– Na szczęście mój stary szybko zasypia.

Wskazała palcem na leżącą między siedzeniami paczkę „Prince'ów", więc Tommy zapalił dla niej papierosa. Wypaliła połowę w milczeniu.

– Był tu facet, niejaki Vidar Østli. Zapłacił gotówką – mówiła cichym głosem, patrząc przed siebie.

– Kiedy?

– Dwa dni temu. Powiedział, że się rozwiódł i wyrzucono go z domu. Że potrzebuje czasu, żeby się zastanowić.

Tommy nabrał dużo powietrza w płuca, a kobieta obróciła się ku niemu.

– Kto to jest? – spytała.

– W którym mieszkał pokoju?

– W tym dużym, narożnym.

– Musi mi pani pokazać ten pokój.

Potrząsnęła głową.

– Dlaczego?

– Tego nie mogę pani powiedzieć.

– On mnie zabije.

– Dlaczego?

– Nie wolno mi o nim nikomu powiedzieć. Jeśli pokażę panu pokój, nie może pan powiedzieć, że pan w nim był.

Tommy otworzył drzwiczki, w kabinie zapaliło się światło. Przyjrzał się jej – była młoda, może trzydziestoparoletnia.

Wokół nich zrobiło się ciemno. Światła miasta migotały w oddali, w tej ciszy Lillehammer wyglądało jak inna planeta.

Poprowadziła go do bocznej ściany wielkiego domiszcza, musiało mieć z pięćset metrów kwadratowych powierzchni.

Do pokojów gościnnych pensjonatu Suttestad prowadziło osobne wejście.

— Tu było kiedyś sanatorium? — spytał, kiedy szli na piętro.

— Tak. Wolę o tym nie myśleć. Czasami w nocy mi się wydaje, że słyszę jakieś dziwne dźwięki.

Przeszli ciemnym korytarzem do pokoju na końcu. Kobieta zapaliła tam światło.

Był to duży pokój z oknami w dwóch ścianach. Miasto leżało w dole po prawej stronie.

— Miałam posłać mu łóżko, zamówił tylko dwie noce. Zakradł się do pokoju, w ogóle go nie słyszałam. „Jeśli komukolwiek powiesz, że tu byłem, wrócę tu i cię zabiję". Tak powiedział. Stał wtedy na środku pokoju.

— Komu pani o tym powiedziała?

— Nikomu.

— Nawet mężowi?

— Nie. To nerwus, zaraz by chciał go znaleźć. Boże, ja mam trójkę dzieci. Teraz nie będę mogła spać po nocach.

Tommy położył rękę na jej ramieniu.

— On już nie wróci.

Kobieta zamknęła oczy. Nie mogła powstrzymać łez.

— Jakim samochodem przyjechał?

— Chyba jakimś niebieskim, nie pamiętam. Może szarym? Strasznie mnie przeraził, chociaż... był taki spokojny. Rozumie pan?

— Niebieskim?

Przeniósł wzrok na miasto. Sprawa była beznadziejna. Chyba że uda mu się rozesłać list gończy jeszcze dziś.

Miał jednak przeczucie, że to nic by nie dało.

— Na drugi dzień rano nasz pies tak strasznie szczekał na ten jego samochód, że musiałam go zamknąć.

– Jaki to był samochód? Proszę sobie przypomnieć. Jakiej marki? Czy był duży, czy mały?

– Furgonetka – powiedziała cicho. – To była furgonetka. Spora. Wie pan, taka, jakiej używają rzemieślnicy.

„Dziewczynka" – pomyślał Tommy. „Amanda. Ona żyje". Otworzył okno i zabezpieczył haczykiem. Do pokoju wdarło się zimne powietrze i od razu było mu łatwiej oddychać, bo wcześniej miał wrażenie, że ten pokój go udusi. Wychylił się z okna i popatrzył na światła miasta, rozmyte mroźnym oparem.

– Pies szczekał na samochód?

– On normalnie nie szczeka... Ale tu jakby wystawiał, jak na polowaniu.

Tommy nie musiał długo szukać.

W najwyższej szufladzie nocnego stolika, pod wyświechtaną turystyczną broszurą leżała jeszcze jedna świąteczna kartka, taka sama jak te, które przyszły pocztą.

Wewnątrz było coś napisane znajomym pismem.

Dusza w płomieniach, roztańczona krew.
Gdzie jestem, Tommy?

Spis treści